배일도의 희망노트

승자와 패자

이 도서의 국립중앙도서관 출판시도서목록(CIP)은 e-CIP 홈페이지
(http://www.nl.go.kr/cip.php)에서 이용하실 수 있습니다.(CIP제어번호: CIP2007003841)

배일도의 희망노트

승자와 패자

배일도 지음

리드리드출판

승자와 패자가 함께 사는 길을 바라보며

요즘 세상에서 벌어지는 생존 경쟁은 칼날 같다.

이기느냐 지느냐, 죽느냐 사느냐 하며 칼날 위에 서 있는 사람들의 눈초리가 참으로 매섭다.

'나'가 '너'를 바라보고, '너'가 '나'를 바라보는 눈빛에는 함께 사는 '우리'가 없는 듯싶다.

우리는 없고, 승자와 패자만이 있는 듯싶다. 강자와 약자만이 있는 듯싶다. 흥한 자와 망한 자만이 있는 듯싶다. 빼앗는 자와 뺏기는 자만이 있는 듯싶다. 누리는 자와 누리지 못하는 자만이 있는 듯싶다.

그러한 까닭일까?

사람들은 어떻게 하면 승자, 강자, 흥한 자, 빼앗는 자, 누리는 자가 될 수 있는가에 몰두한다.

어떻게 하면 패자, 약자, 망한 자, 뺏기는 자, 누리지 못하는 자의 늪에 빠지지 않느냐에 신경을 곤두세운다.

그러한 까닭일까?

세상에 양극화의 칼바람이 서늘하게 분다. 자본의 양극화로 대기업과 중소기업이 조화롭지 못하고, 노동의 양극화로 정규직과 비정규직이 서로 껴

안지 못하고, 교육의 양극화로 가진 자와 갖지 못한 자의 교류가 원활하지 못하고, 소득의 양극화로 부자와 빈자의 틈이 좁혀지지 못하고, 그러한 탓에 고통 받는 이들의 불행은 멈추지 않는다.

이러한 현실에서 우리는, 모두가 행복을 꿈꾸는 우리는 어떻게 살아야 할까? 이 무한 경쟁 시대에 승자와 패자가 함께 사는 길을 어떻게 찾을 수 있을까?

나는 국회의원으로서 지난 4년 간, 그 물음에 답해 보려고 나름대로 애써 왔다. 그 세월을 돌아보면 아쉬움에 마음이 무거워지기도 하지만, 이제 다시 희망의 노둣돌을 딛고 서서 독자와 함께, 우리 국민과 함께 그 물음에 답해 보고 싶다.

아니, 답해야 한다. 그래야 우리는 희망을 나누며 살맛나는 세상을 만들 수 있다. 그렇게 믿는다. 이 희망 노트 〈승자와 패자〉는 그러한 믿음 속에서 시작되었다.

이 험난한 세상을 살아가는 독자와 그러한 믿음을 조금이나마 나눌 수 있다면 지은이로서 더 이상 바랄 것이 없겠다.

2008년을 앞두고 남양주에서

배일도

삶이 고단한 이 무한 경쟁 시대에
이긴 자와 진 자가 꿈을 나누며 사는 세상을
목말라하는 한 정치가의 생각 주머니

차례

9장_ 승자와 패자의 공존이 이 시대의 희망이다

승자와 패자

1장

희망 노트에 쓰는 '나의 경쟁 이력서'

나는 사람이다.
그것은 경쟁하는 존재라는 것을 뜻한다.

- 괴테

아마도 그럴 것이다

누구나 그러하듯 나 역시 어느 날 밤 혹은 낮, 아버지와의 인연으로 맺어진 수억 마리의 동료들과 벌인 기막힌 생존 경쟁 끝에 갈채를 받아 마땅한 승자로 어머니의 뱃속에서 잉태되어 마침내 이 살맛나는 별에 태어났다.

달리 보면 무수한 패자들을 아무런 흔적도 없이 사라지게 한 그 경쟁과 잉태와 탄생, 기억날 리 없지만 참으로 아찔하고 행운이 넘치는 시간들 아닌가.

그런데 평화로웠으리라 짐작되는 태아의 집에서 열 달을 기다리다 힘껏 울어대며 태어난 그때는 1950년 가을이니, 한반도에서 서로 죽고 죽이는 인류 최악의 경쟁, 바로 전쟁이 터진 지 석 달가량 지날 무렵이었다.

평화를 비웃는 전쟁, 갓 태어난 어린 생명의 감각은 세상을 떠도는 그 죽음의 기운을 느꼈을까? 살아남고자 하는 그 간절하고도 간절한 기도 소리를 들었을까? 이긴 자와 진 자가 내뿜는 그 진한 피와 땀 냄새를 맡았을까? 젖 물린 어머니의 눈에 어른거리는 불안 혹은 희망을 보았을까?

모를 일이다. 그런데 나는 지금 알 수 없는 그 갓난아이 시절을 상상하면서 승자니 패자니, 평화니 전쟁이니, 생명이니 죽음이니 하는 무거운 주제들을 떠올리고 있지 않은가.

또한 이 험난한 세상에서 우리 함께 꿈을 나누며 살아보자는 소망을 품고 쓰는 이 희망 노트의 제목으로 〈승자와 패자〉를 내세우고, 첫머리에 '나의 경쟁 이력서'를 앞세우고 있으니, 이런 나의 생각들은 어디에서 비롯되는 것일까?

이 시대가 무한 경쟁의 불길에 휩싸여 사람들을 옥죄는 까닭일까? 아마도 그럴 것이다.

이 땅에 부는 양극화의 매몰찬 바람이 사람들의 생존을 벼랑 끝으로 내몰고 있기 때문일까? 아마도 그럴 것이다.

진정 살맛난다며 흥얼거리는 희망의 노래보다는 인생은 고통의 바다라며 내뱉는 탄식이 더 크게 들리는 탓일까? 아마도 그럴 것이다.

돌아보면 누구나 그러하듯 가슴 시린 사연들이 촘촘히 박힌 내 지난 인생이 그렇게 만든 것일까? 아마도 그럴 것이다.

아마도 그럴 것이다. 경쟁을 뼈대로 삼아 쓰는 이야기, 그것은 인생의 어느 한 쪽만 드러내는 결과를 낳지 않을까? 아마도 그럴 것이다.

'사랑'이나 '행복' 같은 축복받는 주제를 뼈대로 삼는 것과는 다르지 않겠는가. 아마도 그럴 것이다.

그럼에도 나는 한 가족의 일원으로서, 어느 공동체의 한 구성원으로서, 국민을 대변해야 하는 국회의 한 정치가로서 경쟁, 경쟁이 낳는 승자와 패자, 승자와 패자의 꿈과 세상살이 이야기에 집중해 보려고 한다.

거기에서 희망의 지푸라기라도 잡을 수 있지 않을까 하는 한 가닥의 기대가 있기 때문이다. 거기에서 사랑과 행복에 목말라 하는 우리가 한 바가지의 물이라도 마실 수 있는 샘을 찾을 수 있지 않을까 하는 바람이 있기 때문이다.

〈승자와 패자〉를 본격적으로 쓰기에 앞서 먼저 나의 경쟁 이력서를 한번 작성해보자 하니, 희로애락의 지난 인생이 어느 순간에는 몹시 부끄럽게 또 어느 순간에는 스스로 자랑스럽게 팔색조 같은 얼굴을 드러낸다.

숱한 사연이 쌓여 있는 기억의 창고를 뒤져보면서, 또한 과거에 쓴 이런저런 기록물이나 책 등을 다시 읽어보면서 "아, 그때 그것 때문에 그렇게 맞서 싸웠구나!" 하며 깊은 생각에 잠기곤 한다. 그리고 의문이 그 뒤를 잇는다. 그렇게 치열하게 경쟁했는데, 도대체 누가 승자고 누가 패자란 말인가?

지금 내 책상 위에는 서울지하철공사 노조위원장으로 일할 때 쓴 책 〈공존의 꿈〉이 펼쳐져 있다. 나의 지난 인생을 기록한 자료 가운데 하나이다.

보기 좋게 이 책의 첫머리에 둔 '나의 경쟁 이력서'의 많은 부분은 4년 전에 펴낸, 그래서 그때까지의 인생 이력서 구실도 하는 그 책의 일부를 옮겨 놓은 꼴이 된다.

이미 그 책을 읽은 독자들에 대한 예의가 아닐지도 모른다는 우려가 없지 않았지만, 같은 사실을 두고 표현을 이렇게 저렇게 달리 하는 것이, 특히 이력서에서 그것이 무슨 큰 의미가 있겠냐는 생각을 따르기로 했다. 읽는 이는 멋대로 읽고, 쓰는 이는 또 그렇게 멋대로 쓰는 자유, 참 좋지 않은가. 아마도 그럴 것이다.

어린시절의 생존경쟁, 아팠니

내가 수십 년 전의 어린 나에게 묻는다. 어떤 꿈을 꾸며, 얼마나 아파하며 살았니? 언제 무슨 일로 웃어보았니? 왜 그리도 지평선 너머의 세상이 그리웠니? 어린 내가 대답 없이 안개 자욱한 들판으로 달려간다.

우리나라에서 유일하게 지평선을 볼 수 있다고 할 정도로 넓은 김제의 만경 평야에서, 땅 한 뙈기 없는 가난한 집안의 7남매 가운데 장남으로 자란 나는 어린 시절을 되돌아볼 때 '시련'과 '희망', 그 두 단어를 떠올린다.

어린 인생에게, 우리 가족에게 몰아친 시련은 어떻게 그리도 지독했는지, 지금도 어쩌다 때를 놓쳐 허기를 느낄 때나, 가진 것 없어서 절망의 눈빛을 띠는 사람들을 볼 때면 그 시절이 불현듯 떠오른다.

배고픔, 참 고통스럽고 서러운 일이다. 어머니 강양근과 아버지 배상봉은 행상, 날품팔이 등 가진 것 없는 사람들에게 주어지는 온갖 일을 마다하지 않고 애를 썼지만, 우리 식구는 배고픔에서 벗어날 수 없었다.

이웃집에 양식을 꾸러 간 어머니를 기다리는 우리 남매들은 꼭 흥부네 자식 같았다. 칭얼대고 울고 짜증을 부리다가 어머니가 꾸어

온 양식으로 늦은 끼니를 잇게 되면 걸신들린 것처럼 먹어치웠다.

그러나 가난한 집안에 누가 계속 양식을 꾸어 주겠는가. 빈 쌀독만 바라보고 있을 수 없어, 먹을 만한 풀을 뜯어다가 죽을 쑤어 먹기도 하고, 소나무에서 새순이 날 때는 그걸 뜯어다 먹기도 하며 겨우 허기를 달래곤 했다.

가을이 되면 그 넓은 만경 평야에는 실하게 익은 벼가 파도처럼 넘실대지만, 우리 가족에게는 그야말로 그림의 떡일 뿐이었다.

나는 떡고물이라도 주워 먹을까 하고 추수가 끝난 들녘을 돌아다니며 이삭을 줍곤 했다. 그러나 그것마저 논 주인에게 빼앗기는 날도 있었다. 이삭을 빼앗기고 바라본 하늘은 왜 그리도 맑아 서러움을 더하는지, 겨우겨우 눈물을 삼켜야 했다.

마을에는 동냥아치 가족이 살고 있었는데, 손가락질을 받거나 말거나 배불리 먹어서인지 힘도 세게 보이는 그들이 부럽기까지 했다.

한번은 어머니에게 "저 동냥아치들은 그래도 굶지는 않잖아. 동냥아치라도 해볼까?" 하며 심통을 부렸다. 아니, 단순한 심통만은 아니었다. 배가 고프니 못할 것도 없었다.

그러자 가슴이 아팠을 어머니는 "아무리 힘들어도 빌어먹는 인생은 살지 말아야 한다"고 혼을 냈다. 아마도 어머니가 묵인했다면 나는 동냥아치로 나섰을지도 모른다.

배고픔도 배고픔이지만 고무신 하나 사 신는 것이 꿈이었던 가난함 때문에 나는 중학교 진학을, 입학금 3,580원이 없어 2년 동안 미루어야 했다.

사실 아버지는 내가 공부하는 것을 썩 달가워하지 않았다. 아버지가 나름대로 헤쳐 온 역사에서 '배운 놈은 제 명을 못 살고 죽는다'

는 생각을 한 것이다. 반면에 어머니는 어떻게 해서든 배워야 사람 구실을 하며 산다는 소신이 있었다. 그러나 가난은 그런 소신을 비웃었다.

그래서 초등학교 동창들이 중학생 교복을 입고 학교를 다니는 동안 나는 양식을 구하러 들판을 헤매고 땔감을 구하러 지게를 지고 야산으로 가야 했다.

어느 추운 겨울날, 나무를 하러 산에 갔다가 불을 내기도 했었다. 너무도 추워 언 몸을 잠시 녹이려고 불을 피운 것이 그만 옆으로 번진 것이었다.

산 임자에게 허벅지를 심하게 맞아 깊은 상처가 생겼다. 별달리 약을 구할 수도 없어 치료랍시고 똥물을 퍼다 먹고 낫기를 기다려야 했다.

화가 난 아버지가 산 임자와 싸웠지만, 그것은 싸움이 아니었다. 아버지가 일방적으로 맞기만 했다. 그 마을은 어느 성씨가 모여 사는 집성촌이었는데, 내가 여섯 살 무렵에 익산에서 김제의 그 마을로 이주한 우리 가족은 이방인으로 따돌림을 받고 있었다.

마을의 어린것들까지 아버지를 "배씨, 배씨" 하고 부를 정도였다. 그러니 아버지는 그들의 기세에 눌려 싸움이 벌어져도 제대로 힘조차 쓰지 못했다.

동생들이 배고프다고 칭얼거리면, 몰래 남의 밭으로 가 고구마 서리를 하기도 하고, 들키는 날이면 주인에게 흠씬 두들겨 맞기도 하고, 어쩌다 명절 때 겨우 고기 맛을 보기도 하지만, 그것만으로는 막을 수 없었던 영양 실조로 시작된 병이 깊어져 나는 곧 죽을 아이라는 소리까지 듣기도 했었다.

그러던 어느 날이었다. 지게에 땔감을 지고 마을로 오니 해가 뉘엿뉘엿 지고 있었다. 그때 마침 학교에서 돌아오는 교복 입은 동창들과 길에서 딱 마주쳤다. 한 친구가 책가방 대신 지게를 짊어진 나를 보더니 이렇게 말하는 것이었다.

"야, 일도야 고생 많다."

나는 할 말이 없었다. 그들과 헤어져 집으로 가는 어린 가슴에 비애감이 몰려왔다. 우리 가족을 천대하는 사람들에 대한 분노와 비애감이 하루하루 쌓여갔다.

"어떻게 해서든 공부를 해야겠어!"

어느 날 나는 스스로에게 그렇게 다짐했다. 시련의 길에서 필요한 것은 희망이었다. 이를 악물고 초등학교 6학년인 여동생 이순과 같은 반에서 다시 공부를 시작했다. 중학교 입학 시험을 보기 위해서였다.

마침내 입학 시험을 본 결과 나는 1등의 성적으로 장학생이 되어 만경 중학교에 들어갈 수 있었다.

지긋지긋한 가난은 그대로였지만, 공부를 할 수 있다는 것이 그나마 위안이 됐다. 학교에서는 1등을 놓치지 않았고, 중학생 대상 전국 학력 평가에서 9위를 해 고장을 떠들썩하게 하기도 했었다.

공부를 해서 가난과 멸시를 이겨내겠다는 의지를 품고 있었기에, 그러한 성적으로 자존심을 세우며 중학생 시절을 나름대로 알차게 보낼 수 있었다.

그러나 고등학생 시절은 꿈이 더욱 커진 만큼 갈등도 깊어져 방황으로 얼룩진 시기였다. 입학을 준비할 때부터 가난의 쓴맛을 톡톡히 봐야 했다.

공부에는 자신이 있었던 나는 당시 최고 명문으로 손꼽히던 경기 고등학교에 갈 꿈을 꾸고 있었다. 마침 서울에는 아버지와 이복 형제이기는 하지만 국회의원 차를 운전하는 작은아버지와 담배 가게를 하는 작은아버지가 살고 있었다.

자취를 할 형편도 못 됐기에 우선 작은아버지 집에 있으면서 학교에 다닐 계획을 세워두었다. 두 작은아버지도 내가 서울로 가면 그렇게 될 수밖에 없다는 것을 짐작하고 있었다.

그 때문이었을까? 그렇게 부탁을 했는데도 작은아버지는 입학 원서를 끝내 보내주지 않았다. 그 당시의 처지에서 나는 서울로 원서를 사러 갈 엄두도 낼 수 없었다. 단순히 시골 학생이 서울 가는 게 어려워서 그런 것만은 아니었다. 등록금도 마련하기 어려운 처지에서 의탁할 곳마저 없다면 학업은 거의 불가능한 일이었다.

결국 입학 원서도 만져보지 못한 학교를 포기하고, 장학금을 주겠다는 학교와 밥을 먹여주겠다는 집이 있는 전주로 가서 고등학교 생활을 시작했다.

처음에는 여러 어려움에도 불구하고 잘 참아내며 나름대로 꿈을 키웠다. 그러나 어느 날 충격적인 소식을 접하고 가족들이 있는 집으로 달려갔다. 막내 동생 일호가 사고로 목숨을 잃은 것이었다. 막내는 길거리에서 좌판을 펴고 장사를 하던 아버지 옆에서 놀고 있었는데, 지나가던 트럭이 자전거를 치면서 그만 페달이 막내의 작은 가슴에 박히고 말았던 것이다.

정신없이 집에 와보니 돈이 없어 병원에도 못 간 동생이 헐떡이며 겨우 숨을 쉬고 있었다. 우선 병원부터 가자고 해 나섰으나, 가는 도중에 그만 숨을 거두고 말았다. 몹쓸 가난을 원망하며 나는 리어카에 동생의 시신을 싣고 가 공동묘지에 묻었다.

　동생의 비참한 죽음이 준 충격과 분노, 여전히 우리 가족을 짓누르는 가난, 고통스런 현실을 떠나 어디로든 떠나고픈 욕구 같은 것들이 청소년기의 성향과 뒤섞여 나를 방황의 길로 내몰았다.

　담임 교사의 만류를 뿌리치고, 친구들과 환송회까지 한 후에 나는 학교를 그만두고 무작정 상경했다. 당장 머물 곳도 없었기에 역 부근의 직업소개소부터 찾아갔다. 거기서 소개받은 곳이 카바레였는데, 무거운 걸음으로 찾아가 보니 밥은 먹여주겠지만 봉급은 없다고 하는 게 아닌가.

　무엇인가에 쫓기듯 빨리 돈을 벌고 싶었고, 또 외국으로 나가보고 싶기도 해서 결행한 상경의 꿈은 며칠 지나지 않아 산산이 부서졌다. 결국 더 버티지 못하고 부서진 꿈을 쓰린 가슴에 안은 채 고향으로 돌아왔다.

　어찌해서 다른 고등학교에 다시 다니게 되었지만, 나의 방황은 반항적인 기질을 더욱 키운 채 계속되었다.

　고등학생 신분으로 술 마시고, 싸움질 뻔질나게 하고, 그래서 끌려간 파출소를 뒤집어엎기도 하며 지내다가, 끝내 학교 운영위원이던 마을 유지의 오토바이를 발로 찬 일로, 그 유지의 강력한 요구에 따라 학교에서 제적을 당했다.

　그러니 방황은 더욱 주체할 수 없게 되었다. 아무리 몸부림쳐도 희망은 지평선 너머에만 있을 뿐이었다.

　그런데 그렇게 절망과 방황의 늪에 빠져 지내면 지평선 너머에 있는 희망은 결코 내 손에 쥐어지지 않는다는 것을 그 누구보다 나 자신이 더 잘 알았다.

어느 날 대학을 가겠다는 결심을 하고 또 다른 고등학교에 들어갔다. 마을 유지의 요구로 나를 제적시킨 교장 선생님이 월사금까지 주고 소개해준 학교였다. 자퇴와 제적으로 고등학교를 세 군데 옮겨 다닌 끝에 마침내 졸업을 하고 대학에 진학했다.

인생을 칼로 자르듯 구분할 수야 없겠지만, 대학 진학의 징 소리로 내 청소년기는 스르르 막을 내렸다. 시련의 길에서 희망을 찾던 그 시절이 돌아보니 참 아득하다.

그 시절에 나는 무전 여행을 무척 즐겼었다. 방학 때만이 아니라 틈만 나면 떠났다. 어느 때는 해안선을 따라 가고, 어느 때는 산을 넘고 강을 건너고, 어느 때는 낯선 도시를 찾아가고, 그렇게 계속 떠나고 또 떠났다.

무전 여행이니 먹을거리도 잠자리도 길에서 만난 사람들에게 신세를 질 수밖에 없었다. 쉽지는 않은 일이었지만, 그래도 내가 가보지 못한 새로운 길이 기다리고 있기에, 그것을 찾아 떠나고 또 떠났다.

그 길에서 나는 무엇을 찾았던 것일까? 삶의 희망이 아니었을까? 시련의 길에서 희망을 찾는 것, 사실 그것은 우리 모두의 인생 이야기가 아닐까?

나의 생존 경쟁은 이렇게 시작되었다. 어린 시절의 나를 만나 등을 한번 두드려 주고 싶다.

살길을 찾아나서는 청년

우리는 왜 경쟁하며 살까? 제 살길을 찾기 위해서, 그 길에서 만날 수 있는 행복을 가슴에 품고 살기 위해서 힘겨운 경쟁을 참아 내는 것 아닐까?

길은 새로운 길로 이어진다. 새로운 길은 행인에게 또 다른 시련과 희망을 안겨주고, 그 길이 끝나는 곳에서는 또다시 새로운 길로 행인을 가게 한다.

이런저런 생각 끝에 나는 다니던 대학을 그만두고 사법고시 합격에 젊음을 걸었다. 꿈도 꿈이지만, 우리 가족이 감당해야 했던 야멸찬 가난과 멸시와 천대를 이겨낼 방법을 그 길에서 찾고자 한 것이었다.

고시생 장남을 둔 우리 가족의 서울 생활은 참으로 팍팍했다. 고향에서 그랬던 것처럼 이주해 온 서울에서도 부모는 여전히 날품팔이 신세에서 벗어날 수 없었고, 가난의 굴레는 어찌 그리도 질긴지 좀체 벗겨지지 않았다.

참기 어려운 시련도 끊이지 않았다. 막내 동생을 고향에서 잃었던 나는 서울에서 또다시 두 동생을 잃어야 했다.

공부에만 매달려 있는 내게 학비를 보태주던 셋째 동생 일선, 자신은 일반 버스를 타도 좋지만 형은 힘들게 공부를 하니 좌석 버스를 타라며 돈을 내밀던 그 동생이 고압선 공사 현장에서 일을 하다가 감전되어 그만 목숨을 잃었다.

피눈물을 삼키며 나는 꿈 한번 펼쳐보지 못하고 세상을 등진 그 동생을 화장해 임진강에 뿌렸다.

다섯째 동생 일수는 또 구두 공장에서 물건을 받아 구두 가게에 공급하는 일을 하다가, 오토바이를 탄 채 택시에 치어 한 많은 이승을 떠났다.

7남매 가운데 셋을 가슴에 묻은 어머니는 그 고통을 견뎌내려고 개종까지 해봤지만, 비통한 표정은 어느 하루도 얼굴에서 지워지지 않았다.

시련은 절망을 낳지만, 절망보다 큰 희망을 낳기도 한다. 나는 군에서 제대하고 본격적으로 고시 공부를 시작했다. 그러나 생계가 막막했기에 돈벌이 없이 언제까지나 공부에만 전념할 수는 없었다. 잡부로 일도 해보는 등 생계 수단을 찾다가, 하급 공무원 시험에 응시했다.

시험에 합격하고 발령받은 동사무소에서 근무하며 고시 공부를 계속했다. 그 무렵에 아내 황영임을 만났다. 지금 돌아봐도 내 인생에서 가장 소중한 만남이었다. 아내는 나의 꿈, 그거 하나 믿고 나를 연인으로 받아들였다.

일 년 동안 시험 준비하는 공무원 생활이 계속되었다. 그런데 공무원이 어찌 고시를 목표로 삼은 사람이 아르바이트로 삼을 정도로 만만한 직업이겠는가. 두 마리 토끼를 다 잡을 수는 없었다. 결국 공무원 생활을 포기하고 공부에만 매달렸다. 그것은 아내가 기본적인 생계를 꾸려가야 함을 뜻했다.

그렇게 지내던 어느 날 나는 서울지하철공사의 사원 모집 공고를 보게 되었다. 그 공고에서 눈을 번쩍 뜨게 한 것은 하루 일하고 하루 쉰다는 근로 조건이었다. 생계 책임을 무작정 회피할 수 없었던 고시생에게는 더없이 좋은 조건처럼 보였다.

나는 공채 시험을 치르고 지하철 직원이 되었다. 그런데 막상 현장에서 일을 해보니 근로 조건이 고시생이 기대한 바와 너무도 다름을 알 수 있었다.

오전 9시에 출근하면 다음날 오전 9시에 퇴근하는 것이 명시된 근로 조건이었지만, 실제로는 밤을 새우다시피 일하고도 잡무 처리니 뭐니 하고 나면 오전 11시쯤 되어야 겨우 퇴근할 수 있었다. 그러니 몸은 녹초가 될 수밖에 없었고, 휴식을 취하지 않으면 다음날 근무가 불가능했다. 그런 조건에서 공부 역시 불가능했다.

나는 두 갈래 길 앞에서 선택해야 했다.

온갖 시련에도 불구하고 청춘을 바치며 걸어온 고시생의 길, 그리고 이제 막 걷기 시작한 노동자의 길, 그 둘 가운데 하나를 말이다. 그 두 길을 다 갈 수는 없었다.

결국 나는 노동자의 길을 선택했다. 그리고 그것으로 모든 것이 달라졌다. 살길을 찾아나서는 청년은 그렇게 당당하면서도 불안하다.

부부가 함께 세상을 향해 가다

흔히들 말한다. 사람은 모두 혼자라고, 이 세상에 홀로 서야 한다고, 사는 목적을 이루기 위한 경쟁의 링에도 '나' 혼자 오를 수밖에 없다고.

그런 말을 들으며 고개를 끄덕이는 사람이 많을 것이다. 그러나 나는 말한다. 나는 아내와 함께 산다고, 이 세상에 함께 서 있다고, 내가 오른 경쟁의 링 바로 아래에서 아내가 지켜보고 있다고 말이다.

우리 부부는 만나는 순간부터 지금까지 공존하기 위해 부단히 애를 썼고, 앞으로도 그럴 것이다. 여느 부부들도 다 그럴 것이다.

우리가 처음 만났을 때 나는 고시 공부를 하는 하급 공무원이었고, 아내는 여섯 살 연하의 꽃다운 처녀였다.

나는 나중에 아내가 표현한 대로 '가난, 가난해도 그렇게 지독히 가난한 것은 처음 봤다'는 집안의 장남이었다. 아름다운(아름다우니 아름답다고 표현할 수밖에) 처녀가 그런 남자와 만난 것이다.

이렇게만 말해도 둘 사이에 어떤 문제가 가로놓여 있는지 대충은 짐작될 것이다.

사랑? 나는 지금 사랑을 말하는 것이 아니다. 사랑을 느끼기에, 사랑하며 함께 살고 싶은 상대이기에 만나려고 하는 것은 지극히 당연한 이야기이다.

문제는 사랑만 앞세운다고 인생의 동반자가 되는 것은 아니라는 데 있다. 잠시 머물다 스쳐 가도 그만인 연애만 한다면 모르되, 결혼은 그와 다르다.

나는 흔히들 말하는 조건으로 봐서 붙잡기 어려울 것 같은 아내에게 나의 꿈을 말했고, 그런 꿈이 있는 사람과 함께할 수 있느냐고 물었다. 아니, 더 정확히 말하면 아내가 먼저 '당신 꿈이 뭐냐?'고 물었다.

현실적인 조건이야 더 따져볼 것도 없지만, 꿈이 있고, 그 꿈을 함께할 수 있다면 반려자로 받아들이겠다는 뜻이었다. 아내나 다른 사람의 입장에서 보면 어떨지 모르지만, 적어도 나의 입장에서 보면 참 현명한 태도였다. 그것이 왜 현명한 태도냐고?

당시 나에게는 꿈밖에 없었는데, 그걸 보지 않는다면 결과는 뻔한 것 아닌가. 단순히 우스개 삼아 하는 소리가 아니다. 아무리 보잘것없이 보일지라도 상대방의 가능성을 인정해 주어야 바람직한 관계를 맺을 수 있는 것이다.

결국 우리 둘은 뜻을 함께 하게 되었다. 그러나 이미 예상되었던 처가의 반대를 극복하는 데도 오랜 시간이 필요했다. 또한 아내가 시집 식구들과 어울려 사는 데는 많은 시간과 노력이 필요했다. 공존을 위해서는 반드시 거쳐야 하는 그 관문도 결혼 생활에 지대한 영향을 끼칠 수밖에 없다.

그러나 우리 부부의 공존에 늘 긴장을 불어넣은 것은 다른 게 아니라, 바로 아내의 흔들리지 않는 의지였다.

나의 꿈을 자신의 꿈으로, 나의 일을 자신의 일로 받아들인 아내는 눈에 불을 켜고 나의 꿈과 일, 즉 자신의 꿈과 일이 어떻게 현실 속에서 살아 있는지 지켜봐 왔고, 지금도 지켜보고 있고, 아마 앞으로도 그럴 것이다.

흔히 이런 말들을 한다. 결혼하기 전에는 어떤 약속을 했는데, 결혼 초기에는 또 어떤 꿈을 말했는데, 그 약속과 꿈은 다 어디로 갔느냐고. 그런데 그런 말은 어쩌다 가끔씩 하는 것 아닌가? 내가 듣기로는 그렇다.

그러나 아내는 다르다. 결혼 전에는 나의 꿈과 일이었는지 몰라도 결혼 후 그것은 이미 부부의 공동 목표가 되었다.

그렇기에 아내는 내가 꿈을 포기하는 듯한 태도를 보인다거나 일을 함에 있어서 엇나가는 기색이라도 보일라치면 불같이 화를 내고 따진다. 그러는 이유가 분명하다. 부부의 공동 목표를 해치는 짓이니, 공동 목표의 한 당사자로서 정당하게 항의하는 것이다.

그렇게 사는 것이 피곤하지 않느냐고 물을 사람도 있을 것이다. 천만의 말씀이다. 나는 감사하고 있다.

우리에게 공동 목표가 없었다면, 아내는 아마도 나를, 우리의 공존을 참아 내고 지킬 수 없었을지도 모른다.

노동운동한다고 감옥살이를 두 번 하고, 10년 동안 해고자 생활을 하고, 늘 경제적인 어려움 속에서 살아야 했다. 공동 목표가 없었다면 그 모든 일을 참아 낼 수 있었을까?

아내가 '하루에 한 끼만 먹고도 사는 법을 익혔으니 흔들리지 말고 하고자 하는 일을 하라. 당신이 하는 일에 최선을 다하라. 내가 요구하는 것은 그것 하나뿐이다'라고 한 말이 생생하다.

아내는 나의 연인이자 내 자식의 어머니이지만, 공동 목표를 향해 함께 길을 가는 동지이다.

아내는 강한 여자다. 눈물도 잘 보이지 않는다. 그녀에게 눈물은 여자의 무기가 아니다. 그런데 나는 아내가 흘린 두 번의 눈물을 기억하고 있다.

서울지하철공사 노동조합을 설립할 무렵에 아내가 눈물을 흘렸다. 내가 노동자들의 인간다운 삶을 위해 노동조합을 세우겠다는 결심을 밝히자, 그것이 우리에게 어떤 시련을 줄지 미처 다 알지 못하면서도, 시련이 오리라는 짐작을 하고 비까지 내린 그 날 아내는 울었다.

그로부터 몇 년 뒤, 감옥살이를 하고 나온 해고자로서 노동운동을 하던 무렵이었다. 나는 한 동지와 이런 말을 나누었다.

"우리 비록 나물 먹고 물 마시고 하늘 쳐다보고 살지언정, 하늘에 한 점 부끄러움 없이 살자."

아내는 그 말을 듣고 감동하여 눈물을 흘렸고, 그러면서 자신의 인생관을 정했다고 한다.

언젠가 아내는 이렇게 말했다.

"그렇게 말해놓고, 그래서 내 인생관을 정하게 해놓고 이제 와서 딴소리하면 내가 어이없다."

처음으로 본 아내의 눈물이 두려움과 서러움의 눈물이었다면, 몇 년 뒤에 본 눈물은 어려운 처지에서도 끝내 포기하지 않는 희망의 눈물이었다.

아내의 무기는 눈물이 아니라 흔들리지 않는 의지였다. 두 번째로 감옥살이를 하고 나온 때의 일이다. 어느 날 아내가 강렬한 눈빛을 띠고 따지듯 물었다.

"당신 이중 인격자예요?"

노동운동한다고 밖에서는 열정적으로 일을 하지만, 막상 집으로 돌아오면 힘이 쏙 빠지는 순간이 있었다. 가장으로서의 무능함이 주된 이유였다.

우유 배달 등의 일을 하며 나름대로 발버둥쳐봐도 무능함에서 벗어나기가 힘들었다.

가족을 제대로 돌보지 못하는 상황에서 병까지 얻은 어머니를 생각하니 가슴이 찢어지는 듯했다. 평생을 가난 속에서 산 어머니, 편히 모시기는커녕 치료비조차 제대로 마련할 수 없었으니, 한동안 깊은 한숨에 빠져 지내게 되었다. 그런 내게 아내가 할 말을 했다.

"처지가 이래서 어머니를 제대로 모시지 못하는 거 나도 가슴 아파요. 하지만 지금 낙담하고 있는 이 모습이 뭐예요? 민중운동이고 뭐고 다 포기할 거예요? 우리 어머니도 고통 받는 그 많은 민중의 어머니 가운데 한 분이라고 당신이 말하지 않았어요? 그런데 왜 그 민중의 어머니는 아예 안중에도 없는 것처럼, 우리 어머니 한 분만 생각하면서 이렇게 절망하는 모습을 보이는 거예요? 당신이 전에 한 말은 다 뭐예요? 당신 이중 인격자예요?"

절망의 늪에서 허우적거리던 나는 찬물을 뒤집어쓴 듯 정신이 번쩍 들었고, 늪에서 빠져 나올 수 있었다.

남편의 충실한 비판자인 아내는 나를 칭찬하는 데는 무척 인색하다. 아니, 나는 칭찬의 말을 거의 들어본 적이 없다.

자랑거리가 생겨 칭찬을 받고 싶은 아이 심정으로 쳐다봐도, 아내는 그런 심정을 아는지 모르는지, 알면서도 모르는 체하는지, 칭찬이 독이 된다고 굳게 믿고 아예 눈을 감아버리는지 끝내 칭찬의 말 한마디를 하지 않는다.

칭찬은커녕 날카로운 비판의 칼로 나를 긴장시키는 일에 더욱 익숙해 있다.

참고 또 참다가 어느 날 아내에게 항의했다.

"왜 날 칼날 위에 세워 놓고 비판하는 거요?"

칭찬에 굶주리고 비판에 질린 아이처럼 작심하고 그렇게 물으니 아내는 이렇게 대답했다.

"당신의 꿈을 살리고 싶어서 그래요. 당신이 제대로 살아야 나도 사는 보람이 있으니까요."

나는 두 손 들었다. 그리고 인정했다. 결과적으로 아내는 칭찬하지 않으면서 결국 나를 살렸다.

아내여, 살려준 것은 너무도 고마운데 앞으로는 칼날 위에 세우기보다는 노둣돌 위에 나를 올려놓는 걸 한번 고려해 보시오. 그러면 당신의 뜻을 더 살릴 수 있을지 누가 알겠소.

신혼 시절에는 이런 일도 있었다. 어느 날 직장에서 아내에게 전화를 걸었다.

"밥 먹었어?"

다른 말은 잘 기억이 나지 않는데 그 한마디는 분명히 했다. 아니, 다른 말을 할 시간이 없었던 듯하다.

아내가 대뜸 이렇게 말하는 것이었다.

"아니, 남자가 사회에서 그렇게 할 일이 없어요? 다시는 집으로 전화하지 말아요."

단호한, 너무도 단호한 아내의 말에 충격을 받았다. 아내의 추상 같은 명령을 받은 이후로 나는 그런 전화를 다시는 하지 않았다.

결혼 기념일이라고 아내에게 선물을 준 적이 있었다.

"당신 하는 일에나 신경 써요. 두 번 다시 이런 선물 사오지 말아요."

그 이후로 나는 결혼 기념일이니 무슨 날이니 하며 아내에게 선물을 준 적이 단 한번도 없다.

긴 해고자 생활을 끝내고 막 복직한 어느 날이었다. 편안한 마음으로 평소보다 좀 일찍 귀가했다. 그런데 아내는 반기기는커녕 이렇게 말하는 게 아닌가.

"노동운동한다는 사람이 왜 이렇게 일찍 왔어요? 일찍 올 생각 말고 일 열심히 해요."

그 이후로 나의 귀가 시간은 자정을 넘기기가 일쑤였다. 그렇기에 우리 집에서는 초인종을 누르는 법이 거의 없다. 각자 열쇠를 사용한다.

우리는 생일도 특별한 날로 여기지 않는다. 그 날을 기억하려고 애쓰지도 않으니 흘려버리기 일쑤고, 기억한다 해도 굳이 생일 상을 차리려고 하지도 않고, 그래도 서로 서운한 감정을 갖지 않는다. 아내가 그런 걸 중요하게 여기지 않고, 함께 살다보니 나 역시 그렇게 되었다.

이렇게 사는 부모가 안타깝게 보이는지 우리 딸이 부모의 생일에 선물을 마련하거나 문자 메시지로 축하의 말을 전하거나 할 뿐이다.

세월이 흘러 요즘은 아내가 전화를 걸어오면 내가 무뚝뚝하게 묻는다.

"왜 전화했어?"

내색은 하지 않지만 아내는 가끔은 그게 좀 섭섭한 모양이다. 아, 세월이 그만큼 흘러버렸구나.

언젠가 누가 내게 '존경하는 사람이 있다면 그가 누구냐'고 물었다.

"아내를 존경합니다."

"네?"

내 대답을 듣자마자 그는 눈을 동그랗게 뜨고 물음표를 달았다. 좀 모자라는 팔불출인지 확인하고 싶었는지도 모른다. 그렇게 보거나 말거나 나는 솔직하게 답한 것이다.

아내는 원칙에 충실하다. 옳다고 믿는 것은 아무리 고통스럽다 해도 포기하지 않는다.

좋은 옷을 입고 좋은 음식을 먹으며 좋은 집에서 살고 싶지 않은 사람은 없을 것이다. 아내 역시 그런 꿈을 버린 적은 없을 것이다. 그렇지만 그런 것을 탐내며 자신의 원칙을 버린 적도 없다.

이런 식이다. 삶의 현장에서 깨우친 것을 나는 아내에게 들려준다. 그러면 그 말을 곰곰이 생각해 보는 아내, 그것이 옳다고 생각되면 그녀는 그것을 원칙 속에 넣는다. 그리고는 내가 스스로 말한 것에서 벗어나는 듯한 행동을 보일라치면 그 원칙을 내세우며 나를 질책한다. 한때 그랬다는 게 아니다. 늘 그렇다.

어느 날 아내는 친구들과 어울린 자리에서 이런 말을 했다. 그 자리에는 고생하는 아내의 처지를 안타깝게 여기며 눈물을 흘린 친구도 있었다.

"너희들은 내가 외롭고 힘들게 사는 줄 아는데, 나는 이런 기준으로 사는 게 맞는 것 같아. 좋은 집? 꾸미고 청소하고 하면서 집의 노예가 되기 십상인데 꼭 그런 집을 바랄 게 뭐 있겠어? 좋은 옷 입어봐야 구겨지기라도 할까 봐 상전 모시듯 벌벌 떨고 드라이 값이나 나가지. 아무리 못 먹는다고 어떻게 해서 과일 한 쪽 못 먹겠어? 자기 원칙을 지키고 살면 어디 가서 꿀릴 것도 없고 당당할 수 있어. 나는 이렇게 사는 게 마음도 편하고 좋아. 마음만은 부자라고. 부자? 경제 부자? 마음 부자? 그 둘 가운데 누가 더 부자일까? 나는 내 식으로 사는 거야. 그러니 너무 걱정들 하지 마라."

아내는 내가 일을 제대로 하지 않는다 싶으면 원칙을 내세우지, 그 일을 하면서 가족에게 끼치는 고통에 대해서는 한마디도 하지 않는다.

경제적인 곤궁에 처해도 스스로 그 고통을 껴안을 뿐, 흔히들 말하는 가장의 역할에 대해서는 입에 올리지 않는다. 바라기야 하겠지만, 나의 자존심을 다치지 않게 하려는 배려임을 나는 모르지 않는다.

나는 순진한 소년이 일기장에 적듯 이런 독백을 한 적이 있다.

"나라는 인간은 부족한 것이 많은 사람이야. 아내한테 우습게 보이지 말아야지. 그러려면 문제점을 고치려고 노력해야 해."

돌아보니 늘 이런 마음을 갖고 산 듯하다. 그러니 아내는 내 인생의 교육자인 셈이다.

내 인생의 교육자인 아내와 내 인생의 생산자인 어머니는 한때 몹시 불편한 관계로 지내야 했다. 고부 갈등은 대개 내 탓이었다. 생전에 어머니는 장남의 경제적 무능을 며느리 탓으로 돌리며 이런 말을 한 적이 있었다.

"저년 때문에 내 아들이 돈을 벌려고 하지 않는 거야."

아내로서야 억울하겠지만, 따지고 보면 억울해할 일만도 아니다. 왜냐하면 그런 말을 듣기에 딱 좋은 말을 골라서 어머니에게 했으니, 스스로 자초한 구석도 있기 때문이다.

아내는 어머니에게 이런 말을 하곤 했다.

"어머니, 우리 그 사람 세상에서 당당하고 떳떳하게 살게 해주어요. 돈만 많다고 잘사는 게 아니잖아요. 뉴스 보세요. 재벌이고 뭐고 돈 때문에 온갖 문제를 일으키고, 그 때문에 욕도 실컷 먹잖아요. 그런 삶을 부러워할 거 하나도 없어요. 그 사람이 그렇게 된 후에 한탄하지 말고, 소신 지키면서 살 수 있게 가족이 뒷받침해주어야 해요."

그러면 어머니는 "저년 때문에…" 하는 그 말을 한다. 아니, 어머니의 생각으로는 그렇게 말할 수밖에 없다.

며느리가 아침저녁으로 돈 벌어오라고 악악거린다 해도 아들의 살아가는 방식이 크게 달라질 것 같지 않아 한숨인데, 악악거리기는커녕 소신 지키며 살 수 있게 해주자는 둥 하며 한 술 더 떠 '염장을 지르니' 말이 곱게 나올 수 있겠는가.

아내의 말이 옳다고 수긍은 하면서도, 그래서 나중에는 아내의 말이라면 '팥으로 메주를 쑨다 해도' 믿었던 어머니였지만, 그런 상황에서는 가슴 아픈 세월을 살아온 어머니였기에 아내를 미워할 수밖에 없었다.

그런데 극은 극과 통한다고 했던가? 아니면 고운 정 미운 정이 흠뻑 든 탓일까? 돌아가시기 전에 어머니는 '내가 사람으로 인정하는 사람은 맏며느리다'는 의미심장한 말을 했다.

미움을 받고 살았어도 자신이 인정을 받은 탓일까? 아니면 진정 사람의 마음이란 것이 그런 것일까? 아내는 요즘 '시어머니가 보고 싶다'는 말을 한다.

우리 부부의 지난 세월을 돌아보니, 끝내 꿈과 희망을 버리지 않았지만, 시련도 참 많았다.

노동운동하는 남편이 파렴치범으로 몰려 구속되자 너무도 억울해 검찰청 마당에서 혀를 깨물었던 아내, 노조를 탄압하는 정권의 방침에 따라 남편을 구속시킨 검사가 언제 결혼했냐고 물으니까 "넌 언제 결혼했냐?"고 되물으며 분노를 드러냈던 아내가 그 힘겨웠던 지난 인생을 돌아보며 이렇게 말한다.

"난 당신과 함께한 인생에 대해 단 한번도 후회해본 적 없어요."

후회하지 않고 살기 위해 아내 스스로 무던히도 애쓴 결과이다. 그렇게 애쓴 그녀가 너무도 고맙다.

내가 새로운 노동운동의 길을 찾기 시작할 무렵, 파업 없는 노동운동을 말하자, 민주노총 모임에서 사람들이 나를 두고 '당신은 역사의 죄인'이라고 매도했다.

그러자 아내가 벌떡 일어나 "지금 말씀 다하셨어요? 당신들이 도대체 무슨 일을 했는데 감히 그렇게 말하는 거예요?" 하며 열변을 토했다. 남편의 자존심이 다치는 것을 죽기보다 싫어하는 아내이다.

가족 사이에 갈등이 생길 때, 내가 "가족 사이에서는 감성적인 면이 강하게 작용한다. 이성적 판단만 앞세워 지나치게 냉철하고 냉정하면 못쓴다"고 하면 참고로 받아들이면서도 "내 사전에 팔이 안으로 굽는 법은 없다"고 잘라 말하는 아내이다.

그렇게 강한 듯 보이지만, 남편이 콩나물 값 같은 것은 깎지 말라고 하면 꼭 그대로 하는 아내, 순종의 미덕에서가 아니라 스스로 그것이 옳다고 여기면 꼭 그렇게 하는 아내이다.

어느 날 아내는 앞으로 남편과 함께하는 삶에서 바라는 것이 무엇이냐는 질문을 받고 이렇게 대답했다.

"남편이 무엇이 되기를, 그래서 내가 무엇이 되기를 바라는 것이 아닙니다. 다만 우리가 함께 세상을 향해 끝없이 가며 살고자 하는 것뿐입니다."

내가 이 세상에서 가장 사랑하는 아내여, 우리 함께 세상을 향해 끝없이 가자. 가다 보면 누군가와, 무엇인가와 경쟁해야 하는 일들이 숱하게 벌어지겠지만, 지금껏 그래 왔듯 우리 함께라면 무엇이 두렵겠나.

투쟁의 깃발을 들고 하늘을 바라보다

고시생이 선택한 노동자의 길은 첫걸음부터 앞날이 순탄하지 않을 것임을 예감케 했다. 지하철공사에 입사해서 그 조직 체계를 보니 참으로 가관이었다.

사장은 예비역 소장

이사는 예비역 준장

과장급 이상 간부 사원의 70퍼센트는 예비역 대령, 중령, 소령

노동자는 영관급 이하의 예비역 병사

오! 지하철 사단

예비군 부대 편성도 아니고 이 무슨 꼴인가. 이 기막힌 조직 체계가 직장에 군사 문화로 고스란히 반영되었다. 하기야 그 버릇 개한테 못 주는 법이다.

아침 조회부터 노동자는 차려 자세로 회사의 전달 사항을 들어야 했다. 그 꼴이 연병장에서 상관의 훈시를 듣는 병사들과 다를 게 없었다.

실제로 차려 자세가 조금 흐트러지기라도 하거나 명령을 고분고분 따르지 않는다고 비춰지거나 하면 상사는 군대에서 하던 그대로 '이 새끼…' '저 새끼…' 하며 욕설을 퍼붓고, 구둣발로 정강이를 까

거나, 엎드려뻗쳐 자세를 시켜놓고 몽둥이로 때리기까지 했다. 몽둥이로 때리기까지 했다고? 설마 그럴 리 있겠느냐고 반문하는 사람도 있을 것이다. 지금은 상상조차 못하겠지만 20년 전 서울지하철공사에서는 분명 그런 일이 벌어졌다.

욕설과 폭력만이 아니었다. 돈을 다루는 노동자들은 출근하면 사물함에 자기 돈을 넣어두었다가, 50원짜리 자판기 커피 한 잔을 마시려 해도 반드시 기록하고 그 돈을 꺼내야 했다. 그랬음에도 무고한 직원들에게 수시로 '삥땅친다'는 혐의를 뒤집어씌우곤 했다.

산업 현장에서 노동조합 결성 운동이 번지던 무렵이었다. 어느 날 조회에서 예비역 소장인 사장이 바닥에 버린 담배꽁초를 구둣발로 짓밟는 모습을 연출해 보이더니 이렇게 말했다.

"노조를 만드는 사람은 이렇게 하겠다."

노동자를 구둣발에 짓밟힌 담배꽁초 신세로 만들어주겠다는 사장의 엄포요, 사단장의 명령이었다.

노동자, 일동 차려! 사단장님에 대하여, 아니 사장님에 대하여 경례! 구역질이 났다. 노동자를 졸개 다루듯 하는 회사에 역겨움을 느끼고 사표를 던져 버릴까 하는 생각도 했었다. 그러나 오기가 발동했다.

'오냐, 너희들이 그렇게 나오면 서서 죽는 한이 있어도 앉아서 당하지만은 않겠다.' 나는 휴가를 내고 서울지하철공사 노동조합 결성에 나섰다. 회사의 감시 망원경에 잡히면 온갖 방해 작전으로 역공을 받을 수밖에 없었기에 몰래 숨어서 일을 추진했다.

비밀리에 회사 동료들과 접촉하고 연락을 취한 끝에 서울역에서 만나 노동조합 결성 집회를 열기로 했다. 그 뜨거웠던 1987년의 어느 여름날이었다.

집회에 오기로 약속한 인원은 200명가량 되었는데, 현장에 온 동료는 18명뿐이었다. 서울역에 오기는 했지만 두려움을 이기지 못하고 멀리서 바라만 보다가 발길을 돌린 동료도 있었다. 당시 법에는 30명 이상이 되어야 노동조합을 결성할 수 있도록 규정되어 있었다.

서울역에 모인 우리는 긴급 회의를 했다. 의견이 하나로 모아졌다. 어차피 우리의 노조 결성 움직임은 사장인 예비역 소장에게 알려질 것이고, 이대로 포기한 채 회사로 돌아가면 예비역 소장이 공언한 대로 그의 구둣발 아래 짓밟힌 담배꽁초 신세가 될 것이니, 노동조합을 결성이나 해놓고 잘리더라도 잘리자고 결의를 다졌다.

아, 그 결의에 찬 눈빛들, 지금도 떠오르는 그 눈빛들이 바로 우리의 희망이었다.

참석한 18명이 회사로 가서 각자 1명씩 데리고 오기로 했다. 36명이면 노조 결성이 가능했다. 과연 30명을 넘길 수 있을까?

초조하게 기다리고 있는데, 한 사람씩 한 사람씩 서울역으로 다시 모이기 시작했다. 결의에 찬 눈빛으로, 앉아서 당하느니 서서 죽겠다는 의지로 한 걸음 한 걸음 다가오는 동료들, 노동자의 인간다운 삶을 위해 찾아오는 그 아름다운 동료들이 58명이 되었다.

"됐다!"

우리는 손을 굳게 맞잡았다. 바로 서울지하철공사 노동조합을 탄생시키는 결성식을 하고, 한 팀은 노조 설립 신고를 위해 노동부로 향하고, 한 팀은 유인물 인쇄를 위해 을지로로 향했다. 새로운 역사를 여는 걸음들이었다.

그래서 마침내 우리의 노동조합은 탄생되었다. 예비역 소장을 비롯한 간부들은 땅을 쳤다. 당시 회사에서도 1사 1노조밖에 인정되지 않는 그 점을 이용해 어용 노조를 획책하고 있었다. 그들이 노조 설립 신고를 먼저 했다면 우리는 불법 노조가 될 수밖에 없었다.

노조가 결성되자 회사 측에서 만나자는 신호를 계속 보내왔다. 그 이유는 불을 보듯 뻔했다. 나는 그들 대신 현장을 돌아다니며 동료들을 만나 노조 가입을 권유했다. 한 달 만에 가입 대상자의 99퍼센트가 노조에 가입했다.

우리는 당당한 노동자로 설 기반을 마련한 것이었다. 나는 노동조합의 초대 위원장이 되었다. 그러나 노동조합 결성은 노동자의 인간다운 삶을 위한 첫걸음에 불과했다. 그 당시 어용 성격이 짙었던 한국노총의 그늘 아래 우리 노조를 둘 수 없었다.

뜻을 같이하는 동지들과 함께 93개 민주노조를 합쳐 한국노총과는 별도로 서울지역 노동조합협의회(서노협)를 결성하고 나는 초대 의장이 되었다.

이어서 서노협은 마산창원지역 노동조합협의회(마창노련) 등 각 지역 노동조합협의회의 연합체인 전국노동조합협의회(전노협)으로 확대 발전되었다. 전노협은 현 민주노총의 전신이다.

그렇게 노동운동의 깃발을 올리다가 나는 구속되고 해고되는 처지로 몰렸다. 나 자신은 그런 신세가 되었지만, 노동운동의 깃발을 들고, 노동자로서 자주적인 삶을 살 수 있겠다는 희망을 품으며 바라본 하늘은 참 아름다웠다.

슬픈 비망록

해고자 아들이 직장으로 돌아가 사람 구실하며 살 수 있기를 간절히 바란 아버지, 정권이 바뀌어 복직의 훈풍이 분다는 소식을 접하고 한껏 기대를 했건만, 이번에도 복직 명단에 아들의 이름이 오르지 않았다는 말을 전해 듣고 낙담해, 스스로 이승과의 인연을 끊어 버렸다. 아버지의 낡은 수첩을 보니 빚은 없었고 돈 3,000원이 남아 있었다.

빌어먹을 해고!

패혈증을 앓은 어머니, 병명도 모른 채 너무도 아파 웬만하면 가지 않던 도시의 큰 병원으로 갔건만, 의사들은 파업 중이라 치료다운 치료 한번 받아 보지 못한 채, 어떻게 손을 써보겠다는 아들을 믿고 위중한 몸으로 서울로 오다가, 몸이 더는 견디지 못하고 길에서 쓰러져, 제 이익에 눈이 먼 의사들의 파업이 끝난 날 이승을 떠나야 했다.

빌어먹을 파업!

무거운 인생의 짐을 짊어진 채 마지막 순간까지 최선을 다한 아버지를 나는 존경한다. 가난의 굴레에서 벗어난 적 없어도 가족을 따뜻하게 품은 어머니를 나는 사랑한다. 그런 내 부모와 그리도 참담하게 이별했다. 아버지와 어머니는 이승의 생존경쟁에서 진 패자일까?

아니다! 살고자, 끊임없이 밀려오는 파도처럼 고난이 찾아오고 또 찾아와도 온몸으로 맞서며 살고자 했던 인생에는 승자도 패자도 없다!

슬픔을 남기고 그렇게 세상을 떠난 부모를 내 어찌 잊을 수 있겠는가. 분노가 치밀어 '빌어먹을 해고!' '빌어먹을 파업!' 하던 그때를 내 어찌 잊을 수 있겠는가. 그러나 슬픈 비망록에 적힌 나의 개인사를 앞세워 세상을 보는 독단에는 결단코 빠지지 않겠다. 개인사에 갇힌 채 만들어 낸 독단은 세상을 더욱 괴롭게 할 뿐이다. 특히 그러한 독단에 사로잡힌 지도자는 위험하다.

공존의 깃발을 들고 땅을 바라보다

마침내 10년의 해고자 생활에 마침표를 찍고 1998년에 나는 서울지하철공사에 복직하게 되었다. 10년이면 강산도 변한다는데, 세기말에서 21세기를 바라보는 그 10년 사이에 세상은 '뽕나무밭이 변하여 푸른 바다가 된다'는 표현이 딱 어울릴 만큼 너무도 달라져 버렸다.

멀게만 느껴졌던 21세기가 오고, 시간의 흐름에 따라 변화의 속도는 더욱 빨라졌다. 그렇게 변하는 세상에서 나도 변했다.

투쟁의 깃발을 앞세우며 강성 노동운동가로 불렸던 나는 새로운 세상에서 노동운동 역시 과거의 방식만 고집해서는 더 이상 희망이 되지 못한다는 결론에 이르게 되었다.

그래서 과감하게 새로운 노동운동의 깃발을 올렸다. 서울지하철공사의 노동조합을 결성하고 초대 노조위원장으로 일했던 나는 복직 후 9대, 10대, 11대 노조위원장을 연임하게 되었는데, 조합원들의 지지를 받으며 연 새로운 노동운동의 중심축은 노사 관계를 과거와 같은 '대립'이 아닌 '공존'의 관점으로 바라보는 것이었다.

대립 관계로 보고 투쟁할 때 노동운동의 가장 중요한 무기는 '파업'이었다. 그랬기에 나는 우선 '파업 없는 새로운 노동운동'을 세상에 알렸다.

그런데 무파업, 그것이 문제가 되었다. 달을 가리키니 보라는 달은 보지 않고 손가락만 본다고 했던가? 파업을 효과적인 운동 수단으로 인정하지 않는 노동운동가로 내 이름이 오르내리자, 적잖은 사람들이 '무파업' 그것만 달랑 떼어놓고 보며 더러는 쑥덕거리고 더러는 노골적으로 비난의 화살을 퍼부어대기 시작했다.

비난의 핵심은, 노동자가 어려운 처지에서 그나마 행사할 수 있는 힘이 파업권인데, 그것마저 포기하고 어떻게 자본가와 대적할 수 있겠느냐 하는 것이었다.

나는 노동자가 파업권을 포기해야 한다고 주장한 게 아니었다. 다만 파업 같은 투쟁이 노동자에게 오히려 해를 끼치기도 하는 낡은 방식이라고 보고 노사가 공존할 길을 찾으려 한 것이었다.

내가 추구했던 노동운동은 한마디로 인간의 행복, 그 하나에 모아진다. 그런데 환경의 변화 때문에 지난날의 투쟁 방식이 한계를 드러내기에, 그 한계로 말미암아 인간의 행복에 오히려 장애가 되기에 새로운 길을 찾아 나선 것이었다.

파업? 한때는 전국의 사업장들을 두루 돌아다니며 지난날의 투쟁 방식을 내세우고 투쟁 의식을 고취하려고 애썼던 노동운동가의 한 사람으로서 솔직히 고백하는데 파업처럼 하기 쉬운 노동운동은 없다.

축약해서 보면 이렇게 진행된다. 우리 노동자는 이것을 요구한다! 들어줄 것인가? 그럴 수 없다고? 알았다! 우리의 힘을 보여주마! 그러고는 지도부가 조합원들에게 파업밖에 길이 없다고 목소리를 높인다. 조합원들은 그 길밖에 다른 방법이 없다는 말을 철석같이 믿고 "동지여!" 하며 파업 대열에 선다.

이때 자본가는 파업의 지속이 자기 이익에 막대한 손해를 끼친다는 판단이 들면 비로소 숨겨 두었던 카드를 마지못해 내밀기도 한다. 그러면 노동자는 소리를 높인다. 봐라! 우리의 힘을 보여주니 이런 이익을 취할 수 있지 않은가!

그러나 숨겨 둔 카드를 그렇게 쉽게 내미는 자본가는 드물다. 그럴 만한 사람은 협상을 통한 해결이 더 큰 이익을 준다는 것을 알기에 파업 국면 자체를 피한다.

그 두 부류와 다른 자본가 대부분은 파업이라는 공격을 받으면 전투 태세를 갖추고 온갖 방법을 다 동원해 반격에 나선다. 비열하고 잔인한 방법도 서슴지 않는다. 그 때문에 노동자는 막대한 손해를 본다.

파업보다 쉬운 노동운동이 없지만, 파업만큼 큰 피해를 끼치는 노동운동 또한 없다.

노동자와 자본가 모두 막대한 손해를 보면서도 힘 겨루기를 포기하지 않는다. 왜냐하면 그 길밖에 달리 방도가 없다고 믿기 때문이다.

파업? 그것은 노동조합의 힘을 약화시키는 역설적인 결과를 낳기도 한다. 한때 시민들로부터 파업철이니 지옥철이니 하는 소리까지 들으며 파업 투쟁을 노조의 힘으로 내세웠던 서울지하철공사 노동조합의 사례에서도 확인할 수 있다.

지도부의 구속과 수배, 그 뒤를 잇는 대량 해고 바람, 그런 결과로 노조의 안정성은 훼손된다. 떨어진 안정성만큼 힘도 약화된다.

또한 임금 인상과 해고자 복직 등의 목표를 달성하려면 파업만이 유일한 해결책이라는 인식을 심화시켜 노조 안에 다양한 의견이 자리잡을 수 있는 토대를 붕괴시킨다. 다양한 의견으로 이룰 수 있는 자체 역량 강화의 길을 스스로 포기한 것이나 다름없다.

파업? 그것은 무능하고 부패한 경영진이 자기 변명거리로 삼는 수단으로 전락하기도 한다.

자신의 무능과 부패를 감추면서 회사가 어려운 것은 강성 노조가 파업을 벌이기 때문이라고 둘러댄다. 파업이 그들의 면죄부 구실을 하는 것이다.

그런데 무능하고 부패한 경영진 때문에 회사가 어려운 처지에 빠지면 최대 피해자는 노동자가 된다. 부실한 경영 결과 때문에 더 나은 노동 조건을 요구할 수 없게 되고, 그 정도가 심하면 노동 조건 후퇴는 물론 감원되는 고통까지 감수해야 하기 때문이다.

파업? 그것은 권력과 자본이 목적하는 바에 충실히 따르는 어용의 성격이 있기도 하다. 권력과 자본은 자신들의 목적을 쉽게 달성하기 위해 파업을 유도하기도 한다. 파업에 대한 확고한 해결 방안을 미리 마련해 놓고서 전략적으로 유도하는 것이다. 그런 유도에 따르는 것이 바로 어용이다.

파업? 그것은 공존의 삶에 도움이 되기보다는 대립의 삶을 부추긴다.

파업이 이러한 부정적인 면을 갖고 있지 않다면 나는 새로운 노동 운동의 방식을 찾지 않고 낡은 방식을 고수했을지도 모른다. 그랬다면 파업이라는 수단을 반가워하며 '파업이여, 안녕!' 하고 인사를 했을 것이다.

그러나 파업의 악영향은 이미 실증적으로 드러나 있었다. 그러니 나는 '파업이여, 안녕!' 하며 작별을 고하고 싶었던 것이다.

이런 나를 곱지 않은 눈길로 바라보는 운동가들은 기회 있을 때마다 나와 맞섰다.

노동조합 위원장 취임식에서 벌어진 일이었다. 위원장에 취임한 나는 노조 행사 때면 식순에 따라 부르게 되어 있는 '님을 위한 행진곡'을 '애국가'로 바꾸게 했다.

축하해 주기 위해 온 각계 인사들을 고려해서 그랬다. 그 인사들 가운데는 '사랑도 명예도 이름도 남김 없이 (…) 앞서서 나가니 산 자여 따르라' 하는 노래를, 그것도 노동자들이 집단적으로 목청을 높이는 것을 어색해할 이들도 있었다. 이전에 자주 목격한 터였다.

그래서 외국인이 아니면 거의 모두가 알고 있는 애국가로 바꾼 것이었다.

"동해물과 백두산이…"

그 노래가 울려 퍼지기 시작하는데, 예상치 못한 묘한 일이 벌어졌다.

누군가가 선동했는지, 아니면 이심전심으로 그랬는지 확실하지는 않지만, 수군거리고 웅성거리기 시작한 일부 조합원들이 벌떡 일어나 식장 밖으로 퇴장하는 것이었다. 그것도 보란 듯이 당당하게 말이다.

노동자로서 '님을 위한 행진곡'을 부르는 것이 마땅한데 왜 '애국가'를 부르라고 하는 것이냐? 당당한 노동자로서 이런 자리에 있지 않겠다. 퇴장의 의미인즉슨 대충 그런 것이었다.

식장을 어수선하게 만든 것만으로 만족하지 못한 그들은 그 '노래를 바꾼 사건'을 대의원대회의 정식 안건으로 채택하기까지 했다.

그 일을 가지고 위원장을 징계하겠다는 것이었다. 아니, 꼭 징계는 아니더라도 자신들의 신념에 따라 본때를 한번 보여주겠다는 태도였다.

목적을 이루지는 못했지만 그들은 나름대로 자기 만족은 느꼈을 것이다. '아, 우리의 길은 단결 투쟁뿐' 인 '진짜 노동자' 로서 말이다.

한때는 투쟁의 깃발을 들고 바라본 하늘이 참으로 아름다웠다. 그러나 이제 세상이 변했다. 세월이 흐르면 세상도 변하는 것 아니냐는 식의 단순한 말이 아니다. 정보화와 세계화로 특징지어지는 문명의 대전환이 이루어지고 있는 것이다.

또한 세계는 지금 무한 경쟁 시대에 돌입해 있다. 눈을 크게 뜨고 우리가 발 딛고 사는 이 땅의 이러한 변화를 제대로 읽어내야 한다. 그래야 살길이 열린다. 공존의 깃발이 필요함은 물론이다.

정치가를 되돌아보게 하는
음식 이야기 몇 개

새로운 노동운동의 지평을 넓혀 가던 나는 한나라당 비례대표로 공천을 받아 국회의원이 되었다.

주위의 반응은 그야말로 각양각색, 말들이 많았다. 정치가로 성공하기를 기원해 주는 이들이 있는가 하면, 노동운동가가 보수 정당에 가서 무슨 일을 하겠다는 거냐며 독하게 비판하는 이들도 있었다.

노동운동가였으니 '노동' 이라는 공통어가 있는 민주노동당에 들어가야 제격이라는 말인가? 아니면 실제야 어쨌거나 말만은 늘 개혁을 앞세우는 정당이 어울린다는 뜻인가?

나는 그렇게 생각하지 않았다.

보수 정당이기에 내가 해야 할 일이 더욱 많을 것이라는, 당 역시 나 같은 사람을 필요로 할 것이라는 판단을 내리고 보수 정당의 일원이 되어 정치가의 길을 걷기 시작했다.

정치가, '나라를 위하여' 혹은 '국민을 위하여' 를 늘 말하지만, 정작 국민들로부터는 가장 믿을 수 없는 사람들로 손꼽히니, 이 어찌된 노릇인가? 이 의문을 풀지 않고는 정치가 국민에게 희망을 줄 수 없지 않겠나. 깊이 생각해 보자.

1. 따로국밥의 맛

노동자 시절에 만난 후배들과 함께 한 자리였다. 한 후배가 싱글 거리며 말했다.

"위원장님, 뭐 하나 물어볼게요."

어떤 후배들은 국회의원이 된 선배를 여전히 예전의 노조위원장 으로 대하고 싶어 한다. 그렇게 예전의 호칭을 들으면 왠지 친근감 이 느껴지는 한편, 새삼스레 세월의 변화를 생각하게 한다.

"뭐?"

"여의도에는 따로국밥 파는 집이 많습니까?"

"따로국밥? 잘 모르겠네. 그건 왜?"

후배는 웃기기도 전에 자기가 먼저 웃는 코미디언 같은 모습으로 물었다.

"국회에 가서서 보니 어떻던가요? 국회의원들이 따로국밥을 좋아 하던가요?"

"웬 따로국밥 타령이야? 말하고 싶은 게 뭐야?"

후배가 본론으로 들어갔다.

"국회의원들이 따로국밥을 좋아할 것 같아서요. 밥 따로 국 따로, 따로국밥 말이에요. 말 따로 행동 따로, 따로국밥이죠. 선거 때 따로 당선된 뒤 따로, 따로국밥이죠. 소신 따로 의정 활동 따로, 따로국밥 이죠. 법 만들 때 따로 법 지킬 때 따로, 따로국밥이죠. 이렇게 따로 따로를 좋아하니, 따로국밥도 즐겨 먹지 않겠어요?"

피식 웃음이 나왔다. 화법과 연기가 뛰어났다면 박장대소의 반응 이 터져 나올 수도 있는 내용이었다. 다른 후배들 역시 뜨거운 호응 을 보이지는 않았다.

그러나 연기가 좀 서투르다고 그 풍자의 무게를 가볍게 볼 수는 없었다. 나는 그 후배와 장단을 맞추며 말했다.

"국회 식당에 따로국밥이 있는지 잘 모르겠는데, 만약 없다면 메뉴로 생각해 보라고 해야겠네. 따로국밥 먹으며 우리 함께 반성 좀 하자고 말이야. 메뉴에 이렇게 적으면 어떨까? '말 따로 행동 따로, 따로국밥 5천 원', '선거 때 따로 당선된 뒤 따로, 따로국밥 3천 원' 이런 식으로 말이야. 어때?"

"좋죠!"

그런 메뉴를 보고 먹는 따로국밥의 맛이 어떨까?

2. 어머니의 칼국수

어머니의 칼국수는 맛은 있으나, 가끔 비위생적이라는 느낌이 들곤 했었다.

도시의 깨끗한 식당에서 위생적으로 보이는 칼국수를 먹어 보니, 그런 느낌이 더욱 확연해졌다. 그런데 위생적으로 보이는 칼국수를 계속 먹다 보니, 어머니의 칼국수 맛이 그리워졌다.

어떤 칼국수를 먹는 게 좋을까?

머리가 그리 나쁘지 않은 사람은 어떤 것을 먹는 게 좋을지 알 것이다. 그 둘 가운데 어느 하나를 선택하기보다는, 위생적이면서 맛이 있는 칼국수를 먹고자 할 것이다.

사람들이 전하는 보수와 진보에 대한 이야기를 듣고 있노라면, 왠지 그 칼국수 생각이 난다.

누가 내게 다그친다.

"당신은 보수주의자요, 진보주의자요? 애매한 태도를 버리고, 소

속을 분명히 밝히시오!'

나는 이렇게 말할 수밖에 없다.

"나는 바보가 아니오. 내가 왜 어느 하나를 골라야 한단 말이오? 보수가 필요할 때는 보수주의자가 되고, 진보가 필요할 때는 진보주의자가 되고, 그러면 그 두 날개로 날 수 있는데, 왜 날개 하나만 갖고 살라고 강요하는 것이오? 그러면 회색분자나 기회주의자로 부를 것이오? 나는 그런 엉터리 비판 따위에는 흔들리지 않소."

사실 이런 대답도 진부하다.

다양한 가치가 공존하는 세상에서 무엇을 일러 보수라고 하고, 무엇을 일러 진보라고 하는지조차 분명치 않다. 다만 취미 생활을 즐기듯, 소속 밝히기를 좋아하는 사람들이 인위적으로 만들어 낸 틀이 있을 뿐이다.

그 틀은 칼국수를 '위생적인 칼국수'와 '어머니의 칼국수'로 나누는 틀보다 나을 것도 없다.

문명 전환 시대에 살고 있는 요즘 사람들이 안고 있는 문제는 그런 과거의 틀로, 낡은 문법으로 바라볼 수 없다.

예를 들어보자. 암컷과 수컷의 교미 없이 과학자들의 기술에 의해 복제 동물이 태어나고 있다. 양, 돼지, 개에 이어 다음 목표는 원숭이란다. 원숭이 다음은 인간이 될까?

이 문제를 보수와 진보의 틀로 바라볼 수 있을까? 동물 복제 행위에 대해 보수주의자들은 반대하고, 진보주의자들은 찬성할까? 아니면 그 반대일까?

유전자 변형 식품이 세상에 쏟아져 나오고 있다. 이에 반대하면 보수이고, 찬성하면 진보인가? 아니면 그 반대인가?

세상이 변하면, 그에 대해 말하는 문법도 달라질 수밖에 없다. 자연의 문법이 그렇다. 늘 변한다. 그런데 정치권은 물론이고 학계, 노동계, 종교계, 언론계, 시민 단체 등에서 보수와 진보 논쟁이 무성하고 다툼도 빈번하다. 국민은 알맹이 없는 피상적인 논쟁, 실제 생활과 별개로 벌어지는 다툼에 별 관심이 없다.

꼭 필요한 일이라며 논쟁을 하고 다툼을 벌이겠다면, 실제 생활과 연관되는 알맹이를 갖고 생산적으로 해야 하지 않겠나. 진보(보수)라면 보수(진보)를 공격하는 데 에너지를 쏟을 게 아니라 진보(보수)의 가치를 빛내고 구체화하는 데 힘을 쏟아야 할 것이다.

적과 동지로 나뉘어 전쟁을 할 것이 아니라, 보수(진보)는 보수(진보)의 장점을 내세우며 올바른 경쟁을 해야 할 것이다. 그러면 그 둘이 이분법적으로 딱 잘라 볼 수 없는 것임도 알게 될 것이다. 그런 후에야 정치권도 국민의 신뢰를 얻게 되지 않겠나.

3. 배고픈 히딩크

우리나라 국가 대표 축구팀 감독을 지냈던 히딩크는 축구팬들의 뜨거운 갈채를 받으며 승승장구하면서도 '나는 배가 고프다'며 뜨거운 승부욕을 과시했다.

승리에 허기진 듯한 그의 말은 월드컵 16강에서 8강으로, 8강에서 4강으로 이어지는 기대 이상의 성과와 어울려 한동안 사람들의 입에 오르내렸다.

사람의 욕망은 끝이 없음을 그 한마디가 적확하게 보여준다. 걸으면 말 타고 싶고, 말 타면 경마 잡히고 싶은 것이다.

만약 축구팀이 4강의 승부에서 이기고 결승에서도 이겨 우승을 했다면 어땠을까? 일단 대만족에 취해 더 이상 바랄 것이 없을 것 같은 마음으로 축제의 시간을 즐겼을 것이다.

그러나 축제의 시간은 영원히 계속되는 것이 아니다. 어느 순간에 이르면 히딩크는 다시 '그래도 나는 배가 고프다' 며 자신의 욕망을 채울 새로운 도전에 나서지 않겠는가. 그럴 것이다. 그것이 승부사의 기질이, 사람의 욕망이 이끄는 길이다.

권력가들의 욕망도 결코 히딩크에 뒤지지 않아 늘 '나는 배가 고프다' 고 한다. 자연스런 현상이라 할 수도 있다.

그러나 세상은 권력가들의 욕망을 채워 주려고 존재하는 것이 결코 아니다. 그럼에도 권력가들은 세상을, 사람들을 지배하고 복종시키려 한다. 그것이 문제이다.

대한민국 헌법 제1조에는 '모든 권력은 국민으로부터 나온다' 는 명확한 규정이 있다. 때때로 비뚤어진 권력가들의 욕망은 이 규정을 망각하거나 무시하면서 세상을 어지럽힌다.

그러면서도 '나는 배가 고프다' 며 욕망의 포로가 된 권력의 얼굴을 오만하게 내민다. 사람들이 권력가들을 싫어하는 이유가 거기에 있다.

정치가들은 선거라는 경쟁의 무대에 오르면 너나없이 그 헌법 규정의 충실한 수호자가 된다. 그러나 경쟁의 승자가 되어 권력을 손에 쥐면 '나는 배가 고프다' 며 태도를 달리하는 이들이 있다. 투표를 한 사람들이 그런 승자를 좋아할 이유가 어디 있겠나.

2장

시장에서 사람을 꿈꾸다

물고기는 어부 죽일 권리 있다

"세상은 비정한 정글이 되었어!"

이렇게 한탄하는 사람들을 종종 볼 수 있다. 그런 말을 듣고 있노라면 의문이 떠오르곤 한다. 과연 실제 '세상' 은 어떤 모습이고, '비정한 정글' 은 어떤 모습일까?

두 사람의 모습이 머릿속에 겹쳐서 그려진다. 한 사람은 미국의 소설가 헤밍웨이의 소설 〈노인과 바다〉의 주인공인 노인이다. 다른 한 사람은 씌어지지 않은 소설 〈아버지와 세상〉의 주인공인 내 아버지이다.

조각배를 타고 노인이 바다로 간다. 84일 동안 한 마리의 고기도 잡지 못한 노인이 85일째의 희망을 안고 바다로 간다.

마침내 노인의 낚싯대에 고기 한 마리가 걸려든다. 그런데 노인이 혼자 감당하기에는 너무도 힘이 센 큰 고기이다. 낚싯줄이 팽팽하다. 조각배 안의 노인과 바다 속의 고기가 낚싯줄로 연결된 채 팽팽하게 대결한다.

노인이 고기를 끌고 가기도 하고, 고기가 노인을 끌고 가기도 한다. 목숨을 건 대결은 며칠 동안 이어진다. 그 사이에 노인은 고기에게 이런 말들을 한다.

"고기야, 난 네가 좋다. 또 너를 존경하게 되었다. 그렇지만 오늘 안으로 꼭 너를 죽이고야 말겠다."

(······)

"고기야, 어차피 너는 죽어야 하지 않니. 그렇다고 네가 나마저 죽여야겠니?"

(······)

"고기야, 네가 나를 죽이려 하는구나. 너에게는 충분히 그럴 권리가 있다. 나는 일찍이 너처럼 크고, 아름답고, 침착하고, 위엄 있는 고기를 본 적이 없다. 그렇기에 네가 나를 죽인다 해도 조금도 서운할 것 같지가 않다. 형제여, 어서 와서 나를 죽여라. 누가 누구를 죽이건 상관없다."

노인은 괴롭고 어려운 처지에서도, 순탄치 않은 불행한 환경 속에서도 용기와 신념을 잃지 않는다. 그리고 사태를 똑바로 본다. 어부가 물고기를 죽일 권리가 있다면, 물고기 역시 어부를 죽일 권리가 있음을 인정한다.

그것이 생존법이 아닌가.

세상살이가 비정하니 어떠니 하며 한탄만 늘어놓고 있는 것과 비교한다면, 노인은 얼마나 냉철하고 또 당당한가.

영국의 극작가 버나드 쇼는 '사람이 호랑이를 죽이려 할 때는 스포츠라 하고, 호랑이가 사람을 죽이려 할 때는 흉악한 일이라 한다'며 인간의 이중잣대를 지적한다.

노인은 그런 오만한 이중잣대도 갖고 있지 않다.

한탄만 하지도 않고, 오만하지도 않은 노인은 사람의 생존법 하나를 아름답게 보여준다.

아버지는 맨손으로 세상으로 간다.

날품을 팔러 가지만, 맨손으로 갔다가 맨손으로 돌아오는 날이 이어진다.

맨손이었기에 애초부터 큰 고기가 걸려들기를 기대하지도 않는다. 세상이 그렇게 호락호락하지 않음을 안다. 다만 생존을 위해 세상으로 가는 것이다.

그렇지만 아버지에게도 기대하는 큰 고기가 있다. 바로 자식들이다. 자식들이 성공하기를 기다리며 맨손으로 세상과 대결한다. 온갖 고난과 역경 속에서도 팽팽해진 대결의 끈을 놓지 않는다.

아들 하나가 사고로 죽는다. 아버지는 팽팽해진 끈을 꼭 잡고 말한다.

"오냐, 어디 한번 싸워 보자."

아들이 또 하나 사고로 죽는다.

"오냐, 그렇다고 내가 포기할 것 같으냐? 누가 이기는지 보자."

또 다른 아들이 사고로 죽는다. 세 번째 비극이다.

"오냐, 이것이 내가 맞서야 할 세상이란 말인가? 그렇다면 좋다. 끝까지 맞서 주마. 내게는 아직도 남은 자식들이 있다."

이번에는 믿었던 장남이 노동운동을 하다가 감옥에 간다.

"오냐, 내 아들이 세상과 맞서고 있다. 비록 내게 남은 힘은 미약하지만, 버틸 수 있다."

장남은 해고를 당한다.

"오냐, 싸워서 이겨라. 내 몸에서 힘이 점점 빠져 가지만, 견딜 만큼 견디겠다.”

세월이 흐르고, 세상이 조금 바뀌어 민주주의를 말하고, 해고자들이 복직하는데, 장남은 그 복직 명단에 끼지 못한다. 그 사실을 안 아버지는 말이 없다.

“ ...... ”

더 이상 견딜 힘이 남아 있지 않다. 마지막 순간까지 세상과 맞서지만, 인간의 힘은 무한하지 않다. 아버지는 세상과 연결된 끈을 스스로 놓아 버린다.

이것이 고난과 역경의 세월과 맞서 살아온 내 아버지의 생존법이다. 나는 그런 아버지를 자랑스럽게 기억한다.

세상? 비정한 정글?

세상을 두고 비정하다면 비정하다고 할 수 있다. 그러나 그렇게 한탄만 하는 것은 또 무슨 소용이 있다는 말인가?

비정하니 어쩌란 말인가? 따뜻한 인정이 흐르는 세상을 바라는 것인가? 누가 그런 세상을 만드는가?

바로 자기 자신이다. 자기가 따뜻한 마음을 쏟은 만큼 세상은 따뜻해지는 것이다.

그런데 많은 사람들은 누군가가, 그 어떤 다른 사람들이 자기에게 따뜻한 마음을 보이기만을 바란다. 그러면서 그게 보이지 않으면 비정한 세상이라고 한탄한다.

그것은, 자기가 먼저 남을 사랑하지 않으면서 “사람과 사람 사이에는 사랑이 필요하다”고 말하는 것과 같다. 그런 말은 하나마나한 소리이다.

만약 자기가 먼저 따뜻한 마음을 쏟지 못한다면, 비정한 세상이라고 한탄할 것이 없다. 남에게 먼저 따뜻한 마음을 보이라고 요구할 권리는 아무에게도 없는 것이다.

자기에게 그런 권리가 있다면, 상대방에게도 그런 권리가 있는 것이다.

어부는 생존을 위해 물고기를 죽일 권리를 갖는다. 물고기 역시 생존을 위해 어부를 죽일 권리를 갖는다. 살고자 한다면 상대를 먼저 죽일 수밖에 없다. 그것이 엄연한 생존법이다. 비정하게 보인다 해도 어쩔 수 없는 노릇이다.

어부가 그 권리를 포기하면 물고기도 포기할 수 있다. 그러나 물고기를 잡지 않고 어부가 어떻게 살 수 있겠나. 정글의 법칙은 여기에서 시작된다.

그 정글이 비정하게 느껴진다면, 세상에서 그 비정함이 사라지기를 바란다면, 자기가 먼저 따뜻한 마음을 쏟아야 한다. 그 밖에 달리 길이 없다.

누가 심청에게 젖 주나

판소리 〈심청가〉를 들을라치면 초장부터 눈시울이 붉어진다. 심청을 낳고 곧 그 어미 곽씨 부인이 죽으니, 심봉사는 어미 잃은 가련한 딸을 젖동냥으로 키운다.

심봉사 집이라고, 더듬더듬 찾아오니, 부엌은 적막하고, 방안은 텅 비었는데, 어린 아이 혼자 누워, 젖 달라고 응애 응애, 심봉사 한편 서럽고, 한편 반가워, 아기를 달랜다.

'아가 아가 우지 마라

네 어미 먼 데 갔다

네 아무리 서럽게 운들

젖 한 모금 누가 주리'

젖 달라 우는 자식, 아내 생각 우는 가장, 울음으로 밤을 새고, 곳 곳에서 우는 새 소리, 날 샌 줄 짐작하고, 갓난 자식 품에 품고, 한 손에 막대 짚고, 집집마다 다니면서, 애달피도 말한다.

'엊그제 낳은 자식

어미 죽고 젖이 없어

죽기가 가련하니

젖 조금 먹여 주오'

자칭 혁명가가 심봉사의 젖동냥 광경을 목격한다.

"불쌍한 부녀로군. 저대로 둘 수 없어! 이건 국가와 사회가 나서서 해결할 문제야."

국가 기관에서 파견된 그는 그 마을을 좌지우지할 수 있는 힘을 갖고 있다. 먼저 그는 그 마을에 젖이 나오는 여자가 몇 명인지 조사한다. 10명이다.

"한 여자가 열흘에 한 번씩 젖을 먹이게 하면 되겠군."

자칭 혁명가는 자기 계획대로 실행하라고 명령을 내린다. 그에게 거역할 수 없는 여자들은 열흘에 한 번씩 심청에게 젖을 물린다. 명령을 잘 수행하는지 관찰한 그는 분개한다.

"열흘에 한 번씩이라고만 하니까, 제대로 먹이지 않고 형식적인 시늉만 하는군. 그렇다면 다시 명령을 내려야지. 하루에 세 번씩, 한 번에 오 분씩 먹이게 해야지."

자칭 혁명가는 수정된 계획대로 실행하라고 다시 명령을 내린다. 여자들은 어쩔 수 없이 그대로 따른다.

심봉사는 처음에 자칭 혁명가에게 고마움을 느낀다. 눈치 보며 아쉬운 소리를 하지 않아도 어린 딸에게 젖을 먹일 수 있으니, 어찌 고맙지 않겠는가.

그러나 얼마 지나지 않아 심봉사는 문제가 있음을 느끼기 시작한다. 젖을 주는 여자들에게는 자발성이 없다. 아무런 동정심도 애정도 없이 기계적으로 심청에게 젖을 물릴 뿐이다.

비록 눈으로 보지는 못하지만, 심봉사는 그 여자들에게서 뿜어져 나오는 싸늘한 냉기를 온몸으로 느낀다. 한 여자는 들으라는 듯 이렇게 중얼거린다.

"젖이 모자라, 내 새끼도 제대로 먹일 수 없는데, 남의 새끼 때문에 이게 무슨 꼴이야."

여자들에게서 느끼는 냉기도 냉기지만 문제는 또 있다. 마음에도 없이 주는 젖을 먹다 보니, 본능적으로 애정 결핍을 느끼는 아기 심청이 체하고, 토하고를 반복하는 게 아닌가.

심봉사는 자칭 혁명가의 방식이 옳지 않다고 생각한다. 그래서 그에게 이렇게 말한다.

"명령을 거두어 주십시오. 차라리 예전처럼 내가 젖동냥을 하는 게 나을 것 같습니다."

그러자 자칭 혁명가가 발끈한다.

"보수 반동의 태도를 버리시오!"

예전 같았으면 그 기세에 눌려 한마디도 못했을 것이다. 그러나 애정 없는 젖을 먹으며 체하고 토하는 가련한 딸을 생각하니, 심봉사에게 용기가 불끈 솟는다.

"인간의 탈을 쓴 기만을 버리시오!"

자칭 혁명가는 당황한다. 그러나 당황하는 빛을 보이면 자기가 신봉하는 혁명이 좌절될 수도 있다는 염려를 하며 입을 여는데, 그만 헛소리가 나온다.

"내가 내 젖이라도 먹이겠소."

"뭐요? 남자가 어떻게 젖을 먹일 수 있다는 말이오?"

자칭 혁명가는 자신이 말실수한 것을 모르지 않는다. 그러나 헛소리는 헛소리를 낳는다.

"눈 뜨고 가슴에 있는 이 젖을 보시오. 젖만 나오게 하면 될 거 아니오."

심봉사 하도 기막혀, 어찌된 인간인지 한번 보자 하며, 눈을 떠보려 하는데, 이 무슨 조화인지, 눈이 번쩍 뜨이는 것이 아닌가. 심봉사 눈떴다!

눈 뜬 심봉사, 어디 그 젖 좀 보자 하며, 힘 잔뜩 들어간 눈으로 똑바로 쳐다보니, 자칭 혁명가 두 손으로 가슴 가리고, 걸음아 나 살려라, 도망가기 바쁘다.

눈뜨고 난생처음 본 사람, 근지러운 뒤통수 긁으며 내빼는데, 심봉사 두 눈을 뜨게 해준, 세상을 똑바로 보게 해준 그 은인에게 넙죽 절한다.

봉이 김선달과 광고의 유혹

파스칼은 사람을 일러 '생각하는 갈대' 라 했는데, 요즘 사람들을 보고 있노라면 '욕망하는 갈대' 라 해도 생뚱맞아 보이지 않는다. 아니, 어쩌면 그것이 실체에 더 가까운 표현이 아닐까?

그렇다면 '나는 생각한다. 고로 나는 존재한다' 는 데카르트의 유명한 명제 역시 '나는 욕망한다. 고로 나는 존재한다' 로 고쳐 볼 수 있지 않겠나.

사람들은 생각하는 바와 욕망하는 바가 다를 때 어떤 선택을 할까? 어리석은 물음이 되기도 하겠다. 때로는 전자에 따라 때로는 후자에 따라 선택을 하는 게 우리네 삶이 아닌가.

그러나 한번 따져볼 만한 물음이다. 자본주의 사회는 욕망하는 사람이 없으면 존재할 수 없다. 물론 이 말이 생각하는 사람은 없어도 존재할 수 있다는 뜻은 아니다.

'자본주의의 꽃' 이라 불리기도 하는 광고를 보면 욕망하는 사람의 실체를 더욱 분명하게 볼 수 있다. 요즘 사람들은 광고의 홍수 속에 묻혀 산다고 해도 과언이 아니다. 광고를 접하지 않고 하루를 보내는 이들이 드문 실정이다.

광고는 소비 욕구를 자극하고, 그래서 소비를 늘게 하고, 그에 따라 생산을 늘게 하니, 대량 생산과 대량 소비를 이어주는 시장의 귀염둥이가 된다.

시장의 귀염둥이? 그렇기만 할까? 욕망하는 갈대들을 유혹하는 사기꾼은 아닐까?

대동강 물을 팔아먹은 봉이 김선달은 어이없는 사기꾼쯤으로 사람들에게 비춰진다. 그러나 김선달은 욕망하는 사람의 실체를 꿰뚫고 있었다.

먼저 그가 왜 '봉이'로 불리게 되었는지를 보자.

어느 날 장터로 간 김선달, 닭전 앞에 서서 닭장 안의 이 닭 저 닭 살피더니 유난히 큰 닭을 가리키며 상인에게 묻는다.

"저게 봉(봉황)이오?"

"아니요. 닭이오."

상인은 분명히 닭이라고 했다. 그런데 김선달은 좀 모자라는 사람처럼 굴며 또 묻는다.

"봉이 아니란 말이오?"

"닭이라니까요."

"아무리 봐도 봉 같은데 정말 봉이 아니란 말이오?"

"닭이오, 닭!"

봉이냐 닭이냐를 두고 설전 아닌 설전을 벌이다가, 상인은 무엇이 이익인지를 생각했다. 닭보다 봉이 비싸니, 닭을 봉이라 하여 팔면 이익이 그만큼 많아지는 게 아닌가. 더구나 상대는 모자라는 사람처럼 보이니 속여도 별 문제가 될 게 없어 보였다. 마침내 상인은 비싼 값을 받고 닭을 봉으로 팔았다.

김선달은 그 닭이 닭인 줄 알면서도 고을 원님에게 바치며 태연하게 말했다.

"봉이옵니다."

"아니 이 닭이 어떻게 봉이란 말인가?"

"봉이옵니다."

"이런 못된 것, 닭이야!"

잔뜩 화가 난 원님은 김선달의 볼기를 치게 했다. 볼기 맞은 김선달, 원님에게 자신은 상인에게 속았을 뿐이라고 고했다. 원님은 상인을 붙잡아 오게 했다. 김선달은 상인에게서 닭을 사면서 치른 돈은 물론이고 볼기 맞은 것에 대한 보상비까지 더해 두둑이 돌려받았다. 한마디로 돈 좀 번 것이었다.

닭은 닭이고 봉은 봉이건만, 영문이야 어찌 되었건 닭을 봉이라고 팔았으니 상인은 할 말이 없었다. 이 일로 인해 김선달은 봉이로 불리게 되었던 것이다.

김선달의 손바닥 안에서 논 꼴이 되었지만, 어쨌든 상인의 행위는 사기죄가 성립된다. 그렇다면 김선달은? 욕망하는 사람의 실체를 꿰뚫어본 죄?

대동강 물을 팔아먹은 계책을 보면 한술 더 뜬다.

어느 날 대동강 강가를 거닐던 김선달은 사대부 집에 물을 길어다 주는 물장수들을 보고 사업 구상을 한다. 대동강 물을 통째 팔 수 있는 아이디어가 떠오른 것이다.

대동강 물의 주인 행세를 하는 것이다. 방법은 이랬다. 물장수들을 꼬드겨 물을 길어 올 때마다 김선달에게 돈을 내게 한다. 물론 그 돈은 김선달이 미리 물장수들에게 준 것이다.

가끔은 돈을 내지 못한 물장수들이 김선달에게 혼쭐이 나기도 한다. 이 또한 미리 짜놓은 각본에 따른 연극이다.

이를 지켜본 한양 상인들은 대동강 물의 주인이 김선달임을 믿게 된다. 마르지 않는 강물, 그것은 그 상인들의 눈에 황금 알을 낳는 거위로 보일 수밖에 없었다.

되도록 싸게 통째로 사서, 날마다 사람들에게 비싸게 팔면 이보다 더 수지맞는 장사가 어디 있겠나! 그렇게 생각한 한양 상인들은 들떠서 김선달에게 갔다.

"저 강물을 우리에게 파시오."

이미 낚싯밥을 던져놓고 누군가 걸려들기만 기다리고 있던 김선달이지만, 흥정은 이제부터 시작이라는 듯 또 연극을 한다.

"조상님들이 대대로 물려주신 것을 어찌 팔겠소."

"처음 액수보다 두 배 더 드릴 테니 파시오."

"저승 가서 무슨 낯으로 조상님들을 뵐 수 있겠소."

"세 배!"

"돈이야 있어도 그만 없어도 그만, 조상님들처럼 나도 자식에게 물려주어야지."

"네 배!"

연극이 절정에 이르렀을 때 김선달은 마지못해 하며 거금을 받고 제 것도 아닌 대동강 물을 팔았다. 물론 이익에 눈먼 한양 상인들의 꿈은 대동강 강가로 가 장사를 시작하자마자 깨져 버렸다.

대동강 물을 통째로 팔아먹은 김선달의 행위는 속임수에서 '닭이냐 봉이냐' 보다 더 뚜렷하고 적극적이어서 실정법으로도 사기죄가 성립될 것이다.

그거야 어쨌거나 '닭이냐 봉이냐' 연극과 '대동강 주인 행세' 연극은 욕망하는 사람의 실체를 꿰뚫어볼 수 있었기에 가능했다. 요즘 욕망하는 사람의 심리를 파고드는 광고와도 비교해 볼 수 있으니, 김선달의 연극은 허위 과장 광고와 맥이 통한다 하겠다.

봉이 김선달 이야기는 사람들에게 웃음을 준다. 사기를 쳤다 해도, 욕망에 사로잡혀 정신 못 차리는 사람들을 손바닥에 놓고 쥐락펴락했으니 고소함까지 느끼게 하는 것이다. 사기꾼에게 사기를 친 또 다른 사기꾼 이야기를 들으면 사람들은 웃지 않는가.

그러나 결코 웃을 수 없는 이야기가 있다. 나치의 나팔수요 히틀러의 충복이었던 괴벨스는 대중 심리를 꿰뚫어보는 능력을 발휘해, 역사적인 평가와는 별개로 '정치 광고와 선전의 귀재'로 불린다.

괴벨스가 어떻게 대중 심리를 파고들어 나치의 정치적 목적을 달성해 갔는지를 한 사건을 통해 엿보자.

유태인인 한 소년이 있었다. 소년은 나치 독일의 압박으로 고통받는 부모를 보며 분통이 터졌다. 복수심에 불탄 소년은 프랑스의 독일 대사관으로 가 한 직원을 살해했다.

소년의 살인은 놀랄 만한 일이지만, 그것은 엄밀히 말해 보복 심리에 사로잡힌 한 소년의 개인적인 판단이요 행위였다.

그러나 괴벨스는 이 사건을 놓치지 않았다. 유태인을 압박하고 나치를 선전하는 호재로 십분 활용한 것이다. 괴벨스는 대중에게 이렇게 선전해댔다.

'우리 독일인을 살해하고 도망간 저 유태인 소년은 그 동안 어디에 숨어 있었나? 누가 저 소년을 숨겨 주었나? 누가 저 소년의 여권을 만들어 주었나? 유태인 조직이 소년의 범행을 사주하고 소년을 도피시킨 것이 틀림없지 않은가? 각국에 퍼져 있는 유태인들은 세계를 선동하여 우리 독일을 음해하고 나치 요인들을 죽이려고 기회만 노리고 있으니, 어찌해야 하겠는가?

괴벨스에 의해 소년의 행위는 개인의 보복 행위에서 유태인 조직의 사주에 의한 집단 행동으로, 다시 전 세계 유태인들의 음모로 확대되었다.

사람의 심리를 파고든다는 면에서 보면 유사한 점이 있다 할 수 있을지 몰라도 '닭이 봉이 되는 것' 과는 성격, 의도, 규모 면에서 차원이 다른 것이었다.

괴벨스의 조작은 독일 대중의 즉각적이고 광적인 반응으로 그 효과를 드러냈다. 독일 대중은 유태인들을 폭행하고 살해하고, 유태인 상점과 예배당을 약탈하고 방화하고 파괴하고 하면서 유태인에 대한 적개심을 한껏 드러냈다. 이를 지켜보는 괴벨스, 회심의 미소를 짓는 그 모습을 충분히 상상할 수 있다.

소비자를 유혹하는 광고의 주체들 역시 유혹당한 대중을 보며 흐뭇한 미소를 지을 것이다.

광고계에 널리 알려진 광고 사례가 있다. 미국의 한 의류 업체의 속옷 광고가 선정성 논란에 휩싸였다.

그 업체는 여성의 은밀한 부분을 다 볼 수 있을 정도의, 나신에 가까운 선정적인 모습의 모델을 내세운 광고물을 잡지에 냈다. 그 당시로서는 충격적인 것이라 소비자들의 비난이 빗발쳤다.

광고가 나간 날 오후에 옷가게에서는 그 속옷을 구경조차 할 수 없었다. 소비자들의 비난에 굴복해 의류 업체가 속옷을 수거해 간 것이었을까? 아니다. 이미 다 팔렸던 것이다.

광고의 주체들은 그 도발적인 광고를 보고 소비자들의 비난이 있을 것이라 짐작했을 것이다. 또한 그런 비난과는 별개로 소비 욕구를 자극할 수 있으리라 기대했을 것이다. 그 기대가 현실화되었으니 회심의 미소를 짓지 않겠나.

이런 광고를 두고 역사학자 토인비는 이렇게 말했다.

'광고는 공작새가 꼬리를 펼치듯 인위적으로 소비 욕구를 자극한다. 단조롭기만 한 현실을 매혹적인 이미지로 위장해야 하며, 단조롭기만 한 이미지를 매혹적인 것으로 만들어야 하니 속임수를 써야 한다.'

광고가 위장과 속임수로 만들어진다는 단정에 대해 이런저런 의견이 있을 수 있겠으나, 그런 속성이 있음을 부인하기는 어려울 것이다.

봉이 김선달 이야기에서 본 '닭이냐 봉이냐' 연극과 '대동강 주인 행세' 연극, 괴벨스의 조작과 선동, 선정적인 속옷 광고 전략 등 여기에서 살펴본 네 이야기의 공통점은 욕망하는 사람의 심리를 파고들며 유혹의 손길을 뻗친다는 점이다.

이 무한 경쟁 시대에, 승자와 패자가 확연히 드러나는 시장에서, 그런 유혹의 손길이 더욱 기승을 부리는 것은 어쩌면 당연한 현상이라 할 수 있겠다. 누가 승자가 되려고 하지 않겠나.

문제는 대중과 소비자의 태도이고 선택이다. 욕망하는 갈대의 심리를 파고드는 유혹에 빠질 것인가?

공자와 노자가 시장에 가다

저 유명한 공자와 맹자, 노자와 장자가 2천 년이 넘는 세월을 훌쩍 건너 뛰어 21세기로 왔다.

컴퓨터의 가상 현실이 엄연히 있는 실정에서, 그들이 실제로 타임 머신이라도 타고 왔다는 것인지, 그들과 사상이 똑같은 사람들이 나타났다는 것인지, 상상 속에서 끄집어냈다는 것인지를 굳이 밝히지 않아도 용서가 되지 않겠나.

어떻든, 천지 개벽한 세상을 보고 공맹과 노장은 떡 벌어진 입을 다물지 못한다. 사실 다물지 못하는 입이니, 휘둥그레진 눈이니, 하는 표현으로는 2천여 년의 변화를, 그 변화를 보고 놀라는 모습을 설명하기에 역부족이다.

그야말로 말문이 막히는 천지 개벽인 것이다. 하지만 그들이 누구인가? 비록 오래 전의 옛 이야기지만, 천하의 도를 말하던 사람들이 아닌가. 그들은 닦은 도력으로 요동치는 마음을 다스리며 낯선 세상을 찬찬히 둘러본다.

그리고 한국으로 왔다.

한국행에는 이유가 있다. 세계 지도를 펼쳐 놓고 방문할 곳을 생각해 본다. 예수와 부처와 마호메트를 스승으로 섬기는 나라는 아무래도 좀 부담스럽다.

이런저런 사정을 고려해 보니, 역시 발길이 향하는 곳은 동북아 3국, 중국과 한국과 일본이다. 지난날 그들의 사상이 주류가 되어 지배했던 나라들이다.

중국은 그들의 조국이기도 하니, 가장 먼저 가 보고 싶은 곳이다. 그런데 썩 내키지 않는다. 중국의 근대화는 그들을 배척하는 것으로 시작되었다.

일본 역시 마찬가지이다. 일본의 근대화는 동양을 외면하고, 서양으로 눈을 돌려 살길을 찾자는 구호 아래 시작되었다. 공맹과 노장은 떨쳐버릴 대상이었다.

그런데 한국은 달랐다. 나라 전체를 두고 볼 때, 그들은 철저히 배척해야 할 대상이 된 적이 없었다.

특히 지배 계층은 자신들의 이익을 지켜 주는 수단으로 이용하며 그들을 적극 옹호했다. 감히 '아랫것'이 '윗사람'의 이익을 탐하지 못하게 하는 무기로 공맹의 도덕이 쓰인 것이다.

어쨌거나 그들이 한국으로 왔다. 안내인은 세상 구경을 하고 싶다는 특별한 방문객들을 시장으로 안내했다. 그러자 맹자가 먼저 이의를 제기했다.

"왜 하필 시장인가? 맹모삼천지교라는 말도 못 들어봤는가? 철없이 장사치 흉내를 내는 어린 나를 보시고, 어머니께서는 시장 부근에 사는 게 교육상 도움이 되지 않는다고 이사를 하셨어."

"중국인이나 일본인은 모를지 모르지만, 한국인이 어찌 맹자님의 어머님을 모르겠습니까. 하지만 요즘 사람들은 모두 시장에서 만날 수 있습니다. 공자님 앞에서 문자를 쓰는 꼴이지만 유식하게 말하면, 현대인들은 시장의 원리에 따라 살고 있다는 뜻입니다. 그래서 이리로 모시고 온 것입니다."

"도덕의 원리가 아니라 시장의 원리에 따라 산단 말이야? 왜 그리 천박해졌지? 학문을 하는 사람들을 보고 싶어. 그들이 있는 곳으로 가지."

"그 사람들도 시장에서 만날 수 있습니다."

"뭐야? 학자들이 장사치라도 됐다는 말인가?"

"꼭 그렇게 노골적으로 표현할 수는 없지만, 어쨌든 학문도 경쟁력이 있어야 한다는 말들을 합니다. 경쟁은 시장에서 하는 것이지요. 시장에서 잘 팔리지 않는 학문은 사람들의 외면을 받습니다."

21세기에 사는 안내인이 그렇다 하니, 방문객들도 더 이상 이의를 달 수 없었다.

세상을 둘러보니 과연 안내인의 말은 틀리지 않았다. 시장의 원리에 따라 움직이지 않는 것이 거의 없어 보였다.

사는 사람이나 파는 사람이나 모두 자기 이익을 앞세우는 그 시장을 보고 공자가 한마디했다.

"군자는 자기 인격을 생각하고 소인은 자기 이익을 생각하는데, 현대인들은 모두가 소인배가 되었단 말인가."

사람을 '군자'와 '소인'으로 나누는 자신의 이분법으로 공자는 시장이 된 세상을 질타했다.

그 이분법에 따라, '자기 인격'과 '자기 이익'은 서로 대립하는 관계가 되어 버렸다.

그래서 공자의 영향을 받은 사람들은 '자기 이익'을 찾으면서도, 그것을 감추려고 그리도 노력한다. '자기 인격'을 찾는 사람으로 보이고 싶기 때문이다.

겉 다르고 속 다른 사람이 나오는 이유가 거기에 있다.

그 이분법을 머릿속에서 지워 버리면, 그래서 '자기 인격' 과 '자기 이익' 을 대립하는 관계로 두지 않으면, 솔직하고 편안하게 살 수 있는데, 오랜 세월 세뇌 당한 머리는 그럴 능력을 잃었다.

그런 문제가 마음에 걸리는지 공자는 〈논어〉에서도 확인해 볼 수 있는 말을 했다.

"부자가 되고 높은 지위에 오르는 것은 사람들이 바라는 것이기는 하지만, 정당한 방법으로 얻은 것이 아니라면 거기에 머물러 있지 않는다. 군자가 인자함을 버리면 어떻게 명예를 얻을 것인가? 군자는 식사를 하는 동안에도 인자함을 어기는 일이 없다. 황급할 때에도, 곤경에 처해서도 인자함을 유지한다."

부자가 되고 싶고, 높은 지위에 오르고 싶은 사람의 '자기 이익' 추구를 일단 인정은 하지만, 역시 중요시하는 것은 인자함, 바로 군자의 도리인 것이다. '자기 인격' 과 '자기 이익' 을 대립 관계로 보는 시각에서 크게 벗어나지 않는다.

공자의 말을 듣고 그의 후계자인 맹자가 고개를 끄덕인다. 그러더니 어느 왕과 나누었던 실화를 들려준다.

〈맹자〉에 나오는 이야기이다.

어느 나라의 왕이 맹자에게 말한다.

"노인께서 천 리가 멀다 않고 찾아와 주셨으니, 이 나라에 이익이 될 일이 생기겠습니까?"

그 말을 듣고 맹자가 이렇게 대답한다.

"왕께서는 왜 하필이면 이익이 될 일을 말씀하십니까? 인자함과 정의를 말씀하셔야 합니다.

왕께서 '어떻게 내 나라에 이익이 되게 할까?' 하고 말씀하시면, 아랫사람들은 '어떻게 하면 내 가문에 이익이 되게 할까?' 하고 말할 것이고, 또 그 아랫사람들은 '어떻게 하면 내 자신에 이익이 되게 할까?' 하고 말할 것입니다.

그렇게 위에서부터 아래까지 이익을 취하게 되면 나라가 위태로워질 것입니다.

만승의 나라에서 그 임금을 죽이는 것은 꼭 천승의 가문이고, 천승의 나라에서 그 임금을 죽이는 것은 꼭 백승의 가문입니다. 만승의 나라에서 천승을 취하고, 천승의 나라에서 백승을 취하는 일이 많습니다만, 정의를 뒤로하고 이익을 앞세운다면 빼앗지 않고는 만족해하지 않습니다.

지금껏 인자하면서 자기 부모를 버린 사람이 없었고, 정의롭게 살면서 자기 임금을 뒤로 물러서게 한 사람이 없었사오니, 왕께서는 인자함과 정의만 말씀하십시오. 왜 이익을 말씀하십니까?"

그 이야기를 들려주는 맹자는 확신에 찬 모습이다.

맹자의 이 말은 기만적인 이중성을 더욱 노골적으로 드러낸다. 그 속뜻을 보면, 사람은 모두 '자기 이익'을 구하는 본성이 있음을 알아야 한다는 것이다. 그렇기 때문에 왕이 '자기 이익'을 지키기 위해서는 이익을 입에 올리지 말아야 한다는 것이다.

왜냐하면 그걸 입에 올리면 다른 사람들도 '자기 이익'을 내세워 왕의 '자기 이익'을 해치기 때문이란다. 그러니 '아랫것'들이 이익을 내세우지 못하도록 인자함과 정의를 앞세우라는 것이다. 그런 사상은 분명 기득권을 위한 전략이다.

왕도 정치에 대한 맹자의 소신을 생각하면 이해 못할 것도 아니다. 세상을 이익을 위해 서로 싸우는 전장으로 만들지 말고, 왕을 중심으로 한 이상 사회를 만들어 보겠다는 뜻이 아니겠는가.

그러나 21세기에 와서까지 그런 말을 되풀이한다면, 백성을 통치의 대상으로만 보면서 왕에게 봉사하는 그 사상의 기만성을 말하지 않을 수 없다.

그런 생각을 짐작하는지 맹자가 이렇게 말한다.

"한 사람이 이익을 내세우면, 상대방도 이익을 내세우기 마련이다. 결국 세상 사람 모두가 자기 이익을 내세우지. 그러다 보면 결국 전쟁이 끊이지 않을 텐데, 어떤가?"

안내인이 고개를 끄덕이며 대답한다.

"그 말씀은 맞습니다. 지구에서 전쟁이 끊이질 않습니다. 자기 이익을 내세우는 전쟁들이지요. 시장에서도 전쟁이 벌어지지요. 경제 전쟁이라고들 합니다."

"그러면서 왜 그리도 시장을 내세우는가? 시장의 원리? 그것으로 저마다 이익을 내세우는 사람들의 문제를 풀 수 있는가?"

"어려운 문제인 줄은 우리도 압니다. 그렇지만 시장이 아니면, 어디에서 그런 문제를 풀 수 있습니까?"

안내인이 묻자 공자가 큰기침 한 번 하고 말한다.

"인간의 도리를 바탕으로 풀어야지. 내가 누누이 강조한 것이 그것이 아닌가."

그러자 명상을 하고 있던 노자가 눈을 떠 공자를 보고 말한다.

"이야기를 듣고 있자니, 지난날 우리가 나누었던 대화가 생각나오."

공자가 공손한 예를 갖추고 노자에게 되묻는다.

"지난날의 대화라니요?"

노자가 그 지난날의 대화를 들려준다. 〈장자〉에 나오는 이야기이다.

공자는 자신이 쓴 책을 전하기 위해 주나라로 간다. 단순히 전하기만 하는 것이 아니다. 그 책의 중요성을 주나라에 알리고자 한다. 제자인 자로는 공자에게 먼저 노자를 만나 보기를 권한다. 노자는 주나라 도서관의 관리로 있다가 그만둔 사람이다.

공자가 노자를 찾아가 자신이 쓴 책을 장황하게 설명한다. 그러자 노자가 말한다.

"너무 산만하오. 요점을 말하시오."

"요점은 인(仁)과 의(義)에 있습니다."

노자가 묻는다.

"인과 의라는 것이 사람의 본성이오?"

공자가 답한다.

"그렇습니다. 군자는 인이 아니면 이름을 이루려고 하지 않고, 의가 아니면 일부러 애써 살려고 하지 않습니다. 그러므로 인과 의는 사람의 천성입니다."

노자가 다시 묻는다.

"어떤 것을 인과 의라 하오?"

공자가 답한다.

"진심으로 존재와 더불어 즐거워하고, 두루 사랑해서 사사로움이 없는 것, 이것이 인과 의의 내용입니다."

노자가 말한다.

"어찌 그리 실없는 말을 하시오? 대개 두루 사랑한다는 것은 곧 도에서 멀어지는 것이오. 또한 사사로움이 없다는 그것이 바로 사사로움이 아니오?

그대는 천하로 하여금 그 올바른 삶의 길을 잃지 않게 하려고 하는구려. 그러나 천지는 본래 떳떳함이 있고, 해와 달은 본래 밝음이 있으며, 별들은 본래 벌려져 있고, 새나 짐승은 본래 떼지어 있고, 숲은 본래 우거져 있는 것이오.

그대는 그저 자연의 덕을 따라 행하고, 자연의 도를 따라 나아가면 그것으로 충분할 터인데, 어찌 일부러 애써 인과 의를 내세우는 것이오? 그 모습이 꼭 북을 치면서 도망가는 사람을 잡으려 하는 것과 같지 않소? 슬픈 일이오. 그대는 사람의 본성을 어지럽게 하고 있소."

노자가 공자를 보고 말한다.

"여기서 다시 말하지만, 그대는 공연히 사람의 본성을 어지럽게 하고 있소."

노자와 장자가 논쟁한다. 그러자 지금껏 한마디도 하지 않고 있던 장자가 말한다. 〈장자〉에도 나오는 말이다.

"세상을 간섭하지 않고 자연에 맡겨야 된다는 말은 들었어도, 세상을 다스려서 된다는 말은 듣지 못했습니다. 세상을 스스로 있게 하는 까닭은, 공연히 간섭하여 그 본성을 어지럽게 할까 두려워하기 때문입니다. 그 본성을 어지럽게 하지 않는다면, 세상에 그 무슨 다스림이 있겠습니까?"

장자는 자신이 노자 쪽에 서 있음을 확실히 한다. 공자와 맹자가 한 팀이 되고, 노자와 장자가 다른 한 팀이 되어 논쟁을 한다. 안내원이 끼어 들어 노자와 장자에게 묻는다.

"아무런 간섭도 다스림도 없다면, 세상은 정글이 될 것이라고 걱정하는 사람들이 있습니다. 정글의 법칙이라는 말을 쓰지요. 약육강식, 즉 약한 자는 강한 자에게 먹힌다는 논리입니다. 이에 대해 어떻게 생각하십니까?"

노자가 먼저 〈도덕경〉에 나오는 그 유명한 말을 꺼내며 안내인에게 답한다.

도를 도라 하면, 늘 그러한 도가 아니고
이름을 이름이라 하면, 늘 그러한 이름이 아니다.

"그 뜻은 이렇다. 사람이 어떤 것을 두고 도라고 한다. 그러면 그 사람은 그 도를 고정시켜 놓는다. 하나의 틀을 만드는 것이다. 그러고는 언제든 그 고정시켜 놓은 도, 그 틀을 내세우며 도라고 말한다. 그러나 도는 이미 변해 있다. 끊임없이 변하는 것이 도이다. 그러니 고정시켜 놓은 도는 도가 아닌 것이다.

이름도 마찬가지이다. 한번 붙인 이름이, 세월이 흘러도 그 성질을 그대로 갖고 있다고 생각하면 오해이다.

정글의 법칙? 그 법칙 역시 한번 고정시켜 놓은 것을 가지고 늘 말하면, 그것은 이미 그 법칙이 아닌 것이다. 정글의 법칙 역시 끊임없이 변하는 것이다. 그러나 정작 내가 하고 싶은 말을 따로 있다."

노자는 잠시 침묵하다가 말을 잇는다.

"아무런 간섭도 다스림도 없다면 세상은 정글이 될 것이라는 판단 자체가 그릇된 것이다. 간섭과 다스림을 배제하려는 것은 자연의 도를 깨달으라는 뜻이다.

그런데 자연의 도를 정글의 법칙에 비유하다니, 참으로 우습다. 정글의 법칙은 자연 현상의 일면일 뿐이다. 그 일면만 보고 어찌 감히 자연의 도를 말할 수 있겠는가."

알 듯 모를 듯한 안내인이 단도직입적으로 물었다.

"시장의 원리에 대해서 어떻게 생각하십니까?"

노자가 주저 없이 말한다.

"자연의 도를 생각하며 본성에 맡겨 두면 될 일, 이렇게 생각한다 저렇게 생각한다고 말해야 무슨 소용인가?"

공자가 목소리를 높인다.

"인과 의가 천성이오. 시장에서건 어디서건 인간의 도리를 생각해야 하오."

노자가 목소리를 높인다.

"인위적인 재단으로 본성을 어지럽히지 마시오. 자연의 도를 따르면 되는 일이오."

공맹과 노장이 논쟁을 계속 한다.

요즘 사람들이 시장을 두고 벌이는 논쟁을 보면, 공맹과 노장의 논쟁이 2천여 년 전의 옛 이야기만은 아님을 알 수 있다.

집 나간 여자

가정 주부들이 흔히 하는 말이 있다. 남편 뒷바라지하고 자식 키우며 살다 보니, 어느 날 문득 '내 인생은 뭘까?' 하는 생각이 들고, 뒤이어 허무감이 밀려온다는 것이다.

그런 주부들 가운데는 우울증에 빠지는 이도 있고, 적극적으로 돌파구를 찾으려는 이도 있다. 돌파구를 찾으려는 주부 가운데는, 자기 인생을 찾겠다며 남편과 자식을 버리고 집을 나가는 이도 있다.

인생의 의미를 찾아 집을 나간 그 여자들은 어디로 가서 어떻게 살까?

중국의 문필가이자 사상가인 노신은 이런 궁금증을 품었다. 그는 노르웨이의 극작가 입센의 희곡 〈인형의 집〉의 주인공 노라를 궁금해했다. 집 나간 노라는 어떻게 되었을까? 그렇게 자문한 그는 아래와 같이 자답한다.

"노라에게는 두 가지 길이 기다리고 있을 것이다. 하나는 타락하는 길이고, 다른 하나는 집으로 돌아오는 길이다.

예정된 그 두 가지 길에서 벗어나려면, 그녀에게는 핸드백 속의 준비가 있어야 한다. 돈이 필요한 것이다.

돈이란 말이 귀에 거슬릴지 모른다. 고상한 군자들이 비웃을지도 모른다. 그러나 사람의 견해라는 것은 어제와 오늘이 다를 뿐만 아니라, 때때로 식전과 식후가 다른 법이다.

돈을 주어야 밥을 사 먹을 수 있다는 사실을 인정하면서도 돈을 말하면 비천하다고 하는 사람들은, 분명 그들의 뱃속에 아직 소화가 덜 된 고기와 생선이 남아 있을 것이다. 그런 사람들이 있으면, 하루 종일 굶긴 후에 다시 의견을 들어보는 것이 좋다.

노라를 위해서는 돈, 고상한 말로 경제가 가장 중요하다. 물론 돈으로 자유를 살 수는 없지만, 자유가 돈에 팔릴 수는 있다.

사람에게는 큰 결점이 하나 있다. 자주 배가 고프다는 것이다. 이 결점을 보완하는 데에는 경제권이 가장 필요하다."

노신의 견해에 동조하는 여자들이 적잖을 것이다. '먹고살 돈만 있다면' 어떤 결단을 내릴 수 있다는 식으로 말하는 여자들을 드물지 않게 볼 수 있다.

돈, 그것은 집 나간 여자들에게 타락하지 않고 자유롭게 살 수 있는 길을 열어 줄 수도 있다. 그러나 우리가 집 나간 여자를 궁금해하는 까닭은 그 여자의 주머니 상태가 어떤지에 있는 것만은 아니다.

그 여자에게 돈이 있다면? 과연 집을 나간 목적, 자기 인생을 찾겠다는 그 목적을 달성할 수 있을까?

그 여자에게 돈이 없다면? 과연 집을 나간 목적, 자기 인생을 찾겠다는 그 목적을 달성할 수 없을까?

그건 아무도 알 수 없다. 돈과 인생의 함수 관계는 그리 간단하지 않다. 돈에 대한 지나친 과소 평가는 기만이다. 노신의 방식대로 며칠 굶긴 후에 다시 돈에 대한 평가를 하게 하면, 스스로 기만임을 자백할 것이다.

또한 돈에 대한 지나친 과대 평가 역시 기만이다. 세상에는 돈으로 살 수 있는 것만큼이나 돈으로 살 수 없는 것들이 많다. 눈을 똑바로 뜨고 보면, 스스로 기만임을 자백할 것이다.

돈을 대함에도 중용의 도가 요구된다. 지나치게 한쪽으로 치우치면, 돈과 인생은 속고 속이는 관계가 될 수 있다. 돈을 너무 하찮게 보다가 속고, 돈을 지나치게 믿었다가 속을 수 있다.

물론 자기 인생을 찾기 위해 집을 나간 여자에게도 해당되는 법칙이다

두 마리 토끼 잡는 법

토끼 두 마리 잡으려다가 한 마리도 못 잡는다는 교훈에 이의를 다는 사람은 그리 많지 않다. 아니, 마치 진리라도 되는 양 시시때때로 그 말을 목소리 높여 외치는 이들을 흔히 볼 수 있다. 심지어는 그 본뜻을 왜곡시키면서까지 말이다. 우리 사회를 쥐락펴락하는 그런 주장들을 몇 가지만 보자.

성장과 분배, 그 두 마리 토끼를 다 잡을 수는 없다. 우선 성장하자! 분배는 그 다음이다! 분배와 성장, 그 두 마리 토끼를 다 잡을 수는 없다. 우선 분배하자! 성장은 그 다음이다!

개발과 환경, 그 두 마리 토끼를 다 잡을 수는 없다. 개발에 매진하자! 환경 보호는 그 다음이다! 환경과 개발, 그 두 마리 토끼를 다 잡을 수는 없다. 환경 보호가 시급하다! 개발은 그 다음이다!

기업의 경쟁력 강화와 노동자의 권익 증진, 그 두 마리 토끼를 다 잡을 수는 없다. 경쟁력 강화가 먼저다! 권익 증진은 그 다음이다!

노동자의 권익 증진과 기업의 경쟁력 강화, 그 두 마리 토끼를 다 잡을 수는 없다. 권익 증진이 먼저다! 경쟁력 강화는 그 다음이다!

자기 입장과 가치관에 따라 각각의 주장은 그렇게 날선 칼날처럼 맞선다. 그러면서 사회 구성원들에게 "두 마리 토끼를 다 잡을 수는 없는데, 당신은 어느 쪽이냐?" 물으며 편을 갈라 맞서게 한다. 그리하여 서로 갈등하고 대립하고 투쟁한다.

이런 지경이니 의문이 꼬리에 꼬리를 물고 이어진다. 과연 어느 쪽이 옳을까? 한쪽은 옳고 다른 한쪽은 그른 것일까? 아니면 양쪽 모두 그를까? 그도 아니면 양쪽 모두 옳을까?

이런 식의 의문들에 그 어떤 대답을 한다 해도 갈등과 대립과 투쟁을 멈추게 하기는 어렵다. 그르다고 몰린 쪽에서 순순히 수긍하고 태도를 바꿀 턱이 없을 것이오, 모두가 옳다 하면 양쪽 모두 자기주장을 굽히지 않을 것 아니겠는가.

우리 사회의 난제 가운데 난제인 노동 문제, 그중에서도 비정규직 문제를 보자. 고용 불안과 실업과 저임금 등으로 생존의 위기까지 느끼곤 하는 노동자들이 권익 증진을 요구하는 것이 부당할까? 그 누구도 거기에 돌을 던질 수 없을 것이다. 노동자는 자기 이익을 추구할 수밖에 없다. 최근에 우리 사회의 핵심 화두가 된 비정규직 양산으로 인한 갈등을 보면 문제의 심각성이 보다 뚜렷하게 드러난다. 고통받는 비정규직 노동자들이 권익 증진을 요구하는 것은 우리 헌법에 명시된 행복 추구권에도 부합하는 것으로 정당하다.

그런데 혹자들은 정규직의 양보를 통한 비정규직의 권익 증진을 말한다. 자기 이익을 추구하는 정규직이 비정규직의 이익을 위해 양보를 한다? 일리가 없지 않으나 그것은 기대할 수 있는 일이 못 되고, 근본적인 문제 해결의 길도 아니다. 비정규직이건 정규직이건 모두 자기 이익을 추구한다.

그러면 기업주는 어떠한가? 무한 경쟁을 불러오는 세계화와 정보화로 특징지어지는 새로운 문명시대에서, 기계화와 자동화로 '노동의 종말' 까지 입에 오르내리는 현실에서 가격경쟁이든 품질경쟁이든 경쟁력을 키워 살아남으려고 가능한 모든 수단을 동원한다.

비정규직 고용이 필요하면 그렇게 하고, 해고가 필요하면 주저하지 않고, 기업의 해외 이전이 유익하다고 판단되면 또 그렇게 한다. 우선 생존해야 하기에 그들은 도덕적인 재단을 두려워하지 않는다. 기업주 역시 자기 이익을 추구할 수밖에 없다.

이러니 우리는 어찌해야 할까? 권익 증진을 이루어야 자기 이익을 얻는 노동자와 경쟁력을 강화해야 자기 이익을 얻는 기업주가, 어찌 보면 모순 관계에 빠져 있는 양쪽이 수긍할 수 있는 공존의 틀을 만들 수 있을까?

유별난 낙관주의자가 아니라 해도 대부분 '만들 수 있다' 쪽에 서려 하지 않겠나. 그렇다면 어떻게? 우선 '토끼 두 마리 잡으려다가 한 마리도 못 잡는다.' 는 교훈의 늪에서 빠져나와 '두 마리 토끼 잡는 법' 을 찾는 것이 필요하다고 본다.

과거부터 늘 해온 사냥술을, 과거의 방식을 고집한다면 그것이 불가능한 말장난으로 비춰질지 모르지만 새로운 사냥술을, 창의적인 방식을 쓴다면 불가능한 일이 아니다.

과거의 방식은 크게 두 가지로 나뉜다. 과거 산업사회의 발전을 이끈 일방적인 성장주의 정책이 그 하나요, 평등의 가치를 앞세우는 사회주의적 정책이 또 다른 하나이다.

일방적인 성장주의 정책이 노동자의 희생을 강요해 왔음을 부인하기는 어려울 것이다. 그런데 요즘도 흔히들 하는 말이 있다. 성장을 통해 일자리를 창출하고, 그것이 노동자의 권익을 증진시키는 지름길이라고 말이다. 그러나 '고용 없는 성장'이나 새로운 문명 시대에서 '변하는 노동의 가치' 등을 냉철하게 따져보면 그러한 주장은 설득력이 약해진다.

또한 김대중 정부와 노무현 정부가 일부 차용한 사회주의적 정책, 약자와 취약 부문을 보호해 평등을 실현하고 균형 발전을 이루겠다며 내세운 정책들이 오히려 양극화를 심화시키고, 계층과 지역과 세대와 남녀 사이의 갈등을 더욱 조장하는 결과를 낳았다는 것 역시 엄연한 현실이다. (전 지구에서 드러난 사회주의의 실패를 새삼 끄집어낼 것도 없다.)

이 두 가지의 한계를 극복하고 어떻게 기업의 경쟁력 강화와 노동자의 권익 증진이라는 두 마리의 토끼를 잡을 수 있을까?

새로운 '국가보장제도'의 도입, 거기에 희망이 있지 않을까 한다. 자기 이익을 추구하는 노동자와 기업주, 그 둘의 본성을 솔직히 인정하고, 어느 한쪽의 희생이나 양보를 기만적으로 강요하지 말고 국가가 나서서 제 역할을 다해야 한다.

먼저 일자리의 문제를 보자. 기업이 모든 국민의 일자리를, 만족스러운 일자리를 제공해 주리라 기대하기 어려운 시대이다. 이러한 냉엄한 조건을 제대로 인식한다면 답은 하나다.

국가가 재정으로 공공근로와 사회복지부문 등에 일자리를 만들어, 취업의 의지는 있으나 행운을 얻지 못한 국민에게 제공하는 길밖에 없다. 더 나아가 꼭 필요하지만 사양 산업이라며 외면당하는 농업 부문 등에서 적극적으로 일자리를 만들어 균형 잡힌 나라 발전을 이루어야 한다. 그래야 식량 자급률이 30퍼센트에도 미치지 못해 식량 수입에 연 140억 달러가 넘는 막대한 자금을 써야 하고, 또 식량이 무기가 될 때 위태로워지기까지 하는 현실을 개선할 수 있는 것이다.

또한 국가 재정으로 무상 교육(재정 여건과 국민의 뜻에 따라 그 범위를 정한다.), 무상 의료(기술적으로 까다로운 문제들이 있으나 우선 이를 도입하자는 국민의 합의가 중요하다.), 국민기초생활보장, 노후생활보장, 장애인소득보장 등을 실시해야 한다.

이러한 '국가보장제도'가 실현되어 국민의 기본적인 생활이 보장된다면 물가와 임금이 인하되어도 노사가 극한적인 갈등과 대립을 할 필요가 없다.

생존의 위기에서 벗어난 노동자는 자기 이익을 합리적인 선에서 추구할 수 있고, 고용 비용의 짐을 던 기업주는 기업의 경쟁력을 키워 지속 가능한 성장을 이끌어갈 수 있다. 성장은 세금의 증대를 가져오고, 세금의 증대는 국가보장제도가 더욱 튼실하게 실현되는 데 기여한다.

우리에게 희망을 안겨줄 수 있는 이러한 제도를 두고 "국가 재정으로 국민의 기본적인 생활을 보장한다? 좋지! 그런데 그럴 돈이 있나?" 하며 부정적인 의견을 피력하는 이들이 있다.

그러나 국가 예산과 생활에 필요해서 개인이 부담하는 비용 등을 따져보면, 즉 세금을 거두고 쓰는 체계를 정비하면 충분히 가능하다는 견해가 있다. 물론 그 견해도 철저하게 따져보는 것이 필요하지만 말이다.

절망을 딛고 희망을 갖는 것이 어디 쉬운 일인가. 갈등과 대립과 투쟁을 넘어서는 '두 마리 토끼 잡는 법'을 찾아야 하지 않겠나. 권력을 누가 잡느냐보다 이것이 더욱 중대한 문제이다.

돈이 없나, 희망이 없나

한 남자가 가난한 사람에게 물었다.

"돈이 없습니까, 희망이 없습니까?"

가난한 사람이 실없는 소리 말라는 듯한 표정으로 대답한다.

"그것도 질문이오? 돈이 없으니까 희망도 없는 거 아니겠소."

남자가 같은 질문을 반복한다.

"돈이 없습니까, 희망이 없습니까?"

가난한 사람이 버럭 소리를 지른다.

"지금 날 놀리는 거요? 돈이 없으니까 희망이 없고, 희망이 없으니까 돈이 없다 이 말이오!"

남자가 표현만 약간 바꾸어 다시 묻는다.

"없는 게 돈입니까, 희망입니까?"

가난한 사람이 주먹다짐이라도 할 태세로 벌떡 일어나 남자를 노려본다.

"지금 돈이 없다고 깔보는 거요? 왜 자꾸 헛소리를 하며 신경을 건드리는 거요?"

아랑곳하지 않고 남자가 또 묻는다.

"문제는 가난입니까, 절망입니까?"

가난한 사람은 남자가 정신이상자이고, 그래서 헛소리를 반복하는 것이라 짐작한다. 그러자 화가 좀 가라앉는다. 꼭 쥐었던 주먹에서 스르르 힘을 빼고 자리에 앉으며 되묻는다.

"그걸 알아서 뭐할 거요? 국이라도 끓여 먹을 셈이오?"

남자가 진지한 표정으로 말한다.

"내게는 죽느냐 사느냐 하는 문제입니다. 살고 싶은 생각이 별로 없습니다. 이대로 죽을 수도 있습니다. 자살까지 생각하고 있습니다. 그런데 이런 생각이 들었지요. 나는 왜 자살하려는 것일까? 죽더라도 그 이유나 알고 죽자, 하는 생각이 들었습니다."

가난한 사람도 표정이 진지해진다.

"자살은 비겁한 짓이오. 왜 그런 못난 생각을 한단 말이오?"

남자가 길게 한숨을 쉬고 말한다.

"아침에 눈을 뜨는 것이 괴롭습니다. 살아갈 의욕을 잃으니, 하루를 견뎌내는 것도 너무 힘들어요."

가난한 사람이 동정적인 눈길을 보내며 묻는다.

"내가 그 심정 모르는 것은 아니지만, 도대체 왜 그 지경까지 되었소? 문제가 뭐요? 가난이오, 절망이오?"

남자가 힘없이 말한다.

"내가 알고 싶은 것이 그것입니다. 내가 그렇게 묻지 않았습니까?"

똑같은 질문임을 미처 알아채지 못했던 가난한 사람은 그 문제를 곰곰이 생각해 본다.

'가난한 사람이라고 모두 절망하는 것은 아니고, 부유한 사람이라고 모두 희망에 넘쳐 사는 것은 아니다. 희망을 가슴에 품고 사는 가

난뱅이도 있고, 절망의 늪에 빠져 허우적거리는 부자도 있다. 그러
니 과연 문제는 무엇일까?

　희망이 있다면, 가난하건 부유하건 죽느냐 사느냐 할 정도의 문제
가 생기는 것은 아니지 않는가? 문제는 절망이다. 가난하건 부유하
건 절망에 빠져 있으면 문제인 것이다.'

　가난한 사람은 그런 자기 생각을 남자에게 말한다. 남자는 말없이
고개를 끄덕인다. 가난한 사람 역시 마음속으로만 '돈이 없으니까
희망도 없다'는 처음의 생각을 부인할 뿐, 말이 없다.

단군 신화,
그 곰의 가난과 호랑이의 절망

곰과 호랑이는 사람이 되고 싶었다. 사람이 되게 해달라고 간절히 빌고 또 빌었다. 세상을 다스리기 위해 하늘에서 내려온 환웅은 두 동물에게 조건을 제시했다. 그 조건을 충족시킨다면 사람이 되게 해주겠다는 것이었다.

"여기 쑥 한 줌과 마늘 스무 쪽이 있다. 이것을 먹고 백일 동안 햇빛을 보지 않으면 사람이 될 것이다."

곰과 호랑이는 쑥과 마늘을 갖고 동굴 안으로 들어갔다. 햇빛을 보지 않으려면 백일 동안 동굴 밖으로 나가서는 안 되었다. 과연 한 줌의 쑥과 스무 쪽의 마늘로 견딜 수 있을까? 두 동물 모두에게 난감한 일이었다.

그런데 문제가 있다. 언뜻 보면 두 동물에게 똑같은 조건이 주어진 것 같지만, 내막을 보면 그렇지 않다. 곰은 잡식을 하는 동물이다. 동물이건 식물이건 가리지 않고 먹는다. 그러니 쑥과 마늘도 먹이가 된다. 다만 양이 너무 적은 것이 문제이다. 참을 수 없는 존재의 가난, 곰에게는 그것이 문제이다. 가난을 견뎌야 한다.

반면에 호랑이는 육식을 하는 동물이다. 굶어 죽을 지경이 되어도 식물을 먹지 않는다. 그러니 쑥과 마늘은 먹이가 아니다. 동굴에서 견딜 수 있는 그 어떤 실낱같은 희망도 보이지 않는다. 참을 수 없는 존재의 절망, 호랑이에게는 그것이 문제이다. 절망을 견뎌야 한다.

같은 조건처럼 보이지만, 과학적으로 따지고 보면 견뎌야 할 내용이 그렇게 다르다. (신화를 이해함에 잡식이니 육식이니 하며 과학적인 잣대를 들이대는 것이 꼭 올바르다고 할 수는 없을지라도, 그렇다고 꼭 그르다고 할 수도 없다. 성서에 나오는 이야기, 하느님이 진흙을 빚어 사람들 만들었다는 그 신화 역시, 과학적인 잣대로 부정하는 것만이 옳다고 할 수는 없을지라도, 그렇다고 그르다고 종교 재판을 할 수도 없다.)

가난한 곰과 절망하는 호랑이, 그 두 동물 가운데 누가 동굴 속의 고통을 견뎌내고 사람이 될 수 있을까? 과학적인 사실을 고려한다면 누구나 짐작할 수 있는 일이다.

곰이 견뎌냈다. 쑥과 마늘을 아껴 먹으며, 몸에 비축해 둔 영양소에 의지해 긴 겨울잠을 자는 습성까지 장점이 되어, 어려운 일이었지만 견뎌냈다.

호랑이는 사람이 되고자 참을 수 있을 때까지 참고 또 참았지만, 끝내 포기할 수밖에 없었다. 마늘 한 쪽 먹을 수 없게 타고난 몸이니, 이상한 일도 아니다.

견뎌낸 곰은 여자의 몸이 되었다. 그 웅녀와 환웅 사이에서 단군왕검이 태어난 것이다. 곰이 사람이 되어 사는 모습을 보고, 호랑이는 무슨 생각을 할까?

가난과 절망, 사람들은 그 둘을 쌍둥이처럼 바라보지만, 사실은 그렇게 좀 다르다.

지구 환경과 밥

한 늪지에 사는 도롱뇽을 지키겠다며 한 스님이 보인 의지는 가히 초인적이었다. 1백일이 넘는 단식까지 했다니, 말 그대로 죽기를 각오하지 않았다면 보통 사람은 흉내조차 낼 수 없는 행위였다.

이에 감명을 받은 사람들이, 도롱뇽이 어떻게 생겼는지조차 모르는 이들까지 나서서 '도롱뇽을 살리자' 고 주장했다. 나중에는 초점이 흔들려 '스님을 살리자' 는 쪽으로 무게 중심이 옮겨지는 듯도 했지만, 어떻든 대단한 반향을 일으킨 일대 사건이었다.

일전에 핀란드를 방문한 적이 있었다. 그 나라에서는 다람쥐를 살리자는, 다람쥐와 함께 생존할 수 있는 길을 찾자는 운동이 일었다고 한다.

어느 날, 이런 주제를 두고 이야기를 나누던 중에 한 지인이 좀 흥분해서 이렇게 말했다.

"지금 아프리카를 비롯한 전 세계에서 굶어죽는 아이들이 부지기수인데, 그 참담한 광경은 보이지 않는가? 가난의 고통을 견디지 못하고 스스로 목숨을 끊는 수많은 사람들은 보이지 않는가? 그들에 대해 말해야 하지 않는가?

그런데 지금 무슨 말을 하고 있는가? 환경을 살려야 사람이 산다이 말인가? 다 좋은 말이다. 누가 그렇지 않다고 했나? 그렇지만 도롱뇽을 살리자고, 다람쥐를 살리자고 그렇게 법석을 떠는 것은, 가난에 시달리는 사람들에 대한 무시와 모독이 아닌가?

생존 자체가 어려운 사람들에게 도롱뇽과 다람쥐 이야기는 너무도 한가하게 들린다. 도롱뇽 때문에 거액의 세금을 낭비해야 하는 상황에 분통이 터지기까지 한다. 그런데 그들에게는 한 늪지에서 생긴 문제가 그리도 절실한가?'

그의 이야기를 들으며 나는 양극단에 서서 마주 보고 있는 사람들을 떠올려 본다. 환경 보존만이 살길이라고 주장하는 사람들이 한 극단을 차지하고 서 있다. 다른 쪽에는 보존된 환경, 원시 사회같은 환경에서 굶주리는 사람들이 서 있다.

양극단을 바라보며 생각해 본다. 환경 보호는 피할 수 없는 우리의 과제인 것은 분명하다. 그러나 환경 보존만으로 우리가 현실에서 생존할 수 있는가?

그럴 수는 없다. 우리에게는 개발을 통해 삶을 풍요롭게 하려는 욕망이 있다. 그 욕망을 인위적으로 잠재울 수는 없다. 다만, 환경 보호를 염두에 두는 개발이 필요함은 잊지 말아야 한다. 그렇지만 꼭 짚고 넘어가야 할 것이 있다. 환경 보호와 극단에 치우친 환경 보존은 다르다는 점이다.

언젠가 환경 지킴이 기금을 조성하고자 하는 단체의 초청을 받아 그 모임에 참석한 일이 있었다. 그 자리에서 유명한 식품 회사를 운영하는 사람의 말을 들었다. 요지는 다음과 같다. "육식이 사람의 성격을 난폭하게 만들었다. 사람의 야만성을 키운 것이다. 따라서 앞으로의 식생활은 채식으로 가야 한다. 육식을 피해야 한다."

육식과 사람의 성격을 관련시키는 이야기는 그리 새삼스러운 것도 아니다. 그렇지만 잡식 동물인 사람에게 채식만이 옳은 것인 양 주장하는 것을 듣고 있자니 거부감이 들었다. 더 나아가 식품 회사를 꾸려 가는 입장에서 장사 논리로 말하는 것은 아닌가 하는 의심까지 떨칠 수 없었다.

자연 보존만이 살길이라는 주장과 채식의 식생활이 올바른 살길이라는 주장은 일맥상통해 보인다.

농사와 농약 사용의 문제도 좀 더 철저하게, 깊이 있게 따져보고 말할 필요가 있다. 농약을 사용하지 않는 농사가 최선이다! 그렇게 주장하는 사람들이 있다. 과연 그것이 현실의 바탕 위에서 우리가 취할 수 있는 최선의 방법일까?

약이 병을 치료하기 위해 쓰인다는 것은 삼척동자도 알 일이다. 사람도 병에 걸리면 약을 쓴다. 그 약이 독이 될 수도 있음을 알면서도 어쩔 수 없이 약을 쓴다. 약은 어떻게 쓰느냐에 따라 약이 될 수도 있고 독이 될 수도 있다. 그런데 농사에서 약을 쓰는 것이 독이 될 뿐이라고 단정하는 주장들이 난무한다. 그러면서 유기농 농사니, 무공해 농산물이니 하는 것들을 자랑삼아 내세운다.

그런 주장들이 또 하나의 장사 논리가 아닐까 하는 생각을 지울 수 없다. 그러니까 무공해라는 이름을 달고, 자기 이익을 챙기려는 논리가 아닌가 하는 의심이 드는 것이다.

농약을 쓰지 않으면 전 세계의 농산물 수확량은 대폭 줄어들 수밖에 없다. 정확한 예상 수치라고 할 수는 없을지라도, 수확량의 40퍼센트가 줄어들 것이라는 관측도 있다.

수많은 사람들이 식량난에 고통받는 현실에서, 수확량의 감소를 감수하더라도 농약 사용을 금지해야 할까? 그것이 최선일까?

거기에 동의할 수 없다. 마치 개발의 손길이 닿지 않은 아프리카나 아마존의 정글을 이상 사회인 양 주장하는 관점에 뜻을 같이할수 없다.

개발의 손길이 닿지 않는 곳에서 굶주리는 사람들은, 개발로 인해 생긴 물질 문명의 혜택을 누릴 만큼 누리면서 그런 주장을 하는 사람들을 보고 위선자라고 비난할지 모른다. 그들의 비난을 부당하다고만 할 수 없다.

우리는 개발이냐 보존이냐 하는 이분법에 빠져서는 안 된다. 극단적인 개발 논리에 빠져 있는 물질 문명 사회가 우리의 지향점이 아니다. 또한 개발의 손길이 닿지 않아 굶주리는 사회 역시 우리의 지향점이 아니다.

우리에게 필요한 것은 삶을 풍요롭게 하는 개발과 자연 보호를 함께 이룰 수 있는 지혜이다. 이분법의 사고에 빠져 있는 사람에게는 두 마리의 토끼를 잡으려는 것으로 비칠 수도 있다. 그러나 인류의 지속적인 발전을 바라는 사람들에게 그 지혜는 꼭 필요하다.

술맛 돋우는 안줏감, 정치가

술자리에서 정치가는 곧잘 안줏감이 되곤 한다. 그것도 질근 질근 씹어야 제 맛이 나는 마른 오징어 꼴이다.

"그 × 정말 웃겨. 그 ×× 왜 그런 짓거리를 하는 거야? 권력의 맛을 보더니 아주 꼴불견이 됐군."

그보다 더욱 심한 욕설이 퍼부어지곤 한다.

"국민의 이름을 팔아먹으면서, 제 ×이 민주주의 특허권이라도 갖고 있는 것처럼 내세우면서, 속으로는 썩을 대로 썩은 그 ×××들을 보고 있노라면 구역질이 나."

차마 옮기기조차 민망한 말들도 있다. 이 정도라면 정치가 집단은 타도의 대상이 될 수밖에 없지 않겠나. 그러한 현실이니 '정치가가 없어야 정치가 잘 된다' 는 선문답 같은 말이 나오는 것도 이상한 일은 아니다. 여론 조사를 하면, 정치가 집단은 예외 없이 가장 믿을 수 없는 부류로 손꼽힌다.

초등학생 웅변가가 이렇게 말한다. 정치가 바로 서야 나라가 바로 선다! 정치가 올바른 정치를 해야 살기 좋은 나라를 만들 수 있다! 이를 부정하는 사람은 아무도 없을 것이다. 그러나 정치가가 그런 말을 입에 올리면 비웃음거리가 되곤 한다. 흥! 말이나 못하면 덜 밉지, 하는 촌평이 따라붙는다.

어쩌다, 도대체 어쩌다 이 지경이 되었단 말인가? 물론 그렇게 된 데에는 정치가의 책임이 가장 크다. 말끝마다 국민을 내세우면서도, 실제로는 자기 손아귀에 쥔 권력을 지키고, 키우고, 누리기에 바빴던 정치가들에 대한 국민의 냉엄한 심판이다.

그런데, 정치권에 새로운 인물들이 계속 들어와도, 그래서 변화의 조짐이 보여도 술자리에서 안줏감이 되는 상황은 크게 나아지지 않는다. 언제까지 이런 상황이 되풀이되어야 한단 말인가?

정치에 대한 냉소주의와 무관심이 팽배한 현실은 어느 누구에게 도 이로움을 주지 않는다. 이로움은커녕 공동체 구성원 모두에게 막대한 해를 끼칠 뿐이다.

어떻게 하면 정치가 바로 설 수 있을까? 어떻게 해야 정치가는 제 본분을 다할 수 있을까?

나는 정치가가 국민들에게 새로운 비전과 희망을 제시하고, 말만이 아니라 행동으로 그 새로운 비전과 희망을 이루기 위해 노력하는 길 밖에 달리 방법이 없다고 생각한다. 구태의연한 과거의 방식으로는 당면한 과제를 풀 수 없을 뿐만 아니라, 희망찬 미래를 열 수도 없다.

그렇다면 새로운 비전과 희망은 어떻게 만들어질 수 있을까? 나는 사람의 본성을 똑바로 보고, 그 본성을 바탕으로 대안을 마련해야 한다고 믿고 있다.

프랑스의 사상가 루소는 주장했다. "자연으로 돌아가라!"

그게 무슨 뜻일까? 루소의 사상에 대한 나의 감상문보다는 객관적인 평가가 이해를 더 잘 도울 수 있을 것이다. 어느 사전에는 루소가 그런 말을 하게 된 배경을 이렇게 설명한다.

"루소의 일관된 주장은 '인간 회복'으로, 인간의 본성을 자연 상태에서 파악하고자 한다.

인간이 자연 상태에서는 자유롭고, 행복하고, 선량하였으나, 자신의 손으로 만든 사회 제도나 문화에 의해 부자연스럽고 불행한 상태에 빠졌으며, 사악한 존재가 되었기 때문에 다시 참된 인간의 모습, 즉 자연을 발견하여 인간을 회복하지 않으면 안 된다는 것이다.

이와 같은 입장에서 인간 본래의 모습을 손상시키고 있는 당대의 사회나 문화에 대하여 통렬한 비판을 가한다."

인위적으로 만들어진 사회와 문화가 인간의 본성을 침해하고, 사회적인 불평등을 조장하여, 그 결과로 사회의 온갖 악이 생겨났다는 주장이다. 나는 이에 기꺼이 찬성표를 던진다. 루소의 지지자 혹은 추종자는 아니지만, 그런 관점이 올바르다고 생각한다.

이에 관련하여 생각해 볼 구체적인 사례를 한번 살펴보자. 어제오늘의 일은 아니지만, 요즘 저출산과 고령화 문제가 자주 사람들의 입에 오르내린다. 그런데 그 문제들을 바라보는 시각부터 문제가 있어 보인다. 먼저 저출산의 문제를 보자.

한때 우리나라에서는 '덮어놓고 낳다 보면 거지 꼴 못 면한다' 느니, '아들 딸 구별 말고 둘만 낳아 잘 기르자' 느니, '둘도 많다 하나만 낳자' 느니 하는 구호를 부르짖던 적이 있었다.

그리고 불과 몇십 년도 지나지 않아, 이제는 아이를 너무도 적게 낳아 문제라고 말들이 많다. 우리나라의 출산율이 세계 최저라는 통계도 나와 있다.

참으로 딱한 일이다. 몇십 년도 내다보지 못하면서, 인위적으로 산아 제한을 해야 한다며, 그것이 마치 진리라도 되는 양 목소리를 높이던 사회가 딱하다.

그런데 이제 또 인위적으로 저출산의 문제를 풀겠다는 태도를 보이니, 이 역시 딱한 일이 아닐 수 없다.

요즘 출산 장려책으로, 다출산을 한 가정에 경제적인 지원을 해주어야 한다는 말들이 많은데, 그걸 해법이라고 보는가? 문제의 본질을 제대로 보지 못하고 내세우는 호도의 방편일 뿐이다. 요즘 가정에서, 여자들이 과연 돈이 없어서 아이를 낳지 않는 것인가? 아니다.

국가보장제도가 발달되어, 아이를 낳기만 하면 사회가 키워 준다는 나라에서도 출산율은 떨어져 왔다.

경제적으로 풍족한 여자들이 아이를 적게 낳고, 넉넉하지 않은 여자들이 오히려 아이를 많이 낳는 것을 우리는 주위에서 흔히 볼 수 있다. 출산 장려금을 준다고 미래의 어머니들이 아이를 많이 낳으리라 기대하는 것은 틀린 관점이다.

요즘 부부들, 특히 여자들은 아이를 낳고 키우는 것에 자기 인생을 저당 잡히려 하지 않는다. 과거와 비교해 보면, 요즘 세상에는 자식이 주는 기쁨 이외에도 누리고 즐길 것들이 너무도 많다. 그것들을 통해 자기 행복을 추구하고 싶은 것이다. 그것이 인간의 본성이다.

그런데 자기 행복을 추구하는 본성을 가벼이 보고, 약간의 돈으로 생활의 태도를 바꿀 수 있다고 믿는 것은 어리석다.

고령화의 문제도 우리에게 매우 무겁게 주어져 있다. 평균 수명이 늘어나니, 노인 인구가 늘어날 수밖에 없다. 그런데 출산율은 저조하니, 사람들은 먼저 이런 고민을 한다. 일할 젊은이들은 줄고 있고, 부양해야 할 노인들은 늘고 있으니 고령화 사회가 제대로 유지될 수 있겠느냐 하는 우려이다.

이런 우려는 사람을, 노동력 있는 젊은이와 노동력 없는 노인으로 둘로 나누고, 그 둘을 대립하는 관점으로 바라보기 때문에 생긴다. 그러한 관점은 노인을 존경의 눈으로 바라볼 수 없게 한다. 존경은 커녕 심할 경우 노인은 경멸의 대상이 된다.

노인 역시 젊은이와 마찬가지로 자기 행복을 추구하는 본성을 지닌 사람이다. 그러니 사회는 노인을 생계비를 지원해 주어야 하는 대상으로만 볼 게 아니다.

노인에게 일할 기회를 마련해 주고, 스스로 자기 행복을 추구할 수 있는 바탕을 마련해 주는 것이 우선적으로 해야 할 일이다. 21세기 과학 문명 사회는 근육 노동을 중심으로 유지되던 과거와는 다르다. 노인들도 얼마든지 일하면서 자기 능력을 발휘할 수 있다.

시대의 변화를 제대로 읽고, 그에 따르는 사고의 변화를 통해 새로운 눈을 가져야 한다. 노인은 약자라는 과거의 의식, 노인의 사회 진출을 가로막는 과거의 제도, 그것들에서 벗어나지 못하면 고령화는 불행의 지표가 될 뿐이다.

설사 노동력을 거의 잃은 노인들이 늘어난다 해도, 일할 수 있는 사람들의 생산성을 높이면 나라 전체의 부를 얼마든지 늘릴 수 있다. 저출산과 고령화의 문제를 대립주의의 관점으로 보고, 낡은 과거의 방식으로 풀려 하면, 근본적인 해결책을 마련할 수 없다. 인위적인 틀에서 벗어나, 사람의 본성을 바탕으로 문제를 해결하려고 할 때 길은 보인다.

정치가들이 새로운 비전과 희망을 제시해 줄 수 있다면, 말만이 아니라 행동으로 보여줄 수 있다면, 술자리에서 어느 누가 정치가들을 안줏감으로 삼아 잘근잘근 씹겠는가.

정치가들 때문에 밥맛이 떨어진다는 사람들이 술맛이라도 제대로 맛보자는 것인지 정치가들을 안줏감으로 삼는다. 술맛은 어떤지 몰라도, 밥맛은 떨어지는 세상의 풍경이다.

밥맛 돋우는 세상을 만드는 게 우리 정치가들에게 주어진 노동이 아니겠나. 만약 그 노동을 하지 않는다면, 무노동 무임금의 원칙이 적용되어야 하지 않을까? 노동자 출신 국회의원은 그렇게 생각한다.

바이칼 호에서 꿈꾼 우리

인류의 생존 방식을 두고 볼 때, 지금은 격변기이다. 대전환 시대임을 알리는 말들이 오가고 있다.

"말세야, 말세!" 하며 세상이 망할 것이라고, 말세의 징후를 말하는 사람들이 여전히 있기는 하지만, 요즘 인류는 말세의 불안을 떨친 듯, 새로운 생존법과 문명을 본 듯 "변하라, 변해야 산다!" 하며 앞으로 나아가고 있다.

정보 문화 시대니 세계화 시대니 하는 말들이 그 새로운 문명을 가리키는 이정표가 되고 있다.

새로운 문명의 출현은 인류 모두에게 새로운 기회가 주어진다는 것을 뜻하기도 한다. 그래서 저마다 그 기회를 잡기 위해 총력을 기울이고 있는 것이 작금의 세계 현실이다.

모두에게 기회가 주어졌다고 하지만, 그 이면에는 무한 경쟁이라는 생존 방식이 날을 세우고 있다. 따라서 대전환기에 살아남느냐, 사라지느냐에 따라 새로운 문명이 장밋빛으로 다가올지, 죽음의 그림자로 비춰질지 결정될 것이다.

이러한 시대에 우리는 어떻게 생존법을 찾고, 오늘과 내일의 희망을 말할 수 있을까?

우리는 우선 우리 민족이 갖고 있는 에너지를 지혜롭게 쓸 줄 알아야 하지 않을까?

지구상의 마지막 분단 국가라는 우리의 현실, 그 좁은 틀에서 벗어나지 못하면, 우리의 에너지를 보다 창의적으로 쓸 기회를 스스로 버리는 꼴이 될 것이다.

일전에 중국을 비롯해 몽골과 러시아 등지를 방문한 적이 있었다. 그 나라들에 흩어져 살고 있는 동포들의 삶을 직접 보고, 그들과 더불어 살 수 있는 길을 찾고자 하는 목적이 있었다.

그 방문 일정에 바이칼 호에서의 휴식이 포함되어 있었다. 러시아의 시베리아 지역에 위치한 바이칼 호는 세계 최대의 담수호로서, 그 깊이 역시 세계에서 가장 깊은 호수이다.

우리 민족의 삶이 바이칼 호에서 시작되었다는 주장도 있다. 그 주장이 옳은지 어떤지는 알 수 없다. 지금 우리에게 중요한 것은 우리 민족의 희망이다.

그 호수를 바라보며 나는 정치가로서, 민족의 한 구성원으로서 한 민족을 살리는 네트워크를 꿈꾸었다. 공존의 네트워크 구축, 그것은 정치가로서 나의 목표이기도 하고, 삶의 철학이기도 하다. 백지장도 맞들면 낫고, 손바닥도 마주쳐야 소리가 난다는 속담이 있다.

개인이건 집단이건 저 혼자서 완전한 존재가 되기는 힘들다. 불완전한 개체들이 부족한 부분들을 서로 채워 주며 어울릴 때, 서로의 장점을 살리며 조화롭게 어울릴 때, 완전함을 향해 좀 더 가까이 다가갈 수 있는 것이다.

그렇게 되기 위해서는 하나하나의 개체들이 서로 상대방을 인정하면서 연결되어야 한다. 그런 식으로 연결된 구조가 바로 공존의 네트워크이다.

개인이건 집단이건 개체들은 각각의 특수성이 있다. 그 특수성들이 서로 대립하고 투쟁하면, 죽음의 그림자가 그 뒤를 따르게 된다. 반면에 그 특수성들이 서로 조화롭게 연결되어 작용하면 시너지 효과를 낼 수 있다. 그러한 네트워크는 서로를 살리는 생명의 운동이기도 하다.

모자이크의 완성미가 본보기가 될 것이다. 각각의 조각들은 그 자체로서는 그리 아름답지도 않고, 완성도도 없는 미완의 개체들일 뿐이다. 그러나 그 조각들이 하나하나 맞추어져 조화를 이루면, 거기에 아름다움과 완전성이 드러난다. 여러 조각들의 불완전한 힘들이 모여 하나의 완전한 힘을 창출하는 것이다.

한민족 네트워크는 남과 북의 공존을 바탕으로, 전 세계에 흩어져 있는 한민족이 그렇게 서로 조화롭게 연결되기를 꿈꾼다.

중국에서 소수 민족으로 살고 있는 조선족, 러시아에서 유랑민처럼 살고 있는 고려인, 일본에서 차별 받고 있는 교포들, 미국에서 아메리칸 드림을 품고 사는 교포들, 남미와 유럽 등 그 밖의 세계 곳곳에서 살고 있는 모든 한민족이, '하나의 민족' 이라는 구심점을 갖고 서로 협력해 사는 길을 찾자는 것이, 한민족 네트워크의 기본 뼈대이다.

그 공존의 네트워크를 실현하기 위해서는, 서로 다른 땅에서 생존하고, 따라서 생존 방식이 달라질 수밖에 없게 된 각각의 특수성을 서로 인정하면서 함께 발전할 수 있는 길을 찾아야 한다.

중국의 조선족을 보자. 대한민국 사람들은 조선족을 대할 때 우쭐거리는 경향이 있다. 자신들 역시 돈을 벌기 위해 온갖 일을 마다하지 않으면서, 조선족이 돈을 벌기 위해 조국으로 오는 것에 무슨 큰 잘못이라도 있는 양 못마땅하게 여기는 이들이 있다. 더 나아가 멸시하고 학대하는 경우도 종종 볼 수 있다.

거기에는 이유가 없지 않다. 해외에 있는 동포들과 어울려 함께 사는 길을 찾아본 적이 없다. 그러한 경험도 철학도 없으니, 가난한 사람을 멸시하듯 함부로 대하는 것이다.

한민족 네트워크는 보다 큰 틀에서, 공존의 시각으로 조선족을 바라본다. 단순히 조선족이 쉽게 조국으로 들어와 돈을 벌 수 있게 하자는 차원이 아니다.

우선 중국의 조선족과 경제적 네트워크로 관계를 맺는다. 대한민국의 자본과 기술을 조선족들이 사는 현지에 투자하는 것이다. 그 투자의 경제성을 살릴 수 있다면, 대한민국과 중국의 조선족은 공존의 틀을 공유할 수 있게 된다.

보다 면밀한 검토가 필요하겠지만, 중국의 넓은 땅과 조선족의 풍부한 노동력 등을 감안하면 일단 그 가능성은 엿보인다. 물론 중국의 견제 등 여러 가지 난제가 있겠지만, 의지가 확고하다면 난관을 극복할 방법도 나오지 않겠는가. 도전하는 자에게는 희망이 있다.

그 공존의 네트워크는 점차 활성화되어, 남과 북의 관계에도 긍정적인 영향을 끼칠 수 있다. 전쟁의 위험성이 있는 대립 구도를 피하고, 서로 협력하는 관계로 가는 데 도움이 될 수 있는 것이다.

탈북자나 밀입국자의 문제도 그 네트워크 안에서 보다 쉽게, 보다 효과적으로 풀 수 있다. 또한 6자 회담이니 뭐니 하는 것보다 훨씬 효과적으로, 능동적으로 한반도의 문제를 풀 수 있다. 한마디로 말해, 하나로 모은 우리의 힘으로 우리 민족의 생존과 번영을 이룰 수 있다는 것이다.

한민족 네트워크는 우리 민족만 잘살면 된다는 그릇된 민족주의와는 차원이 다르다. 앞으로 우리의 주변 국가인 중국, 일본, 몽골 등과의 네트워크로 발전할 수 있다. 더 나아가 이 세계를 공존의 네트워크로 묶을 수도 있는 것이다.

그러한 꿈을 말하지 않더라도, 한민족 네트워크는 최소한 동북아의 변화에, 더 나아가 세계의 변화에 우리가 주도적으로 참여하는 데 도움이 될 것이다.

세계의 강국들이 우리를 둘러싸고 있다. 그런데 한민족이 하나가 되어 힘을 모으기는커녕 분열한 채 싸우기만 한다면 어느 나라가 우리를 존중하겠는가. 존중받지 못하면 세계의 변화에 종속될 수밖에 없다. 그것이 역사의 교훈이다.

지금 남과 북을 비롯해 전 세계에 나뉘어 살고 있는 한민족 구성원 모두에게 '우리를 살리는 네트워크를 만듭시다!'라는 한 줄의 글을 전자우편으로 보내고 싶다.

물론 쉬운 일은 아니다. 가장 문제가 되는 것은 각 구성원이 자기 입장에서 자기의 이익을 내세운다는 점일 것이다. 그러나 그것은 어쩔 수 없는 조건이다. 자기 이익을 찾는 구성원의 본성을 따질 것이 아니라, 그러한 본성을 인정하고 그 바탕 위에서 각 개체들을 연결시키는 네트워크를 만드는 것이 우리가 할 일이다.

새로운 문명이 장밋빛으로 다가올 것인가, 죽음의 그림자로 비춰질 것인가는 우리의 선택에 달려 있다. 그렇지 않다면 운명에 맡겨야 한다는 말인가?

시장에 인권이 없다면 어디에 있나

꽤 알려진 문필가인 홍 아무개 선생은 한 신문 칼럼에 '시장에는 인권이 없다' 는 제목으로 아래와 같은 글을 썼다.

"노무현 대통령도 인정했다시피 이 나라를 실제로 지배하는 권력은 시장이다. '참여 정부' 가 말하는 '참여' 가 '시장의 전일적 참여', 다시 말해 '시장 지배' 의 다른 말에 지나지 않는다면, 국가인권위는 그 이름보다 더 무거운 구실을 요구받고 있다. 왜냐하면 이 땅을 실제로 지배하는 시장에는 경쟁과 이윤만 있을 뿐 인격도 인권도 없기 때문이다. (⋯) 시장에는 인권이 없으며, 어느 사회, 어느 나라에서든 기본 인권의 신장은 언제나 기득권 세력과의 정면 투쟁을 통해 따낸 열매였다."

선생의 냉철한 주장에는 나름대로 일리가 있다. 그러나 우선 시장에는 '경쟁과 이윤' 만 있을 뿐 '인격도 인권' 도 없다는 판단에 대해 의문이 든다.

우선 선생과 관계를 맺고 있는 한 신문사를 예로 들어보자. 그 신문사가 뛰어든 신문 시장에도 분명 '경쟁과 이윤' 의 원리가 작동한다. 그런데 그 시장에는 '인격도 인권' 도 없다?

이 의문을 따져보기 전에 먼저 개념을 정리해 둘 필요가 있다. '시장' 과 사람이 그럴 것이라고 생각하는 '시장의 원리' 를 구분해서 봐야 한다는 점이다.

그것은 '자연' 과 사람이 추측하는 '자연의 원리' 를 구분해서 봐야 함과 같은 이치다. 적자생존이니 약육강식이니 하는 것을 두고 '자연의 원리' 라 할 수는 있지만, '자연' 에 그런 원리밖에 없다고 감히 누가 장담할 수 있는가?

'경쟁과 이윤' 은 분명 핵심적인 '시장의 원리' 라 할 수 있다. 그렇다고 해서 시장에 '시장의 원리' 인 '경쟁과 이윤' 만 있다고 어느 누구도 단정할 수 없다. 왜 그럴까?

경쟁에는 공정한 경쟁과 불공정한 경쟁이 있어 이 사회는 불공정을 경계하고, 이윤에는 정당한 이윤과 부당한 이윤이 있어 이 사회는 부당함을 경계한다.

그러한 경계가 없다면 이 사회가 이전투구의 장이 될 수도 있음을 사람들이 너무도 잘 알고 있기 때문이다. 그러면 불공정과 부당함은 어떻게 가려질까?

공정거래법과 같은 '법' 에 의해 규정되기도 하고, 상업 활동을 하면서 지켜야 할 '도덕' 인 상도에 의해 판단되기도 한다. 또한 사람이 타고난 '본성' 이나 당대의 많은 사람들이 받아들이는 '상식' 이 기준이 되기도 한다.

그러면 그런 법과 도덕은 또 어떻게 세워질까? 사람이 인류의 자산과 당대의 현실 등을 고려해서 만든 가치관에 따라 세워지는 것이 아닌가?

그렇다면 그 가치관에는 인격이나 인권과 같은 중요한 문제가 배제될 수 없는 것 아닌가? 그런데 왜 '경쟁과 이윤'과 '인격과 인권'은 전혀 별개의 문제로 취급될까? 흑백 논리의 오류, 이분법적 사고의 오류 때문이 아닐까? 그럴 것이다.

경쟁의 시장에서 이윤을 얻으려는 사람도 인권을 존중하려(그래야 인간 대접을 받을 수 있으니까) 하고, 인권 신장을 위해 노력하는 사람도 경쟁의 시장에서 이윤을 얻으려(그래야 생존할 수 있으니까) 한다. 누가 이를 부인하는가?

달리 생각해 보자. 무엇을 일러 인격이라 하고, 무엇을 일러 인권이라 하는가? 사전을 보니 인격은 '사람으로서의 품격'으로, 인권은 '사람으로서 마땅히 누려야 할 자유, 평등 등의 기본적 권리'로 뜻풀이가 되어 있다.

승자와 패자가 나올 수밖에 없는 시장에서 치열하게 경쟁하며 이익을 얻으려는 행위는 품격이 떨어지는 것인가? 그런 행위 자체가 인간의 본성에서 나오는 것이고, 품격을 말하려면 그 본성을 바탕으로 논해야 하는 것 아닌가?

혹시 조선 시대의 계급 구조인 사농공상으로 사람들을 나누어 시장에서의 경쟁을 품격이 떨어지는 것으로 보는 것은 아닌가? 생산적인 일은 별로 하지 않으면서 공자 왈 맹자 왈 하는 것을 두고 품격이 있다고 하는 것인가?

인권, 즉 사람으로서 마땅히 누려야 할 자유, 평등 등의 기본적인 권리의 문제도 그리 간단치 않다.

시장에서의 경쟁은 자유의 가치를 전제하고 있다. 누구든 자유롭게 시장으로 와서, 자기의 능력을 자유롭게 발휘해 경쟁하는 것이다. 다만 경쟁의 룰은 있다.

시장에서의 경쟁은 평등의 가치도 고려하고 있다. 그러나 그것이 결과의 평등을 말하는 것은 아니다. 결과가 마찬가지라면 누가 승자가 되려고 경쟁을 하겠는가. 시장은 기회의 균등을 받아들인다.

이렇게 말하니 마치 시장에서의 경쟁이 자유와 평등 같은 인권을 바탕으로 이루어진다는 뜻으로 들릴지 모르겠으나, 그런 것은 아니다. 경쟁이 인권과 대립 관계에 있는 것이 아님을 재차 강조하고 싶다.

시장에 인권이 없는 것이 아니다. 온 세상이 다 시장이라 할 수 있는데, 시장에 없는 인권을 어디에서 찾을 수 있겠나. 시장에 없는 것, 부족한 것은 따로 있다. 그것은 경쟁에서 진 패자와 이런 저런 조건 때문에 경쟁력이 떨어질 수밖에 없는 약자에 대한 배려이다.

패자와 약자에 대한 배려, 그것은 시장에 기대할 것이 아니라 국가가 적극 나서서 제도와 정책으로 해야 할 책무이다. 알찬 국가보장제도의 정착이 필요하다.

만약 국가가 그 책무를 성실히 수행하지 않는다면, 선생의 주장대로 기본 인권의 신장은 '기득권 세력과의 정면 투쟁'만을 통해서 이룰 수 있다고 믿는 사람들이 생길 수밖에 없다.

패자와 약자에 대한 배려는 승자와 강자를 위해서도 꼭 필요한 것으로 그 중요성은 아무리 강조해도 지나치지 않다. 그렇지만 패자를 바라보는 시각은 다양하다. 그에 따라 배려하는 방법도 달라질 수밖에 없다.

한번 깊이 생각해 봄직한 시각이 하나 있다.

중국의 문필가인 노신이 '경쟁과 패자'에 대해 쓴 글이다.

"(…) 달리기 시합을 할 때 혼히 보는 것이, 앞선 몇몇 주자들이 결승선 가까이에 이르면 나머지 주자들은 맥이 풀려 버리는 모습이다. 맥풀린 주자들 가운데 몇몇은 결승선까지 달릴 용기마저 잃어버리고 코스를 이탈해 관중석으로 가 버리기도 한다. 또 어떤 주자는 고의로 넘어져 들것에 실려 나가기도 한다.

그와는 달리 많이 뒤처져 있음에도 최선을 다해 뛰는 주자가 있는데, 사람들은 그런 주자를 비웃곤 한다. 그 주자가 어리석게 꼴찌를 부끄러워하지 않는다는 이유로 비웃는 것이다. (…)

꼴찌를 부끄러워하지 않는 사람이 많은 민족은 그 어떤 곤경에 처해도 한순간에 무너지지는 않는다. 나는 운동회를 구경하려고 갈 때마다 이런 생각을 한다.

시합에서 우승한 승자를 존경하는 것은 당연하다. 그렇지만 선두 주자와 벌어진 격차가 큼에도 끝끝내 결승선까지 달리는 주자와 그런 주자를 비웃지 않고 진지하게 보는 관중, 그들이야말로 나라의 미래를 이끌 대들보가 될 것이다."

경쟁을 포기하지 않는 패자, 그런 패자를 비웃지 않는 사회, 건강해 보이지 않는가? 경쟁이 벌어지는 시장에서 승자와 패자 모두 사람답게 사는 길이 무엇인지 생각해 본다.

3장

사람이 만든 정글에 우리가 산다

정글은 사자만을 위한 세상이 아니다

'이 짐승보다 못한 인간아' 하면 사람에 대한 최대의 모욕이 된다. 인면 수심, 즉 얼굴은 사람이나 마음은 짐승이라는 말 역시 어느 누구도 듣고 싶지 않은 욕이다.

짐승의 입장에서 보면 이보다 더 억울한 일도 없을 것이다. 아마 이렇게 항변할 것이다. 배은망덕도 유분수지, 목숨까지 바쳐 우리가 먹을거리가 되어 너희 사람들 목숨을 부지하게 해주니 뭐가 어째? 짐승의 그런 항변은 부당할까?

사람이 짐승을 잡아먹을 권리는 있어도, 함부로 비하할 권리는 없다. 죽이는 것은 괜찮고 욕하는 것은 안 된다? 좀 이상하게 들릴지 모르지만, 분명 그렇다.

잡아먹는 것은 생존의 문제이고, 비하하는 것은 문화의 문제이다. 생존의 법칙은 어쩔 수 없는 것이지만, 잘못된 문화는 바꿀 수 있고, 또 바꾸어야 한다.

육식을 반대하는 사람들은 동의하지 않겠지만, 삼겹살에 소주 한 잔을 하는 것이 즐거운 나는 그렇게 생각한다. 돼지를 잡아먹을 수는 있어도, 돼지를 함부로 비하해서는 안 된다.

왜 사람들은 스스로 만물의 영장이라고 뽐내며 같은 생명체인 짐승을 비하할까?

여러 이유가 있겠지만, 짐승의 생존 방식을 제대로 모르거나, 그 방식을 사람의 잣대로 보며 멋대로 평가하는 탓도 있을 것이다. 제대로 모르면서 흔히들 하는 말이 있다.

'정글을 봐라. 강한 자만이 살아남는다!'

과연 정글에서는 강한 동물만이 살아남는가? 아니다. 결코 그렇지 않다. 강한 동물이 생존을 위해 약한 동물을 잡아먹는 것은 사실이지만, 그것만 보고 그렇게 말할 수 없다.

사자가 토끼를 잡아먹지만, 번식력이 뛰어난 토끼는 사자보다 많은 수를 유지하며 정글에서 살아남는다. 강한 자만이 살아남는다 하면, 정글에 토끼는 없고 사자만 남지 않겠나.

과연 그런가? 그렇지 않다. 만약 그렇다면 토끼는 물론이고 사자도 살아남을 수 없다. 먹을거리가 사라지면 강한 자가 어떻게 살 수 있겠나.

정글의 모든 동물과 식물은 먹이사슬로 연결되어, 공생 관계 속에서 사는 것이다. 초식 동물은 식물을 먹고, 육식 동물은 그 초식 동물을 먹고, 다른 육식 동물이 그 육식 동물을 먹는다. 그런 먹이사슬의 한 부분만 떼어놓고, 강한 자만이 살아남는다고 하는 것은, 일부를 갖고 전체를 말하는 오류이다.

정글은 사자만을 위한 세상이 아니다. 사자 역시 먹을거리가 없거나, 힘이 빠져 먹이 사냥을 못하거나 하면 풀 위에서 굶어 죽는 하나의 동물일 뿐이다. 초식 동물에게 좋은 먹을거리가 되는 식물이 주위에 아무리 풍성하게 있어도 사자에게는 아무런 소용이 없다. 모든 동물들이 그렇듯, 사자도 사자만의 생존법대로 사는 것일 뿐이다.

그런데 왜 사람들은 '강한 자만이 살아남는다' 는 거짓 신화를 만들어 퍼뜨릴까? 그 밑바탕에는 사람의 삶을 대립 관계로만 보려는 오래된 습성이 깔려 있다.

'나와 너는 대립한다. 대립하면서 경쟁한다. 나와 너 가운데 하나가 살려면 다른 하나를 죽여야 한다.'

이런 의식에 사로잡혀 있는 사람들이 많다. 특히 무한 경쟁 시대라는 요즘, 사람들은 그런 말을 자주 입에 올린다.

그러나 시각을 달리해 대립 관계를 상생 관계로 바꾸면, 그 거짓 신화에서 벗어나 '강자와 약자가 함께 산다' 는 삶의 원리를 실현할 수 있다.

정가에서 '상생의 정치' 가 인기 있는 유행가처럼 종종 불리기도 한다. 그러나 대립 관계의 틀에서 벗어나지 못하는 근본적인 문제 탓에 그 말은 번번이 공염불이 된다.

그것도 이유가 되어 정가가 냉소를 받지만, 사실 그 문제는 정가에만 던져져 있는 과제가 아니다.

시장에서 온갖 수단과 방법을 동원해 시장의 원리를 파괴하는 무리들이 있다. 너 죽고 나 살자는 대립 관계에 빠져 있는 자들이다. 그들은 어설픈 정책으로 시장에 개입하는 정부 못지 않게 시장에 폐해를 끼친다.

시장에는 경쟁이 있게 마련이지만, 시장의 원리가 파괴되어 있다면, 시장은 불신을 받고, 경쟁에서 밀려난 쪽은 그 결과에 대해 승복하지 않는다.

그러면 시장은 사람을 살리는 삶의 터전이 아니라, 이전투구의 전장이 된다. 흔히들 경제 전쟁이라는 말을 쓰는데, 그다지 좋은 표현이 아니다. 경쟁과 전쟁은 엄연히 다르다. 그럼에도 그 말이 자주 입에 오르내리는 것은 실제로 전쟁 같은 일이 벌어지기 때문이다.

그런 점을 보면 '강한 자만이 살아남는다' 는 거짓 신화인 것만도 아니다. 시장이 사람을 죽이는 전장이 될 수도 있음을 알리는 생생한 증언이기도 한 것이다.

사람이 끝내 상생 관계를 맺지 못한다면, 그래서 다른 사람과 함께 살고, 다른 동물과 함께 살고, 자연과 함께 살 줄 모른다면, 동물의 세계에서 이런 말이 떠돌지 모른다.

'이 인간보다 못한 동물아!'

정글에서 공생 관계를 맺고 사는 법을 터득한 동물이, 상생 능력이 떨어지는 사람을 그렇지 비하할지 누가 알겠나. 그 표현은 한 동물이 다른 동물에게 주는 최대의 모욕이 될 수 있다. 수면 인심, 즉 얼굴은 짐승이나 마음은 사람이라는 말 역시 어느 동물도 듣고 싶지 않은 욕이 될 수 있다.

그러면 만물의 영장은 억울한가?

‘反’을 즐기는 싸움꾼들

이십여 년 전 ‘이 나라의 국시는 반공이 아니라 통일이어야 한다’는 한 의원의 발언으로 온 나라가 국시 논쟁에 휘말린 적이 있었다. 나중에 대법원에서 면책 특권이 인정되어 무죄가 되었지만 그 의원은 발언 후 구속되었다.

무엇에 반대하거나 상반된다는 뜻의 ‘反’, 그 한 글자가 갖는 의미는 때때로 이처럼 격한 갈등을 불러올 만큼 대립적이고 전투적이다. 그 때문에 어떤 세력과, 그와 달라 ‘反’이 따라붙는 세력 사이에 다툼이 끊이지 않아 왔다.

지금도 이 땅에는 ‘反’을 내세워 자기를 주장하거나, 상대를 공격하는 이들이 많다. 그 가운데는 ‘이것이냐, 저것이냐, 둘밖에 없으니 그중 하나를 선택하라’ 하는 이분법적 사고에 빠져 ‘反’을 즐기는 싸움꾼들도 적잖다. 젊은 컴퓨터 세대들까지도 그와 유사한 뜻을 갖는 안티(anti)를 즐겨 쓴다.

한 사람이 공격적으로 묻는다.

“당신 반미요?”

“전쟁을 일으킨 부시의 정책에 반대하는 것이오. 그런데 뚱딴지같이 반미는 뭐고 친미는 또 뭐요?”

"반미요? 아니면 친미요?"

"참 답답한 사람이오. 미국 국민도 반대하는 정책에 반대하는 것이 반미요?"

"사상의 증언대에 선 것이니 묻는 말에 대답만 하시오. 반미요? 친미요?"

"반미도 아니고 친미도 아니오."

"오라, 비겁하게 검증의 칼을 피해 보겠다는 것이군. 그럴 수 없소! 친미가 아니면 반미일 테고, 반미가 아니면 친미일 테니 그 둘 가운데 한 쪽에 당당하게 서시오."

"세상 사람이 모두 반미 아니면 친미라 이 말이오?"

"당연하지!"

"그럼 당신 방식대로 내 하나 묻겠소. 당신은 천재요? 아니면 바보요?"

"천재? 나는 천재는 아니오. 그렇다고 바보도 아니오. 그저 보통 사람이오. 그런데 갑자기 그런 건 왜 묻소?"

"세상에는 천재와 바보, 그 둘만 있소. 천재요? 바보요?"

"웃기는 소리 그만 하시오. 세상에는 천재도 바보도 아닌 사람들이 대부분이오."

"이제야 정신을 차리셨군. 그렇소. 그와 마찬가지로 세상에는 반미도 친미도 아닌 사람들이 많소."

"…?"

그 사람은 말이 없다. 다행히 자기 논리의 오류를 깨달은 것이다. 그러나 불행하게도 그런 자기의 잘못을 인정하지 않는 사람들이 있다. 세상에는 천재와 바보, 그 두 가지 인간형만 있다고 고집을 부리는 사람들이다.

그들이 자기 생각을 꺾지 않는 이유는 뭘까? 세상을 올바로 보려는 노력보다는, 그 노력은 너무도 힘들어 그 성과를 당장 손에 쥐기 어렵기에, 사람들을 제 입맛에 맞게 '적과 동지'로 나누고, 그에 따라 만들어 낸 적과 싸워 이기는 것에서 자신의 정당성을 내세우려는 탓이 아닐까?

다양하고 상대적인 민주주의의 가치를 올바로 실현하는 것은 무척이나 어려운 과제임에도 '나는 민주 세력이고 당신은 반민주 세력이다'는 한마디로 자신의 정당성을 내세우며 역사 발전의 주역 행세를 하는 이들을 흔히 보아 왔다.

어디 그뿐이랴. 온갖 '反'으로 편을 갈라 서로 맞서는 꼴을 무수히 보아 온 것이 우리의 과거요 현실이다. 반공, 반미, 반민주는 일부의 사례일 뿐이니, '反'의 행렬이 끊임없이 이어진다.

반체제, 반민족, 반국가, 반정부, 반독재, 반개혁, 반부패, 반통일, 반전, 반한, 반일, 반문화, 반사회, 반도덕, 반인륜, 반김, 반이, 반박, 반노, 반노동자, 반시장주의······.

이러한 잣대를 중심으로 이쪽과 저쪽으로 나뉘어 싸움이 벌어진다. 모든 '反'이 잘못 사용되고 있다거나, 그것을 자주 사용하는 사람이 모두 싸움꾼이라는 말은 아니다.

그러나 '反'이 싸움의 동기가 되고, 기준이 되고, 명분이 되고, 내용이 되고, 무기가 되는 것은 엄연한 현실이다.

'反'이 있다면, 그와 맞서 있는 것이 '親'이다. 우리의 근현대사만 대략 봐도 반일과 친일, 반공과 친공, 반미와 친미 등이 서로 갈등하고 대립하며 싸움의 역사를 이어 왔다.

그런데 그 싸움이란 것이 대개 양극단 세력의 싸움인 경우가 대부분 아닌가. 반미와 친미의 싸움만 봐도 대개 그렇다. 언젠가 맥아더 장군 동상 철거 문제를 두고 반미 세력과 친미 세력이 심하게 갈등한 적이 있었다.

그러나 대부분의 국민은 누가 그에 대해 물으면 그 어떤 의견을 말하기는 한다 해도 사실 그 동상에 큰 관심이 없다. 그럼에도 그 어떤 의견을 두고 반미니 친미니 하며 나누는 것은 편을 가르는 습관이 만들어 내는 허구일 뿐, 실상과는 거리가 멀다.

따라서 '反'을 기준으로 양극단에 있는 세력들이 맞서는 것은 일방적인 주장과 주장의 대립일 뿐, 함께 희망을 바라보는 참다운 경쟁과는 거리가 멀다.

양극단은 실상도 아니고, 거기에서 희망을 바라볼 수도 없다. 〈중용〉에 소개된 순임금의 중용 정치는 그러한 양극단을 잡아 취한 중용으로 꽃을 피웠다고 한다.

순임금은 태평성대를 말할 때 흔히들 입에 올리는 요순시대, 전설인지 실제 역사인지 분명하지 않으나 고대 중국을 빛내는 그 시대를 이끈 인물로 알려져 있다. 공자는 순임금의 중용 정치에 대해 이렇게 말했다.

"순임금은 지혜로웠다. 묻기를 좋아했고, 주변에서 하는 말을 잘들었다. 남의 나쁜 점은 숨겨 주고, 좋은 점은 드러내 주었다. 어떤 일에서 그 양극단을 잡아 그 적확한 핵심을 헤아리고 백성들에게 베풀었다. 이것이 순임금이 (칭송받는) 순임금이 된 까닭이다."

양극단에서 보면 중용은 이것도 저것도 아닌 것으로 비춰질지도 모르나, 중용은 양극단의 어느 중간을 이르는 것이 아니라, 그 적확한 핵심을 가리킨다.

　그 적확한 핵심을 찾지 못한 채, 양극단에 서서 '反'의 깃발을 두고 벌이는 싸움은, 그 싸움을 즐기는 듯한 싸움꾼들은 세상을 어지럽게 할 뿐이다.

살아남은 자가 슬픈가

사람은 참 묘한 동물이라고 느끼는 순간들이 있다. 독일의 극작가이자 시인인 브레히트가 쓴 시 '살아남은 자의 슬픔'을 읽을 때도 그런 느낌이 든다.

물론 나는 안다. 오직 운이 좋았던 덕분에

나는 그 많은 친구들보다 오래 살아남았다.

그러나 지난 밤 꿈속에서

나에 대해 그 친구들이 하는 말을 들었다.

"강한 자는 살아남는다."

그러자 나는 자신이 미워졌다.

브레히트는 병으로 죽은 친구, 자살한 친구 등을 떠올리며 이런 시를 썼다고 한다.

강한 자는 약한 자보다 살아남을 확률이 높아 보인다. 몸이 튼튼한 사람은 허약한 사람을 먼저 보내고 살아남을 가능성이 크다. 악바리 근성을 갖고 있는 사람은 심약한 사람을 먼저 보내고 살아남을 가능성이 크다.

그러나 꼭 그런 것만도 아니다.

강한 자는 강한 힘을 갖고 또 다른 강한 힘과 맞서기 쉬우니 살아 남지 못할 수도 있고, 약한 자는 약한 힘 때문에 키운 자기 보호 본능 으로 살아남을 수도 있다.

브레히트는 나치 정권의 만행을 참지 못하고 조국인 독일을 떠나 오랜 세월 망명 생활을 했다.

바로 그 히틀러의 강한 군대는 제 힘만 믿고 오만방자하게 굴다가 살아남지 못했다. 반면에 세계 각지에서 차별을 받던, 특히 히틀러 에게 모진 고난을 당한 힘없는 유태인들은 질긴 자기 보호 본능으로 살아남았다.

그런데 이제는 그 유태인들이 이스라엘을 건국하고, 미국을 등에 업은 강한 군대를 갖고 팔레스타인 사람들에게 오만 방자하게 군다. 유엔에서 반대하고, 국제사법재판소가 위법이라고 판결해도, 이스 라엘 사람들은 팔레스타인 사람들의 숨통을 조이는 길고 긴 장벽을 건설하고 있다.

힘이 약한 팔레스타인 사람들은 자기 보호 본능으로 '존재하는 것 은 저항하는 것이다' 하고 외친다. 함께 살 수 있는 길을 택해야겠지 만, 만약 불행스럽게도 그렇지 못하다면 과연 누가 살아남을까? 아 무도 모른다. 이스라엘의 강경파는 자신들이 그토록 증오하는 히틀 러와 같은 운명에 처할 수도 있는 것이다.

또한 강자와 약자의 개념 자체도 영원 불변의 원칙에 따라 고정되 어 있는 것이 아니다. 근육을 많이 쓰는 노동이 필요한 사회에서는 강한 몸을 갖고 있는 남자가 강자였다.

그러나 컴퓨터 자판을 두드릴 힘만 있어도, 아니 그 힘조차 없어도 창의적인 아이디어가 있으면 강자가 될 수 있는 세상에서 그 과거의 강자는 더 이상 강자가 아니다.

이러하니 '강한 자는 살아남는다'는 말은 고려해야 할 변수가 많고, 그래서 변수의 의미를 제대로 알아채지 못하면 사실과 다른 판단이 될 수도 있다.

물음표는 또 던져진다. 살아남은 자는 진정 그 말을 듣고 자신이 미워질까?

내게도 먼저 간 친구와 동료들이 있다. 어디 그뿐인가. 먼저 간 나이 어린 동생들도 있다.

그들을 생각하면 마음이 아프다. 먼저 간 그들은 운이 나빴으니, 운이 좋아서 내가 살아남았다고 할 수도 있다.

그들을 생각하면 죄의식이 밀려오는 순간도 있다. 마치 누군가의 희생이 필요했던 시기에 나 아닌 그들이 그 역할을 한 듯한 느낌이 들 때이다.

그런 순간에는 강한 자로 살아남은 나 자신이 미워지기도 한다. 그러나 그런 감정은 순간에 불어왔다가 순간에 사라지는 바람과 같은 것이다.

살아남아서, 강한 자로 살아남아서 자신을 미워하는 사람은 그리 많지 않다. 온갖 악행을 저지른 사람도, 그 대가로 살아남은 사람도 자신을 미워하지 않는다.

살아남은 자에게도 슬픔은 있다. 마냥 기쁘기만 한 것은 아니다. 그러나 그 슬픔은 자신에 대한 미움 때문이라기보다는 자신에 대한 연민 때문일 경우가 더 많다.

밥 먹듯이 고문을 자행하던 자들도, 고문당해 살아남지 못한 사람의 슬픔을 생각하기보다는, 고문을 하다가 이제는 비난받는 처지에 몰린 자기 자신의 슬픔에 더 몰입한다.

'강한 자는 살아남는다.'

그 말을 듣고 살아남은 자는 진정 슬픈가? 가슴에 손을 얹고 그 답을 찾아볼 일이다.

누가 악어의 눈물을 흘리는가

일자리를 찾는 한 실업자가 절박한 심정으로 대기업 노동조합의 한 간부를 찾아간다.

그 간부는 비정규직 노동자의 아픔을 눈물로 호소하며, 그들을 정규직화해야 한다고 주장하는 노총에 속해 있다.

그 눈물을 보았던 실업자는 그 간부를 믿는다. 그 노동조합의 힘이 커져, 직원을 채용할 권한까지 갖고 있다는 소문도 들었으니 기대하는 바가 크다.

그 간부가 말한다.

"마음 아픈 일이지만, 나와 같은 정규직 직원으로 채용해 줄 수는 없소. 비정규직이 남아 있을 뿐이오."

"알고 있습니다."

"······?"

"······?"

잠시 어색한 침묵이 흐른 뒤, 그 간부가 말한다.

"세상에 공짜는 없소. 비정규직이지만, 그 자리를 차지하기 위해 사람들이 줄을 서 있소."

"아, 예. 입사하는 데 돈이 필요하다는 소문을 들었습니다."

"다 먹고살자고 하는 짓이오. 그 돈 내가 다 먹는다고 생각하지는 마시오."

멋대로 꾸며낸 이야기가 아니다. 이런 일이 실제로 벌어졌다. 그것도 어느 한 사람의 소행이 아니라, 조직 차원에서 관행처럼 광범위하게 저질러진 일이란다.

참으로 가슴 아픈 일이다. 어찌 할 것인가? 타락하지 않은 자, 타락한 노조에 돌을 던져라! 그렇게 예수의 말을 흉내내며 용서하면 좋은 일인가?

아니다. 그들에게서 악어의 눈물을 보지 못했는가? 자기 먹이를 배불리 먹고 눈물을 흘리는 그 위선을 보지 않았는가?

그러한 위선은 지금도 우리 사회 곳곳에서 활개를 치고 있다. 그러니 지금은 용서를 먼저 입에 올릴 때가 아니다. 숨어 있는 그 기만 덩어리를 백일하에 드러내는 게 우선적으로 할 일이다.

드러내서 기만이 풍기는 악취부터 사라지게 해야 한다. 기만의 환부를 도려내는 수술을 해야 하는 손이, 악취 때문에 코만 쥐고 있을 수는 없지 않은가.

그 악어의 눈물이 만든 사건은 어제오늘의 일만도 아니고, 특정한 곳에서만 볼 수 있는 색다른 풍경도 아니다. 이 땅의 숨겨진 이면이 드러났을 뿐이다.

우리나라의 전체 노동자 가운데 11퍼센트만이 양대 노총에 가입되어 있다. 나머지 89퍼센트는 그 11퍼센트와 다른 조건과 환경 속에서 살고 있다. 그 다른 조건과 환경으로 인해 노동자의 빈익빈 부익부 현상은 더욱 심화되고 있다.

그런데 정부는 그동안 다수인 나머지 노동자와 일반 민중은 외면하면서 그 11퍼센트와 야합하려는 태도를 보여 왔다. 조직을 만들고, 투쟁에 나서 목소리를 한껏 높이는 그 11퍼센트와 타협하는 것이 가장 손쉽고 효과적인 방법이라고 판단했을 것이다.

권력과 자본은 노동계의 소수 기득권자들이 요구하는 것을 들어줌으로써 자신들의 기득권을 지키는 전략을 구사했을 것이다. 말없는 다수는 무시하는 전략이다.

그러한 태도가 상황을 더욱 악화시키는 결과를 초래했다. 그 11퍼센트가 권력과 자본에 맞서 싸우건, 적당한 선에서 타협하건, 거기서 생기는 이득은 그들의 것이 되었다. 다수의 노동자와 일반 민중에게는 그들이 투쟁을 하건, 타협을 하건, 무엇을 잃건, 무엇을 얻건 별 상관이 없었다.

'악어의 논법'이란 것이 있다. 이집트의 전설에서 유래된 말로 알려져 있다. 강가에서 놀고 있던 한 아이가 악어에게 잡혀갔다. 그 사실을 안 아이의 부모가 악어에게 달려가 살려달라고 애원했다. 그러자 악어가 이렇게 말했다.

"내가 이 아이를 돌려주겠는가, 돌려주지 않겠는가? 만약 그 답을 맞히면 아이를 돌려주겠다."

애당초 아이를 돌려줄 생각이 추호도 없는 악어의 속임수이다. 만약 그 부모가 돌려줄 것이라 대답하면, 그 답이 틀렸다며 아이를 잡아먹겠다고 할 것이다. 또한 그 부모가 돌려주지 않을 것이라 대답하면, 돌려줄 생각이었는데 답이 틀렸으니 약속대로 아이를 잡아먹겠다고 할 것이다.

그러한 악어의 논법에 걸려들면 아이는 이러나저러나 살 수 없게 된다.

소수인 노동자들과의 야합 논리는 차별 받는 다수의 노동자와 민중에게 악어의 논법으로 작용할 수 있다.

야합 논리는 아무리 교묘히 포장을 한다 해도, 결국 그 차별을 없애기는커녕 더욱 심하게 할 뿐이다. 이러나저러나 살기 힘들게 하는 것이다. 지금도 11퍼센트의 소수는 국가와 대기업을 등에 업고 다수의 것을 빼앗고 있다.

대기업 노동자와 하청업체 노동자의 차별, 정규직과 비정규직의 차별, 남성 노동자와 여성 노동자의 차별, 고학력 노동자와 저학력 노동자의 차별, 젊은 노동자와 늙은 노동자의 차별, 이 모든 차별들이 개선되지 않고, 어느 면에서는 점점 심해지는 것이 그 때문이다.

그 차별을 없애고, 소수가 아닌 다수를 위한 길을 찾으려면 우리는 근본적인 문제 해결 방법을 생각할 수밖에 없다.

비정규직 문제를 보자.

기업에게 비정규직을 모두 정규직으로 바꾸라고 요구하는 것이 합당한 것일까? 실현 가능한 일일까? 그렇다면 그런 요구를 하고, 투쟁의 수위를 높이면 된다.

그러나 그렇지 않다. 세계화의 무대에서 치열한 경쟁을 통해 살아남아야 하는 기업은 결코 그 부담을 다 지려고 하지 않는다. 경쟁에서 질 것을 뻔히 알면서 누가 그런 선택을 하겠는가.

그렇다면 방법이 없을까? 근본적인 해결책이 있다. 고용인과 피고용인, 그 계약 당사자의 자유에 맡기는 것이다.

그러면 사용자는 능력에 따른 성과만을 판단할 뿐, 그 이외의 요인으로 노동자를 차별해 대우할 아무런 이유가 없다. 차별을 전제로 하는 정규직과 비정규직의 구분이 필요가 없어지는 것이다. 거기에 전제되는 것이, 사용자에게 노동자의 임용과 해고의 권리가 자유롭게 주어져야 한다는 점이다.

사용자는 필요에 의해 노동자를 자유롭게 고용하거나 해고하고, 노동자는 아무런 차별 없이 자기 능력에 따라 임금과 혜택을 받을 수 있다.

이렇게 될 경우, 사용자가 자기 입맛대로 해고의 칼을 멋대로 휘두르지 않겠냐고 우려하는 사람들이 있다. 그러나 경쟁 사회에서 사용자의 최대 관심은 해고의 칼을 멋대로 휘두르는 게 아니라, 경쟁에서 이기는 것이다.

그러기 위해서는 일 잘하는 사람을 고용해야 하고, 능력에 맞게 대우해 주어야 한다는 점을 먼저 생각한다. 그렇게 하지 않으면 일 잘하는 사람이 경쟁 기업으로 간다는 것을 잘 알기 때문이다.

이것이 계약 당사자의 자유에 맡기는 장점이다. 이에 반발할 사람은 누구이겠는가? 비정규직 노동자가 반발할까? 그 밖의 여러 이유로 차별 받는 노동자들이 반발할까? 아니다.

다수를 소외시키며 특권을 누리고 있는 소수의 기득권자들이 저항할 것이다. 그들의 권리를 보호하기 위해 다수가 차별을 견디며 살아야 할까?

지금은 악어의 눈물을 보이며 현실의 문제를 왜곡시킬 때가 아니다. 냉엄한 세상을 똑바로 보고, 근본적인 해결책을 시급히 찾아야 한다. 그래야 우리는 이 지구의 미아가 아니라, 미래를 이끄는 선도자로 살 수 있다.

자연에서 길을 잃은 사람

죽음을 표현할 때 사람들은 '간다'고 하기도 하고 '돌아간다'고 하기도 한다. 서양인들은 기독교 사상을 바탕으로 해서 주로 '간다'고 표현한다. 천국으로 '간다' 하고, 지옥으로 '간다' 한다. 사람의 땅에서 하늘로 '간다'는 것이다. 천국이나 지옥으로 가는 것이지, 그런 곳으로 돌아가는 것은 아니다.

'돌아간다'는 표현도 함께 쓰기는 한다. 성서의 표현대로, 흙에서 나서 흙으로 '돌아간다'고 하는 것이다. 창조주가 인간을 흙으로 빚었다는 이야기가 바탕에 깔려 있다.

반면에 우리나라 사람들은 '돌아간다'는 표현에 더 익숙해 있다. 다른 동양인들 가운데도 불교의 윤회 사상을 바탕으로 해서 '돌아간다'는 의식을 갖는 이들이 많다.

윤회는, 생명이 죽음으로 돌아가고, 죽음이 생명으로 돌아가는, 그 끝없이 이어지는 반복을 이른다. 그 반복에 의해 전생은 현생으로 이어지고, 현생은 후생으로 이어지는 것이다.

'간다'는 표현도 함께 쓰기는 한다. 염라대왕이 있는 염라국으로 '간다'고 한다. 그곳으로 돌아가는 것은 아니다.

이렇듯 동양과 서양 사이에 차이는 좀 있지만, 죽음을 말할 때 사람들은 '돌아간다'는 표현을 쓴다. 어디서 나서 어디로 돌아간다는 것일까? 자연이다. 자연에서 나서 자연으로 돌아가는 것이다.

사람만이 아니다. 생명이 있는 것은 모두 자연에서 나서 자연으로 돌아간다. 자연은 낮과 밤의 순환, 계절의 순환, 물질의 순환 등으로 생명체를 낳고, 그 생명체의 죽음을 받아들인다.

그렇게 돌고 도는 자연에서 사람은 스스로 진화해 왔다고 믿고 있다. 물론 진화론이 그 중심에 있다. 그렇지만 꼭 그 생물학적 진화만을 말하는 것은 아니다.

진화한 인간이 문명의 발전을 이루어냈다고 믿고 있는 것이다. 그러나 지금 현대인들은 그 믿음에 물음표를 던지기 시작했다.

'지속할 수 있는 진화인가?'

지속 가능한 성장인가? 지속 가능한 개발인가? 지속 가능한 발전인가? 지속 가능한 생산인가? 지속 가능한 소비인가? 이러한 물음이 계속 던져지고 있다.

왜 그럴까?

문명의 발전이라고만 믿고 달려오다 보니, 그 부작용으로 자연 환경이 파괴되고, 그것이 인류에게 큰 재앙을 불러올지도 모른다는 징후들이 보이기 시작했기 때문이다. 그러자 사람들은 또 이런 물음표를 던지기 시작했다.

'개발이냐, 보존이냐?'

앞으로 갈 길을 잃은 듯 사람들은 그렇게 묻고 또 묻는 것이다. 그러나 이런 물음을 떠올리면서도, 자연 앞에서 오만한 사람들은 여전히 그 성질을 버리지 못한다.

텔레비전 뉴스에 어느 지역의 주민들이 성난 모습으로 갈대 숲에 불을 지르는 장면이 나왔다. 앞으로 그 지역으로 날아오는 철새들을 쫓아버리겠다는 의사 표시였다.

철새를 쫓아버리겠다는 이유는 이랬다. 겨울이 되면 그 지역으로 수십만 마리의 철새들이 날아왔다. 장관인 그 자연 자원은 세계적인 주목을 받을 만해, 생태 관광지로 개발될 가능성이 컸다. 실제로 그 지역의 지자체들은 그런 개발 계획을 추진해 오고 있었다. 환경 당국도 그 지역을 '자연 생태도 1등급 권역'으로 지정하려는 움직임을 보였다. 여기까지는 아무런 문제가 없어 보였다.

그런데 문제가 생겼다. 정부가 전국 곳곳에 기업 도시 건설을 추진하겠다는 정책을 발표했다. 균형 발전을 명분으로 내세운 그 인위적인 개발 정책은 집단 이기주의로 무장한 지역 간 갈등 조장, 전 국토를 대상으로 하는 투기 조장, 무분별한 개발로 인한 환경 파괴 조장 등의 악영향이 예상되었다.

아니나 다를까. 그 지역의 지자체와 주민들이 관광 레저형 기업 도시를 유치하겠다고 나섰다. 골프장이나 호텔은 물론 각종 레저 시설을 유치해, 그 개발 이익을 얻고자 함이었다.

그런데 '자연 생태도 1등급 권역'으로 지정되면 그런 기업 도시를 유치하는 데 방해가 될지도 모른다는 판단을 한 것이다. 그래서 그 지역에서 철새를 쫓아내려고, 불을 질러서라도 철새가 살 수 없는 환경을 만들려고 한 것이다.

정부의 인위적인 개발 정책도 자연에 대한 오만에서 비롯된 것이다. 밥 먹여주지도 않는 환경 보호보다는 개발 이익을 구하는 주민들의 태도를 부당하다고만 할 수는 없다. 그렇지만 인위적으로 환경을 파괴하여 철새가 살지 못하는 곳으로 만들겠다는 그 생각 역시 자연에 대한 오만에서 비롯된 것임을 지적할 수밖에 없다.

그러한 오만은 사람과 자연을 대립하게 만든다. 눈앞의 이익을 위해서는 자연을 함부로 난도질해도 좋다는 생각을 갖게 한다. 그 결과는 어떨까? 환경 파괴로 이어질 것이고, 사람은 그에 대한 대가를 치르게 될 것이다.

철새는 어디로 날아가야 한다는 말인가? 그거야 철새가 알아서 할 일이라며, 나 몰라라 하면 그만인가? 그런 식으로 살다 보면 결국 사람도 삶의 터전을 잃지 않겠는가?

눈앞의 편리함만 좇으며 천연 자원을 최대한 사용해 대량 생산과 대량 소비를 하고, 그 결과로 쓰레기를 대량으로 쏟아내고, 쏟아낸 쓰레기를 마구 매립하고 소각하는 행위 역시 자연에 대한 사람의 오만이다. 이 때문에 천연 자원은 고갈되고, 쓰레기는 넘쳐나는 세상이 되었다. 사람의 생존과 직결된 문제가 발생한 것이다.

자연에서 나고, 자연으로 돌아가는 사람이 이렇듯 자연에 대해 오만한 태도를 갖고 살면, 그 악영향이 사람에게 되돌아온다는 것을 사람들은 알기 시작했다. 그래서 요즘 '자원 순환형 사회'를 만들자는 주장이 점점 설득력을 더해 가고 있다.

자원 순환형 사회는 자원 절약(Reduce), 재사용(Reuse), 재활용(Recycle), 그 3R 정책을 통해 '자원 고갈과 쓰레기 양산'이라는 산업화의 흐름을 '자원 지키기와 쓰레기 줄이기'로 바꾸고자 한다. 그래야 이 사회가 지속 가능해진다는 것이다.

새롭고도 올바른 방향 설정이다. '자원 고갈과 쓰레기 양산'이라는 흐름이 바뀌지 않으면 우리 사회는 지속되기 어렵다.

자연과 오만한 인간의 관계를 생각하고 있자니, 아름다운 시 한

편이 떠오른다. 한용운의 시 '알 수 없어요' 이다.

> 바람도 없는 공중에 수직의 파문을 내이며 고요히 떨어지는
> 오동잎은 누구의 발자취입니까.
> 지리한 장마 끝에 서풍에 몰려가는 무서운 검은 구름의
> 터진 틈으로 언뜻 언뜻 보이는 푸른 하늘은 누구의 얼굴입니까.
> 꽃도 없는 깊은 나무에 푸른 이끼를 거쳐서 옛 탑 위의
> 고요한 하늘을 스치는 알 수 없는 향기는 누구의 입김입니까.
> 근원은 알지도 못할 곳에서 나서 돌부리를 울리고 가늘게 흐르는
> 작은 시내는 굽이굽이 누구의 노래입니까.
> 연꽃 같은 발꿈치로 가이 없는 바다를 밟고 옥 같은 손으로
> 끝없는 하늘을 만지면서 떨어지는 날을 곱게 단장하는 저녁놀은
> 누구의 시입니까.
> 타고 남은 재가 다시 기름이 됩니다. 그칠 줄을 모르고 타는
> 나의 가슴은 누구의 밤을 지키는 약한 등불입니까.

자연 혹은 절대자를 알고자 하고, 따르고자 하는 마음이 절절하다. 그러나 쉽게 알 수 있는 대상이 아니다. 그렇다고 외면하고 돌아설 수는 없다. 오만하게 맞서는 것은 더욱 못할 짓이다.

우리에게 자연은 이런 존재가 아닐까? 그 자연을 알고자 하면서, 따르고자 하면서 우리는 존재하는 것이 아닐까? 길을 잃고 방황하는 사람은 자연에서 길을 찾을 수 있을 것이다. 길을 찾는다? 그 분명한 근거를 대기는 쉽지 않지만, 희망은 자연스럽다.

잭 웰치와 추종자들

그는 '경영의 귀재' 니 '세계에서 가장 존경받는 경영인' 이니 하는 화려한 수식어를 훈장처럼 달고 살았다. 미국 기업 제너럴 일렉트릭의 전 회장인 잭 웰치가 바로 그 주인공이다.

제너럴 일렉트릭의 급속한 성장을 이끈 그의 경영술은 전 세계 수많은 경영인들에게는 하나의 나침반이 되었고, 직접 본 적도 없는 그를 믿고 따르는 추종자들도 넘쳐나게 되었다.

그런데 그에게는 '중성자탄 잭' 이라는 별명이 하나 더 붙어 있다. 총이나 칼도 아니고, 그렇다고 일반적인 폭탄도 아닌 무시무시한 중성자탄으로 불렸던 것이다.

중성자탄은 핵무기 가운데서도 아주 교활한 놈이라, 건물을 비롯한 온갖 물체에 끼치는 피해는 최대한 줄이면서 사람을 대량 살상하는 특성이 있다.

사람의 입장에서 보면 고약하기 짝이 없는 폭탄이 아닌가. 건물 안에 숨어 있어도, 건물이 파괴되지 않아도 사람만은 죽는다. 잭 웰치가 이런 폭탄에 비유되는 이유와 근거는 분명하다.

그는 제너럴 일렉트릭에서 5년 동안 10만 명이 넘는 직원을 해고한 화려한 경력을 뽐낸다. 상당수 경영자들이 그 배포와 성과에 갈채를 보낸다.

성장 가도를 달리면서 그 많은 직원을 어떻게 해고할 수 있었을까? 그에게는 칼 같은 방법이 하나 있었다. 직원들을 평가해 상, 중, 하로 나누고, 하위 10퍼센트에 포함되는 직원들을 단호하게 해고하는 것이다. 사람이 만든 정글에 우리가 살고 있음을 여실히 보여 주는 사례가 되겠다.

잭 웰치는 그 어떤 특별한 사정 때문에 그런 것이 아니다. 경영 원칙에 무자비할 정도로 철저했다고 할까? 비용을 줄이고 생산성을 높인다는 원칙 아래 10퍼센트의 칼을 휘두른 것이다.

일본의 도요타는 눈앞의 단기 이익인 비용을 줄이기 위해 노동자를 해고하지는 않는다는 경영 원칙을 갖고 있다. 좀 극단적인 표현이 되겠지만, 오쿠다 히로시 전 회장은 '종업원을 해고하려면 먼저 경영진이 할복하라'는 선언까지 했다.

문화와 환경이 다르니 단순 비교하기는 어렵겠지만, 잭 웰치의 제너럴 일렉트릭과 오쿠다 히로시의 도요타, 과연 어느 쪽이 바람직한 경영이 될까? 이 무한 경쟁 시대에 정답이 있겠나. 자신이 처한 입장에 따라 답이 제각각일 것이다.

우리나라 기업의 현실을 감안해 보면, 그 두 회사의 방침과 단순 비교하는 것 역시 무리가 따를 수 있다. 그러나 기업의 기본적인 태도는 따져볼 수 있지 않겠나.

이 땅에는 늘 노동 시장의 유연성을 내세우며 해고를 쉽게 할 수 있기를 바라고, 또한 비정규직 고용을 성장 수단으로 삼는 경영자들이 대부분 아닌가? 그렇다면 잭 웰치의 단호한 방법이 득세하고 있는 것 아닌가?

서울시의 무능 공무원 3퍼센트 퇴출을 비롯한 각 지방자치단체의 공무원 퇴출 방식에도 잭 웰치의 냄새가 풍긴다. 경쟁 사회에 승자와 패자가 있게 마련이지만, 과연 우리는 몇 퍼센트라는 기준을 정해놓고 그에 따라 살생부에 올릴 사람을 찾아내는 이런 사회에 살고 싶은가?

　그보다 나은 세상으로 향하는 꿈을 접어야 하는가? 접어야 한다고 마음먹어도 접어지지 않는 것이 꿈이다. 경제 수치만 성장할 게 아니다. 꿈도 성장해야 한다.

환자와 의사의 거래

'의사는 인술을 베푸는 사람이다' 는 말을 오해하는 사람들이 있다. 환자들 가운데도 있고, 의사들 가운데도 있다.

국어 사전에서는 '인술' 을 다음과 같은 두 가지로 그 뜻을 나누어 놓는다.

'① 어진 덕을 베푸는 방법. ② 사람을 살리는 어진 기술이라는 뜻으로, '의술' 을 이르는 말.'

의사는 인술을 베푸는 사람이라는 정의는 ②의 뜻에 따른 것이다. 즉, 사람을 살리는 기술 그 자체를 일러 어질다 하는 것이다. 그런데 ②의 뜻으로는 만족을 못하는 사람들이 엉뚱하게 ①의 뜻까지 덧칠해 버린다.

그러자 그 뜻은 너무도 달라진다. 의사의 기술이 어진 것이 아니라, 의사가 어진 사람이 되는 것이다.

억지 춘향 식으로 그렇게 멋대로 만들어 놓고, 흔히들 하는 말이 있다.

"인술을 베푸는 의사가 돈이 없다고 치료를 거부해? 그런 못된 의사가 무슨 의사야!"

①로 인해 의사가 졸지에 어진 사람으로 둔갑되어 있으니, 그런 비

난이 나온다. 그러나 그것은 오해에서 비롯된 비난이다. 어진 것은 의사의 기술이지, 의사의 인간성이 아니다.

환자와 의사는 거래를 한다. 정상적인 거래는 준 만큼 받고, 받은 만큼 주는 것이다. 의사는 환자에게 어진 기술을 주고, 환자는 의사에게 그 기술에 합당한 치료비를 준다. 시장의 원리에 따라 그렇게 거래하면 그만인 것이다.

당장 이런 질문이 나올 것이다. 그럼 치료비가 없는 가난한 사람들은 치료도 받지 말라는 것인가?

시장의 원리로만 보면 그럴 수밖에 없다. 그러나 시장이 아무리 중요하다고 해도, 그것이 만능은 아니다. 시장의 경쟁에서 밀려나는 사람들이 있게 마련이다. 그들을 위해 필요한 것이 국가보장제도이다. 국민의 세금으로 그 제도를 만들어 그들의 생존을 도와야 한다.

국가가 해야 할 일과 하지 말아야 할 일이 있는데, 국가보장은 국가가 국민의 동의를 바탕으로 필히 해야 할 일이다. 우리 국민은 그런 국가보장에 동의하는가? 국가는 그런 국가보장에 대한 의지가 확고한가?

지금은 그렇지 못한 게 엄연한 현실이다. 바꾸어야 할 것은 바로 그 현실이다. 그런 현실은 외면한 채 의사에게 ①의 뜻대로 살라고 강요하는 것은 어불성설이다.

의사들도 시장의 원리 속에서 경쟁하며 생존하고 있다. 경쟁에서 밀리면 병원도 망한다. 국가보장에는 반대하면서, 자기가 내는 세금은 아까워하면서, 의사에게 어진 사람이 되라고 강요하는 것은 터무니없는 일이다.

슈바이처는 흔히 볼 수 있는 의사가 아니다. 환자가 모든 의사에게 슈바이처가 되라고 요구할 수는 없다. 자신은 이기성을 내세우며 살면서, 남에게 이타성을 어찌 바랄 것인가.

또한 의사는 자신이 슈바이처가 되어야 한다는 강박 관념을 가질 필요가 없다. 다만, 치료비가 적게 드는 신기술, 그 어진 기술을 숨긴 채 치료비가 많이 드는 기술을 쓰는 욕심을 다스릴 정도만 되면 그것으로 족하다.

필요한 것은 환자와 의사 사이의 떳떳한 거래이다. 위선과 기만이 시장에서의 그 거래를 떳떳하지 못한 것으로 만든다.

만물은 서로 돕는가

동물의 이기성 혹은 이타성을 밝히는 것은 동물학자들의 주요 과제 가운데 하나이다. 특히 다윈의 진화론을 잇는 후계자들에게는 중요한 주제가 된다.

동물학자들이 자연에서 관찰한 것들을, 상상력을 동원해 머릿속에 그려본다.

이기성을 드러내는 펭귄 이야기이다.

남극의 한 바닷가, 펭귄의 무리가 바다를 바라보며 늘어서 있다. 어느 펭귄도 바다로 뛰어들려 하지 않는다. 배고픈 바다표범이 기다리고 있을지 모르기 때문이다.

어느 한 마리가 뛰어들면, 바다표범이 있는지 없는지를 알 수 있다. 그러나 어느 펭귄도 그런 희생물이 될 것을 각오하면서 뛰어들려 하지 않는다. 서로 눈치만 보며 소란을 떨다가, 슬쩍 다른 펭귄을 바다로 밀어 넣는 펭귄도 나온다.

동물학자 리처드 도킨스의 저서 〈이기적 유전자〉에 나오는 이야기이다.

서로 돕는 동물들의 이야기이다.

벌의 무리가 꿀을 훔치려고 온 침입자를 본다. 한 벌이 나서서 침입자를 침으로 쏜다. 침과 함께 곧잘 내장이 빠져 버린다. 그러면 침을 쏜 벌은 곧 죽는다. 자기 이익은 얻지 못하지만, 그렇게 해서 무리의 이익인 꿀은 지키는 것이다. 〈이기적 유전자〉에 나오는 동물의 이타적 행동 사례이다.

배고픈 동료 개미가 먹이를 달라고 부탁하면, 개미는 입안의 먹이를 뱉어내 기꺼이 준다. 서인도 제도의 한 바닷가, 참게들이 바다로 가 알을 낳으려 한다. 참게들은 무리를 지어 이동하면서 서로 돕는다.

동물학자 크로포트킨의 저서 〈만물은 서로 돕는다〉에 나오는 이야기이다.

이러한 관찰을 통해 동물학자들은 자연에 사는 동물들의 본성을 밝혀내려 한다. 그것을 바탕으로 사람의 본성도 밝힐 수 있다는 믿음이 있다.

사람은 이기적인 유전자를 지니고 태어나, 그 유전자가 시키는 대로 사는 존재인가? 아니면 연대하며 서로 돕고 사는 존재인가?

어느 하나를 선택해야 하는 문제는 아니다. 사람은 아마도 그 두 모습을 다 가지고 있을 것이다. 이기성은 숨길 수 없는 본성이다. 서로 돕는 연대 역시, 자기 생존에 도움이 된다는 전제 속에서 기꺼이 받아들인다.

자기 생존에 이익이 되지 않는 연대는 어떨까? 그걸 받아들이는 사람이 있을까?

시장에 가면 그 답을 찾을 수 있다. 시장이 아닌, 보다 고상해 보이는 곳에 가더라도 그 답이 달라질 것 같지 않다. 어딜 가거나 사람의 본성은 드러나게 마련이다.

만물은 서로 돕는다는 것이 크로포트킨의 주장대로 자연의 법칙이 될 수 있다. 그러나 자기 생존이 전제되지 않는다면 그 법칙은 사문화된 법칙이 될 가능성이 높다.

우리는 사문화된 법칙을 갖고 살 수 없다. 우리가 우리의 본성을 똑바로 봐야 하는 것은, 그래야 올바른 법칙을 세울 수 있고, 그래야 희망이 있기 때문이다.

망할 것은 망하라

아이들이 주먹 쥔 손 위에 흙을 쌓으며 노래한다.

두껍아, 두껍아, 헌집 줄게 새집 다오
두껍아, 두껍아, 헌집 줄게 새집 다오

쌓은 흙 속에 있는 주먹 쥔 손을 조심스럽게 빼낸다. 그 빼낸 자리에 동굴 모양의 자그마한 공간이 생긴다. 아이들이 손뼉치며 좋아한다. 새집이 생긴 것이다.

아이들도 알고 노래하는 것일까? 새집을 얻기 위해서는 헌집을 주어야 한다는 것을 알까? 그러나 우리나라 경제는 새집을 얻으려 하면서도 헌집도 버리려 하지 않는다. 한 기업인이 세상 고민 다 안고 있는 듯한 표정으로 목소리를 높인다.

"수지를 맞추기 힘든 사업이에요. 이익을 남기기 힘든데, 어떻게 잘 나가는 직종의 노동자들이 받는 임금과 비교할 수 있겠어요? 임금이 낮다고 하지만 그래도 버티기 힘들어요. 임금은 낮지, 3D 업종이니 뭐니 하지, 그러니 일하겠다고 오는 사람도 없어요. 사업하기 정말 힘들다 이 말입니다."

그런데 우리나라 경제는 버티기 힘들다는 그 기업가를 살리려고 애쓴다. 금융 지원을 하고, 산업연수생제도까지 도입해 저임금의 외국인 근로자를 고용하게 해준다.

그래서 불법 체류자가 양산되고, 저임금에 시달리는 노동자들이 생기고, 포름알데히드와 같은 독성에 중독되는 노동자들이 생기고, 저임금마저 떼어먹으며 폭력을 휘두르는 악덕 기업주가 생기고, 열악한 작업 환경에 몰아넣어 노동자를 희생시키는 악덕 기업주가 생기고 하는 것이다.

망할 것은 망하게 해야 한다.

시장의 원리로 보면 분명 망할 것인데, 인위적으로 그것을 망하게 하지 않으려고 지원하는 것은, 온갖 부정적인 결과를 초래하는 미봉책일 뿐이다. 결코 근본적인 문제 해결이 될 수 없다.

망할 것은 망하게 하고, 새로운 일자리를 창출해야 한다. 그것이 근본적인 문제 해결 방법이다. 우리나라에서 망할 것이 다른 나라에서는 흥할 것이 될 수 있다. 그러니 세계 경제를 위해서도 망할 것은 망해야 한다.

헌집을 주어야 두꺼비는 새집을 준다.

몽둥이질하면 기어오른다

전쟁을 일으키는 자들이 전쟁 놀이를 즐기며, 전쟁 영화를 감상하며, 전쟁 영웅들을 흠모하며, 전쟁으로 얻을 이익을 계산하며, 군수업체 사업가들과 한 침대에서 뒹굴며 말한다.

"저 인간들은 몽둥이맛을 봐야 해!"

위대한 국가를 노래하는 국가주의자들이 개인의 자유를 노래하는 사람들을 노려보며, 타고난 본성을 노래하는 사람들을 비웃으며, 스스로 행복의 길을 찾겠다는 사람들을 비난하며 말한다.

"저 인간들은 몽둥이맛을 봐야 해!"

종교와 민족과 인종과 계급의 도그마에 갇혀 있는 사람들이, 다른 종교와 다른 민족과 다른 인종과 다른 계급으로 살고 있는 사람들을 보며 말한다.

"저 인간들은 몽둥이맛을 봐야 해!"

어디 그들뿐이랴. 세상에는 남에게 몽둥이맛을 보게 해주고 싶어 하는 자들이 많다. 그들은 몽둥이가 자신들의 이익을 지켜줄 수 있다고 굳게 믿고 있다.

한 사내가 나지막이 말한다.

쉿, 비밀을 알려줄게. 나도 그동안 수없이 몽둥이질을 하며 살았는데, 하나 깨달은 게 있어. 몽둥이질하면 맞은 놈이 어쩌는 줄 알아? 처음에는 복종하는 것처럼 보여. 많이 맞으면 누구나 그렇게 돼. 그런데 결국 어떻게 되는 줄 알아? 기어올라. 글쎄, 기어오른단 말이야.

나지막이 말할 필요가 없다. '몽둥이질하면 기어오른다' 는 말은 비밀이 아니다. 수없이 몽둥이질을 하며 살았어도, 그 사내는 아직 뜨거운 맛을 보지 못한 모양이다.

기어오르지만, 기어오르는 것으로 끝나는 게 아니다. 그러니 그 누구라도 함부로 몽둥이질을 하지 말라.

이렇게 말하니 '함부로' 가 마음에 걸린다. 혹시 '함부로' 가 아닌 몽둥이질은 괜찮다는 뜻으로 들릴까 염려된다. 오해를 불러올 수도 있는 '함부로' 는 빼는 것이 좋겠다.

그 누구라도 몽둥이질을 하지 말라. 몽둥이질하면 기어오른다. 기어오르는 것만으로 끝나는 것도 아니다.

자살 권하는 사회

우리나라에서 하루에 몇 명이나 자살할까? 통계마다 서로 달라 다소 차이는 있지만, 대략 하루에 20명 내지 30명가량이 스스로 목숨을 끊는다고 한다.

지금은 어떤지 모르지만, 한때 일본에서는 '자살하는 방법'을 가르쳐 주는 책이 불티나게 팔렸다고 한다. 또한 중국의 통계를 보면 1년에 30만 명가량이 자살을 한다고 한다. 대략 4천 명 가운데 1명이 자살을 하는 꼴이다. 비율을 보면 우리나라도 그와 비슷하다.

이렇게 놓고 보면, 자살은 우리나라만이 갖고 있는 문제는 아닌 듯싶다. 그러나 그것이 전 세계에서 볼 수 있는 현상이라고, 동서고금을 막론하고 인간 사회에는 늘 자살이 있어 왔다고 하며 대수롭지 않게 넘길 수 있을까?

지금 이 순간에도 우리나라 그 어느 곳에선가 1시간에 1명씩 자살하고 있는데, 이를 어찌 가벼이 볼 수 있겠는가. 더구나 생계형 자살이 점점 늘고 있다니, 참으로 참담하고 안타까운 일이 아닐 수 없다.

나라를 빼앗기고 절망에 빠져 지내는 사람들을 그린 현진건의 단편소설 〈술 권하는 사회〉가 발표된 때는 1921년이었다. 새벽에 만취해 들어온 남편에게 아내는 누가 이토록 술을 권했냐고 묻는다. 남편은 이 사회가 술을 권했다고 대답한다.

요즘도 그렇게 대답하는 사람들이 많을 것이다. 그런데 내 머릿속에는 '자살 권하는 사회'라는 제목이 떠오른다. 우리 사회가 자살을 권한다? 지나친 표현일까?

우리의 현실을 보면, 꼭 지나친 표현이라고만 할 수는 없을 것이다. 이 사회가 사람들로 하여금 자살을 하게 만든 것은 아닌가 하는 무거운 마음을 갖고, 국회에서 아래와 같은 대정부 질문을 했었다.

나라는 왜 있나?

존경하는 국회의장님, 그리고 선배 동료 의원 여러분! 국무총리와 국무위원 여러분! 한나라당 비례대표 출신 배일도 의원입니다.

얼마 전 우리는 이라크 전쟁의 한복판에서 대통령과 대한민국 국민을 향해 살려달라고 절규하던 한 젊은이가 전쟁의 제물로 희생되는 걸 막지 못했습니다.

도대체 왜 국가가 있고, 정부가 있으며, 국민의 대의 기관이라는 국회가 있는 것인지, 국민들은 깊은 절망과 허탈감에 빠졌습니다.

누구를 탓하기에 앞서 대한민국 국회의원의 한 사람으로서 아무런 도움도 되지 못했던 제 자신을 자책하며, 고인과 고인의 가족에게, 그리고 국민 여러분께 깊이 사죄드립니다.

일전에 북한을 방문한 일이 있었다. 내가 국회의원인 줄 모르는 북측의 한 안내원이 이런 말을 했다. 한 어부가 갯벌에서 일을 하다가 갑자기 밀려온 밀물에 휩쓸려 실종되었는데, 나라에서 구해 주었다는 것이다. 그는 꿈을 꾸듯 이렇게 말했다.

"장군님께서는 그 소식을 들으시고, 비행기까지 띄우게 하셨습니다. 그 어부를 꼭 구하라고 말씀하셨지요. 결국 바다에서 표류하던 그 어부는 자애로우신 장군님 덕분에 살아날 수 있었지요."

교육을 받은 대로, 북측 체제의 우월성을 확신하고 있는 그 안내원이 말을 이었다.

"그런데 남측은 어떻습니까? 이라크에서 인질로 잡혀 있던 젊은 남자가 죽었지요? 남측에서는 그 사람을 살리기 위해 무슨 일을 했습니까?"

속이 훤히 들여다보이는 질문이었다.

그러나 절규하는 국민을 살리지 못한 것은 숨길 수 없는 사실이다. 우리는 그에 대해 책임을 져야 한다.

왜 이리 살기가 힘든가?

존경하는 국회의장, 그리고 선배 동료 의원 여러분, 저는 오늘 무거운 마음으로 이 자리에 섰습니다.

국민 소득 2만달러 시대와 균형 발전을 국정 목표로 내세운 참여정부의 한편에 드리운 그늘과 절망의 목소리들 때문입니다.

실업자는 넘쳐나고, 생활고를 비관해 자살하는 사건이 속출하고 있습니다. 대학을 나와도 취직이 안 되어 태반이 먹고살 길이 막막합니다. 직장을 다니는 사람들도 언제 쫓겨날지 몰라 불안해하고 있습니다.

자신이 벌어들이는 소득으로는 도저히 빚을 갚을 수가 없어, 빚더미에서 헤쳐 나올 수 없는 사람이 4백만 명에 달합니다.

그날그날 하루 벌어 사는 영세 상인들 가운데는 기초 생계비조차 벌지 못하는 이들이 허다합니다. 농민들은 늘어만 가는 부채더미에 한숨만 짓고 있습니다. 노동자들은 노동자대로 왜 이리 살기가 힘드냐고 한탄하고, 기업은 기업대로 언제 공장 문을 닫을지 몰라 전전긍긍하고 있습니다. 살길을 찾아 중국으로, 동남아로 떠나는 형편입니다. 우리의 윗세대들이 땀과 눈물로 성취한 과실들이 한순간에 무너져 내리고 있는 것입니다.

나아질 희망이 있나?

저는 단순히 우리 경제가 위기에 처해 있음만을 말하려는 것이 아닙니다.

선배 세대가 경제의 중추를 이루고 있었을 당시 대한민국은 비록 가난했지만, 희망이 있는 나라, 활력이 넘치는 사회였습니다. 피와 눈물을 요구했지만 희망이 넘쳤습니다. 열심히 일하면 지금보다 나아질 수 있다는 희망이 있었고, 세계 그 어느 나라 못지 않게 노력한 만큼의 성공 기회가 주어져 있었기 때문입니다. 이것이 한강의 기적을 이룬 힘이었습니다.

하지만 오늘날 대한민국은 이 같은 역동성을 잃어가고 있습니다. 많은 국민들이 아무리 노력해도 지금보다 나아질 가망이 없다고 아우성입니다. 물론 정부도 나름대로 안간힘을 쓰고 있습니다. 많은 경제 활성화 대책을 내놓았습니다.

하지만 경제는 살아나지 않고 있으며, 서민들의 생활은 나아질 기미를 보이지 않습니다.

이처럼 경제가 어려워 민생은 최악의 상황으로 치닫고 있는데, 유독 정부만 위기가 아니라고 말하고 있으니 참으로 답답할 따름입니다. 이 때문에 국민들은 실망을 넘어 분노하고 있습니다.

저는 오늘 이 자리에서 서민, 특히 노동자, 빈민, 실직자들의 고통과 바람을 생생하게 전달하고, 그와 함께 정부 정책의 잘못을 분명히 짚고 해결 방향을 제시하겠습니다.

생계형 자살과 범죄가 늘고 있다

최근 신빈곤층이 늘어나는 등 계층간 소득 격차가 벌어지고 분배의 불평등이 심해지는 현실에 대해 묻겠습니다.

(이 대정부 질문의 내용은 2004년 시점에서 바라본 것이라, 3~4년이 흐른 지금의 눈으로 보면 통계 수치 등에서 현재성이 좀 떨어질 수도 있겠다. 그러나 그 수치들이 말하는 본질적인 문제는 그대로이니, 최신 통계를 크게 부러워할 것은 없겠다.)

지난 5월 5일 대한변호사협회가 발표한 〈2003년 인권 보고서〉에 따르면, 서울지방법원 파산부에 접수된 소비자 파산 신청 건수가 2003년에 무려 1천8백여 건에 달해서 2001년의 3백41건, 2002년의 5백94건보다 무려 3배 이상 급증했습니다.

또한 지난해에만 매일 3명의 국민들이 '생계형 자살'을 택했다고 합니다.

경찰청 통계에 따르면 1997년 대비 2003년 5대 범죄(살인, 강도, 강간, 절도, 폭력) 발생 건수가 2배 가까이 급증했는데, 증가의 가장 큰 이유로 생계형 범죄의 증가를 들고 있습니다.

이 같은 사실들은 한국 사회가 점점 더 불평등해지고 우리 삶이 질적으로 나빠지고 있다는 증거입니다.

만약 경제 성장만 순조롭게 이루어진다면 이런 문제들이 잘 해결되리라고 생각하십니까?

빈곤과 불평등이 늘고 있다

대통령께서는 지난 6월 7일 국회 개원 연설에서 경제 위기론과 관련해서 '어려움이 있지만 결코 위기가 아니다'며 '작년보다는 올해가, 올해보다는 내년이 훨씬 나아질 것이며, 올해 5퍼센트대를 시작으로 제 임기 동안 매년 6퍼센트 이상 지속적으로 성장할 것'이라며 강한 자신감을 표한 바 있습니다.

그렇다면 앞으로 경제 성장과 더불어 소득 불평등 현상도 훨씬 누그러질 것이라고 전망해도 좋겠습니까? 그러나 우리나라 GDP 성장률이 1998년에서 2002년 기간 동안 평균 4.58퍼센트로 선진국보다매우 높은 수준이며, 실업률 또한 현재 3.3퍼센트 내외로 매우 양호한 편입니다. 그럼에도 빈곤과 불평등은 오히려 지속적으로 증가하고 있습니다.

이렇게 경제가 성장해도 분배가 더욱 나빠지는 현실은 어떻게 설명해야 합니까? 정부는 향후 5년간 5퍼센트대 성장을 지속하면 1백5십만 개의 일자리가 창출되리라는 전망을 하고 있는데, 이것은 지난 10년간 GDP 1퍼센트 성장시 6만 개의 일자리가 창출되었다는 통계에 근거한 것입니다.

산업 구조의 변화로 '고용 없는 성장'이 일자리 창출에 한계를 일으킬 것이라는 예측과 모순되는 전망입니다. 일단 경제 성장이 지속되어 고용이 창출된다고 합시다. 그렇다고 고용 확대가 곧 빈곤을완화시킬 것이라고 봅니까?

열심히 일해도 가난하다

한 가지 예를 들겠습니다.

지난 김대중 정부 시절 실시한 '공공근로 사업'은 외환 위기 직후라는 비상한 시기를 맞아 긴급히 만든 대책임을 감안하더라도, 그 결과를 보면 일시적으로 실업률을 축소시켰을 뿐입니다.

현 정부가 실시하고 있는 '자활 사업'도 지난 정부의 한시적 실업 대책인 '공공근로 사업'과 별다른 차이가 없습니다. 자활 사업이 진정으로 가난하고, 버려진 국민들이 빚더미와 빈곤에서 벗어날 수 있게끔 했습니까?

많은 사회학자들은 근로 빈민(working poor)이라고 하는 새로운 빈민층이 등장하고 있다고 보고하고 있습니다. 아시다시피 일자리를 갖고 있지만 빈곤에서 벗어나지 못하는 계층입니다.

열심히 일해도 빈곤에서 벗어나지 못한다면 그것은 누구의 책임입니까? 일자리 창출이 '더 나은 일자리'가 아니라, '더 나쁜 일자리'로 이동하기 때문입니다.

신기루 보며 잠시나마 고통을 잊으란 말인가?

정부는 올해 추경 예산안을 포함, 일자리 창출 부문에 총 4천억 원 이상의 막대한 예산을 쏟아 붓고 있습니다. 그러나 해외 인턴, 취업 유망 분야 훈련, 자활 근로 사업 등 대부분 일자리 창출 효과가 단기적이고 가시적인 것들뿐입니다.

정부는 각 부처가 추진하는 사업이 고용 유발 효과가 있는지 객관적인 평가를 통해서 예산 배분의 우선 순위를 정해야 합니다. 예산 배분의 기준과 원칙이 있어야 합니다.

사업별 고용 유발 효과에 대한 객관적인 평가 지표가 있는지 밝히고 객관적인 사업 평가를 수행했다면 그 결과를 밝히십시오.

세계은행의 2000년, 2001년의 〈세계 발전 보고서〉는 경제 성장이 빈곤의 감소에 기여하기 위해서는 첫째, 소득 분배가 개선되도록 하는 정책이 함께 추진되어야 하며 둘째, 개인 간 소득과 자산 크기의 격차를 줄이는 정책이 필요하며 셋째, 가난한 사람들이 성장을 공유할 수 있도록 기회의 접근을 개선시켜야 한다고 주장하고 있습니다.

앞서 지적한 사실에 비추어 볼 때, 현 정부의 분배 정책은 이에 전혀 부합하지 못하기 때문에 현 정부의 각종 빈곤층 정책은 사회 불만을 무마하기 위한 최소한의 사회 관리 수단으로 쓰였다고 봐야 할 것입니다.

결국 현 정부의 빈곤층 대책은 일시적으로 고통을 잊게 만드는 '신기루 정책'이라고 해야 마땅합니다.

불평등 심화시키는 민주주의도 있나?

현 정부는 민주주의가 불평등보다는 평등이라는 가치를 더 확대시키는 시스템이라고 믿고 있습니까?

그렇다면 한국 사회는 민주화 이후 불평등이 완화되었습니까, 악화되었습니까?

지난 국민의 정부와 현 참여 정부는 경제 위기에 따른 어려움을 사회 전체가 공평하게 부담하도록 만드는 데 결국 실패했습니다.

아직도 빈곤층 확대와 빈부 격차의 심화의 원인을 외환 위기에 따른 대규모 실업이나 경기 침체에서 비롯되었다고 하는 것은 책임 회피에 지나지 않습니다.

지난날 권위주의 정권 아래서도 절대 빈곤을 탈피하고 상대적으로 평등한 분배를 유지하던 한국이 민주화 이후, 특히 김대중, 노무현 정부에 들어서서 오히려 빈곤과 불평등이 확대되는 역설적인 상황을 맞이하고 있습니다.

빈곤 증가의 원인은 과거의 구조적 유산 때문이라거나, 단순히 외환 위기와 같은 경제적 위기 때문이라고 보는 시각은 참으로 무책임한 자세라 하지 않을 수 없습니다.

현재 우리 사회가 겪고 있는 빈부 격차, 빈곤층 확대의 심화는 경제의 실패라고 보십니까, 정치의 실패라고 보십니까?

국가와 사회가 아무것도 해주지 못하고 있다는 자포자기, 그 희망을 상실한 국민들의 모습이야말로 정부의 실패, 정권의 실패를 생생히 증언하고 있습니다.

노동자와 기업 모두 죽이는 처방

정부는 지난 5월 19일 공공부문 비정규직 3만여 명을 공무원화하거나 정규직화하고, 6만5천여 명은 임금 인상 등을 통해 처우를 개선하겠다는 대책을 내놓았습니다. 정부 발표대로라면 향후 5년간 약 1천6백억 원가량 소요될 것으로 추정되는데, 그 같은 재원의 조달 계획은 수립되어 있습니까?

결국 세금을 올려 문제를 해결할 수밖에 없고, 그렇게 되면 공공부문의 급한 불을 끄기 위해 국민 부담만 가중시키는 것 아닙니까?

지난 7월 3일 대통령은 '정부 혁신 토론회'에서 "정부의 경쟁력이 기업보다 떨어진다는 것을 부인하기 어렵다"면서 정부 혁신을 강조했습니다.

또한 공공부문의 경쟁력을 강화하고, 효율화하기 위한 구조 개혁이 노무현 정부가 표방하는 국정 개혁의 중요한 한 축이라고 알고 있습니다.

그런데 정부가 공무원의 정원을 늘리고, 아웃소싱 할 수 있는 영역까지 정규직화하겠다면 이는 공공 부문의 구조 개혁 방침과 상충되는 것입니다. 이러면서 정부가 민간 기업에게 뼈를 깎는 구조 개혁을 주문하는 것은 설득력이 없습니다.

이번 대책을 발표하면서 노동부 장관은 "민간부문에 적용될 비정규직 보호입법과 골격이 같다"고 말했는데, 만약 이런 틀로 민간 기업의 비정규직 대책이 시행된다면 민간 기업은 20조 원 이상의 막대한 부담을 안게 될 것입니다.

이윤 추구가 목적인 기업들은 상당한 경영 압박에 직면할 게 불을 보듯 뻔합니다. 기업들은 해외로 빠져나가거나 신규 인력 채용을 크게 줄이는 방식으로 대응하게 될 것이고, 그렇게 되면 결국 지금보다 훨씬 더 심각한 실업 문제가 야기될 가능성이 높습니다.

결국 비정규직 노동자들의 고용 안정을 위해 내놓은 대책이, 정규직과 비정규직 모두에게 더 큰 고용 불안을 안겨주게 되는 것 아닙니까? 겉으로는 노동자를 위하는 것 같지만, 실은 노동자와 기업 모두를 죽이는 처방입니다.

노동자와 기업 모두 살리는 처방

비정규직 문제를 해결하기 위해서는 정부의 관점이 근본적으로 전환되어야 합니다. 최근 우리 사회에서 비정규직이 양산되는 원인이 어디에 있습니까?

표면적으로 보면 정규직 노동 시장의 경직성에 있겠지만, 본질적으로 보면 경쟁국에 비해 월등히 높은 생산비용이 핵심 원인 아닙니까? 기업의 생산비용이 높은 이유는 무엇입니까?

의료, 교육, 주거 등 사회 보장으로 해결해야 할 몫을 기업주와 노동자가 모두 감당해야만 하는 부실한 사회 안정망이 바로 주원인입니다.

이윤 추구가 목적인 기업 입장에서는 생산비를 낮추기 위해 법이 허용하는 범위 내에서 저비용의 비정규직 노동자를 많이 고용하는 방법으로 문제를 해결하려는 것은 당연한 일입니다.

만약 의료, 교육, 노후 대비 등 사회 보장과 관련한 대부분의 비용을 정부와 사회가 담당하면, 기업은 그만큼 인건비 부담이 줄고, 개인은 생활비 부담이 줄어 그만큼 낮은 비용으로 높은 생산성을 올릴 수 있지 않겠습니까? 즉, 교육, 의료, 주거 등 사회 보장의 영역을 정부가 담당함으로써 기업의 부담을 완화해 주어야 기업이 경쟁력도 생기고, 일자리도 많이 만들 수 있습니다.

또 노동자들 입장에서도 과도한 교육비, 주거비, 의료비, 노후에 대한 불안 등에서 해방되어야 무리한 임금 인상 요구에 집착하지 않고, 노동 시장의 유연화 추세에도 의연히 대처할 수 있습니다.

비정규직 문제와 관련해 이제까지 정부는 노동자와 기업주 양쪽의 요구를 오락가락하며, 땜질식 처방에 급급해 왔습니다.

이제라도 정부는 비정규직 문제를 노동이라는 한정된 시야에서가 아니라 국가 경영 전체의 관점에서 바라보고, 궁극적으로 노동자와 기업주 모두가 공존하는 보다 근본적인 처방을 해야 할 것입니다.

절망하는 실업자의 눈으로 봐라

참여 정부는 일자리 창출을 국정 운영의 최우선 과제로 삼고 있음에도, 실업 문제는 해결의 기미를 보이지 않습니다. 특히 그 중에서도 청년 실업 문제는 매우 심각합니다.

현재 청년 실업률이 7.7퍼센트라고 합니다. 그런데 당사자인 청년들이나 부모들이 체감하는 실업률은 이보다 훨씬 심각합니다.

정부에서 산정하는 실업률에는 실제로 실업자 상태인데도, 구직 활동을 포기한 사람들(실망 실업자)은 포함되지 않습니다. 또 아르바이트, 임시 일용직 등 불완전 취업자나, 취업이 안 돼 어쩔 수 없이 대학원에 진학하거나, 해외 연수를 떠나거나 하는 젊은이들도 실업 통계에 잡히지 않습니다.

이런 연유로 정부 통계와 국민들이 체감하는 수치 사이에 큰 차이가 있는 것 아닙니까?

한 민간 연구소의 조사 결과에 의하면 구직 활동을 포기한 실망 실업자 등 실질적으로 실업 상태에 놓여 있는 청년들을 전부 통계에 포함시킬 경우, 실질적인 청년 실업률은 10퍼센트를 훨씬 상회할 것이라 추정됩니다.

정부가 실업 통계를 내는 이유는 실업의 실상을 정확히 파악해 과학적으로 경제 대책과 실업 대책을 세우자는 데 있을 것입니다. 그러나 정부의 공식적인 실업 통계는 실업의 실상을 정확히 파악해 실효성 있는 대책을 수립하고, 집행하는 데 사용되기에는 부족합니다.

현재 청년 실업자 중 고졸 이하 학력자가 전체 청년 실업자 중 62퍼센트에 이릅니다.

그런데 정부가 발표한 청년 실업 대책은 해외 연수 확대나 공무원 채용 확대 등의 단기 처방과 산업 수요, 즉 차세대 성장 동력 산업에 부응하는 인력 육성이 주 내용입니다.

이 같은 대책은 대졸 이상의 고학력자, 어느 정도의 전문성을 겸비한 구직자를 대상으로 한 정책이며, 고졸 이하 저학력자의 실업은 사실상 방치하는 정책입니다.

정부의 실업 대책이 오히려 계층간 격차를 심화시키는 데 일조하고 있습니다.

정부가 실업이라는 고통을 당하는 청년들과 부모들의 눈으로 실상을 보려는 것이 아니라, 여론을 의식해 통계 수치의 오르내림에만 신경을 곤두세우고 있는 게 아닌가 하는 의문이 듭니다.

또한 실질적으로 우리 산업의 생산 인력을 담당해야 할 고졸 실업자가 규모 면에서나 소득 격차 해소 측면에서나 훨씬 더 중요한 정책 수혜의 대상이 되어야 함에도, 정책에서 소외되고 있으니, 문제가 아닐 수 없습니다.

권력은 왜 자기 탓을 하지 않는가?

존경하는 국회의장, 그리고 선배 동료 의원 여러분, 국무총리와 국무위원 여러분, 저는 오늘 빈곤층 문제, 비정규직과 청년 실업 문제에 대해 노무현 정부의 진단과 대책에 대해 따져 물었습니다.

노무현 정부도 상황의 심각성을 인식하고 백방의 노력을 기울이고 있다는 것을 잘 알고 있습니다. 청와대와 정부 내의 허다한 위원회마다 수많은 정책과 제안을 쏟아내고 있습니다.

하지만 정부의 그런 노력에도, 상황은 개선되지 않고 있습니다.

왜 그렇습니까? 서민들의 눈으로 현장을 뛰어다니며 실상을 파악하고, 그들의 아픔과 진정을 이해하지 않은 채, 그저 탁상에 모여 구태의연한 과거 대책이나 뒤적거립니다. 현실과 거리가 먼 프로그램을 기획하고 예산을 배정합니다.

이 같은 관점과 자세가 바뀌지 않고서는 서민들의 삶은 결코 나아지지 않을 것입니다.

저는 그 해결책의 첫걸음은 국가 운영 책임자의 한계에 대한 솔직한 인정에서 시작된다고 봅니다. 지금 여기, 우리 사회의 문제는 바로 그 책임자의 책임일 수밖에 없다는 뜻입니다. 그러나 불행히도 현 정부 출범 이래 노무현 대통령께서 자신의 탓을 인정하는 모습을 본 적이 없습니다.

모든 것이 언론 탓, 기득권 탓, 조건 탓, 과거 탓입니다. 반대 세력과 야당의 대응은 발목잡기로 치부하며 외부 탓만 합니다. 최고 책임자로서의 자존과 자신이라곤 찾아보기 힘듭니다. 이래서는 신뢰에 바탕을 준 사회적 합의를 이끌어낼 수 없습니다.

다시 한번 최고 책임자인 대통령부터 정부 내부의 모든 주체에 이르기까지 한계와 결함에 대한 근본적인 반성을 촉구합니다.

행복 권하는 국가보장제도

저는 분명 문제를 해결할 방안이 있다고 믿고 있습니다.

무엇보다도 발상의 대전환이 필요합니다. 문명사적 대전환의 시대에 조응하는 새로운 발상과 인식의 대전환만이 우리를 위기에서 벗어나게 할 수 있다고 확신합니다.

국가보장제도에 대한 전면적인 재검토, 새로운 시각 전환이 필요합니다. 비정규직 문제에 대한 질의에서도 언급했듯이 의료와 주거, 교육과 불안한 노후 대비 등을 국가가 부담하는 방책을 강구하지 않고서는, 기업은 기업대로 노동자는 노동자대로 어려울 수밖에 없습니다. 그로 인해 발생하는 끝없는 대립과 갈등을 해소하기 어렵습니다.

기업은 기업대로 낮은 비용으로도 경쟁력을 확보할 수 있고, 노동자는 노동자대로 과도한 임금 인상에 집착하지 않아도 여유 있게 생활할 수 있는 새로운 국가 시스템을 만들어야 합니다.

그렇게 되면 물가도 크게 낮출 수 있어 서민 생활을 획기적으로 안정시킬 수 있고, 교육 불평등으로 인한 가난의 대물림 현상도 상당히 개선할 수 있습니다.

혹자는 재원 문제를 제기합니다만, 우리 사회에는 이를 해결할 충분한 재원을 이미 갖고 있습니다. 문제는 그 재원을 어떻게 효율적으로 사용하느냐 하는 데 있습니다.

서유럽 복지 국가들의 경우 국민 소득 5천 달러 미만일 때도 거의 완벽히 국가보장제도를 실시했다는 점을 상기한다면, 한국 사회도 실현 가능한 길을 얼마든지 찾을 수 있다고 믿습니다.

발상의 대전환으로 대립과 갈등의 국가 위기를 극복하고, 공존의 사회를 일구는 데 정부와 여야가 힘을 모아갈 것을 제안하면서 질의를 마치겠습니다. 감사합니다.

꿈이다.

자살 권하는 사회가 행복 권하는 사회로 바뀌는 것은 우리 모두의 꿈이다.

꿈이 아니다.

우리가 껍데기를 벗고, 진실로 마음을 열고 논의하고, 그에 따라 실천한다면 행복 권하는 사회는 우리 힘으로 얼마든지 만들 수 있다. 꿈이 아닌 현실에서 말이다.

그 논의의 마당에 나는 실질적인 '국가보장제도'를 놓는다. 그것이 행복 권하는 사회로 가는 길이라고 믿고 있다. 다른 길이 있다면 얼마든지 그 마당에 놓아라. 그리고 논의하자! 그러나 논의만 하고 있을 수는 없지 않은가? 논의하고 결단을 내리자!

희망을 잃지 않는다면, 지금 비록 힘들어도 결코 희망을 잃지 않는다면, 우리는 해낼 수 있다. 그러니 자살은 하지 말기를 권한다. 행복의 길을 함께 찾기를 권한다.

부유세 유감

지난 선거에서 스스로 좌파임을 내세우는 민주노동당은 '부유세'를 걷겠다는 공약을 내걸었다.

부유세?

세금 이름을 그렇게 지은 그 발상이 참으로 단순하다. 그 이름만 듣고도 사람들은 즉각 반응한다.

'부자들에게서 세금을 많이 거두어들이겠다는 것이지? 그 돈으로 가난한 사람들을 위해 쓰겠다는 것이지? 그렇지! 평등한 세상을 만들겠다는 민주노동당에서 할 만한 일이지.'

그 발상만큼이나 사람들이 즉각 보인 반응도 단순하다. 그러나 실제로 그 세금 이름이 끼치는 영향은 그렇게 단순하지 않다. 만약 부유세가 국회를 통과한다면, 부자라는 이유만으로 세금을 내야 하는 사람들이 생각한다.

'내 재산을 빼앗아 가겠다는 것이지? 흥, 내가 그리 쉽게 빼앗길 줄 알아? 두고 봐. 너희들이 머리를 쓰는데, 내 머리는 어디 휴가라도 보낸 줄 알아?'

부자들은 세금을, 그 이름이 주는 느낌 때문에, 강제로 빼앗기는 것으로 여긴다. 그러니 빼앗기지 않겠다는 의지를 다지고, 자기 보호의 성을 더욱 높고 튼튼하게 쌓는다. 결국 부유세는 본래의 목적과는 너무도 다른 역효과만 내는 꼴이 된다.

가난한 사람들에게는 '혹시나 하다가 역시나 하는' 허망함만 남기고, 부유한 사람들에게는 자기 보호의 성을 더욱 신경 써서 쌓게 하는 계기를 마련해 주는 것이다.

그러니 어찌 '부유세'가 유감스럽지 않겠는가.

고기 잡는 법도 스스로 배워야 산다

흔히들 말하길 '사람을 살게 하려면, 고기를 주기보다 고기 잡는 법을 가르쳐 주라' 고 한다.

사냥을 하며 먹고살던 원시 시대에서는 물론이고, 근대 산업 사회에서도 그 말은 삶의 금과옥조가 된다. 고기를 잡는 일정한 방법을 익히면 살 수 있다. 그러나 세계화와 정보화라는 특성을 갖는 현대의 새로운 문명 사회에서 그 말은 충분한 생존법이 되지 못한다.

새로운 문명 사회에서는 창의성과 자발성을 갖추고 있어야 살 수 있다. 생존하는 일정한 방법, 그 과거의 의식에 사로잡혀 있으면 세계화된 시장에서 경쟁력을 가질 수 없고, 정보의 홍수 속에서 새로운 가치를 창출할 수 없다.

경쟁력이 없으면, 또한 새로운 가치를 창출하지 못하면 살 수 없는 게 엄연한 현실이다. 어떤 사람이 자기가 만든 물건 하나를 들고 시장에 나와 이렇게 말한다.

"이것이 경쟁력이 좀 떨어지고 또 특별히 새로운 것도 없지만, 내 밥줄이오. 그러니 좀 사 주시오."

시장에서 그 사람의 물건을 사 줄 사람이 있을까? 거지에게 돈을 줄 수는 있어도, 그런 물건을 살 사람은 아무도 없다.

"요즘 세상을 보니 어떻게 고기를 잡아야 할지 모르겠어. 고기를 준 어른들도 내게 고기 잡는 법을 가르쳐 주지 않았어. 희망이 보이지 않아."

이렇게 한탄하는 사람들을 드물지 않게 볼 수 있다. 과연 무엇이 문제가 되어 그런 한탄을 하게 만든 것일까?

고기 잡는 법을 아는 어른들이 고기만 주는 잘못을 저질러서 그렇게 되었을까? 아니면 요즘 인심이 야박해져서 그렇게 되었을까? 그런 게 아니다. 요즘 세상에 그에게 고기 잡는 법을 가르쳐 줄 사람이 따로 있는 게 아니다. 실제로 어른들도 그 방법을 확실히 모른다. 그러니 가르쳐 줄 수 없는 것이다.

그러면 어쩔 것인가? 답은 하나다. 스스로 고기 잡는 방법을 찾아낼 수밖에 없다. 스스로 방법을 깨우쳐 스스로 살아야 한다. 생존 조건이 그렇게 변하고 있다.

요즘 교육 현장에서 창의성이 강조되는 것은 그 때문이다. 그런데 창의성을 외치는 구호만 요란한 건 아닌가?

입시에 매달리는 학교 교육이니, 사교육 열풍이니 하는 답답한 현실을 보고 있노라면, 실제로 창의성을 키우는 교육을 하고 있는지는 의문이다. 교육이 우리의 미래라는 말은 언제든 강조될 수밖에 없다. 지금, 그 미래의 희망을 위해서 교육이 해야 할 가장 중요한 일은, 창의성을 키워 주는 것이다. 그래야 미래의 희망을 밝힐 주역들이 고기 잡는 법을 스스로 배울 수 있고, 그래야 살 수 있다.

땅이 인간에게 묻는다

어느 날 한 아가씨가 전화를 했다. 그녀는 곧 개발될 좋은 땅이 있는데 투자해 보지 않겠냐고 했다. 그런 전화를 받으면 '사기'라는 단어가 먼저 떠오른다. 씁쓸한 기분으로 전화를 끊으며 나는 땅이 된 듯한 기분에 빠져들었다.

나는 땅이다. 나는 인간에게 묻는다. 지금 누가 나의 주인 행세를 하는가?

지난 세월을 돌이켜보면 헤아릴 수조차 없는 많은 사람들이 나와 함께 살았고, 그 하나하나가 나의 주인 행세를 했지만, 지금은 모두가 흔적도 없이 사라지고 없다. 예정된 대로 흙으로 돌아가 나의 일부가 되었을 뿐이다.

지금 이 순간도 누군가가 나의 주인 행세를 하며 살고 있지만, 그 사람 역시 흔적도 없이 사라질 것이고, 미래에는 사라진 그 사람과 아무런 상관도 없는 사람이 새 주인 행세를 하며 살 것이다.

멈추지 않는 세월 속에 그 새 주인도 언젠가는 또 다른 새 주인에게 나를 넘겨 줄 수밖에 없을 것이다.

나에게 인간은 그렇게 잠시 머물다 떠나는 나그네일 뿐이다. 그럼에도 누가 나의 주인 행세를 하며 눈을 부라리는가? 등기소에 있는 서류가 그렇게 믿을 만한가? 그 서류 역시 거기에 이름이 적혀 있는 사람과 같은 운명에 처해질 것이다.

그럼에도 주인 행세는 나날이 당당해진다. 나를 사고팔면서 큰 이익을 챙긴 사람이 나를 애무한다. 나를 사고팔면서 큰 손해를 본 사람이 나에게 침을 뱉는다. 사고팔 것이 없어 물끄러미 나를 쳐다보기만 하는 사람이 한숨을 쉰다.

나는 그 애무의 손길도 침도 싫지만 그들을 그저 바라보기만 할 뿐이다. 언젠가는 나의 일부가 될 뿐인 존재들이 아닌가. 나는 그 한숨도 싫지만 그 사람을 나의 주인 행세하게 할 수는 없으니, 역시 그저 바라보기만 할 뿐이다.

치솟는 나의 몸값 때문에 일할 의욕도, 착실하게 살고자 하는 의욕도 잃었다는 사람들을 보면 한편으로는 억울하지만 한편으로는 미안한 느낌이 든다.

바람에 날려 온 씨앗 하나에도 생명의 기쁨을 주는 나는 왜 그들에게는 희망이 되어 주지 못할까? 희망은커녕 왜 절망과 슬픔만 안겨 줄까?

욕망에 사로잡힌 채 나를 애무하거나 나에게 침을 뱉는 그 나그네들이 사라지면 절망과 슬픔의 한숨 소리도 사라질까? 그러나 나에게는 그렇게 할 능력이 없다. 부모라 해도 갓난아기의 울음을 멈추게 할 수는 없는 것이다. 아기 스스로 그치는 수밖에 없다.

주인 행세하는 나의 나그네들도 영원한 주인은 없다는 엄연한 사실을 스스로 깨달을 수 있을까? 깨달으면 삶의 방식이 좀 달라질까? 나는 묻고 또 묻는다.

어느 날 다른 아가씨가 전화를 했다. 그녀 역시 곧 개발될 좋은 땅이 있는데 투자해 보지 않겠냐고 했다. 말투도 전에 전화를 한 아가씨와 비슷했다.

나는 머릿속으로 '내가 바로 땅이다' 라는 말을 떠올렸지만, 투자해서 돈을 벌고 싶어도 돈이 없어 돈 벌 기회를 잡을 수 없다고 대꾸해 주고 전화를 끊었다.

4장

우리는 착한 사기꾼인가

애인 혹은 국민을 속이는 오래된 기술

한 여자를 무자비하게 때리는 한 남자가 있다. 습관이 되다시피한 폭력이다.

하루하루가 괴로운 여자는 남자와의 인연을 끊고 싶어 한다. 그런 여자의 마음을 모를 리 없는 남자, 가끔은 눈물까지 흘리며 이렇게 말하곤 한다.

"사랑해. 이 세상 그 누구보다도 당신을 사랑해. 당신이 떠나가면 나는 살 수 없어."

"아!"

여자는 탄식하며 주저앉는다. 그리고 며칠 후, 다시 남자의 폭력이 이어진다. 악순환이다. 그래도 이별을 못하는 여자는 차라리 죽고 싶다는 말만 되뇌고 있다.

이를 지켜보던 제삼자가 논평한다.

"그 여자는 위선자이거나 바보이거나 둘 가운데 하나야. 고통스럽다고 하지만 뭔가 좋은 게 있으니까 그 남자 옆에 있는 게 아닐까? 그렇다면 죽고 싶다는 게 위선이지. 만약 그게 아니라면, 왜 그 남자를 떠나지 못할까? 자기 인생을 스스로 개척할 생각을 못하는 바보이기 때문이지."

제삼자의 논평이 제법 그럴듯해 보인다. 그러나 '위선자이거나 바보이거나' 로 한정하는 것은 그 논평의 설득력을 떨어뜨린다. 그 여자는 사기꾼의 피해자일 가능성이 큰 것이다.

사기꾼의 피해자?

그렇다! 그것도 동서와 고금을 가릴 것 없이, 연애 사건과 국가의 중대사를 나눌 것 없이 이어져 온 '인간의 오래된 사기 기술' 의 희생자일 수 있는 것이다.

인간의 오래된 사기 기술?

이렇다! 그 여자는 고통을 받으면서도 마음 한 구석에 '저 남자는 나를 사랑하고 있어' 하는 믿음을 품고 있다. 그 여자는 그 믿음에 발목 잡혀 있는 꼴이다. 의심스러우나마 사랑에 대한 그런 믿음마저 없다면, 그 여자는 정말 위선자이거나 바보일 것이다.

옆에서 봐서는 둘 사이의 관계가 절망적인데, 도대체 어떻게 그런 믿음을 품고 있을까? 그 남자가 그 여자로 하여금 그런 믿음을 갖도록 사기를 쳤기 때문이다.

사기? 어떻게 사기를 쳤기에 그런 믿음을 주입시켰다는 말인가? 교활한 세 치 혀에도 잘 속는 게 사람이라 하지만, 얄팍한 기술로 그런 믿음을 갖게 하기는 어려운 노릇이다.

그 남자는 '인간의 오래된 사기 기술' 인 '자기 자신을 속이는 기술' 로 그 여자를 속인 것이다.

자기 자신을 속이는 기술?

그 기술의 실제 내용은 이렇다. 그 남자는 자신이 그 여자를 진실로 사랑한다고 굳게 믿고 있다. 그 여자에게 참기 힘든 고통을 안겨 주면서도, 자기 최면을 걸듯 '나는 저 여자를 사랑해' 라고 마음속으로 쉴새없이 중얼거린다.

어쨌거나 마음은 마음으로 전해지는 법이니, 여자는 남자의 그런 마음을 느끼는 것이다. 그래서 생기는 믿음이다. 세 치 혀에 속는 수준이 아니다.

그러니 문제가 무엇이겠는가? 바로 그 어떤 비밀이 숨겨져 있는 듯한 그 남자의 마음속이다. 그 비밀을 캐면 사기 기술의 핵심도 드러날 것이다.

러시아의 소설가 도스토옙스키의 소설 〈악령〉에는 이런 대목이 나온다.

'사람은 대개 다른 사람에게 기만당하기보다는 자기 자신을 속이는 경우가 더 많다. 또한 다른 사람의 거짓말보다 자기가 지어낸 이야기를 더 믿는 것은 물론이다.'

그 남자는 '나는 저 여자를 사랑해'라고 자신이 지어낸 이야기를 스스로 믿는다. 그 지어낸 이야기가 실제로 그런지에 대해 깊이 따져보지 않는다. 자신이 믿고 싶은 것만 믿으면 그만인 것이다.

그러나 그런 믿음이 자기 자신을 속이는 짓이라는 것은, 입장만 바꾸어 봐도 어렵지 않게 알 수 있다.

만약 누군가가 그 남자에게 지속적으로 참기 힘든 고통을 주며 "나는 너를 사랑해"라고 말했다고 하자. 그 남자는 뭐라고 할까? 사기꾼답게 동물적인 감각으로 그 사기 기술을 꿰뚫고 있다면 "이런 고통을 주는 게 사랑이라고? 이 더러운 사기꾼아, 날 속일 수 없어!"라며 이를 갈 것이다.

두 얼굴을 가진 인간의 모습은 여기에서도 여실히 확인해 볼 수 있다.

자신이 누군가의 기만적인 사랑, 그 욕망의 대상이 될 때는 비교적 그 기만성을 잘 알아차린다. 매 맞는 자는 본능적으로 때리는 자의 욕망을 읽는다.

그러나 자신이 기만적인 사랑으로 욕망을 채우려 할 때는 그 기만성을 알려고 하지 않는다. 누가 알려주어도 들으려 하지 않는다. 때리는 자는 본능적으로 자기 내부에서 꿈틀거리는 죄의식을 억누르려 한다. 더 나아가 자신이 정당하다고 스스로를 세뇌시킨다. 자기 자신까지 속여 가면서 말이다.

그러한 기만성, 그것이 그 남자의 마음속에 비밀스럽게 숨어 있는 것이다. 안타깝게도 그 여자는 바로 그 숨어 있는 기만성에 속고 있는 것이다.

왜 속을까? 그 여자는 왜 그 남자처럼 "이런 고통을 주는 게 사랑이라고? 이 더러운 사기꾼아, 날 속일 수 없어!"라고 하지 못할까? 왜 그 기만성을 알아차리지 못할까?

모든 사람이 그런 사기 기술을 꿰뚫고 있다면, 그것은 이미 사기 기술이 아니지 않는가. 답은 간단하다. 그 여자는 그 사기 기술을 제대로 몰라서 속고 있는 것이다.

알 듯 모를 듯한 것이 마음이라, 그 인간의 오래된 사기 기술은 오늘날에도 여전히 세상살이에 얼굴을 들이밀고 있다. 뻔뻔하다 해도 그처럼 뻔뻔한 얼굴은 보기 힘들 것이다.

아무리 사랑을 앞세우고 또 스스로 그렇게 믿고 있다 해도, 상대방을 존중하고 배려하지 않는다면, 그래서 폭력을 휘두르고, 스토킹을 하고, 납치와 강간을 하면서 자기 욕망을 채우려 한다면, 거기에 사랑은 없다. 욕망을 위한 기만이 있을 뿐이다.

최근에 부부 사이의 강간죄 입법 여부를 두고 논란이 일었다. 찬성하는 쪽은, 아무리 부부 사이라도 상대방의 의사에 반하는 강제적인 성행위는 분명 강간이니 처벌이 필요하다고 주장한다.

반면에 반대하는 쪽은, 법이 부부 사이에 지나치게 개입해서는 안 된다는 전제를 앞세운다. 다만 강제적인 성행위에 폭력이 개입되었다면, 그래서 피해 당사자가 고발한다면, 그 폭력에 대해 기존의 형법으로 죄를 물으면 된다는 주장이다.

부부 사이의 강간? 우리의 문화 풍토에서는 입에 올리기조차 민망한 문제이다. 그렇지만 이것 하나는 분명히 해야 한다. 폭력을 휘두른 후 강제로 성행위를 한 사람이 "나의 행위는 아내에 대한 사랑의 표현이다"라고 말하는 것은 기만인 것이다.

'자기 자신을 속이는 기술'로 남을 속이는 짓은 연애 사건에서만 저질러지는 게 아니다.

국민을 속이는 지도자들 대부분이 그 기술을 사용한다. 수많은 지도자들의 이름이 떠오른다. A씨, B씨, C씨 …… Z씨. 다 나열하면 그것이 곧 정치가의 인명 사전이 되지 않겠나.

'국민을 위해서……'라고 자신이 지어낸 거짓 이야기를 스스로 믿는 지도자들, 그 믿음이 잘못된 것이라고 아무리 알려주어도 귀를 막는 지도자들, 그토록 국민을 입에 달고 살지만 결국 그 국민을 불행의 구렁텅이에 빠지게 하는 지도자들, 그 국민의 불행이 자기 탓이 아니라고 굳게 믿는 지도자들, 그런 기만 속에서 자신의 권력 욕망만은 야무지게 채우는 지도자들, 바로 그 사기 기술의 고수들이다.

고수의 사기 기술을 알아차리기는 쉽지 않다. 그러나 아무리 고수라 해도, 상대방이 두 눈 똑바로 뜨고 있다면 함부로 수작을 부리지는 못한다.

'속이는 자'는 분명 유죄이다. 그러면 '속는 자'는 어떨까? 무죄라고 단정할 수 있을까? 적어도 사기꾼에게 수작을 부릴 기회를 준 잘못은 인정해야 하지 않을까?

웃기는 나무꾼 이야기들

1. 〈이솝 우화〉에 나오는 '나무꾼과 여우' 이야기가 웃긴다.

나무꾼이 산에서 나무를 하고 막 집으로 돌아온다. 사냥꾼에게 쫓기는 여우가 가쁜 숨을 쉬며 나무꾼에게 도움을 청한다.

"저 좀 숨겨 주세요."

나무꾼은 여우를 헛간 안에 숨겨 준다. 잠시 후, 사냥꾼이 나타나 나무꾼에게 묻는다.

"여우 한 마리가 이리로 도망쳤는데 못 봤습니까?"

"못 봤는데요."

입으로는 그렇게 말하지만, 나무꾼의 손은 헛간을 가리킨다. 사냥꾼이 봤다면, 그 손짓의 의미를 모를 리 없다. 그러나 사냥꾼은 그 손짓을 보지 못하고 숲으로 달려간다.

사냥꾼이 보이지 않자, 여우가 헛간에서 나온다. 여우는 나무꾼에게 한마디 인사도 없이 사냥꾼과 다른 방향으로 걸음을 옮긴다.

그러자 나무꾼이 인상을 잔뜩 찌푸리며 말한다.

"이런 괘씸한 여우야, 너는 은혜도 몰라? 최소한 고맙다는 인사는 하고 가야지."

걸음을 멈춘 여우가 고개를 돌리고 말한다.

"은혜? 내 귀는 당신의 말을 들었지만, 내 눈은 당신의 손을 봤어. 나를 가리키더군. 그런데 은혜?"

얼굴이 벌개진 나무꾼은 자신도 모르게 얼른 손을 등뒤로 감춘다. 부끄러운 줄은 아는 것이다.

이 나무꾼처럼 말과 행동이 다른 사람을 보면 정말 웃긴다. 그렇게 웃기는 사람이 세상에 참 많다.

2. 우리나라의 고대 설화에 나오는 '나무꾼과 선녀' 이야기가 웃긴다.

나무꾼은 사냥꾼에게 쫓기는 사슴을 구해 준다. 사슴은 그 은혜에 보답하는 뜻으로, 나무꾼에게 계략을 꾸미게 한다. 비열한 방법을 동원해서라도 선녀와 결혼을 하려는 계략이다.

나무꾼은 지상으로 내려와 목욕을 하는 선녀의 날개옷을 훔친다. 날개옷이 없으면 선녀는 하늘로 되돌아갈 수 없다. 계략은 일단 성공한다. 그러나 나무꾼은 아이 셋을 낳을 때까지 날개옷을 돌려주지 말라는 사슴의 경고를 무시한다. 성공에 취한 나무꾼은 아이 둘을 낳은 후 선녀에게 날개옷을 돌려준다.

그러자 날개옷을 입은 선녀는 두 아이를 데리고 하늘로 올라간다. 버림받은 나무꾼은 사슴의 도움으로 선녀와 재회한다. 다시 한번 기회가 주어진 것이다. 그러나 우여곡절 끝에 결국 홀로 지상에 남게 된 나무꾼은 수탉이 된다. 지붕 위에 올라가 하늘을 쳐다보며 울어대는 수탉, 외로운 세월을 보낸다. 인과응보인가?

이 나무꾼처럼 자신의 욕심을 채우기 위해 남의 날개를 부러뜨리는 사람을 보면 정말 웃긴다. 그렇게 웃기는 사람이 세상에 참 많다.

3. 최근에 어느 모임에서 들은 '나무꾼과 정치가' 이야기가 웃긴다.

정치가들이 부부 동반으로 모였다. 나 역시 아내와 함께 그 자리에 있었다. 어느 정치가의 아내가 이렇게 말했다.

"다시 태어나면 나무꾼의 아내로 살고 싶어요."

정치가의 아내로 살기가 힘들다는 뜻이겠는데, 애꿎게도 나무꾼의 아내가 비유의 대상이 되었다. 나무꾼의 아내는 '나무꾼과 선녀' 설화 속의 선녀처럼 사는 줄 아는 것일까?

어쨌거나 '좋은 게 좋다'는 식의 무난한 처세술처럼, 그 말을 너그럽게 받아들이는 게 미덕일까? 어떤 직업을 갖건, 무슨 일을 하건 이 세상에 사는 게 쉽지 않은 노릇이니, 정치가의 아내가 실없이 푸념 한번 한 것으로 받아들일 수도 있다.

그런데, 노동운동가의 아내에서 정치가의 아내로 변한 내 아내가 말한다.

"이상해요. 왜 자기의 욕심을 감추고, 남을 속이는 그런 말을 할까요? 그 정치가가 다음 선거에서 또 국회의원이 되려는 욕망을 갖고 있는 걸 모르는 사람이 없어요. 그 부인도 그것을 위해 애쓰고 있고, 그래서 그 모임에도 참석한 것 아닌가요? 그러면서 다시 태어나면 나무꾼의 아내로 살고 싶다니, 어처구니가 없네요. 만약 그 정치가가 다음 선거에 나오지 않고, 산 속에 들어가 나무꾼이 되겠다면, 그 부인이 정말 좋아할까요?"

목소리를 높이는 아내의 말을 듣고 있자니, 옛날 이야기가 하나 떠올랐다.

어느 날 한 고관 대작이 산골 마을을 지나게 되었다. 출출했던 고관 대작은 밥을 얻어먹기 위해 외딴집에 들어갔다. 그 집의 주인인

가난한 나무꾼은 기꺼이 꽁보리밥에 나물 두어 가지인 밥상을 내놓았다. 가난한 집의 양식을 맛나게 축낸 고관 대작이 트림을 하더니, 이렇게 한마디했다.

"아, 나도 자네처럼 이렇게 맛난 나물 반찬 먹으며 유유히 살고 싶네. 나랏일이라는 게 얼마나 고달픈지 자네는 모를 걸세."

그러자 가난한 나무꾼이 이렇게 말했다.

"맛난 나물 반찬이요? 저희는 먹을 게 이것밖에 없어서, 질려도 어쩔 수 없이 먹고 연명하지요. 명절 때도 고기 반찬 구경 못할 때가 많습니다. 나리께서는 매일 고기 반찬을 드시니, 나물이 그렇게 맛나신 모양입니다."

고관 대작이 꿀 먹은 벙어리처럼 있자, 가난한 나무꾼이 쐐기를 박았다.

"저는 나리처럼 살고 싶은데, 나리께서도 정말 저 같은 가난한 나무꾼으로 살고 싶으십니까? 그렇다면 서로 자리를 바꾸어서 사시겠습니까?"

"어허, 말이 그렇다는 것이지 ……."

고관 대작은 밥을 얻어먹고도 고맙다는 말 한마디 없이 도망치듯 그 외딴집에서 나갔다. 요즘도 나무꾼이 있을까? 만약 있다면, 그 나무꾼의 부인을 대신해 그 정치가의 아내에게 묻는다.

"서로 자리를 바꾸어서 사시겠습니까?"

어떤 대답이 나올지 뻔하다. 이 정치가의 아내처럼 속 다르고 겉 다른 사람을 보면 정말 웃긴다. 그렇게 웃기는 사람이 세상에 참 많다.

알몸 드러내는 유전자 검사

최근에 들은 '유전자 검사'와 관계된 뉴스 두 가지가 꽤나 흥미로웠다.

하나는 미국에서 있었던 일인데, 20년 가까이 옥살이를 한 강간범이 유전자 검사를 통해 진범이 아니라는 사실이 밝혀져, 석방되었다는 소식이다.

또 하나는 요즘 한국에서 벌어지고 있다는 일인데, 배우자 몰래 유전자 검사를 해서 자기 자녀가 친자녀인지를 확인하는 사람들이 늘고 있다는 뉴스이다.

강간범으로 몰려 감옥에서 젊음을 허비한 중년 남자는 석방된 후 "억울하지만, 남은 인생을 허비하지 않기 위해 분노와 원망을 삼키겠다"는 말을 했다.

그 남자가 강간범이라고 지목한 여러 여자들, 기소한 검사, 유죄 평결을 내린 배심원들, 형량을 선고한 판사, 재판을 지켜보며 그에게 비난을 퍼부었던 구경꾼들, 그 모든 사람들은 늙은 버린 그 남자의 그 말을 듣고 무슨 생각을 했을까?

뉴스는 거기까지 취재하지 않았으니 상상에 맡길 일이다. 그런데 재미있는 것은 '유전자 검사'에 대해서는 아무도 의문을 달지 않는다는 점이다.

사람은 믿지 못하지만, 유전자 검사는 의심의 여지없이 믿을 수 있다는 태도이다. 요즘 세상에서 과학의 권위가 어느 정도인지 새삼 느낄 수 있다.

과학도 사람이 하는 일이니, 사람과 과학을 대립하는 관계로 볼 것은 아니다. 문제는 사람 그 자체이다. 사람이 사람을 믿지 못하는 것이 문제이다. 배우자 몰래 하는 친자녀 확인 유전자 검사가 바로 그 문제의 극단적인 사례가 된다.

하나의 쓸쓸한 장면이 떠오른다. 거실에서 아이가 깔깔거리며 놀고 있다. 소파에 앉아 있는 아버지가 그 아이를 물끄러미 바라보다가 이런 생각을 떠올린다.

"저 아이가 내 아이일까?"

그 장면이 구경꾼에게야 쓸쓸한 정도이겠지만, 당사자에게는 얼마나 끔찍하겠는가.

어떤 사람들은 말한다. 그런 장면이 연출되는 것은 단순한 의처증 혹은 의부증이 원인이 아니라고. 현대인들의 성생활이 그 정도로 개방되어 있다고. 요즘 젊은이들이 어떻게 지내는지 보라고. 그러니 꼭 이상한 일만도 아니라고 말이다.

하기야 근래에 유럽의 어느 나라에서는 자녀가 어머니의 성을 따르도록 법률을 개정했다고 한다. 다른 배경도 있겠지만, 성 개방 문화가 만연해 있는 현실에서 그렇게 하는 것이 합리적이라고 판단했다는 것이다. 아버지가 누구인지 명확하지 않은 경우가 많으니, 어머니의 성을 따르는 게 가장 확실하다고 그 나라 국민들이 동의한 것이다. 모계 사회 혹은 일처다부제 사회로 회귀하려는 조짐일까?

이러한 조류가 우리나라에도 밀려오는 것일까? 일부일처제가 유일무이한 진리인 줄 아는 사람들은 노발대발하겠지만, 앞으로 어떻게 변할지는 사실 아무도 모른다.

유전자 검사와 성 개방 문화를 들먹이니, 사람이 사람을 믿지 못하는, 사랑하는 배우자를 믿지 못하는 성향이 마치 현대인의 병인 것처럼 들릴지 모르겠다.

아니다. 그러한 성향은 현대인의 병이 아니라 인간의 본성에서 비롯된다. 인간의 본성은 자기 중심적이고, 자기의 이익을 찾고, 자기의 이익이 손상되는 걸 경계한다. 그렇기에 자기의 이익을 손상시킬 수 있는 남을 경계하고, 의심하는 것이다.

환상 속에 사는 사람들은 부인하겠지만, 사랑하는 배우자 역시 경계와 의심의 대상인 타인이다.

사랑은 믿음이다? 부부는 일심동체? 이런 말은 사람의 희망 사항이 아닐까?

'사랑은 믿음이다' 고 그토록 강조하는 것은, 서로 믿는 일이 그만큼 어렵다는 반증이 아닐까? '부부는 일심동체' 라는 말 역시 마찬가지가 아닐까?

김동인의 유명한 단편소설 〈발가락이 닮았다〉는 인간의 본성을 절묘하게 그린다.

주인공 M은 아내의 부정을 의심한다. 그래서 자기 자녀가 친자녀인지 의심한다. (M이 요즘 사람이라면 배우자 몰래 유전자 검사를 받을 가능성이 있다.)

의심하면서도 '사랑은 믿음이다' 와 같은 희망을 버리지 않는다. 희망과 의심, 그 둘 사이의 긴장을 M은 '나와 내 자식의 발가락이 닮았다'는 생각으로 해소하려 한다.

의사는 M의 생식 능력이 없음을 알지만, 희망과 의심, 그 둘 사이의 긴장을 차마 깨지 못한다. (유전자 검사를 받을 수 없는 시절에 산 것이 M에게 다행일까, 불행일까?)

셰익스피어의 비극 〈오델로〉 역시, 자기의 이익이 손상될까 봐 경계하고 의심하는 인간의 본성이 어떻게 발휘되는지를 생생하게 보여준다.

오델로는 아내 데즈데모나를 사랑한다. 그러나 그는 진급을 못해서 원한을 품은 부하 이아고의 계략에 말려든다. 이아고는 오델로에게 넌지시 데즈데모나가 오델로의 부관인 캐시오와 불륜 관계에 있음을 내비친다.

경계하고 의심하는 오델로의 본성이 발동한다. 이아고는 그러한 본성을 읽고 있다. 결정타 하나만 날리면 그 본성이 폭발할 것이라는 것도 안다. 그래서 이아고는 오델로가 데즈데모나에게 준 손수건을 훔쳐 아무도 모르게 캐시오의 방에 둔다.

캐시오의 방에서 데즈데모나의 손수건을 본 오델로, 격한 감정에 휩싸여 데즈데모나를 죽인다. 그리고 얼마 후, 이아고의 계략에 밝혀지자 오델로는 참담한 마음으로 자살한다.

오델로와 데즈데모나의 비극을 보면서도 '사랑은 믿음이다' 혹은 '부부는 일심동체'라는 말만 앵무새처럼 할 수 있을까? 살아 꿈틀거리는 본성을 애써 외면해야 할까?

인간의 본성을 외면하고, 부끄러워하며 감추고, 거드름피우며 무시하면, 그 자리를 위선과 기만이 차지한다. 사실 배우자 몰래 유전자 검사를 해서 친자녀인지를 확인한다는 뉴스는 유쾌하지 않다.

그렇지만 거기에서 읽을 수 있는 인간의 본성, 그것에 대해 우리가 솔직한 이야기를 나눌 수는 있어야 하지 않을까? 그래야 기만적인 관계에서 벗어나, 사람과 사람이 보다 건실하게 만날 수 있지 않을까? 부끄러운 것은 본성이 아니라 기만이다.

자선은 속임수일까

어느 날 한 빌딩 앞에서 좀 묘한 일이 벌어졌다. 빌딩 앞에서 구걸하며 살던 거지가 그 빌딩의 소유자인 사장에게 절교를 선언한 것이었다.

두 사람이 주인공으로 등장하는 미담을 익히 들어 알고 있던 인근의 사람들은 처음에 자신들의 귀를 의심했다. 그 거지가 사장에게 절교를 하자고 했다고? 아니겠지. 사장이 그랬다면 또 모를까, 어떻게 그런 일이 벌어질 수 있겠어?

미담으로 떠도는 내용은 이랬다. 다른 거지들은 그 빌딩 근처에도 얼씬거리지 못했다. 그런데 경비원들은 그 거지만은 함부로 대하지 못했다. 때로는 비굴하게 보일 정도로 그 거지에게 친절을 베풀기까지 했다.

이유는 하나, 사장이 그 거지만 그 자리에서 구걸할 수 있도록 하라는 엄명을 내렸기 때문이었다. 사장이 만든 법은 몇 년 동안 잘 지켜져 왔다. 사장은 구걸만 허락한 것이 아니라 수시로 거지에게 돈을 주었고, 때로는 거지를 식당으로 데리고 가 함께 밥을 먹기도 했다. 그런 모습을 직접 보았거나 소문으로 들었거나 한 사람들은 사장을 칭송했고, 두 사람의 미담에 감동했다.

그랬는데 거지가 사장에게 절교하자고 했단 말이야? 그 거지 머리가 좀 돌아 버린 거 아니야? 미친 게 아니라면 배은망덕도 유분수지 어떻게 그럴 수 있어?

아무런 상관도 없는 사람들이 그런 촌평들을 늘어놓았다. 그 가운데는 화가 나 그 거지를 때려 주고 싶다는 이도 있었다. 거지 쪽에 서서 이해하려는 사람들이 몇몇 있기는 했지만, 그들은 아무런 말도 하지 않았기에 이른바 여론이라는 것에 반영되지 않았다.

거지는 그 빌딩 앞에서 몇 년 동안 구걸만 한 것이 아니었다. 많은 생각을 했다. 무엇에 쫓기듯 바삐 오가는 사람들에 비하면 사실 거지에게 생각할 시간은 많았다.

오랜 생각 끝에 거지는 마침내 그 빌딩 앞을 떠나기로 마음먹었던 것이다. 여느 때와 마찬가지로 환하게 웃으며 다가와 돈을 몇 푼 준 사장에게 거지가 자신의 결심을 밝혔다. 사장의 얼굴에서 웃음기가 사라졌다.

"떠나다니? 이렇게 갑자기? 사람 놀라게 하는군. 도대체 어디로 가겠다는 말이야?"

"왜 놀라셨습니까? 사장님은 제가 여기서 평생 구걸이나 하며 살기를 바라셨습니까?"

"그럴 리야 있겠나. 하지만 이렇게 갑자기 떠난다니……."

이상한 일이었다. 거지가 떠난다 하는데 왠지 불안해 보이는 것은 사장이었다. 거지의 눈빛을 보면 오히려 당당해 보였다. 그 어떤 독한 마음까지 어른거렸다.

"사장님께서 제게 베푸신 은혜 고맙기는 합니다만, 그게 속임수였다는 것을 깨달았습니다."

사장의 얼굴이 서서히 굳어져 갔다.

"속임수라니? 자네 지금 무슨 말을 하는가?"

"속임수이고말고요. 지난 몇 년 동안 저는 속고 산 것입니다."

사장은 기가 막힌다는 듯한 표정을 지었다.

"도대체 내가 뭘 속였단 말인가?"

"첫째, 사장님은 세상 사람들을 교묘하게 속이셨습니다. 지난 몇 년 동안 사장님은 재산을 몇 배나 더 불리셨습니다. 저는 사장님이 그 돈을 어떻게 버셨는지 잘 알고 있습니다. 많은 경쟁자들의 눈에서 피눈물이 흐르게 하고 얻은 전리품이 수북이 쌓인 것입니다. 승자가 되어 돌아오실 때마다 사장님은 저에게 돈 몇 푼 쥐어 주셨습니다. 그런 모습을 본 세상 사람들은 사장님을 욕하기는커녕 침이 마르도록 칭찬했습니다."

"그랬나?"

"저에게 쥐어 준 몇 푼의 돈은 사장님의 세상을 더욱 부유하고 튼튼하게 하는 데 필요한 하나의 액세서리에 불과했습니다. 세상 사람들은 그 액세서리를 보고 속은 것입니다."

사장은 '제법이군' 하는 표정으로 슬몃슬몃 웃음을 흘리다가 입을 열었다.

"말 다했나?"

작심한 거지는 흔들리지 않았다.

"둘째, 사장님은 저를 속이셨습니다."

이번에는 좀 억울하다는 듯 사장이 따지고 나섰다.

"뭐야? 내가 자네한테 뭘 속였단 말이야?"

"언젠가 사장님께 왜 저에게 은혜를 베푸시냐고 여쭈어 본 적이 있습니다. 그때 사장님께서는 저의 고통을 덜어 주고 싶어 그런다고 대답하셨습니다. 그런데 지난 몇 년 동안 저는 나이만 몇 살 더 먹었을 뿐입니다. 고통의 무게는 덜어지기는커녕 나이만큼 더 무거워졌습니다. 물론 저의 책임이 크지만, 사장님에게 속은 것도 하나의 원인임에 분명합니다."

"어째서 그런가?"

"사장님께서 후계자로 삼으려는 아드님을 어떻게 교육시키시는지 들어서 잘 알고 있습니다. 사장인 아버지에 의지하지 않고 제 능력으로 스스로 서게 하려고 모진 아버지라 불릴 정도로 엄하게 대하신다는 것 말입니다. 제가 아드님과 비교되는 것 자체가 불쾌하시겠지만, 저에게도 할 말은 있는 것입니다. 진정으로 고통을 덜어 주고 싶으셨다면 거지에게 돈 몇 푼 던져주며 거지로 살게 할 것이 아니라 빌어먹지 않고 스스로 일하며 살 수 있게 해주셨어야 합니다. 돈 몇 푼과 약간의 친절, 거기에 속아 저는 거지 신세에서 벗어나지 못했습니다."

"내게 속아서 여전히 거지로 산다?"

"셋째, 사장님께서는 사장님 자신을 속이셨습니다."

"이건 또 무슨 소리야?"

"사장님께서 부자가 되기 위해, 경쟁에서 이기기 위해 어떤 일들을 하셨는지 조금은 알고 있습니다. 원한이 맺힌 사람들이 이 빌딩으로 찾아와 사장님께 퍼붓는 저주와 비난의 소리를 생생하게 기억하고 있습니다. 사장님께서도 그들을 대하며 양심의 가책을 느낄 때가 있었을 것입니다. 사람이라면 누구나 그러니까요. 그럴 때 사장님은 저에게 은혜를 베풀어 주셨습니다. 그것으로 양심의 가책을 마음속에서 몰아내려고 하셨습니다. 그렇지 않습니까? 그러니 사장님께서는 자신을 속이신 것입니다."

"자네 여기서 구걸할 게 아니라 정식으로 돗자리 깔고 나서도 되겠군. 인생이 궁금해 찾아오는 고객이 아주 많겠어. 그러면 금세 부자가 될 텐데, 어때 생각 있나?"

사장은 비아냥거리는 투로 말을 하고는 거지를 뚫어져라 쳐다봤다. 평소에 즐겨 쓰던 기술인데, 눈빛으로 상대방을 제압하려는 것이었다. 그런데 거지가 날선 눈빛으로 마주보자, 사장의 눈은 소나기 만난 행인처럼 허둥대는 것이 아닌가.

"거지인 제가 감히 사장님께 절교를 선언하는 것입니다. 이 시간 이후로 이 자리에서 저를 보실 수 없을 것입니다. 마지막 부탁이 하나 있습니다."

"마지막 부탁? 뭔가?"

"제가 앉았던 이 자리를 탐내는 거지들이 있습니다. 든든한 후원자가 있으니 그럴 만도 합니다. 부탁은, 이 자리에 제 역할을 할 다른 거지를 두지 마셨으면 하는 것입니다. 그건 그 거지를 살리는 게 아니라는 것을 사장님도 모르시지 않을 것입니다."

경쟁 사회에서 산전수전 다 겪은 사장은 부모의 가르침에 순종하는 아이처럼 고분고분 말했다.

"알았네."

말과 태도는 그랬지만, 사장이 머릿속으로 무슨 생각을 했는지는 아무도 알 수 없다.

그 거지는 자선이 속임수라고 했다. 일리 있는 주장이다. 그러나 과연 속임수이기만 할까?

배고픈 돼지와 배부른 소크라테스

"나는 배부른 돼지보다는 배고픈 소크라테스로 살 테야. 꼭 그렇게 살 테야!"

일전에 어느 술자리에서 한 남자로부터 들은 이야기이다. 취기가 묻은 그 남자의 말은, 영국의 철학자 존 스튜어트 밀이 했다고 알려진 '배부른 돼지보다는 배고픈 소크라테스가 낫다'는 말을 옮겨 놓은 셈이다. 공리주의 철학자로, 또 영국식 사회주의의 바탕이 된 사상가로 알려진 밀은 왜 그런 말을 했을까?

그 이유야 어떻든, 술자리에서 그 남자가 왜 그런 말을 했는지는 분명하게 안다. 그 말을 듣는 순간, 아까운 술과 안주를 다 토할 것 같은 역겨움이 느껴졌다. 무엇보다 먼저 사람을 돼지와 소크라테스로 나누는 그 이분법이 역겨웠다. 참으로 기가 막힌다. 사람을 두 부류로 나누는 것도 우습지만, 나누는 방식이 더 웃긴다. 도대체 누구를 돼지라 하고, 또 누구를 소크라테스라 하는가?

사람을 직업에 따라 사농공상으로, 또 거기에도 끼지 못하는 노비와 천민으로까지 나누고, 그 나눔에 따라 차별 대우하는 못된 버릇이 남아 있는 것일까?

아니면 교양이니, 도덕이니, 지식이니 하는 잣대로, 자기 중심적이라 결코 공정할 수 없는 그 잣대로 사람을 그 두 부류로 나누겠다는 것인가?

그렇게 함부로 나눈 후, 자기 눈에 마땅치 않게 보이는 사람들을 돼지로 분류해 조롱하고, 자신은 소크라테스가 되어 자기 만족을 누리겠다는 것인가? 참으로 역겹기 그지없다. 또 역겨운 것은 그 이분법 위에 덧칠한 고정 관념이다. 돼지는 배부르고, 소크라테스는 배고픈가?

왜 그런 고정 관념에 빠져 있는가? 배고픈 돼지와 배부른 소크라테스는 없는가? 요즘 세상을 보면 소크라테스 행세하는 사람들이 더 배불리 살지 않는가?

그 남자가 마음속에서 무슨 생각을 하는지 짐작해 본다. 물론 오해일 수도 있겠지만, 이렇게 외치지 않을까?

"나는 배부른 소크라테스로 살고 싶어!"

그 남자의 역겨운 이분법을 그대로 빌려 표현하면 아마 그럴 것이다. '돼지' 보다는 '소크라테스' 가 낫고, '배고픈' 것보다는 '배부른' 것이 낫지 않겠나.

그런데 문제는 그 이분법에서 좋은 것 두 가지를 다 차지하기 힘들 때 생긴다. 그 남자는 아마도 머릿속에 네 가지 등수를 두고 있을 것이다.

1등 - 배부른 소크라테스

2등 - 배고픈 소크라테스

3등 - 배부른 돼지

4등 - 배고픈 돼지

1등은 못할 것 같으니, 2등이 되겠다는 뜻인가? 차라리 그렇게 솔직하게 말하면 좋았을 것이다.

그러나 그 남자는 '배부른' 것에 대한 묘한 비아냥거림이 깔린 상태에서 그런 말을 했다. 속으로는 1등이 되고 싶으면서, 겉으로는 마치 2등이 최고인 양 말한 것이다. 말 그대로 속보이는 기만이다.

그 남자는 기만적인 태도로 스스로 '배고픈 소크라테스'가 되어 '배부른 돼지'를 비웃는다. 그렇다면 이것도 없고 저것도 없는 '배고픈 돼지'는 어떻게 대할까? 아마도 등수가 너무도 차이가 난다고 여기며, 비교의 대상이 되는 것조차 수치스러워할 것이다.

그러면 그 남자에게 '배고픈 돼지'로 규정된 사람은 너무도 초라하지 않은가. 그러나 초라하다고 한탄할 필요가 없다. 그 남자의 규정은 멋대로 지어낸 거짓말일 뿐이다.

사람은 무엇을 바라고 사는가?

극소수의 수도자와 같이 자기 신념에 의해 자발적으로 '배고픈' 삶을 택하는 사람들이 있다. 위선이 아니라면 그들의 삶은 존중받아야 마땅하다. 그런 예외적인 경우를 인정하면서도 말할 수밖에 없다. 사람은 모두 '배부른' 무엇으로 살고 싶어 한다.

그런데 그 무엇은 '돼지와 소크라테스' 식으로 나눌 수 있는 것이 아니다. 돼지로 비유하겠다면 사람은 모두 돼지이고, 또 소크라테스로 비유하겠다면 사람은 모두 소크라테스이다.

있는 것은 '배고픈' 것과 '배부른' 것의 차이이다. 있어야 할 것은 '배고픈' 것을 '배부른' 것으로 만들려는 노력이다. 돼지니 소크라테스니 하며 공연히 있지도 않은 차이를 말하며 잘난 체하는 사람들은 기만의 낯빛을 거두어라. 그래야 사람이다.

흥부의 두 번째 제비

흥부가 망했다. 제비가 물어다 준 씨앗을 심어 횡재했던 흥부가 흥청망청 살다가 쫄딱 망했다. 복권에 당첨된 사람들의 상당수가 불행한 인생을 살게 된다 하니, 흥부가 망한 것이 이상할 것도 없다.

주린 배를 안고 처마 밑에 쪼그리고 앉아 있는 흥부는 괴롭다. 그렇지 않아도 가슴이 쓰린데, 부귀 영화의 맛을 한번 본 마누라와 새끼들까지 아우성이니 도무지 살맛이 나지 않았다.

어느 날 한숨을 쉬며 고개를 쳐든 흥부는 처마 안쪽에 있는 제비집을 봤다. 그 옛날처럼 새끼 제비들이 어미가 물어다 주는 먹이를 먹으며 씩씩하게 크고 있었다.

그 날 이후로 흥부는 제비집을 쳐다보는 버릇이 생겼다. 그러자 제비들이 쑥덕거렸다.

"왜 저렇게 우리를 보지?"

"옛날의 추억에 잠기는 모양이지."

"쯧쯧, 자기 관리 좀 잘하지. 불쌍하네."

"그런데 눈빛이 좀 이상해."

"너도 떵떵거리고 살다가 망해 봐. 눈이 뒤집히는데, 눈빛이 멀쩡하겠어?"

"그렇지만 흥부는 그냥 흥부가 아니라 착한 흥부잖아. 착한 흥부는 착한 눈빛을 갖고 있어야지."

"한번 착한 흥부는 영원한 착한 흥부라는 말이지? 너는 사람을 너무도 몰라."

"뭘 몰라?"

"사람은 변하는 거야."

"그래?"

제비들이 쑥덕거리고 있는데, 놀부가 찾아왔다.

"이놈 흥부야, 제비집 보며 무슨 생각을 그리 하느냐? 혹시 예전의 나처럼 제비 다리 하나 분지를 생각을 하느냐?"

"형님, 저 모르세요? 착한 흥부입니다. 그런 생각은 못된 놀부 형님 몫이잖아요. 형님이야말로 또 옛날 버릇대로 그런 생각을 하시는 거 아닙니까?"

"이놈아, 뜨거운 맛을 본 내가 또 그런 생각을 하겠느냐. 한번 못된 놀부이면 영원한 못된 놀부인 줄 아느냐? 나 반성 많이 했다. 앞으로는 사람답게 한번 살아 볼 것이다."

"부디 그렇게 사십시오."

놀부가 사라지자 흥부의 눈길이 서서히 제비집으로 향했다. 기도하듯 두 손을 모은 흥부는 마음속으로 이렇게 빌었다.

"제비들아, 나 착한 흥부야. 내가 못된 놀부 형님처럼 너희 다리를 분지를 수는 없지. 그러니 너희 가운데 딱 한 마리만 스스로 떨어져 줄래? 다시 한번만 기회를 줘. 그러면 이 착한 흥부가 정성스레 치료해 줄게. 제발, 제발, 제발 떨어져 줘."

흥부는 제비가 그 마음속을 다 읽고 있음을 몰랐다. 한 제비가 말한다.

"인간은 착해 보이고 싶은 사기꾼인가?"

그 말을 알아듣지 못하니, 홍부의 입장에서 보면 참으로 안타까운 일이 아닌가.

호랑이 굴에 들어가는 이유

한 청년이 우리나라의 재벌에 대해 신랄한 비판을 가했다. 재벌과 별다른 상관이 없는 나까지 섬뜩할 정도였다. 젊음의 열정과 패기가 하늘을 찌르는 것이었다.

얼마 후, 좀 이상한 일이 일어났다. 열심히 취업 공부를 했는지, 그 청년이 재벌 회사에 입사한 것이었다. 처음에는 그 이중적인 태도에 약간 어리둥절했다. 그러나 나는 곧 이렇게 생각을 정리했다.

'맞아. 호랑이 새끼를 잡으려면 호랑이 굴에 들어가야지. 그 똑똑한 청년이 그토록 비난의 칼을 휘두른 재벌 회사에 들어간 데에는 그 어떤 이유가 있을 거야.'

호랑이 굴에 들어가면, 그 안에 호랑이 어미가 있는가 없는가에 따라 다음과 같은 일이 예상되었다.

호랑이 어미가 먹이 사냥을 나가고 없다면, 호랑이 새끼를 잡아 무사히 그 굴에서 빠져 나올 것이다. 하늘이 도와, 그 굴에 들어간 애초의 목적을 이루는 것이다. 그러나 호랑이 어미가 있다면? 잡으러 들어간 사람과 호랑이 어미, 둘 가운데 하나는 피를 흘릴 것이다. 어느 하나의 죽음까지도 예상되는 일이다.

호랑이 굴 안에 호랑이 어미가 있는지 없는지는 모른다. 들어가

봐야 아는 것이다.

세월이 흐른 후, 이제 제법 사회인 티가 나는 그 청년을 다시 만났다. 나는 궁금해서 이것저것 물었다. 호랑이 굴에 들어간 결과가 너무도 알고 싶었다.

호랑이 새끼를 잡았을까? 아니면 호랑이 어미와 한판 붙었을까? 한판 붙었다면 그 결과는 어떻게 되었을까?

그런네 내가 미처 예상하지 못한 결과가 하나 있음을 그 청년은 가르쳐 주었다.

아하! 그랬다. 호랑이 굴에 들어가서, 호랑이 어미를 만난다고 한판 붙기만 하는 것은 아니었다. 호랑이 어미에게 잘 보이면, 싸우기는커녕 귀여움 받고 살 수 있는 것이었다.

재벌 회사에서 귀여움을 독차지하고 사는 그 청년이 한 수 가르쳐 주겠다고 나섰다.

"젊었을 때 비판할 줄 모른다면 그는 바보입니다. 그러나 철이 들어서도 비판만 하고 있다면 그는 역시 바보입니다."

어디서 많이 들어본 소리다. 어쨌거나 철이 들었다? 역시 똑똑한 청년은 자기 입장을 깔끔하게 잘 정리했다. 그런 청년에게 달리 무슨 말을 하겠는가.

"철이 들었다니, 잘 됐군. 아주 잘 된 일이야."

그 청년이 우리나라 젊은이의 대표자인 것은 물론 아니다. 그런데, 하늘을 찌를 것 같은 젊음의 열정과 패기를 볼 때마다 그 청년이 생각나니, 이런 증상도 일종의 노이로제일까?

아랫돌과 윗돌의 마술

황혼 무렵에 서늘한 바람이 분다.

"나이 든 사람들은 그만 좀 나가시오. 젊은이들도 좀 먹고살아야 하지 않겠소."

그 바람을 맞으며 나이 든 사람이 묻는다.

"우리가 나가면 젊은이들이 살 수 있소?"

"그렇소."

"우리가 나가지 않으면 젊은이들이 살 수 없소?"

"그렇소."

"아버지가 나가야 아들이 살 수 있소?"

"그렇소."

"아버지가 나가지 않으면 아들이 살 수 없소?"

"그렇소."

"그렇게 말하는 당신은 누구요?"

"나는 일자리를 만드는 사람이오. 우리 정부에서 나보다 더 중요한 일을 하는 사람은 없소."

"그런데 왜 일자리는 만들지 않고, 우리에게 나가라는 소리만 하는 것이오?"

"그대들이 나간 자리가 바로 일자리요. 그러니까 그대들을 쫓아내는 게 내 일자리 창출 방식이오."

"그러니까 아랫돌 빼서 윗돌 괴고, 윗돌 빼서 아랫돌 괴겠다는 것이오?"

"그렇소. 연륜이 있으니 핵심을 꼭 짚어내시는군."

"그렇게 해서는 근본적인 문제를 풀 수 없잖소? 새로운 일자리를 만들어야 하지 않소?"

"그건 너무 어렵소. 이미 권력은 시장으로 넘어갔는데, 힘없는 우리가 어쩌겠소?"

"그래서 포기한 것이오?"

"포기라니? 도대체 우리 정부를 어떻게 보고 그런 소리를 함부로 하는 것이오?"

"어떻게 보는지 알고 싶소? 마술 정부요. 아랫돌과 윗돌의 마술을 참으로 잘도 부리고 있소."

"마술? 꿈이 있는 마술 말이오?"

"마술은 속임수요."

"속임수? 이제야 본색을 드러내시는군. 나이 든 사람들은 투표하러 오지 않아도 좋소."

"젊은이들만 투표하기를 바라시오?"

"솔직히 말해 그렇소."

"그래서 나이 든 사람들은 그만 좀 나가라고 하는 것이오?"

"솔직히 말해 그렇소."

"젊은이들은 그 마술에 잘 속을 것 같소?"

"솔직히 말해 기대하고 있소."

"촛불을 들었던 젊은이들에게 부끄럽지 않소?"

"이쯤 되면 막 하자는 것이오? 에잇, 정말 일자리 만드는 일 못해 먹겠네."

그러나 아랫돌 빼서 윗돌 괴고, 윗돌 빼서 아랫돌 괴는 마술은 아직 끝나지 않았다.

도청한 본성

"본성을 드러내는군."

이런 말을 들으면 사람들은 왠지 불쾌해한다.

왜 그럴까? 그 말 자체에는 좋다 혹은 나쁘다 하는 그 어떤 가치 평가도 없다. 다만 본디 갖고 있는 성질이 나타났다는데, 왜 불쾌해하는 것일까?

"개야, 너는 개의 본성을 드러내는구나."

"멍멍 멍 멍멍." (그 소리는, 개가 개의 본성을 드러내지 그럼 고양이의 본성을 드러내느냐는 뜻이다.)

"돼지야, 너는 돼지의 본성을 드러내는구나."

"꿀 꿀 꿀꿀 꿀." (그 소리는, 그런 하나마나한 소리를 하려거든 밥 먹고 잠이나 자라는 뜻이다.)

"사람아, 너는 개와 돼지의 본성을 드러내는구나."

"뭐야?"

그 말을 들은 사람이 불쾌해한다. 당연하다. 누구라도 개와 돼지 취급을 받아서는 안 된다.

"사람아, 너는 사람의 본성을 드러내는구나."

"뭐야?"

그 말을 들은 사람이 불쾌해한다. 이상하다. 사람이 사람 취급을 받는데 도대체 왜 그럴까? 그 이유는 아마도 다음의 둘 가운데 하나일 것이다.

첫째, 본성 그 자체를 부끄러워하기 때문이다. 사람은 자신의 본성을 부끄러워하나? 둘째, 어떤 목적을 이루기 위해 숨겨둔 본성이 백일하에 드러났기 때문이다. 사람은 본성을 숨기고 이득을 취하나?

둘 가운데 어느 것이건, 사람은 자유롭게 본성을 드러내며 살지 못한다는 것이다. 왜 그럴까?

맹자는 성선설을 주장했다. 타고난 사람의 본성은 착하지만, 환경이 나쁘거나 재물에 대한 욕심이 생기거나 해서 악한 일을 저지른다는 것이다.

반면에 순자는 성악설을 주장했다. 타고난 사람의 본성은 이기적인 욕망으로 채워져 있는데, 태어난 후 배우고 익혀서 착한 일을 할수 있다는 것이다.

"본성을 드러내는군"에 대한 사람들의 불쾌해하는 반응을 볼 때, 성악설이 좀 더 설득력이 있어 보이지 않는가. 사실 나는 성악설 쪽에 가까이 서 있다.

사람의 본성은 '타고난 본성'과 '습득한 본성', 그 두 가지로 나누어 볼 수 있다.

'타고난 본성'은 인간이 이기적인 존재임을 말한다. 그렇다! 이기적이다. 그런 존재임을 부인하려는 사람들이 기만의 화장술을 세상에 퍼뜨린다. 그러나 봐 줄 사람이 아무도 없는 때와 장소에서 화장하는 사람은 아무도 없다.

'습득한 본성'은 이기적인 존재, 즉 인간이 사는 데 도움을 준다.

사람은 모두 행복을 찾으며 산다. 그런데 이기성을 만족시키는 것만이 행복의 길이 되는 것은 아니다. 사랑하고, 나누고, 봉사하고 하면서 행복해진다면, 사람들은 기꺼이 그렇게 한다. 사랑, 나눔, 봉사 등은 습득한 본성이다.

언제인가부터 사람들은 윤리와 도덕 등을 내세우면 '습득한 본성'을 의도적으로 앞세우기 시작했다. 그래서 '타고난 본성'이 뒷전으로 밀려나 있는 것처럼 보이기도 한다.

그러나 의도적으로 밀려났다고 타고난 본성이 어디 가겠는가? 버리려 해도 버릴 수 없는 그 본성은 부끄러워할 것도 아니고, 감출 것도 아니다.

부끄러워하면 부끄러워할수록, 감추면 감출수록 신경증만 유발시킬 뿐이다. 또한 관음증 같은 이상 욕구만 키울 뿐이다. 감춰진 것이 많을수록 그것을 엿보고, 엿듣고 싶은 사람들의 욕망도 그만큼 커지지 않겠는가.

몰래 엿보고 엿듣기, 참으로 비열한 방법이다. 도청 당한 사람들은 그 비열함에 분개할 것이다.

그렇지만 지켜보는 사람들은 좀 다르다. 그들 역시 도청의 비열함을 비난한다. 그러나 마음은 곧 다른 곳으로 간다. 도청을 통해 드러나는 본성, 감춰진 그 본성을 알고 싶어 한다.

최악의 사기,
그 더러운 전쟁에 끼어든 깨끗한 얼굴

우리는 '대한민국은 국제 평화의 유지에 노력하고 침략적 전쟁을 부인한다'는 헌법이 있는 나라임을 세계인에게, 특히 이라크 국민들에게 내세울 수 없다.

만약 아무런 일도 없었다는 듯이 내세운다면 참으로 부끄러운 일이다.

우리는 '내가 남의 침략에 가슴이 아팠으니 내 나라가 남을 침략하는 것을 원치 아니한다'는 김구 선생의 말을 세계인에게, 특히 이라크 국민들에게 들려줄 수 없다.

만약 아무런 일도 없었다는 듯이 들려준다면 참으로 부끄러운 일이다.

아무런 일도 없었던 게 아니다.

이라크 전쟁은 부시 정권이 자국의 이익을 위해 벌인 침략적 전쟁임이 이미 밝혀졌다.

부시 정권이 겉으로 내세운 전쟁의 명분, 이라크의 '테러 조직 알카에다 지원'과 '대량살상무기 보유'와 '핵무기 확보 능력'이 모두 사실이 아님이 밝혀졌다. 그것이 거짓임을 밝힌 것은 다른 곳도 아니고, 바로 미국 상원 정보위원회이다.

침략자가 속내를 감춘 채, 겉으로 내세운 명분마저 거짓인 이 더러운 전쟁에서 이미 이라크 인 10만 명이 목숨을 잃었다. 그리고도 아직 전쟁의 비극은 멈추지 않았다.

그런데 만약 아무런 일도 없었다는 듯이 기만적인 부시 정권만을 비난한다면 참으로 부끄러운 일이다.

아무런 일도 없었던 게 아니다.

우리는 헌법에 새긴 정신에 따라 부인해야 할 침략적 전쟁을 묵인했다. 아니, 단순히 묵인한 것만도 아니다. 그 더러운 전쟁에 동조한 꼴이 됐다. 침략국인 미국의 요청에 따라 이라크에 이 나라 군대를 보낸 것이다.

부끄러운 나라가 되지 않기 위해 그리도 반대를 했건만, 노무현 정권은 끝내 이라크에 군대를 보냈다. 군대를 보내면서 노무현 정권이 한 말이 참으로 기막힌다.

이라크 국민을 돕기 위해, 그들의 평화를 위해 군대를 보낸다고 하는 것이 아닌가. 침략국의 전쟁에 동조한 꼴이면서, 침략을 당한 사람들의 평화를 위해 파병한다? 기만의 극치를 본다.

파병을 단행하면서, 최악의 사기인 그 더러운 전쟁에 끼어 들면서 보인 얼굴이 너무도 깨끗했다. 기만의 극치에서, 진실로 그들의 평화를 위하는 것인 양 꾸민 탓에 깨끗하게 보인 것이다.

부끄러워하는 기색도 없고, 눈물 자국도 묻어 있지 않은 그 얼굴이 머릿속에서 지워지지 않는다.

기만에 살찐 공화국

지금 대한민국은 불신 시대, 그 속에서 사람들은 서로 곁눈질하며 살고 있다.

불신의 늪은 점점 깊어지고 있다. 마치 희망의 끈을 완전히 잘라버리기 위해서는 그 늪 속으로 더 깊이, 더 깊이 들어가야 한다는 듯이 말이다.

이런 판단은 과민한 사람이 과장한 오진일까? 오진이라면 다행이다. 오진한 사람만 불신 받는 것으로 끝났을 수 있으니까. 그러나 과연 그럴까?

부모는 자식을 믿지 못하고, 자식은 부모를 믿지 못한다.

형은 아우를 믿지 못하고, 아우는 형을 믿지 못한다.

남편은 아내를 믿지 못하고, 아내는 남편을 믿지 못한다.

스승은 제자를 믿지 못하고, 제자는 스승을 믿지 못한다.

선배는 후배를 믿지 못하고, 후배는 선배를 믿지 못한다.

국민은 정치가를 믿지 못하고, 정치가는 국민을 믿지 못한다.

여당은 야당을 믿지 못하고, 야당은 여당을 믿지 못한다.

노동자는 사용자와 정부를 믿지 못하고, 사용자는 노동자와 정부를 믿지 못하고, 정부는 노동자와 사용자를 믿지 못한다.

가진 자는 갖지 못한 자를 믿지 못하고, 갖지 못한 자는 가진 자를 믿지 못한다.

중앙은 지방을 믿지 못하고, 지방은 중앙을 믿지 못한다.

이쪽 지방은 저쪽 지방을 믿지 못하고, 저쪽 지방은 이쪽 지방을 믿지 못한다.

이쪽 사람은 저쪽 사람을 믿지 못하고, 저쪽 사람은 이쪽 사람을 믿지 못한다.

그것이다! 이 사람이 저 사람을 믿지 못하고, 저 사람이 이 사람을 믿지 못한다. 한마디로 사람이 사람을 믿지 못한다.

오, 산산이 부서진 이름, 대한민국이여, 이렇게 조각난 모습으로 무엇을 바라는가? 어쩌다 이 지경에까지 이르렀단 말인가? 왜 이리도 서로 믿지 못하는가?

답은 하나다. 그동안 서로 너무도 많이 속이고 속고 했기 때문이다. 그래서 서로 믿지 못한다. 답은 하나지만 문제는 거기서 다시 시작한다.

사람들은 대부분 자신이 속은 것만, 속을 수 있다는 것만을 생각한다. 자신이 속인 것, 속일 수 있다는 것은 머릿속에서 애써 지우려 한다.

그런 태도로 먹고, 또 먹다 보니 이 나라가 기만에 살찐 공화국이 된 것이다. 그렇게 해서 쌓인 불신의 벽을 허물고, 잃어버린 희망을 되찾기 위해서는, 무엇보다도 먼저 기만으로 찐 살을 빼야 한다.

그 희망의 다이어트를 위해서는, 기만으로 살찐 상대방을 손가락질하기에 앞서, 기만으로 살찐 자신의 몸부터 다스려야 한다. 그래야 기만에 살찐 공화국이 건강을 되찾을 수 있다. 병든 공화국에서는 건강하게 살기 힘들다.

5장

하이힐 신은 오리가 아름다운가

미운 오리새끼의 꿈

컴퓨터만 켜면 온갖 정보가 넘치는 세상에서, 궁금해 하는 것을 즉각 알아 볼 수 있는 디지털 사회에서, 과연 요즘 어린이들은 어떤 꿈을 꿀까? 요즘 어른들은 또 어떤 꿈을 꿀까? 그 어떤 미지의 세계를 바라볼까?

요즘은 어떤지 모르지만, 파랑새의 꿈은 우리 세대에게 익숙하다. 어릴 적의 나 역시 산 너머의 세상, 그 미지의 세계를 궁금해 하며, 보이지 않는 파랑새를 꿈꾸었다.

언젠가는 산 너머의 파랑새를 보리라 믿는 작은 가슴은 기대감에 들떴다. 배고프고 누추한 삶에 그 꿈은 밥이 되고, 옷이 되고, 집이 되었다.

안데르센의 유명한 동화 〈미운 오리새끼〉도 그런 꿈의 문법에 충실하다.

유난히 큰 미운 오리새끼는 다른 오리들로부터 구박을 받는다. 그 오리들을 떠나 이곳저곳을 떠돌지만, 세상 그 어디를 가나 미운 오리새끼에게는 고통과 슬픔이 더해질 뿐이다.

그렇게 추운 겨울을 보내고 맞이한 어느 봄날, 미운 오리새끼는 자신도 모르게 하늘로 날아오른다. 미운 오리새끼가 실제는 아름다운 백조의 새끼였던 것이다.

오리가 사실은 백조이다? 꿈의 문법에는 충실한지 모르지만, 현실의 문법으로 보면 황당한 구석이 없지 않다.

오리는 오리대로 살고, 백조는 백조대로 사는 것이 현실이다. 어느 날 갑자기 오리가 백조가 되고, 백조가 오리가 되는 일은 꿈의 영역에 속한다.

꿈은 삶을 살찌울 수 있다. 삶의 고통을 견디게 할 수 있다. 삶의 희망을 샘솟게 할 수 있다. 그러나 꿈과 현실의 혼동은 삶을 곤란하게 만들기도 한다.

꿈을 앞세워, 인위적으로 현실을 본래의 모습과 다르게 비틀어 버리는 일들이 세상에 비일비재하다. 그럴 듯한 말을 앞세워, 오리를 오리로 살게 하지 않고, 백조를 백조로 살게 하지 않는 사람들의 기막힌 작품들이다.

백조들이 무리 지어 있는 곳에 미운 오리새끼 한 마리가 있다. 그 오리새끼는 나중에 백조로 밝혀지는 동화 속의 오리새끼가 아니다. 실제로 오리인 것이다.

다리가 짧은 오리새끼는 긴 다리를 뽐내는 백조들로부터 구박을 받는다. 짧은 다리로 뒤뚱뒤뚱 걷는 오리새끼에게 백조들은 하루가 멀다 하고 조롱을 퍼붓는다.

"아, 너무도 괴롭고 슬퍼."

오리새끼가 한탄한다. 왜 그러하지 않겠는가. 있는 그대로의 자기가 조롱과 경멸의 대상이 된다면, 부처이건 예수이건 그저 웃어넘길 수 있겠는가.

어느 날, 잘난 체하기 좋아하는 백조 한 마리가 오리새끼에게 말한다.

"왜 웃음거리가 되어 그렇게 사니? 머리를 써야지. 내가 너라면 하이힐이라도 신겠다. 네 다리를 길게 늘이면 가장 좋겠지만, 그게 어려우면 하이힐이라도 신으란 말이야."

귀가 솔깃해진 오리새끼가 묻는다.

"하이힐? 그걸 신으면 정말 너희들과 잘 어울려 살 수 있을까? 나는 그게 꿈이야."

백조는 고개를 끄덕이며 대답한다.

"물론이지! 나도 너를 놀린 건 사실이지만, 네가 보기에 딱해서 이런 말을 해주는 거야."

"알았어! 정말 고마워. 네가 나를 살린 셈이야. 나는 정말 죽고 싶을 만큼 괴로웠어."

오리새끼는 몇 번이고 고맙다는 인사를 한다. 그러고는 부근에 있는 마을로 간다.

마침 청소부가 수거해 온 온갖 쓰레기들을 정리하고 있다. 오리새끼는 청소부에게 사정을 털어놓고 부탁한다. 청소부는 고개를 절레절레 흔들더니, 이렇게 말한다.

"내가 생각해 낸 것은 아니지만 이런 말이 있어. 학의 다리가 길다고 자를 수 없고, 오리의 다리가 짧다고 늘일 수 없는 거야. 그런 인위적인 선택은 자연의 뜻을 거스르는 것으로, 너를 행복하게 하기는 커녕, 불행을 더욱 깊게 할 뿐이야."

그러나 오리새끼 귀에는 그런 말이 들어오지 않는다. 오리새끼는 자신의 슬픔과 고통을 말하며 눈물로 호소한다. 마음이 약한 청소부는 오리새끼의 부탁을 들어준다.

청소부는 쓰레기 더미에 있는 하이힐 가운데 굽이 가장 높은 것을 골라 오리새끼에게 준다.

"고마워요."

오리새끼는 날아갈 듯 기쁘다. 하이힐을 신으니 다리가 쭉 늘어난 것처럼 느껴진다. 그런데 몇 걸음 걷지 않아 자꾸 하이힐이 벗겨지는 것이 아닌가. 그러자 오리새끼는 청소부에게 다시 부탁한다.

"이렇게 자꾸 벗겨지면 더 큰 웃음거리가 될 거예요. 내 발과 하이힐을 강력 접착제로 붙여 주세요."

"그건 안 돼. 그렇게 하면 나중에 마음에 들지 않아도 벗을 수 없잖아."

말은 그렇게 하지만, 청소부는 오리새끼의 끈질긴 부탁을 끝내 거절하지 못한다. 물갈퀴가 있는 오리의 발과 하이힐이 강력 접착제로 한 몸처럼 붙는다.

하이힐 신은 오리새끼가 백조의 무리가 있는 곳으로 돌아온다. 잔뜩 기대를 갖고 백조들을 둘러보는 오리새끼, 이내 참담한 심정이 된다.

뒤뚱뒤뚱하던 오리새끼의 걸음걸이에 위태위태한 모습까지 더해져 보기가 참으로 딱하다. 그 모습을 보고 백조들은 예전보다 더 심하게 조롱한다.

"대단한 변신이군!"

특히 하이힐을 신으라고 권유한 백조가 어찌나 웃어대는지, 곧 숨이 넘어갈 것 같다.

더 이상 그 백조들과 어울릴 수 없게 된 오리새끼가 길을 떠난다. 어딜 가도 하이힐 신은 오리새끼는 웃음거리가 된다. 그 가운데서도 동족인 오리의 무리를 만났을 때 받은 조롱과 비난이 가장 가슴을 아프게 한다.

"너는 오리의 자존심을 버렸어. 꼴도 보기 싫으니 여기서 당장 꺼져 버려!"

이제 하이힐 신은 오리새끼에게는 단 하나의 꿈만이 남아 있다. 본래의 모습으로 돌아가는 것이다. 그러나 품질이 뛰어난 강력 접착제 탓에 그 꿈을 이루기가 쉽지 않다.

우리 주변에 하이힐 신은 오리새끼들이 차고 넘친다. 본 적이 없다? 나는 수시로 본다.

직업이 정치가이니 정치 문제가 먼저 눈에 들어온다. 직업병이 아니라 직업윤리이다.

어떤 문제를 해결하겠다며 이 정부가 쏟아내는 설익은 정책들, 그것들이 오히려 문제를 더욱 악화시키는 것을 수시로 본다. 그 인위적인 정책들을 볼 때마다, 하이힐 신고 뒤뚱뒤뚱하게, 위태위태하게 걷는 오리새끼가 떠오른다.

안타까운 모습이다. 양극화의 문제를 해소하겠다는 정책이 양극화를 더욱 심화시키고, 집값을 잡겠다며 쏟아내는 대책이 집값을 더욱 올리고, 비정규직 문제를 풀겠다는 방안이 비정규직을 더욱 양산하고, 말끝마다 내세우는 개혁이 오히려 참다운 개혁을 가로막는 현상을 신물 나도록 본다. 어디 이뿐인가?

더 이상은 그런 꼴을 보고 싶지 않다. 하이힐 신은 오리는 아름답지 않다.

장발장과 엘리트

한 조각의 빵을 훔친 죄로 오랜 감옥살이를 한 장발장은 후에 한 도시의 존경받는 시장이 된다.

가난과 고통으로 얼룩진 밑바닥 인생이 시장으로 변신하는 데는 자신의 신분을 감추기 위해 쓴 '마드렌느'라는 가명만 필요했던 것이 아니다.

출옥 후 사회의 냉대를 받다가 다시 저지른 범죄, 그 죄를 용서한 밀리에르 신부를 보며 깨달은 사랑, 그러한 여러 통과 의례가 없었다면 변신은 불가능했을 것이다.

그런데 성공적으로 변신한 장발장을 두고 엘리트라 부르는 사람은 거의 없다. 물론 시장의 지위에 오른 사람들이 모두 엘리트라 불리는 것은 아니지만 말이다.

왜 그럴까? 엘리트가 되는 정규 과정을 밟지 않았기 때문에 그런 것이 아닐까? 당대의 틀에 맞게 만들어진 엘리트와 세상을 보는 눈이, 사람을 보는 눈이 다르기 때문이 아닐까?

장발장이 살아온 세월만 봐도 그런 시각이 다를 수밖에 없다는 것은 미루어 짐작이 되지 않는가.

학벌 사회라는 견고한 틀에서 좀체 벗어나지 못하는 우리나라에서 엘리트가 되는 지름길은 이른바 일류 학교를 졸업하는 것이다.

엘리트 코스를 밟으려면 그 이외에도 여러 관문을 통과해야 하겠지만, 학벌이 그 첫 관문이자 주요한 이정표가 됨을 부인하기 어려운 현실이다.

그렇기에 입시 경쟁이 온 나라를 들끓게 하는 것이다. 거기에는 인간 교육도 참다운 가르침과 배움도 없다. 다만 엘리트가 되고자 하는 욕망과 경쟁이 있을 뿐이다.

학벌이 주요한 기준이 되고 있으니, 그렇게 형성된 엘리트 집단을 입시 경쟁에서 이긴 승자들의 출세 모임이라 부른다면 지나친 냉소가 될까?

그거야 어쨌거나 우리에게 문제가 되는 것은, 엘리트라 불리는 사람들이 경쟁에서 이긴 승자의 눈만 앞세우며 세상과 사람을 바라보는 편향성이다.

선택받은 소수의 엘리트가 다수의 대중을 이끌어간다고 스스로 믿으면서 그런 편향성을 보인다면 사회는 소수 엘리트와 다수 대중, 승자와 패자 사이의 갈등으로 혼란에 빠질 수밖에 없다.

장발장이 처해 있던 현실은 참담했다. 너무도 배가 고파 빵 한 조각을 훔칠 수밖에 없었고, 감옥에 가서도 가족의 생계가 걱정이 되어 탈옥을 시도할 수밖에 없었다.

정도의 차이는 있겠으나, 다수의 대중은 그렇게 견디기 힘든 현실 속에서 삶을 이어가고 있다. 그러다보니 장발장의 예처럼 법과 제도의 틀을 벗어난 삶을 살 수밖에 없는 경우도 생기곤 하는 것이다.

그런 대중을 어떻게 바라봐야 할까? 장발장을 어떻게 바라봐야 할까?

한쪽에 치우친 엘리트와 승자의 눈으로만 본다면 희망의 문을 열기 어려울 것이다. 사회 정의를 앞세우며, 출옥 후 다시 저지른 범죄에 대한 벌로 장발장을 다시 감옥으로 보낸다면 거기에서 어떤 희망을 볼 수 있을까?

장발장에게 재생의 기회를 준 밀리에르 신부처럼 이해와 사랑으로 그들을 대해야 하지 않을까? 그래야 세상의 문은 가능성과 희망으로 활짝 열릴 것이다.

'누구를 위하여' 라는 말

'국민을 위하여…' 운운하는 정치가의 말을 듣다가, 문득 지인
으로부터 들은 이야기 하나가 떠올랐다.

그림을 그리는 신부가 있었다. 사제의 몸이지만 아마추어로서 단
순히 취미 생활을 즐기는 게 아니라, 어엿한 화가로서 커다란 화실
도 갖고 있었다.

어느 날 김수환 추기경이 그 화가 신부에게 물었다.

"누구를 위하여 그림을 그리시죠?"

짧은 순간이었지만 신부의 머릿속에서는 기다렸다는 듯 물음표들
이 떠오르고 자문자답이 이어졌다고 한다. 사제로서 누구를 위하여
그림을 그릴까? 하느님을 위하여? 예수님을 위하여? 교회를 위하여?
세상을 위하여?

그러다 마침내 신부는 답을 얻고 대답했다.

"저 자신을 위하여 그림을 그립니다."

아무리 생각해 봐도 신부는 그 답이 진실에 가장 가까운 것이라
믿었다고 한다.

직접 본 적은 없지만 참 솔직하고 또 냉철한 신부일 거라는 생각
이 든다.

우리는 살면서 '누구를 위하여' 자기 일을 한다는 말을 곧잘 듣곤한다.

초등학교 교실에서는 반장이 '우리 반 학생들을 위하여'라고 말한다. 노동조합 위원장은 '조합원들을 위하여'라고 말한다. 정치가는 '주민을, 국민을, 지역을, 나라를 위하여'라고 말한다.

과연 그럴까? 그림 그리는 신부의 말이 머릿속에서 맴돈다.

앵무새 정치 끝장내야

정치 바람이, 딱 꼬집어 말하면 대통령 선거 열풍이 이 계절의 날씨만큼이나 뜨겁게(때로는 후텁지근하게 때로는 짜증나게) 부는 요즘, 새장에 갇혀 배우고 익힌 말을 끊임없이 해대는 앵무새가 떠오르는 것은, 아마도 이 땅의 정치가들이 국민에게 그런 모습으로 비쳐지지 않을까 하는 상상 탓이리라.

'한나라당과 다른 당들' 혹은 '나와 그대'를 나눈 채 그 어느 한쪽을 향해 일방적으로 하는 말이 아니다. 정치가들과 앵무새, 과연 생뚱맞은 연상일까?

〈논어〉 '자로' 편을 보면, 공자는 "정치를 하게 된다면 무슨 일부터 먼저 하겠냐?"는 질문을 받고 "먼저 필히 이름을 바로잡겠다(正名)."고 답한다. 이를 의아해하며 자로가 그 이유를 묻자 공자가 아래와 같은 뜻을 밝힌다.

'군자는 자기가 모르는 것에 관해서는 유보하여 둔다. 이름이 바르지 않으면 말이 맞지 않고, 말이 맞지 않으면 일이 제대로 되지 않는다. 일이 제대로 되지 않으면 예악이 성행하지 않고, 예악이 성행하지 않으면 형벌이 바로 가해지지 않는다. 형벌이 바로 가해지지 않으면 백

성들은 어찌할 바를 몰라 한다.'

(정명(正名), 즉 이름을 바로잡겠다는 것은 각자의 본분을 충실히 하
게 함을 뜻하는데, 그렇지 못하면 우선 말이 맞지 않게 된다는 것이
다. 맞지 않는 말, 멋대로 뱉어내는 앵무새의 말이라 할 수 있겠다.)

또한 노자는 〈도덕경〉 56장에서, 지자불언 언자부지(知者不言 言者
不知 - 아는 사람은 말을 삼가고 말하는 사람은 제대로 모른다.)라 하
여, 역시 함부로 말하는 것을 경계한다.

그런데 대선을 앞둔 요즘의 정치권을 볼라치면, 정명(正名)의 노력
보다는 언자부지(言者不知) 수준의 행태가 판을 쳐 국민을 난감하고
답답하게 하는 것이 아닌가 하는 생각을 떨칠 수 없다.

국민은 정명(正名)의 노력 없이, 그래서 맞지 않는 앵무새 정치가
들의 말들을 들으며 감동하지 못한다. 감동은커녕 냉소를 보내거나
손가락질을 하기도 한다.

이렇게 물으면서 말이다. 도대체 정치는 우리 삶을 어떻게 하겠다
는 말인가? 지극히 당연하고도 정당한 물음으로, 그 안에는 행복한
삶을 살고자 하는 욕구가 차 있다. 정치가들은 이에 답해야 하는 의
무가 있다. 그런데 현실은 과연 어떠한가?

우선 이른바 범여권(통합한다고 노력한다지만, 사분오열되어 있음에
도 이렇게 묶이나?)이라 불리는 진영에서 요즘 흔히 쓰는 자기주장,
그 정치적 소신의 말들을 한번 보자.

'중도', '평화', '민생', '개혁', '미래' (……) 자신들이 이런 가

치들을 추구하는 정치 세력이라고 국민에게 내세운다. 그런데 많은 국민들이 공감의 박수를 치지 않으니, 왜 그럴까? 앵무새의 말처럼 들려서 그런 것은 아닐까?

중도? 어느 쪽으로도 치우지지 않은 바른 길을 일러 하는 말이니, 그 뜻은 참 좋아 보인다. 그래서일까? 중도 정치라는 말이 유행어처럼 떠돈다. 자신의 정치적 소신이 그와 다르다고 말하는 이들을 찾기 힘들 정도이다. 그러니 묻고 또 묻지 않을 수 없다.

중도의 실체는 무엇인가? 좌파에도 치우치지 않고 우파에도 치우치지 않는 그 무엇인가? 보수에도 치우치지 않고 진보에도 치우치지 않는 그 무엇인가? 사회주의에도 치우치지 않고 자본주의에도 치우치지 않는 그 무엇인가? 자본에도 치우치지 않고 노동에도 치우치지 않는 그 무엇인가?

21세기 지식정보사회를 좌파와 우파, 보수와 진보 등과 같은 과거의 이분법적 시각으로 바라볼 수 없고, 당연히 그런 어제의 시각으로 오늘과 내일의 희망을 가꿀 수 없다. 그런데도 여전히 거기에 매달려, 이쪽에도 저쪽에도 치우치지 않는다며 중도 운운하는 것인가?

사족이 될지 모르겠지만, 가정해서 20세기와 다름없는 세상이라 하고 따져보자. 좌파와 우파, 보수와 진보, 그 어디에도 치우치지 않는다는 것은 무슨 뜻인가? 영국의 전 총리인 블레어가 내세운 '3의 길' 같은 것을 말하는 것인가?

아니면 그저 양쪽의 장점은 취하고 단점은 버린다는 일반적인 이야기인가? 아니면 양쪽을 다 끌어안겠다는 포용 혹은 욕망의 이데올로기인가? 그도 아니면 수도자들이 말하는 도(道)의 경지를 말하는 것인가?

21세기 새로운 문명을 개척할 것도 못 되고, 그 실체도 분명하지 않은 중도 정치, 그것을 너나없이 내세우니 국민의 귀에는 앵무새의 말로 들리지 않겠는가?

평화? 길게 말할 것도 없다. 이라크 국민들에게 참혹한 비극을 안긴 탐욕스런 미국의 침공, 그에 동조하고 한국군의 이라크 파병에 찬성한 사람들이 자칭 평화 세력 운운하는 것은 어불성설이다. 소가 웃을 일 아닌가?

민생? 여권의 한 대선 주자가 말한다. 한나라당도 민생을 말하지만 그것은 가짜라는 식으로 말이다. 자신들이 말하는 민생 살리기가 진짜라는 것이다. 진짜 민생 살리기라는 것이 양극화의 심화와 비정규직의 양산과 같은 우울한 현실을 만들었는가?

개혁? 범여권을 두고 '말로만 개혁하는 세력'이라는 냉철한 평이 이미 내려졌다. 그것이 진정 부끄러워 당의 간판을 바꾸려는 것인가? 만약 그렇다면 기대해 볼 일이다. 그러나 과연 그런가?

미래? 자신들의 정치적 관점에서 바라보는 미래만이 미래인가? 거기에만 희망이 있다고 주장하는 것은 참으로 오만한 태도가 아닌가? 미래는 어느 한 정치 세력의 독점물이 아니다.

중도! 중도! 평화! 평화! 민생! 민생! 개혁! 개혁! 미래! 미래! 참으로 소란스럽다. 왜 이리도 앵무새가 많고 또 말들이 많은가? 국민을 속이려는가? 국민이 속겠는가? 그런 터무니없는 기대는 하지 말라. 국민은 한 귀로 듣고 한 귀로 흘리고 있다.

앵무새의 말이 정가를 소란스럽게 한 것은 어제 오늘의 일이 아니다. 지난 10년만 봐도, 여당과 야당은 '민생'은 아랑곳하지 않은 채 공방을 벌였다.

한쪽에서는 상대방을 향해 '수구 냉전 세력'이라고 손가락질하고 다른 한쪽에서는 상대방을 향해 '친북 좌파 세력'이라고 삿대질을 했다. 지금도 여전하다. 이런 말을 귀가 따갑도록 듣는 국민은 무슨 생각을 할까? 민생에 관심을 두지 않는 앵무새들의 공방으로 보지 않겠나?

상대방에 대한 그런 일방적인 규정은(단순한 규정이 아니라 시시때때로 상대방을 공격하는 무기가 된다.) 모두가 사실에 맞는 것도 아닐 뿐만 아니라, 무엇보다도 이 나라의 발전이나 국민의 행복 증진에 도움이 되기는커녕 장애가 된다는 데 문제가 있다.

그럼에도 나라와 국민은 아랑곳하지 않고 앵무새의 말로 밥벌이를 하는 부류들은 앞으로도 계속 그러할 것이다. 그러한 부류들에게 이 땅이 휘둘리면 희망은 그만큼 멀어진다.

우리 한나라당은 지금 경선의 홍역을 치르고 있다. 경쟁은 피할 수 없다. 또한 경쟁은 치열해질 수밖에 없다. 그러나 그 경쟁은 한나라당 당원 동지로서의 경쟁이어야지 금도를 넘어 이전투구가 되어서는 안 된다. 공멸할 수 있기 때문이다.

이전투구가 되는 것은 앵무새가 되어 "나는 되고 너는 안 된다!", "나는 옳고 너는 그르다!"를 반복하기 때문이다. 그것은 참다운 경쟁이 아니라, 지금껏 신물이 나도록 보아온 앵무새 정치의 한 변주곡일 뿐이다.

우리 한나라당이 앞장서서 이 나라에 팽배해 있는 앵무새 정치를 끝장내야 한다. 그래야 밝은 미래를 열 수 있다. 사분오열되어 있는 범여권의 앵무새 정치를 물리치고 승리할 수 있다. 나라의 발전과 국민의 행복 증진을 이끌 승리 말이다.

도박과 지도자들의 꼼수

요즘 조폭 영화처럼 펼쳐지는 도박 이야기를 들으며, 이 나라의 주권을 갖고 있는 국민들은(헌법 제1조 2항 - 대한민국의 주권은 국민에게 있고, 모든 권력은 국민으로부터 나온다.) 좋은 구경을 하고 있다.

좋은 구경? 1천만이 넘는 관객을 끌어 모은 영화들보다 재미는 없을지 몰라도, 아니 재미는커녕 짜증이 나고 분통만 터질지 몰라도, 이 나라의 한 단면을 적나라하게 볼 수 있으니 좋은 구경이라 할 만하지 않겠나. (물론 주권자인 국민은 결코 단순한 구경꾼이 아니다. 여기서 구경은, 언론 등을 통해 이 글의 제목과 같은 '도박과 지도자들의 꼼수'를 지켜보고 있다는 뜻이다.)

도박 게임 '바다 이야기'가 그 서막을 열었다. 서막이 열리자, 다급해진 여당은 정책 실패라며 대통령과 정부에 대국민 사과를 요구하는 목소리를 한껏 높였고, 야당은 권력형 비리 의혹을 제기하며 그 내막을 샅샅이 파헤쳐야 한다고 의지를 곧추세웠다. 옳다! 사과할 것은 사과해야 하고, 비리는 속속들이 파헤쳐져야 한다.

그런데 정부는 책임 떠넘기기에 급급하고, 도박의 장을 연 사람들은 정부가 시키는 대로 사업을 했을 뿐인데, 왜 자신들이 폭삭 망해야 하느냐며 쌍심지를 켠다. 이미 떼돈을 번 사람들이야 가증스럽게 엄살을 부리는 것이겠지만, 막차를 탄 사람들이 억울해하는 것은 이해할 만하다.

그리고 그들 뒤에서 도박에 빠져 패가망신한 사람들이 가슴을 치고, 이를 갈고, 눈물을 흘리며 유혹을 이기지 못한 대가를 혹독하게 치르고 있다. 그 가운데 더러는 이 도박 공화국에 태어난 것을 원망하며 스스로 목숨을 끊기까지 한다.

보자! 이 씁쓸한 현실이 도박장을 열어 이득을 취하려는 사람들과 도박에 빠진 사람들, 그 양자 사이만의 문제인가? 아니다. 관련된 정책을 세운 행정부, 관련된 법을 세운 입법부, 관련된 법을 적용하는 사법부와 감사원이 함께 만들어 낸 대한민국의 문제로 주어져 있다.

똑똑히 보자! 대한민국에는 국가 기관이 발 벗고 나서서 육성하고 있는 대표적 도박이 다섯 가지 있다. 경마, 경륜, 경정, 로또 복권, 강원랜드가 그것이다. 합법의 탈을 쓴 이 도박들에서 한 해에 올리는 매출액이 대략 10조 5천억 원 정도이고, 그 가운데 2조 5천억 원 정도가 정부의 세입이 된다고 한다.

국가 권력이 도박을 부추겨 주권자인 국민의 재산을 빼앗아 가는 꼴이다. 그 돈으로 일자리를 만들고 국민 복지를 위한다고 하니 아래 돌 빼서 윗돌 괴고 있는 것이다.

이런 지경이니 불법 도박이 판을 치는 것도 이상하다고만 할 수 없다. 불법 도박을 하는 업자들이 올리는 매출액은 합법의 탈을 쓴 도박과는 비교할 수 없을 정도라고 한다.

전국 방방곡곡에 퍼져 있는 성인 오락실과 성인 PC방은 물론, 인터넷 도박을 할 수 있는 가정에까지 도박의 장은 거미줄 모양으로 널려 있다. 수백만 명의 도박 중독자들이 생긴 것은 차라리 당연한 결과라 할 수 있겠다.

이러한 실정에서, 이른바 지도자라는 사람들이 보이는 행태를 보면, 가슴이 답답해지고 화가 저절로 치밀어 오른다. 굳이 다른 곳을 들출 것도 없이 내가 몸담고 있는 국회를 보자.

지난 4월에 국회에서는 '게임 산업 진흥법'이란 법이 통과됐다. 요즘 인구에 회자되고 있는 '바다 이야기' 같은 도박 게임을 산업이라 규정하고, 그것을 진흥시키겠다는 법이다.

나는 이 괴이한 법에 단호히 반대했지만, 여와 야를 가릴 것 없이 대부분의 의원들이 찬성하는 바람에 국회를 통과했다. 물론 정부의 정책 의지가 담긴 법이었다.

이 법을 발의한 여당 의원은 법이 통과되자 자못 흥분해서 '게임 산업은 우리를 먹여 살릴 미래의 효자 산업'이라며 기쁨을 드러내더니 '이제 야만의 시대를 접고 문화의 시대를 열어야 한다.'고 일갈했다. 또한 잘 알려진 대로 어느 야당 의원은 '사행성 게임도 게임이며 불건전한 게임도 산업이다'라며 이 법의 통과에 적잖은 기여를 했다.

과연 도박 중독, 게임 중독의 심각한 실태를 몰랐단 말인가? 아니면 알고도 경제 회생 운운하며 의도적으로 외면했다는 말인가? 국민 누가 도박으로 먹고살자고 했단 말인가? 아니면 나라가 어떤 꼴인지, 국가가 할 일이 무엇인지를 제대로 모르는 정부의 실상을 파악하지 못했단 말인가? 도대체 무엇을 두고 산업이라 하고, 진흥은 또 무엇을 진흥시키겠다는 것인가?

무기 수출이 돈벌이가 잘 된다고 해서 국가가 무기를 수출하여 국민을 잘살게 하려고 해서는 안 되듯이, 국제분쟁지역에서 어느 한쪽

편을 드는 것이 우리나라에 이득이 된다고 해서 그 쪽 편을 들어서는 안 되듯이, 국가가 도박을 가지고 국민을 잘살게 하려고 해서는 안 된다.

미국의 경제학자 갤브레이스 교수는 "경제는 도덕이란 바다 위에 떠 있는 섬"이라 하지 않았던가? 도덕에 기반을 두고 있지 않은 경제는 성립할 수 없다는 말이라고 생각한다.

문화산업에 아무리 많은 투자를 하고 문화이벤트를 아무리 많이 하더라도 문화적인 나라가 되기는 어려울 것이다. 왜냐하면 그 접근의 동기나 목적이 문화적인 데 있기보다 반문화적인 상업성이나 경제성에 있기 때문이다.

훌륭한 연주자는 악기를 다루는 기술만 익힌 사람이 아니라 그 악기를 통해 내는 소리에 인간의 영혼이 깃들여 있어야 하는데, 그것은 그 연주자가 인간과 자연과 우주를 깊이 이해하고 사랑할 수 있어야 가능할 것이다.

문화는 바로 이러한 것이기에 외국의 것을 흉내내거나 도박을 포장하여 산업으로 둔갑시키는 것이 아니라 〈심청전〉 같은 우리의 영혼이 깃든 우리 것을 발전시켜 해외에 내놓을 수 있어야할 것이다.

그런데 '바다 이야기'로 나라가 떠들썩해지자 여당은 재빨리 바로 그 문제의 법, '게임 산업 진흥법'의 개정안을 내놓겠다고 했다. 법이 국회에서 통과된 지 5개월도 채 되지 않은 상태다. 정부에서도 강력한 규제안이라며 몇 가지를 내놓았다.

그런데 그 개정안이라는 것을 보자 하니, 규제를 강화해 도박성을 막아 보겠다는 것에 초점을 두고 있는 것이 아닌가. 진흥과 규제가 시류에 따라 시소를 타며 오르락내리락 하는 꼴이다.

같은 도박인데, 경마나 카지노 같은 것은 계속 육성시키고 '바다 이야기' 같은 것만 퇴출시키면 된다는 말인가? 왜 어제는 진흥시키 겠다더니, 오늘은 규제를 하겠다고 변덕을 부리는가? (아니, 도대체 누구에게 진흥과 규제, 육성과 퇴출의 칼을 멋대로 휘두를 권리가 있다는 말 인가?)

참으로 딱한 노릇이다. 이러한 지도자들의 꼼수와 현란한 말과 죽 어버린 지식을 가지고 근본적인 문제를 풀 수 있을까? 원인에 대해 서는 눈을 감은 채, 겉으로 드러나는 증상만 이렇게 저렇게 손보는 대중 요법으로 하루하루를 버티겠다는 것인가? 수상스러운 의문이 꼬리에 꼬리를 물고 이어진다.

문제 해결의 길은 따로 있다. 경마건, 카지노건, '바다 이야기' 이 건, 도박과 같은 것은 국가 기관이 나서서 할 일이 아니다. 공연히 나 서서 진흥이니 규제니, 육성이니 퇴출이니 해봐야 주권자인 국민에 게는 실제 도움이 되지 않는다.

성인 오락실에서 벌어진 작금의 추한 현실을 보라. 문화관광부를 중심으로 정부가 나서서 진흥과 규제의 칼을 멋대로 휘두른 결과가 어떤가? 온갖 불법, 탈법, 편법이 판을 치지 않았나? 수많은 서민들 에게 피눈물을 흘리게 하지 않았나?

문제가 된 경품용 상품권 시장은 조폭들이 쥐락펴락하지 않았나? 위기에 처한 오락실 업주들은 뇌물을 받은 공무원들과 함께 자폭하 겠다는 협박까지 하지 않았나? 이것이 국가 기관이 나서서 생긴 숨 길 수 없는 실상이다.

국가 기관은 손을 떼고 그와 같은 일은 민간에게 맡겨야 한다. 민 간에게 맡기면 더 큰 문제가 생긴다고? 천만의 말씀이다. 도박이 문제가 되면 형법으로 처벌하면 된다. 굳이 이런 법 저런 법을 누더기처럼 만들 필요가 없다. 그러면 형법의 테두리 안에서 민간은 자생의 길을 찾게 된다.

민간에, 개인에게 최대한의 자유를 주는 것이, 그래서 자율성을 갖고 스스로 창조와 생존의 길을 개척하게 하는 것이 사회를 발전시키는 최선의 길이다.

국가 기관은 국방이나 외교, 혹은 사회적인 약자의 보호 같은 일, 즉 각 개인 차원에서 감당하기 힘든 문제에 충실하면 된다. 자유를 억압해 사회 발전의 발목을 잡는 일은 결단코 그만두어야 한다.

도박을 하는 사람들은 하나같이 요행을 바란다. 사이비 지도자들의 꼼수 역시 요행을 바라기는 마찬가지이다. 요행은 말 그대로 뜻밖에 얻는 행운일 뿐이다. 그런 것에 기대어 오늘을 살고, 또 내일을 기다릴 것인가?

성형 수술에 대하여

어느 유력한 외국 신문이 '대한민국은 성형 수술의 천국'이라고 비아냥거렸다. 그 기사는 성형 수술 이외의 여러 가지 내용을 나열하며, 대한민국에 비판의 칼을 겨누었다.

그러자 자존심 하나로 죽고 사는 열정적인 대한민국 사람들이 눈에 불을 켜고, '우리를 시기하는 외국인들의 악의적인 왜곡'이라며 반발했다.

자기 나라의 이익을 극대화하기 위해, 그런 불순한 동기로 우리나라를 혹평하는 외국 언론이 더러 있다. 또한 실상을 제대로 알지도 못하면서 함부로 지껄이는 외국인들도 있다.

그에 대해 반발하고 항의하는 것은 정당한 권리이다. 우리의 자존심은, 우리의 이익은 스스로 지켜야 한다는 점에서 보면 의무이기도 하다.

그러나 나름대로 타당성이 있는 비판에 대해서까지 귀를 막고, 감정적인 대응만 하는 것은 우리 자신을 위해서도 좋지 않다. 비판도 받아들일 줄 아는 자에게는 약이 된다.

성형 수술을 들먹인 그 비판도 달게 받아야 할 면이 있다. 그 보도 내용이 악의적인 왜곡일까? '성형 수술의 천국' 운운하는 표현이 과장되었다고 할 수는 있어도, 왜곡이라며 우리 자신을 속일 수는 없는 것 아닌가?

우리에 대한 외국인들의 왜곡을 질타하기에 앞서서, 우리는 먼저 스스로에 대한 왜곡을 바로잡아야 한다.

지금 성형 외과 병원은 분명 성업 중이다. 돈벌이가 잘 되니, 우후죽순처럼 생겨 화려한 거리를 장식한다. 병원 간판이 늘고 또 늘어도, 찾아올 고객이 줄을 서 있으니, 그 분야의 종사자들은 밥 굶을 걱정은 하지 않을 것이다.

성형 수술이 꼭 필요한 사람들이 있다. 선천적으로 흉한 모습으로 태어났거나, 사고를 당해 본래의 모습을 잃었거나 한 사람들이다. 그들에게 그 수술은 마음의 상처까지 아물게 하는 훌륭한 치료가 된다. 그러나 그런 사람들이 어느 날부터 갑자기 많아져서, 성형 외과가 번창하는 게 아님을 모르는 사람이 없다.

요즘, 성형 수술을 통한 변신은 세상이라는 시장에 자신을 파는 기술로 자리잡고 있다. 물론 본래의 모습보다 더 비싸게 자신을 팔려는 목적을 노골적으로 드러내는 판매 기법이다.

취업을 앞둔 청춘들이, 스스로를 비싼 상품으로 포장하기 위해 성형 외과 의사, 그 얼굴의 디자이너를 찾아간다.

"공연히 잘난 체하지 말고, 현실을 똑바로 보세요. 생김새도 분명 경쟁력이에요. 경쟁력을 키우기 위해 성형 수술이라는 투자를 했어요. 그게 뭐 잘못인가요?"

부끄러워하며 숨기던 과거와는 달리, 청춘들은 그렇게 당당하게 말한다. 그 당당함에는 이유가 없지 않다. 생김새를 중요한 기준으로 삼으며 직원을 뽑는 회사들이 있는 것이다.

그 회사들은 얼굴 마케팅 전략을 세운 것일까? 그리고 그 전략의 효과를 확인한 것일까? 그럴 수도 있다. 우리 사회에 외모를 중시하는 분위기가 팽배해 있으니, 얼굴 마케팅이 효과를 볼 수도 있다.

요즘은 중년 남자들도 성형 외과를 자주 찾는다고 한다. 젊게 보이고자 하는 수술을 받는다는 것이다. 젊어진 얼굴로 누군가와 연애를 하려는 것이 아니다.

영업 실적을 쑥쑥 올리지 못하는 것이, 퇴출을 걱정할 정도로 실적이 저조한 것이 외모 탓도 있다고 판단하는 것이다. 고객에게 젊게 보이면 실적을 올릴 수 있다는 기대를 품는 것이다. 그렇게 얼굴 마케팅의 효과를 믿고 있다.

여성의 상품화라는 오래된 얼굴 마케팅도 여전히 살아 있다. 아니, 그저 살아 있는 게 아니라 교묘한 기술로 더욱 기승을 부리고 있는 듯 보인다. 텔레비전 광고만 봐도 확인할 수 있다.

그래서 일부 회사에서는 신입 사원을 뽑을 때 생김새를 그렇게 볼 것이다. 만약 얼굴 마케팅의 효과를 믿지 않는다면, 죽느냐 사느냐 하는 경쟁 사회에서 누가 망할 것을 각오하고 그렇게 생김새를 보려고 하겠는가. 이런 실정이니 취업을 하려는 청춘들이, 부모의 경제적인 지원 아래 성형 수술에 투자하는 것이다.

이런 사람들이, 이런 회사들이 세계화의 바람이 매서운 경쟁 사회에서, 이미 우리의 삶에 깊숙이 파고든 정보화 사회에서 살아남을 수 있을까? 의문이다.

결혼을 앞둔 청춘들이, 자신을 주가 높은 종목으로 만들기 위해 성형 외과 의사, 그 살아 있는 몸의 조각가를 찾아간다.

어떻게 하면 눈, 코, 입이 예쁘게 보일까? 턱을 어떻게 깎을까? 가슴에는 무엇을 어떻게 넣을까? 여기저기 살피는 그 조각가는 예술가의 진지함을 풍기고, 그에게 몸을 맡긴 청춘은 재창조될 작품에 대한 기대감으로 한껏 부푼다.

"말로는 뭐니뭐니 해도 사람들이 외모를 얼마나 따지는지 알아요? 한 번의 선택이 평생을 좌우할 수도 있는데, 주가를 올리기 위해 이 정도의 투자를 하는 게 무슨 문제라도 되나요?"

짝을 고르는 청춘들이 외모를 보는 것이야 조금도 이상한 일이 아니다. 이상한 것은 평생을 좌우하는 선택을, 외모의 변신을 통해 하려는 데 있다.

성형 수술을 투자로 생각한다는 말을 듣고 있노라면, 분식 회계라는 속임수를 통해 은행에서 대출금 끌어오고, 주식 시장에서 주가를 올리는 경제인들이 떠오른다. 그들 때문에 이 나라의 경제가 부도 위기에 몰려 IMF 사태를 맞았고, 그들뿐만 아니라 국민 전체가 그 대가를 뼈아프게 치렀던 경험이 우리에게 있다.

제 뿔의 아름다움에 도취된 사슴 이야기가 생각난다. 〈이솝 우화〉에 나오는 이야기이다.

사슴 한 마리가 물을 마시러 호숫가로 온다. 물 속에 비친 제 모습에서 시선을 떼지 못하는 사슴은, 나뭇가지처럼 여러 갈래로 뻗은 제 뿔을 보고, 그 아름다움에 흠뻑 취한다.

그러나 그 자기 도취는 얼마 지나지 않아 불만으로 변한다. 사슴의 눈이 가느다란 제 다리를 본 것이다. 가느다란 그 다리가 제 눈에 너무도 보기가 싫은 것이다.

'이런 다리는 차라리 없는 게 좋겠어.'

그 때, 사자 한 마리가 다가온다. 사슴은 잡아먹히지 않기 위해, 차라리 없는 게 좋겠다며 불만스러워한 제 다리에 의지해 숲 속으로 도망간다.

그러나 사슴을 자기 도취에 빠지게 한 아름다운 뿔이 그만 나뭇가지에 걸린다. 그래서 사슴은 사자의 밥이 된다. 마지막 순간에 사슴은 생각한다.

'보기 싫었던 다리 덕분에 살 수 있었는데, 나의 자랑이었던 아름다운 뿔 탓에 죽는구나.'

취업과 결혼을 앞둔 그 청춘들은 이 사슴처럼 정작 중요한 것은 외면한 채, 아름다운 뿔에 도취되어 있는 것은 아닐까?

외모를 내세우는 청춘들만 성형 수술에 빠져 있는 것은 아니다. 어린아이에서부터 노인에 이르기까지, 말 그대로 남녀노소가 유행병처럼 그 변신의 마술에 휩쓸려 있다.

성형 중독이라는 신종 병까지 생겼다고 한다. 한 부분을 고치면, 또 다른 부분이 눈에 들어오고, 그 다른 부분을 고치면, 또 다른 부분이 들어오는 식이란다.

한국의 그 많은 성형 외과 병원을 두고, 중국이나 동남아로 성형 수술 여행을 떠나는 사람들도 있다. 그 모든 이들이 당당하게 하는 말이 있다.

"내 얼굴 내가 고쳐 좀 더 잘살고 싶다는데, 뭐가 문제죠?"

이런 실정인데, 이것이 숨길 수 없는 우리의 현실인데, '성형 수술의 천국' 이라는 표현이 어찌 잘못된 것이라 할 수 있겠나. 신체발부는 수지부모라 하여, 부모로부터 받은 몸을 소중히 여기는 정신이 살아 있던 나라가, 어쩌다 성형 수술의 천국이라는 말까지 듣게 되었을까?

우리가 변신술에 뛰어나고, 속임수를 잘 쓰는 민족이라고는 생각하지 않는다. 그렇다면 이유가 뭘까? 안으로부터의 성숙은 가벼이 여기며, 외적 성장에만 매달려 온 탓일까? 어쨌거나 지금 거리에는 자연산 얼굴과 인위적인 얼굴 작품이 뒤섞여 있다.

나는 자연산 얼굴이 좋다. 인위적인 얼굴 작품은 본래 화랑에 전시되어 있어야 제격이다.

호루라기 부는 심판

경기가 벌어진다.

선수들이 열심히 뛴다.

심판이 어쩌다 한 번씩 호루라기를 분다.

관중들이 박수를 친다.

경기가 끝난다.

관중들은 선수들이 펼친 경기 내용에 대해 말한다. 그런데 그 경기에서 심판이 어땠는지는 기억해내지 못한다. 경기장에 심판이 있었는지조차 분명하게 알지 못한다. 최고의 심판이다.

경기가 벌어진다.

선수들이 열심히 뛴다.

심판이 열심히 호루라기를 분다.

관중들이 고함을 지른다.

경기가 끝난다.

관중들은 선수들이 펼친 경기 내용에 대해 말한다. 또한 선수 못지 않게 주목을 끈 심판에 대해서도 말한다. 그 심판 때문에 경기의 흐름이 자주 끊긴 것을 아쉬워한다. 보통의 심판이다.

보통의 심판이 주장한다. "경기의 흐름을 끊은 것은 내가 아니라 반칙을 한 선수들이오. 나는 규칙을 지키며 하는 경기가 되도록 최대한 노력한 것이오. 그것도 아주 공정하게 말이오."

최고의 심판이 되려면 그는 알아야 한다. 관중들이 경기장으로 가는 가장 중요한 목적은, 선수들이 규칙을 지키며 하는 경기가 되도록 심판이 얼마나 노력하는지를 보려는 데 있지 않다. 또한 심판이 얼마나 공정하게 경기를 진행시키는지를 보려는 데 있지 않다.

관중들은 경기를 보러 간다. 그 경기가 자연스럽게 흘러가기를 바란다. '규칙'이니 '공정'이니 하는 인위적인 잣대가 강조되면서, 경기의 흐름이 끊어지는 것을 바라지 않는다.

보통의 심판이 항의에 가까운 질문을 한다. "그럼 선수가 반칙을 하는 것을 보고도 호루라기를 불지 말라는 거요?" 심판이 두 눈으로 반칙을 보고도 호루라기를 불지 않으면 심판이 아니다.

보통의 심판이 신경질을 부리며 다시 묻는다.

"아니, 도대체 무슨 말이 그렇소? 지금 말장난을 하자는 거요? 호루라기를 불면 경기의 흐름을 끊는 것이라 하고, 호루라기를 불지 않으면 심판이 아니라고 하니, 도대체 어쩌라는 말이오? 나는 도무지 모르겠소."

보통의 심판은 아무리 생각해도 모른다. 그러나 관중들은 안다.

최고의 심판은 있는 듯 없는 듯 경기장에 있다. 보통의 심판은 주목을 받으며 경기장에 있다.

자연스러운 것과 인위적인 것의 차이이다.

오래된 관행과 돈키호테

습관이 무섭다. 세 살 적 버릇이 여든까지 간다는 말은 공연히 한번 해보는 소리가 아니다.

습관이 무서운 것은, 그것이 옳건 그르건 한번 몸에 붙으면 잘 떨어지지 않기 때문이다. 습관은 타고난 본성도 아닌데, 인위적인 것들이 쌓인 것뿐인데, 본성 흉내를 내며 수시로 얼굴을 내민다.

흔히들 관행이라는 말을 쓴다. 이전부터의 습관을 그대로 따르는 것을 일러 관행이라 한다. 그런데 법보다 관행을 더 무서워해서, 법을 어겨서라도 관행은 따라야 한다는 사람들이 있다. 아니, 우리 사회에 그런 사람들이 너무도 많다.

"이건 옳지 않습니다. 왜 이래야 합니까?"

"따지지 마세요. 관행이 그러니 그냥 넘어갑시다."

"이건 불법입니다."

"법, 법, 법, 하지 마세요. 그러면 공연히 분란만 일어납니다. 관행대로 따르면 된단 말이오!"

어디를 가건 어렵지 않게 들을 수 있는 대화이다. 만약 누군가가 그 잘못된 관행의 벽을 깨려 하면, 창 들고 풍차를 공격하는 돈키호테 취급을 받기 십상이다.

"저 사람 혼자 왜 저래? 관행대로 가면 무난히 넘어갈 수 있는 일인데, 꼭 돈키호테 같군."

그러나 잘못된 관행의 벽을 허물려는 사람은, 풍차를 못된 거인인 줄 알고 공격하는 돈키호테가 아니다. 굳이 돈키호테를 비유하겠다면, 잘못된 관행의 문제성을 인정하면서도 그에는 순응하면서, 엉뚱한 곳에 창을 겨누는 사람들이 돈키호테이다.

초선 의원으로 국회에 들어간 지 며칠 후, 나는 국회의장을 선출하는 관행의 벽부터 허물고자 했다. 투표는 형식이고, 내정된 인사가 국회의장이 되는 게 관행이었다. 그 관행의 잘못을 말로만 지적하는 것보다 실제 행동으로 보여주고 싶었다.

그래서 나 자신이 국회의장 후보에 나서고자 했다. 민주적인 자유 투표에 의한 의장 선출을 촉구하며, 나는 여야 의원들에게 '나는 왜 국회의장 후보에 나서는가' 하는 주제의 글을 전했다. 그 내용은 아래와 같다.

이번 선거 결과에 나타난 민의는 야당이 정부 여당의 독주를 견제하는 역할을 하라는 것과 국회가 민생에 대한 현실 가능한 대안을 실현하는 데 충실하라는 것이었습니다.

이는 중산층의 경제적 기반이 흔들리고, 서민 경제가 파탄에 이르고 있는 냉혹한 현실을 반영하는 것이기도 합니다. 그럼에도 국정은 공허한 구호만이 난무하는 포퓰리즘에 휘둘려 표류하고 있을 뿐, 당면한 난제를 해결할 수 있는 책임 있는 대안은 제시하지 못하고 있습니다. 이런 상황에서 대통령은 자신의 구상대로 국회와 당을 지배하려는 의도를 관철시키는 데 몰두하고 있습니다.

지금 우리는 국민의 요구를 대변하는 국회의 역할이 그 어느 때보다도 뚜렷하게 부각되어야 하는, 중요한 정치적 국면을 맞이하고 있는 것입니다.

의회 정치의 정상화를 통해 행정부 권력의 독단을 견제하는 것이 국회의원 299명에게 주어진 사명이라 하겠습니다. 이러한 과제의 실현은 국회가 본연의 역할을 원칙대로 실천하는 데서 이루어지는 것입니다.

이번 국회 의장단 선거를 앞두고 드러낸 청와대와 여당의 모습은 과거의 반민주적 반의회적 관행에서 조금도 벗어나지 못하고 있습니다. 대통령의 의사가 반영된 인사가 여당에 의해 추인되고, 이를 야당이 합의해 주는 방식으로 진행되고 있는 것입니다.

이와 같이 사실상의 요식적인 추인 절차에 불과한 형식적 투표를 하는 것은 국회의원 다수에게 거수기 역할을 강요하는 것에 다름 아닐 것입니다.

이번에 나선 여당의 의장 후보는 대통령의 최측근 인사로서 청와대의 신임을 바탕으로 내정된 상태입니다. 이렇게 내정된 후보를 여야 지도부간의 주고받기 식 타협으로 인정하고, 의장 선거를 실시하려고 하고 있습니다.

이러한 행위는 헌법과 국회법의 근본 정신과 원칙에 반하는 것임에도, 관행이라는 이름 아래 아무런 제약 없이 이루어지고 있는 것입니다.

이 같은 관행이 문제가 되는 것은, 삼권 분립이라는 헌법의 원칙을 훼손하는 데 있습니다. 대통령의 국회 지배를 실질적으로 용인하는 것에 다름 아닙니다. 또한 대통령이 지속적으로 강조해왔던 당정 분리의 원칙을 부정하는 자기 모순적인 행위입니다.

우리는 지난 국회 역사를 통하여 국회의장이 중립적 입장에서 공정하게 국회를 운영하지 않고, 대통령의 의도를 실천함으로써 대립과 파행과 공전을 거듭한 사실을 잘 알고 있습니다.

이렇게 국회의장이 중립적 입장에서 공정하게 처리하지 않고, 집권자의 지시에 따라 국회를 파행적으로 운영하는 주요한 원인은 국회의장이 선출되는 절차와 과정에서 찾을 수 있습니다.

따라서 국회가 행정부의 임의적인 권력 사용을 강력하게 비판하고 저지하기 위해서는 국회의장 선거부터 법과 원칙에 따라 시행해야 합니다. 이를 당당하게 요구하고 관철시키는 것이 국회의원 본연의 임무입니다.

이러한 헌법의 원칙과 정신, 국민의 요구를 바탕으로, 이번 17대 국회는 여야를 막론하고 오직 헌법과 국회법을 수호할 의무에 따라 낡은 관행을 타파하고 새로운 국회상을 만들어야 합니다.

국회의원들로부터 존경을 받아 의회 운영을 얼마나 원활하게 수행할 것인가를 기준으로 선출하는 자율성을 잃고, 내정된 의장을 확정해 주는 거수기 역할을 해왔던 관행은 부끄러워해야 할 모습입니다.

잘못된 관행대로 의장 선거가 이루어진다면, 국회의장이 중요한 정치적 주체로 인정받지 못하며, 의장의 중립적 역할이 부정됨으로써, 결국 국회의 위상은 행정부 권력과의 관계에서 종속되는 위치로 전락하게 될 것입니다.

국회의장의 위상과 역할이 국회의 위상 제고와 활성화, 나아가 의회 정치의 발전과 밀접히 연관되어 있음에도, 국회의장은 대리인에 불과한 것으로 치부되고, 이를 당연시 여기는 이상한 일이 벌어지는 것입니다.

의장 후보를 지명할 권한은 국회의원에게만 있습니다. 국회를 대표할 뿐만 아니라, 독립적이고 중립적으로 의회를 운영해야 할 책임자를 뽑는 국회의장 선거는 자신의 이념과 정책을 기반으로 자유로운 경쟁을 통해서 이루어져야 합니다.

이제 막 의회에 발을 내딛은 초선의원으로서 이러한 문제 제기가 자칫 무모함으로, 돌출 행동으로 비춰질 수도 있음을 고심하기도 했습니다.

때로는 관습과 관행이 효율적이기도 하고 편하기도 하다는 것을 알고 있습니다. 그러나 법과 원칙을 가장 우선시해야 할 국회가 잘못된 관행의 틀에 안주할 수는 없습니다.

의원 개개인이 자신의 양심에 따라 자율적으로 판단할 수 있다는 믿음을 갖고, 무엇이 이 나라를 위한 바람직한 국회 운영이고, 누가 그 일을 잘 해낼 수 있는가를 심사숙고해야 할 것입니다.

바른 국회 운영을 위한 새로운 원칙을 세우기 위해서 국회의원 누군가는 당당하게 그릇된 관행이 존속되는 것에 문제 제기해야 마땅하다고 믿습니다. 그리고 이를 위해서는 자유로운 국회의장 선거를 위한 후보로 나설 것을 결단해야 한다고 감히 말씀드리고 싶습니다.

저는 비록 부족한 점이 많은 초선의원이지만, 국회의장 후보로서 어떠한 제약도 받지 않을 권리가 있습니다. 그리고 제가 만약 국회의장이 된다면 국회를 공정하고 효율적으로 운영해 나가는 데 부족함이 없다고 자부할 수 있습니다.

주지하는 바와 같이 국회법에 규정된 국회의장의 직무는 국회를 대표하고 의사를 정리하며, 질서를 유지하고 사무를 감독한다고 하여 당적을 초월한 중립적 역할을 명시하고 있습니다.

따라서 국회의장 후보로서는 관행적으로 인식되어 온 다수당 소속, 지역구 의원보다는 비례 대표가 오히려 의장의 중립성 원칙을 살리는 데 적합하다고 할 수 있습니다.

또한 저는 서울지하철 노동조합의 노조위원장을 세 차례 연임하면서, 재임 기간 중 한 번도 파업을 하지 않은 노사 대타협의 모범적 사례를 이끈 경험이 있습니다.

또 이를 바탕으로 서울시 투자기관 노동조합협의회와 전국지방공기업 노동조합협의회를 결성하여 다양한 이해 관계를 갖는 조직들의 연대와 협력을 이끌어내기도 했습니다.

한편 서울시와 서울시 투자기관 노사, 그 3자로 이루어진 〈서울시 노사정위원회 '서울 모델'〉을 구성하여 노사 대타협의 모델을 현실화시켜 내기도 했습니다.

극한적인 대결 의지로 불타는 조합원들을 끈질기게 설득하는 악역을 자처하기도 하고, 한치도 물러서지 않으려는 사용자측의 양보를 이끌어내는 타협과 조정의 리더십을 발휘했기에 가능했던 일입니다.

노동조합이 훌륭한 민주주의의 산실이라는 사실은 역사가 증명해 왔습니다. 그 타협과 조정의 리더십을 국회 활동에 접목시킨다면 우리 정치도 상생의 정치로 한 단계 진전시킬 수 있을 것이라고 저는 확신합니다.

존경하는 여야 국회의원 여러분, 더 이상 관행과 관습, 구태의연한 인식으로는 의회를 민의의 전당이자 민주주의의 꽃으로 키울 수 없습니다.

여야라는 정치적 입지와 이해 관계를 초월하여 국회 본연의 모습을 회복하고, 우리 의회가 대의민주주의를 역동적으로 이끄는 심장부가 될 수 있도록 동참해 주시길 부탁드립니다.

그러나 잘못된 관행의 벽은 허물어지지 않았다. 눈만 뜨면 개혁을 외치던 사람도, 틈만 나면 법치주의를 내세우던 사람도 그 잘못된 관행 앞에서는 아무런 말이 없었다.

다만 동료 의원들 가운데 농담 삼아 나를 '의장님'으로 부르는 이들이 생겼을 뿐이다.

국회의원으로 첫발을 내딛으며 나는 관행이 얼마나 뿌리 깊은 것인지, 얼마나 무서운 것인지를 뼈저리게 느꼈다. 또한 잘못된 관행의 벽을 허물기 위해서는 눈물나는 노력이 필요하다는 점도 절실히 느낄 수 있었다.

잘못된 관행이 세상을 좀먹게 한다는 것을 사람들은 안다. 그러나 사람들은 그 잘못된 관행에서 벗어나기를 두려워한다.

왜 그럴까? 습관이 그만큼 무서운 것이라는 설명만으로는 의문이 다 풀리지 않는다.

잘못된 관행 속에서 안주하고, 더 나아가 이득을 취하고 있기 때문일까? 돈키호테로 불리며 따돌림을 당할까 두려워하기 때문일까? 아마도 그 두 가지 모두 이유가 될 것이다.

쇼! 쇼! 쇼!

지난 몇 년 동안 우리 국민은 하도 기막혀 웃을 수도 없고 그렇다고 울 수도 없는 쇼를 수없이 보아 왔다.

당대의 흥행작은 황우석 쇼, 연구 성과를 부풀리고 속이고, 언론을 요리하고 애국심을 팔아먹고, 아픈 사람의 희망까지 등쳐먹으며 온 국민을 핫바지로 만든 쇼!

열광 속의 쇼가 끝나고 객석에 불이 들어오자 관객들은 너무도 허탈해 자리에서 일어나지도 못한다.

수명을 거의 다 채운 한 노인이 관객들을 위로하려는 듯 "얼마나 스타가 되고 싶었으면 그랬겠어. 그 사람도 따지고 보면 불쌍하지." 라고 말한다. 관객들이 하나둘 자리에서 일어나 집으로 돌아간다.

당대의 문제작은 노무현 쇼, 어떻게 구성된 각본인지, 부동산 가격을 잡겠다고 하면 부동산 가격은 하늘 높은 줄 모르고 치솟고, 양극화의 바람을 잠재우겠다고 하면 양극화의 칼바람이 매섭게 불고, 공교육을 바로 세우겠다고 하면 사교육이 미친 듯 날뛰고, 그렇게 거꾸로 또 거꾸로 연출되는 희한한 쇼!

"공짜로 보라고 해도 이런 쇼는 두 번 다시 보고 싶지 않아!"

공자를 그리도 좋아하는 사람이 그렇게 말하니 오죽하겠나. 누군들 그런 쇼를 다시 보고 싶어 할까.

당대의 화제작은 신정아 쇼, 학력을 속이고 권력을 등에 업고, 대학 교수가 되고 유명 비엔날레 감독이 되어 이 세상 한번 그림처럼 멋지게 살아 보려고 몸부림하다가 신문에 희한한 사진까지 실리게 된 화제의 쇼!

쇼는 볼만했는지 또 다른 쇼를 낳았으니, 유명 인사들의 학력 위조 폭로와 고백 쇼가 봇물이 터지듯 이어지고, 정계와 재계와 문화계와 학계와 종교계가 그녀 때문에 드러난 치부를 감추려고 안간힘을 쓰는 화들짝 쇼가 펼쳐진다.

"학력을 속인 것도 문제지만, 실력보다 학력을 앞세우는 이 사회가 더 문제야."

쇼를 본 소감을 저마다 한마디씩 하는데, 화제는 만발했으나 뒷맛은 쓰다.

당대의 신파극은 재벌의 휠체어 쇼, 평소에는 그리도 당당하고 건강해 보이다가도, 법의 심판대에 서기만 하면 휠체어 타고 나타나는 재벌들, 어찌나 볼만했는지 입소문이 돌고 돌아 외국 언론에까지 오르내리는 쇼!

야밤에 폭행을 당한 금쪽같은 아들을 보고 화가 치밀어 심야의 무법자가 된 재벌도 휠체어 타고 나타나고, 요긴하게 쓸 요량으로 비자금을 챙기다가 들통이 난 재벌도 휠체어에 몸을 실어 수척한 모습을 드러내고, 세계는 넓어 할 일도 많지만 숨을 곳도 많다는 것을 몸소 보여 준 재벌도 휠체어 타고 등장한다.

더러는 동정의 눈길로 바라보기도 하지만, 대부분의 관객은 그런 식상한 신파극에 몰입되어 값싼 감정에 빠지는 수준을 넘어서 있다. 쇼의 주인공은 그런 관객들을 보며 섭섭함을 느낄까?

쇼! 쇼! 쇼! 우리는 더 이상 관객을 기만하는 그런 쇼를 보고 싶지 않다. 그런 쇼에 질려 버렸다. 유쾌한 쇼, 삶에 지친 사람들에게 즐거움을 주는 쇼를 보고 싶다. 그것은 관객의 권리이다.

6장

아름다운 자유가 두려운가

자유를 두려워하는 자유주의자

    '악법도 법이다' 는 이 수상한 말이 왜 아직도 사람들의 입에 오르내리는 것일까?

    악법은 그것이 법이냐, 법이 아니냐는 시선으로 바라볼 것이 아니다. 먼저 그것을 폐지할 것이냐, 존속시킬 것이냐는 관점으로 따져봐야 한다.

    그래야 공연한 논란의 늪에 빠지는 것을 피하고, 법이 사람을 위해 있음을 분명히 할 수 있다. 법을 지키기 위해 사람이 있는 것이 아니라, 사람을 위해 법이 존재하는 것이다. 악법을 악법이 아니라고 부인하는 사람은 있을지라도, 악법이 사람을 위해 있다고 주장할 사람은 없다.

    '히틀러도 인간이다' 는 말을 보자. 히틀러가 어떤 인간인지를 연구하는 것은 의미가 있겠다. 그러나 히틀러가 인간이냐, 인간이 아니냐를 두고 벌이는 논란은 공허하다. 먼저 히틀러 같은 통치자를 거부할 것이냐, 받아들일 것이냐 하는 시선으로 보고, 그 답에 따라 행동하는 것이 사람에게 유익한 일이다.

    흔히들 소크라테스가 '악법도 법이다' 는 말을 했다고 한다. 반대자들에 의해 억울하게 사형 선고를 받은 소크라테스가 순순히 독배를 마셨다는 이야기까지 덧붙여진다.

서양 철학의 시조로 불리는 소크라테스와 그 수상한 말을 연결시킨 속셈은 뻔하게 들여다보인다. 아무리 말도 안 되는 헛소리라 해도, 사람들에게 위대한 철학자로 알려진 사람의 입에서 나온 말이라면 어느 정도 권위를 얻게 되는 것이다. 물론 기만적인 권위이다.

그러나 소크라테스가 그런 말을 했다는 확실한 증거도 없다. 소크라테스는 단 한 권의 책도 남기지 않았다. 그의 제자인 플라톤을 비롯해 후대의 사람들이 소크라테스에 대한 이런저런 책들을 냈을 뿐인데, 그 분야의 전문가들에 따르면 그것들에서도 믿을 만한 증거를 찾을 수는 없다고 한다.

그런데 누가 왜 그 수상한 말을 소크라테스의 이름까지 팔며 사람들에게 퍼뜨렸을까? 그 역시 너무도 뻔하다. 악법을 휘두르며 사람들을 억압하고 지배하려는 권력자들의 수작임에 분명하다. 악법이라고 반발하는 사람들의 입을 틀어막으려는 권력자들의 술수인 것이다.

권력자들은 왜 악법을 휘두르고, 그러면서 목소리를 높여 '악법도 법이다' 는 억지를 쓰는 것일까? 그들은 억눌린 사람들이 그 억눌림에서 벗어나는 것, 그래서 자유롭게 생각하고 행동하는 것을 두려워하기 때문이다.

악법에 억눌려 있던 사람들이 자유를 찾는다는 것은, 악법을 통해 권력을 유지하던 자들의 종말을 뜻하는 것이다. 그러니 두려워할 수밖에 없다.

악법에는 그런 기만성이 숨어 있다. 그런데 악법이라고까지 단정할 수는 없는 법일지라도, 법 조항 구석구석에 그런 기만성을 숨기고 있는 경우가 적잖다.

'근로자의 기본적 생활을 보장, 향상시키며 균형 있는 국민 경제의 발전을 기함을 목적으로 한다' 는 '근로기준법' 에서도 그 기만성을 찾을 수 있다.

근로기준법 제8조(중간 착취의 배제)는 '누구든지 법률에 의하지 아니하고는 영리로 타인의 취업에 개입하거나 중간인으로서 이익을 취득하지 못한다' 고 규정한다.

중간 착취를 못하게 하려는 목적이 있다. 그런데 '법률에 의하지 아니하고는' 이라는 단서가 붙어 있다. 이것은 법률에 의해서라면 중간 착취를 허용할 수도 있다는 뜻이 아닌가.

실제로 중간 착취와 다름없는 성격을 갖는 법률들이 있다. 중간 착취의 배제를 목적으로 한다면서, 착취의 길을 열어놓는 꼴이다. 기만이 아닐 수 없다. 이 조항에서 '법률에 의하지 아니하고는' 은 삭제되어야 한다.

근로기준법 제10조(적용 범위) 역시 문제성을 내포하고 있다. 근로기준법이 '상시 5인 이상의 근로자를 사용하는 모든 사업 또는 사업장' 에 적용한다고 규정한다.

근로기준법에 의해 법적 권리를 누릴 수 있는 근로자를 '5인 이상' 이라는 단서로 제한하는 것이다.

그러면 4인 이하의 사업장에서 일하는 근로자는 법적 권리를 누리지 말라는 뜻이 된다. 참으로 어처구니없는 일이다. 4인 이하의 사업장은 대개 영세 업체이다. 거기서 근무하는 근로자는 열악한 조건에 처해 있는 경우가 많다. 근로기준법은 바로 그런 근로자들에게 절실한 것이다.

그런데 절실한 사람들을 적용 범위에서 제외시켜 버리니, 이 어찌 기만적인 법 조항이라고 하지 않을 수 있겠나. '5인 이상' 을 삭제해 모든 근로자를 대상으로 해야 한다.

악법은 폐지되어야 한다. 내세우는 법의 취지를 배반하는 기만적인 법 조항도 개정되어야 한다.

그런데 문제는 그 정도의 수준에서 끝나지 않는다. 예상할 수 없는 일은 아니지만, 어떤 법을 두고 한쪽에서는 악법이라고 하는데, 다른 쪽에서는 악법이 아니라고 하는 경우가 있는 것이다. 그런데 악법을 두고 악법이 아니라고 주장하는 것은, 속을 들여다보면 '악법도 법이다' 는 주장과 한 통속인 경우가 허다하다.

온 나라를 떠들썩하게 했던 '국가보안법' 이 그런 경우에 해당된다고 할 수 있다. 나는 그 법을 악법으로 생각한다. 그러나 그렇게 생각하지 않는 사람들이 있다. 그래서 갈등이 생기고, 엉뚱하게도 보수와 진보의 대결인 것처럼 비춰지기도 한다.

한 신문과의 인터뷰에서 국가보안법 폐지에 대한 질문을 받고 나는 이렇게 대답했다.

"국가 안보보다는 정권에 반대하는 사람들을 탄압하기 위해 악용되었던 국가보안법은 폐지되어야 합니다. 일제시대 치안유지법이 모법인 국가보안법은 1948년 여순 사건을 진압하고 아울러 남로당 등의 세력을 제거하려는 목적으로 형법보다 5년이나 앞서 급조된 한시법이었어요.

당시 권승렬 법무장관도 이 점을 인정했고, 1953년 형법 제정 당시 김병로 대법원장도 국가보안법을 폐지해야 법률의 중복 문제가 사라진다고 주장하기도 했지요.

국가보안법을 만든 1948년과 지금은 판이하게 달라요. 문명의 대전환기라고 말할 만큼 세상이 달라졌어요. 과거 냉전 시대의 국가보위 개념이 지금 상황과는 맞지 않다는 겁니다.

국가보안법이 우리나라를 공산주의로부터 방어했다는 증거도 없어요. 국가보안법이 없는 나라도 자유민주주의의 이념을 잘 실천하고 있습니다. 시대가 변했기 때문에 폐지시키는 것이 마땅합니다. 새로운 시대에 부응하는 것입니다.

그 법이 정권 유지를 위해 악용됐다는 건 분명한 사실입니다. 정권에 반대하는 사람을 빨갱이라는 이름으로 처단하는 데 이용되었어요. 국가보안법으로 구속된 사람들은 모두 빨갱이인가요?

그렇다면 내란음모죄로 사형 선고까지 받았던 김대중 전 대통령이나 한나라당의 이재오 의원, 김문수 의원(현 경기도 도지사)도 빨갱이인가요? 만약 빨갱이로 북한을 이롭게 했다면, 대통령이나 국회의원이 되기 전에 걸러졌을 것입니다."

정권의 반대자를 탄압하는 데 쓰인 법이 어찌 악법이 아닌가. 나는 그런 소신과 양심에 따라 다른 동료 의원들과 함께 국가보안법 폐지 운동에 적극 나섰다.

그런데 한나라당에서 폐지 운동에 나서는 의원들이 거의 보이지 않자, 언론은 나를 주목했다. 우리의 정치 현실에서 소속 정당과 다른 소신을 밝히는 게 흔한 일이 아니라서 시선을 끈 모양이었다. 어느 신문은 이렇게 묘사했다.

'국가보안법 폐지 의원모임 소속의 각당 의원들이 15일 공동 기자 회견을 갖고 '국민의 기본권을 억압할 가능성이 있는 법이라면 당연히 폐지되어야 한다' 며 국보법 폐지에 대한 의지를 재확인했다.

(……)

이날 기자 회견에서 가장 눈길을 끈 것은 배일도 의원. 한나라당 의원으로 유일하게 기자 회견에 참석했기 때문이다.

배일도 의원은 '개인 행동을 하지 말라는 대표의 지시가 있지 않았냐' 는 기자들의 질문에 "국회의원들은 양심에 따라 국익을 우선해 활동하도록 법에 명시되어 있다"고 답했다. 배 의원은 이어 "대표 말씀은 정당이 나아갈 바와 조직의 방향에 대한 것이고, 저는 국보법이 구시대의 악법이라고 생각한다' 고 강조했다.

배 의원의 이 같은 발언에 다른 당 의원들은 모두 박수를 보냈고, 국회 본회의장에서처럼 "잘 했어" 하는 추임새가 터져 나왔다. 의원들은 "17대 국회가 달라지고 있다", "배 의원이 당권을 짊어져야 한다" 며 격려의 뜻을 나타냈고, 일부 의원들은 "(배 의원 때문에) 한나라당 지지도가 2% 올라가겠다" 는 '우려(?)' 를 나타내기도 했다. (……)'

국가보안법의 폐지 문제를, 보수와 진보의 대결로 보는 시각은 잘못된 것이다. 굳이 보수와 진보로 나누어 본다면 이렇다. 우리나라의 보수 세력은 어떤 가치를 믿는가? 바로 자유주의가 아닌가?

국가보안법이 정권의 반대자를 탄압하는 수단으로 악용되었다는 것은, 정권이 자기 주장 이외의 것을 용납하지 않았다는 뜻이다. 곧 반대자의 자유를 억압했다는 것이다. 그것은 보수의 신념인 자유주의를 스스로 부인하는 것이다.

자유주의는 자기의 자유만을 내세우는 것이 아니라, 자기와 다른 남의 자유를 인정하는 것에서 출발한다.

자유주의의 장점을 내세우면서, 그 자유주의를 지키기 위하는 법이라면서, 자유주의의 핵심 내용을 부인하는 이 모순은 어떻게 생긴 것일까?

자유를 두려워하는 권력자들이 그렇게 만들어 놓았다. 반대자의 자유를 억압하면서 지키려 한 것은 자유주의가 아니었다.

권력자들이 필사적으로 지키려 한 것은 바로 자신의 오만한 권력이었다. 반대자들을 자유롭게 하면, 그 권력이 종말을 맞을까 두려워한 것이다.

그러나 그런 속내를 국민들에게 밝히는 권력자는 아무도 없다. 정직하게 밝히기는커녕 국민을 속이기 위해 온갖 방법을 동원한다. 악법도 법이라고, 악법을 두고 악법이 아니라고 주장하는 이유는 자유를 두려워하기 때문이다.

자유주의를 내세우면서 자유주의의 소중한 가치를 손상시키는 그들은 결코 자유주의의 수호자가 아니다. 자유를 두려워하면서, 자유를 억압하면서, 어떻게 자유의 가치를 지킨다는 말인가? 이런 기만에 속지 않아야 우리는 자유를 누릴 수 있다.

보이는 손

자유와 평등은 모든 사람이 바라는 가치이다. 자유롭지 못한 것을, 불평등한 차별을 받는 것을 좋아할 사람은 이 지구상에 단 한 명도 없다.

그런데 모두가 바라는 '자유와 평등'이 우리 인간 사회에서 늘 갈등의 요인으로 작용하고, 대립과 투쟁의 근본 원인이 되고 하는 것은 무슨 까닭일까?

수많은 사람들이 자유와 평등에 대해 수많은 말들을 한다. 나는 인간 본성에 비추어서 그에 대해 생각한다.

본성은 자기 이익을 찾고, 그런 관점에서 세상을 바라본다. 자유와 평등의 문제도 예외가 아니다. 자유가 아니면 죽음을 달라고 절규하거나, 차별 없는 세상을 만들자고 목놓아 외치거나, 그 중심에는 바로 자기 자신이 있다. 자기가 자유롭지 못한 것은, 자기가 차별 받는 것은 도저히 참을 수 없는 일이다.

그런데 자유와 평등의 문제는 어쩔 수 없이 다른 사람들과의 관계 속에서 생기는 것이다. 무인도에 홀로 살면서 자유와 평등 때문에 고민할 필요는 없는 것이다.

물론 자연 속에 홀로 있다고 자유롭다고만 할 수는 없다. 거기에서도 생존을 위해서는 구속받는 조건이 있을 수밖에 없다. 그렇지만 최소한 자유 때문에 다른 사람들과 대립하지는 않는다.

자신의 자유가 남의 자유와 대립될 수 있고, 자신이 생각하는 평등이 남이 생각하는 평등과 어긋날 수 있다. 아니, 그럴 가능성이 있는 것이 아니라 실제로 그렇다. 그것이 인간 사회의 역사이고 오늘도 확인하는 실상이다.

그때, 자기 이익을 앞세우는 본성은 남의 자유를 해치더라도 자기의 자유를 지키려 한다. 평등의 문제를 봐도, 자기가 남에게 차별을 받을 때는 분노하고 반발하지만, 자기가 남을 차별하는 것은 스스로 용납하기 쉽다.

이러니 자유와 평등의 과실을 두고도 사람은 서로 맞서 있는 꼴이 된다. 사실, 이렇게 사람이 서로 맞서 있는 문제가 사상을 낳고 정치를 낳는다.

어떻게 하면 자기 이익을 내세우며 맞서는 사람들이 어울려 행복하게 살 수 있을까? 그것이 사상가와 정치가에게 주어진 과제이다. 아니, 모든 사람들이 끌어안고 있는 숙제이다.

'자유'를 앞세우는 자본주의와 '평등'을 앞세우는 사회주의가 등장한 것도 그러한 과제를 풀기 위해 나온 결과물이다. 이미 이념의 시대는 갔다고 하지만, 그것이 그 과제를 다 풀었다는 뜻은 아니다.

요즘은 신자유주의니 신좌파니 하는 이름을 내걸고, 사람들은 그 과제를 풀려고 노력하고 있다. 무엇이 그 과제를 푸는 열쇠가 될까? 사람의 본성으로 인해 생긴 문제이니, 그 본성을 살리면서 푸는 것이 최선이다.

그러나 지난 역사와 현실은 그렇지 않다. 인간의 본성을 인위적으로 다스려야 할 대상으로 본다. 평등한 사회를 이루기 위해서는 '감시와 처벌'이 필요하다고 생각하는 체제도 그런 이유로 생긴 것이다.

권력자가 평등 사회를 구현하는 것이라며 어떤 틀을 제시한다. 그런 후에, 누가 자기 본성을 드러내며 그 틀에서 벗어나는지를 감시한다. 그리고 벗어나는 것이 확인되는 대로 처벌한다.

그렇게 해서 평등 사회를 이루었는가? 역사와 현실은 엄청난 대가를 지불한 후에야, 수많은 사람들의 희생을 치른 후에야, 그런 식으로는 평등한 세상이 되지 않음을 스스로 드러냈다.

감시와 처벌의 땅은 결코 평등하지 않다. 사람의 본성을 억누르는 폭력이 사회를 얼어붙게 만들었을 뿐이다.

자유로운 사회를 꿈꾸는 체제의 현실은 어떤가? 자유주의의 핵심적인 특징은 시장에서 볼 수 있다. 시장에서의 자유로운 경쟁과 거래를 통해 자유로운 삶을 구현하고자 한다.

본성에 따라 자기 이익을 내세우는 사람들이, 이익을 두고 시장에서 자유롭게 경쟁하고 거래하는 것이 최선의 방법이라고 믿는 것이다. 사람의 본성을 살리면서, 즉 개인의 이익을 살리면서 사회 전체의 이익도 살리는 길을 시장에서 찾는다.

영국의 경제학자 애덤 스미스는 '보이지 않는 손'이라는 용어를 사용한다. 자유경쟁시장에서 개인의 자유로운 선택을 사회 전체의 이익과 일치시키는 보이지 않는 손이 작용한다는 것이다.

애덤 스미스는 신의 역할도 그렇게 비유한다.

신의 보이지 않는 손이 개인의 이익 추구를 인류 일반의 이익이 되도록 이끈다는 것이다.

과연 그런가에 대해 나는 확신하고 있지는 않다. 어느 개인의 자유로운 선택이 사회 전체의 이익을 결정적으로 해치는 경우를 적잖게 보았다. 그러나 확신하는 것이 있다. '보이지 않는 손'이 아니라 '보이는 손'이 함부로 시장에 개입해서, 시장의 원리를 왜곡시키면, 그 결과로 개인의 이익뿐만 아니라 사회 전체의 이익을 해친다는 것이다.

'보이는 손'의 몸통은 정부이다. 정부가 시장의 원리를 왜곡하면서 주도적으로 나서면, 시장에서는 자유로운 경쟁과 거래가 위축된다. 단순히 위축되는 것만이 아니다. 왜곡된 시장에서 정부가 의도한 바가 실현되기는커녕 온갖 폐해가 드러나게 된다.

신문들은 연일 이러한 문제를 제기한다. 한 신문 칼럼은 '정부는 시장을 이길 수 없다'며 다음과 같은 문제를 짚어낸다.

'(……) 노무현 정부는 일자리 창출, 투자 촉진이라는 명분 아래 출범 초부터 최근까지 410건의 규제를 신설하고 285건을 강화했다. 5년 전보다 17.7% 늘어난 수치다. 그래도 일자리와 투자는 늘지 않았다는 걸 모르는 이는 없다. 경제가 어려워질수록 험악해지는 게 민심이다. (……)'

한 신문 사설은 헤아리기조차 어려울 정도로 많이 나온 정부의 부동산 정책이 오히려 집값과 땅값을 상승시켰음을 지적한다.

'(……) 정부는 친기업, 친시장 정책을 통해 돈이 생산적 투자로 흘러가도록 해야 하는데도, 분배와 균형을 앞세워 기업 투자를 위축시키는 정책을 고집했다. 결국 분배 문제는 개선되지 않은 채, 돈은 부동산 투기와 해외로 몰려갔다. (……)

땅값 상승은 기업의 경쟁력 저하로 직결된다. 한국은 중국에 비해 임금이 9배, 땅값이 3.6배, 법인세가 1.8배라고 한다. 한국 공단의 ㎡당 토지구입 가격은 14만7000원인 데 비해 중국 개발구는 4만740원이다. 미국 앨라배마 주는 현대자동차에 공장부지 210만 평을 무상으로 제공했다. 고임금과 고율의 세금, 각종 규제 때문에도 기업하기가 힘든데 땅값까지 올려놓는 것은 기업을 해외로 몰아내는 것이나 다름없다.

땅값 상승은 집값 상승으로 이어져 서민들의 내 집 마련을 더욱 어렵게 할 것이다. 또 국책사업의 토지보상비를 늘려 국민의 세금 부담을 가중시킨다. (……)

정부는 지금이라도 정책 실패를 솔직하게 시인하고 시장의 심리와 원리에 따르는 정책 대안을 서둘러 찾아야 한다.'

언론의 공정성은 모든 언론 매체에게 주어진 과제이지만, 이러한 문제 제기를 이른바 보수 언론의 일방적인 공격이라고 보는 것은 오만이다. 정부의 어설픈 정책에 대해, 이 정부를 적극 지지했던 사람들도 실망감을 표하고 있다. 그러나 '보이는 손'은 여전히 시장의 원리를 왜곡시키며 시장에 개입하고 있다. 그 보이는 손에 의해 시장은 자유롭지 않다.

시장의 원리가 만능의 열쇠를 쥐고 있다고는 생각하지 않는다. 시장의 원리에 따른 결과가 끼치는 폐해도 있다. 그러나 그 폐해보다는 인위적이고 왜곡된 정책이 부르는 폐해가 더욱 심각하다.

감시와 처벌의 땅은 평등하지 않고, 시장은 보이는 손이 함부로 개입해 자유롭지 않다. 자유와 평등, 이것은 우리가 추구해야 할 가치이지만, '감시와 처벌'이나 '보이는 손'에 의해 누릴 수 있는 것이 아니다. 사람의 본성을 억누르면서 생겨난 그 어떤 수단과 방법도 성공할 수 없다.

그러면 어쩔 것인가? 생각을 바꾸어야 한다. 본성을 똑바로 보고, 기존의 온갖 개념들이 갖고 있는 기만성을 밝히고, 그 바탕 위에서 새롭게 접근해야 한다.

본성을 살리면서 사는 새로운 삶의 원리, 공동체의 원리를 우리가 찾아야 하는 것이다. 그것이 행복한 삶을 살고자 하는 우리 사람들에게 주어진 오늘의 과제이다.

그 과제를 풀려면 인위, 즉 사람이 만든 것에 의지하기보다는 자연의 원리에 따라야 할 것이다. 자연, 다양성이 서로 절묘하게 어울리는 그 원리를 우리는 배우고 따라야 한다.

불협화음의 노래를 부르는 사람은 자연의 합창을 들으며 아름다운 화음을 익힐 수 있다.

지배층이 독식하는 유교의 나라

그 어떤 공동체나 다 그렇듯 이런저런 다툼이 없을 수는 없으나, 우리나라만큼 여러 종교가 비교적 평화롭게 어울려 있는 나라도 드물다고 한다.

세계의 주요 종교는 물론이고 수많은 신흥 종교까지 함께 존재해 '종교 전시장' 이라 불리기까지 하니, 외국인들이 이를 신기하게 바라본다.

그런데 그 어떤 종교이건 이 땅에 뿌리를 내리고 있다면, 그 바탕에는 유교의 전통이 스며들어 있다고 한다. 가톨릭 신자가 유교의 전통에 따라 조상에게 제사를 지내는 것과 같은 모습이 이 땅에서는 기이한 일이 아니다.

유교의 전통은 그처럼 우리 삶에 깊이 배어 있다. 하여 '공자가 죽어야 나라가 산다' 는 다소 도발적인 제목의 책이 독자의 관심을 끌기도 하는 게 현실이다.

이 땅에 뿌리를 박고 있는 유교의 전통 가운데서도, 조선, 그 유교의 나라에서 만들어진 지배층의 독식 체제는 특히 주목을 끈다. 그런 체제가 현재의 우리에게 어떻게 영향을 끼치고 있는지를 살피는 것도 흥미롭다.

그 유교의 나라에서는 일반적으로 '양반'인 '남자'가 '과거 시험 급제자'가 됨으로써 지배층의 일원이 되었다. 그렇게 형성된 지배층은 사회의 거의 전 분야에서 주도권을 행사했다.

그들은 학문의 주도자였다. 피지배층은 글공부조차 제대로 할 수 없는 사회 환경에서, 학문은 그들의 독점물이었다.

그들은 정치와 행정과 사법의 주도자이기도 했다. 학식을 쌓고 과거 시험을 거친 후 그들은 나라의 관직을 독점했다.

그들은 경제의 주도자이기도 했다. 농경 사회에서는 땅 주인이 경제를 주도하게 마련인데, 그들은 대부분 소작인과 하인을 거느리는 땅 주인이었다. 조선 중기부터는 장자 상속의 우월권이 인정되어, 그들의 주도권은 더욱 강화되었다.

그들은 문화의 주도자이기도 했다. 문방사우는 그들의 것이었고, 예술가들의 작품을 구매하고 감상하는 주체도 그들이었다.

그들은 종교의 주도자이기도 했다. 유교 사회에서 제사는 중요한 종교 의식인데, 제사를 주도하는 것은 그들이었다. 큰 잘못을 저지른 사람은 제사에 참석하지 못하게 했는데, 그러한 벌을 주는 주체도 그들이었다.

이렇듯 그들은 학문, 정치, 행정, 사법, 경제, 문화, 종교 등 사회의 거의 전 분야를 주도했다. 그들이 만능인이었기 때문일까? 누가 그렇다고 믿겠나.

유교의 이념이 사회를 그렇게 조직했고, 그런 사회를 유지하기 위해 그들의 독식을 허용하거나 조장한 것 아니겠는가.

다양한 가치관 아래서 사회가 분업화되고 특성화된 요즘도 그러한 독식이 가능할까?

한 우물만 열심히 파고 또 파도 치열한 경쟁의 승자로 살아남기 쉽지 않은 세상에서 헛된 독식의 꿈을 꾸는 사람은 손가락질을 받기 십상이다.

　그런데 정가의 풍경을 보노라면 가끔 그러한 독식의 관습이 되살 아나는 것은 아닌가 하는 생각이 들 때가 있다. 학문도 하고, 정치도 하고, 관직에도 오르고, 사업도 하고, 또 그 무엇도 하면서 자신의 꿈 을 펼쳐 보려는 이들을 볼 수 있다.

　독식을 꿈꾸는 그들은 성공할까? 그들의 욕망은 어디쯤에서 멈추 고, 얼마나 채워질까? 참 궁금하다.

어떤 선물 이야기

선물이 문제였다.

아니, 선물이 문제는 아니었다. 추석을 앞두고 나는 마음의 빚을 지고 있는 이들에게 자그마한 선물을 보냈다.

서울지하철공사 노조위원장으로 있을 때, 해고자 복직을 위해 나름대로 애를 썼으나, 마지막으로 남은 열한 명의 복직은 끝내 이루어 내지 못했다.

세월이 흘러 나는 지금 국회의원으로 살고 있지만, 그들에 대한 미안함을 떨칠 수 없었다. 값싼 선물로 마음을 다 전할 수야 없겠지만, 나는 그 열한 명에게 멸치 한 상자씩을 보냈다.

그런데 말하기조차 부끄러운 일이 벌어졌다. 멸치 선물을 받은 이가운데 한 사람이 선거법 위반이라며 나를 중앙 선거관리위원회에 고발한 것이었다. 너무도 뜻밖이라 말문이 막히고 가슴이 얼어붙은 듯 시려졌다. 참으로 기분이 묘했다.

그와 나는 세상을 보는 눈이 달랐고, 그에 따라 노동 운동의 방법론에서도 차이가 분명했었다. 이른바 노선이 달랐던 것이다. 그는 소위 '운동권'이었는데, 새로운 노동 운동을 주장하는 나를 곱지 않게 봤었다.

그때 그와 나의 관계는 그랬다. 그래서 선물을 증거물로 삼아 그랬던 것일까? 만약 선물이 역겨웠다면 그저 돌려보내기만 해도 그 뜻을 알 수 있었을 터인데, 운동권 투사는 그럴 수밖에 없었을까?

그 일을 되돌아보고 있자니 부끄러움과 씁쓸함이 다시 밀려온다. 왜 우리네 삶은 이 정도일까?

벌거벗고 바라본 금강산

사람의 본성에도 분단선이 그어졌나?

5월 초, 호텔 노천탕에서 벌거벗은 몸으로 금강산을 바라보고 있었다. 맑은 하늘과 아름다운 산과 물에 잠긴 알몸의 사람이 하나로 어우러지는 듯했다. 사람이 자연 속에 살고 있음을, 그 충만함을 새삼 느끼는 순간이었다.

잠시나마 북쪽에 와 있다는 것조차 잊었다. 사람이 세운 말뚝과 철책이 어지럽게 서 있을 뿐, 자연에 어찌 분단이 있겠나. 그러나 그 충만함은 그리 오래 지속되지 않았다. 바늘에 찔리는 것처럼, 문득 북측의 한 안내인이 한 말이 떠올랐다.

"남측 사람들은 자기 자신만을 위해 살지 않습니까? 인간적이지 못합니다. 우리 북측 사람들은 그렇게 살지 않습니다."

나는 북측과 상호 협력하려는 남측의 한 NGO 단체의 고문 자격으로 방북했었다. 세 번째 방문이었는데, 공식 일정 이외에도 되도록 많은 사람들을 만나, 많은 대화를 나누고자 했었다. 만남 자체가 워낙 제한적인 상황이라, 길에서 우연히 만난 사람일지라도 기회만 주어지면 말을 붙여 보곤 했었다.

같은 동포라 해도 지난 수십 년간의 세월이 너무도 달랐다. 그들이 무슨 생각을 하며 어떻게 사는지가 궁금하지 않을 수 없었다. 서로 무엇이 같고, 무엇이 다른지를 알지 못한다면, 통일의 구호는 허망해질 수밖에 없지 않겠나. 다행스럽게도 우리는 쓰는 말이 같아 통역이 필요하지도 않았다.

그런데 번번이 느끼는 것이, 북측 사람들과의 대화가 쉽지 않다는 점이었다. 분단의 골이 그만큼 깊어서일까? 자연스럽게 이야기를 나누다가도, 하나의 주제를 두고 본격적인 토론이라도 할라치면 곧잘 높은 장벽에 가로막히곤 했었다.

그러나 목욕 중에 그 안내인의 말을 떠올린 것은 또 하나의 장벽을 확인해 보는 차원이 아니었다. 그것은 내게 아주 중요한 주제가 되었다. 아니, 내게만 중요한 것이 아니었다.

남측 사람들은 자기 자신만을 위해 산다? 그래서 인간적이지 않다? 북측 사람들은 그렇게 살지 않는다? 사람의 생존법에 대해 나름대로 명쾌하게 구분한 셈이었다.

그 사회의 특성 등을 고려해 보면, 그런 말은 그 안내인의 개인적인 견해만은 아닐 듯싶었다. 북측 사람들의 대대수가 그렇게 판단하고 있을까? 나는 어떻게 살아야 하는가 하는 생존법에 대해, 그 바탕을 이루는 사람의 본성에 대해 그들이 어떻게 생각하는지 알고 싶어, 그 안내인에게 이것저것 물었다.

"남측 사람들이 자기 자신만을 위해서 산다고 생각해요? 그렇다면 북측 사람들은 누구를 위해 살아요?" 그 안내인은 이미 정답이 나와 있는데, 망설일 것이 어디 있겠냐는 듯 대답했다.

"우리는 자기 자신을 위해 살 필요가 없습니다. 나라가 다 해주니까요. 부모는 자식을 낳을 뿐이지, 그 자식을 먹여 주고 키워 주는 것은 나라이고 장군님이십니다. 장군님 품을 떠나서는 하루도 살 수 없습니다."

북쪽에 가서 누구를 만나건 흔히 들을 수 있는 말이었다. 어찌 모두가 그렇게 똑같은 정답 하나를 갖고 사는지 그저 놀라울 따름이었다. 그런 말이 또 하나 있었다. 바라는 것이 뭐냐고 물으면, 거의 대부분 이렇게 대답했다.

"외세를 이 땅에서 몰아내고, 북과 남이 하나가 되어 오순도순 사는 게 소원입니다."

과거에 이런저런 정보를 듣기는 했지만, 이런 사람들과의 생생한 만남은 분명 새로운 경험이었다. 처음에는 그들이 사람의 본성을 잃거나 숨기고 사는 것이 아닐까, 하는 의문이 들기도 했었다. 자기 이익을 찾는 본성을 숨기고 사는 사람들은 남쪽에서도 얼마든지 볼 수 있으니 말이다.

그러나 그들과의 다양한 대화와 접촉을 통해 그게 아님을 알 수 있었다. 당연한 일이라 새삼 말할 것도 없지만, 그들에게도 사람의 본성은 살아 있었다.

남측 사람들을 두고 "자기 자신만을 위해 산다"고 비난한 그 안내원은 북측 사람들이 "자기 자신을 위해 살 필요가 없다"고 했다. 자기 자신을 위해 살지 않는 것이 아니라, 나라에서 다 살게 해주니 그럴 필요가 없다고 한 것이었다.

사람의 본성은 다르지 않으나, 그에 바탕을 둔 생존법이 두 갈래로 나뉘어 있음을 알 수 있다. 남쪽에서는 개인의 가치를, 북쪽에서는 집단의 가치를 앞세우는 것이다.

남과 북으로 나뉘어 사는 사람들이 서로 다른 것은 그런 시각의 차이에서 출발했다. 자기 이익을 구하는 본성이 다른 것은 아님을 느낄 수 있었다.

그런데 그 시각 차이를 두고, 북측에서는 그 안내인의 표현대로 남측의 생존법이 "인간적이지 않다"고 한다. 마찬가지로 남측에서도 북측의 생존법이 "인간적이지 않다"고 할 수 있다.

그렇다면 분단 상황의 바탕에는 '무엇이 인간적인가?' 하는 물음이 깔려 있다고 볼 수 있다.

무엇이 인간적인가

그 안내인을 비롯해 북측 사람들이 남쪽에 와서 이런저런 부정적인 현실을 실제로 보며 "인간적이지 않다"고 할 수 있다. 그들에게는 그들의 잣대가 있는 것이다.

물론 남측 사람들 역시 북쪽에 가서 부정적인 현실을 보면 그런 말을 할 수밖에 없다. 나 역시 남쪽에서 사는 사람의 잣대로 북쪽의 일면을 보고 심한 충격을 받았다. 금강산을 끼고 있는 고성군 내의 마을들을 둘러보고, 제한적으로나마 주민들과 접촉할 수 있었던 두 번째 방북을 하고 돌아와서는 며칠 동안 몸살을 앓을 정도였다.

한마디로 시간이 정지된 듯한 마을 풍경이요, 삶의 모습이었다. 마을은 죽어 있는 듯 보였고, 사람들에게서는 생기를 찾아보기 힘들었다. 비교적 세련된 북측 당국자들과는 달리, 거리에서 마주치는 일반 주민들에게서는 웃음을 볼 수 없었다.

퇴색한 회색빛의 마을 풍경에서 눈에 띄는 것은, 빨간색으로 씌어진 '우리는 우리 식대로 산다', '가는 길 험난해도 웃으며 가자', '당이 결심하면 우리는 한다'와 같은 구호들이었다.

그럼에도 묻거나 묻지 않거나 그들은 "우리는 행복합니다"라고
말했다. 온갖 구호들과 함께 울리는 그들의 그런 기계적인 말은 소
름이 끼칠 정도였다. 희망을 잃은 듯한, 화가 나 있는 듯한 표정을 짓
고 있으면서 더없이 행복하게 살고 있는 듯 말하니, 이 어찌 놀랄 일
이 아니겠는가.

외부 사람들에게 속사정을 보이고 싶지 않아서 그런지, 현실과 희
망을 혼동하는 말도 일상화되다시피 했다.

주민들이 땔감으로 쓰려고 나무를 많이 베어, 산이 황폐화되어 가
는 게 현실이었다. 남쪽에서도 수십 년 전에 그런 일이 있었다. 그런
데 그런 문제를 지적하자, 한 주민은 이렇게 대답했다.

"걱정할 거 없습니다. 나무 한 그루 베면 열 그루 심어야 한다고
장군님이 가르쳐 주셨습니다. 나무 한 그루, 풀 한 포기 사랑하는 것
도 조국을 사랑하는 것이라고 말씀하셨습니다."

나무를 벤 후 심지 못해 민둥산이 되는 현실을 애써 외면하면서,
한 그루 베면 열 그루 심어야 한다는 희망 사항을, 마치 그것이 현실
인 양 내세우는 것이었다. 그러면서 조국의 미래는 밝다고 주장했
다. 그러한 현실과 희망의 혼동이, 스스로 지상낙원에 살고 있다는
믿음을 갖게 하는 것처럼 보였다.

그것이 없으면 세상이 무너질 것 같은지 구석구석에 박혀 있는 온
갖 구호들, 행복하게 산다는 기계적인 말들, 현실과 희망을 혼동하는
주장들, 이런 것들을 내세우며 그들은 "우리 사회는 고칠 것이 없습
니다"고 했다.

또한 자신들의 문제점을 집요하게 파고드는 것처럼 보이면 "우리
는 우리 식대로 삽니다"며 화살을 외부로 돌리곤 했다.

그러나 그들의 말이 아니라, 시간이 정지된 듯한 그 삶의 풍경, 생명력을 잃은 듯 보이는 그 세상을 보며 나는 안 볼 것을 본 듯한 느낌이 들었다. 그 느낌은 진작에 봐야 했던 것을 보지 못했다는 죄책감으로 이어졌다. 그런 실제의 현실도 모르고 통일 운운했으니 어찌 부끄럽지 않겠는가.

그 안내인의 표현을 빌리면, 그런 사회를 두고 "인간적이지 않다"고 말할 수밖에 없다.

그러나 그런 모습이 그들의 전부는 아니었다. 나를 비롯해 많은 남측 사람들은 그들의 순박한 심성을 충분히 느낄 수 있었다. 개인적인 욕심을 크게 내세우지 않고, 지나친 경쟁 의식에 빠져 있지도 않은 그들의 순박함은 낯설게까지 느껴졌다. 남측의 많은 사람들이 잃어버린 것을 그들은 지니고 있었다. 그런 면에서 '자기 자신만을 위해 사는 남측 사람들과 우리는 다르게 산다'는 그 주장의 근거를 볼 수도 있었다.

마음의 분단선부터 지워야 함께 산다

어쨌거나 인위적으로 나뉜 채 살아온 반세기의 세월은 남과 북을 서로 낯설게 했다. 갈라진 것은 땅만이 아니었다. 타고난 본성이야 다르지 않겠지만, 마음의 색깔은 서로 좀 달라졌다.

인위적인 나눔은 하나 됨으로 나아가는 것이 자연스럽다. 부자연스러운 나눔으로 인해 남과 북은 당하지 않아도 될 고통을 감당하고 있고, 살기 좋은 땅으로 만들 수 있는 에너지를 빼앗기고 있다.

이런 안타까움을 누가 모르랴. 그래서 분단 현실에서 이익을 취하는 극소수의 기득권자들을 제외하고는 대부분이 통일을 꿈꾼다. 문제는 그 방법이다.

어떻게 통일을 이룰 것인가

'남측의 생존법은 어떤데, 우리는 그렇게 살지 않는다' 혹은 '북측의 생존법은 어떤데, 우리는 그렇게 살지 않는다' 하는 말들은 나올 수밖에 없다. 현실을 똑바로 보려 한다면, 그런 말은 꼭 필요한 것이기도 하다.

그런데 그런 말들이 자신의 우월성을 내세우며 상대를 비난하는 뜻으로만 쓰인다면, 희망은 없다. 냉전 시대의 유물인 대립 의식에 빠져 있으면 상대를 적으로, 싸워서 이겨야 할 적으로만 본다. 그것은 전쟁의 비극만을 낳을 뿐이다. 우리는 이미 그 비극의 대가를 혹독하게 치렀다.

먼저 그런 마음의 분단선부터 지워야 한다. 그러면 상대 쪽의 생존법에서 단점만을 보려 하고, 자기 쪽의 생존법에서 장점만을 보려 하는 습성에서 벗어날 수 있다. 더 나아가 상대 쪽의 장점과 자기 쪽의 단점을 볼 수 있다. 상대를 인정해야 한다는 협상의 원칙은 그런 태도를 이른다.

일방적인 설득이나 비난을 넘어선 그런 성숙한 단계에 이르면, 서로 이익이 되는 방향을 찾을 가능성이 높아진다. 그런 방향을 보고 통일의 길을 찾아야 한다. 그래야 통일이 가능할 뿐만 아니라, 우리의 삶을 더욱 풍요롭게 하는 통일의 의미를 살릴 수 있다.

통일된 후에, 다시 한번 그 노천탕에서 벌거벗은 몸으로 금강산을 바라보고 싶다.

핵무기와 이솝 우화

  북쪽의 핵실험으로 한껏 긴장이 고조된 한반도, 그 남쪽 대한
민국에서는 요즘 〈이솝 우화〉에서 힌트를 얻은 정책 하나를 놓고 참
으로 말들이 많다. 바로 김대중 전 대통령이 그 틀을 세우고, 노무현
정권이 계승했다는 햇볕 정책이 도마 위에 오른 그 주인공이다.

  길 가는 나그네의 옷을 벗기기 위해서는 강한 바람이 아니라 따스
한 햇볕이 필요함을 말하는 그 유명한 우화는 그 정책의 방향을 가
리키는 나침반인 셈이다. (2500여 년 전에 살았던 이솝이 쓴 이 짧은 우화
한 편이 한반도에서 이토록 큰 영향력을 발휘한다는 게 놀랍지 않은가.)

  어떻든 그 정책의 지지자들은, 평화와 통일을 위해서 대한민국은
북한에 대한 포용 정책으로 남북 화해와 협력의 시대를 열어야 한다
고 주장한다. (반면에 비판자들은, 남북이 상호주의에 따른 화해와 협력의
시대를 연 것이 아니라 대한민국의 일방적인 포용이었다고 목소리를 높인
다.)

  그런데 이 정책을 두고 최근에 보기 좀 민망한 일이 벌어졌다. 북
한의 핵실험이라는 충격적인 소식이 전해지자, 노무현 대통령은 햇
볕 정책을 그대로 유지하기가 어렵게 되었다고 토로했다.

  그러자 노벨 평화상까지 수상한 김대중 전 대통령은 햇볕 정책이

뭐가 잘못이냐고 준엄하게 따졌다. 아마도 무척 화가 났을 것이라 짐작된다. 이에 당황했는지 노무현 대통령은 며칠 만에 태도를 슬며시 바꾸었다. 그 정책의 계승자로 돌아간 것 같은 언행을 보인 것이다. 언제 또 슬몃슬몃 바뀔지 모를 일이지만 말이다.

이를 바라보는 국민들은 난감하고 혼란스럽다. 그런데 문제는 그러한 갈등이 두 전 현직 대통령 사이에서만 벌어지는 일이 아니라는 점이다. 여당과 야당, 보수 진영과 진보 진영을 비롯한 각계각층이 편 갈라 칼날처럼 맞서고 있다.

갈등의 핵심은 물론 햇볕 정책이 끼친 영향에 대한 상반된 평가에서 찾을 수 있다. 서로 다른 그 평가들을 북한의 핵실험과 연관시켜 따져보면 대개 다음과 같은 세 갈래로 나뉜다.

1. 햇볕 정책은 실패했다.

(이 잘못된 정책 탓에 북한이 핵실험까지 하게 되었다.)

2. 햇볕 정책은 옳다.

(이 정책은 잘못이 없고, 북한의 핵실험은 미국의 대북 정책 실패 탓이다.)

3. 햇볕 정책은 없었다.

(말로만 햇볕 정책 운운했지 실제로 그 정책이 제대로 추진되지 않은 탓에 북한은 핵실험을 감행했다.)

이와 함께 평가의 기준으로 사람들이 또 자주 입에 올리는 것이 '당근과 채찍' 비유이다. 당근만 퍼주면서 채찍질은 소홀히 해서 문제가 생겼다느니, 채찍질을 가혹하게 하면서 당근은 주지 않아 문제가 생겼다느니 하는 따위의 말들이다.

자유주의를 내세우는 나라에서 이런저런 의견들이 나오는 것은 지극히 정상적인 현상이다. 물론 자중지란, 대한민국 내부의 혼란과 분열이 스스로 감당하기 어려울 정도로 극심해지는 것은 막아야 하지만 말이다. 그런데 생각은 자유지만, 남북문제를 앞에 두고 먼저 우리가 근본적으로 따져봐야 할 중요한 문제가 하나 있다.

냉철하게 따져보자. 과연 우리가 북한을 〈이솝 우화〉에 나오는 나그네에 비유하는 게 현실을 보는 올바른 눈일까? 현실에 대처하는 올바른 방법일까? 따스한 햇볕을 쬐어 주면, 나그네가 옷을 벗듯 북한은 대한민국의 의지에 순응할까?

북한을 두고, 당근과 채찍을 적절히 쓰면 고분고분 따르는 말에 비유할 수 있을까? 북한은 과연 "남조선이 우리 북조선에게 당근과 채찍을 효과적으로 쓰기만 한다면 당신들이 원하는 길로 가겠다."고 할까? 고개가 저어진다. 그러한 기대는 주관의 늪에 빠져 있는 한 쪽의 희망 사항이자 일방적인 시각을 드러내는 것일 뿐이다.

물론 이러한 문제 제기가 햇볕 정책, 포용 정책에 대한 오해에서 나온 것이라고 항변할 사람들이 있을 것이다. 그 정책은 일방적으로 북한을 대한민국 체제로 끌어들이려는 것이 아니라, 서로 화해하고 협력하는 것을 목표로 삼는다고 주장하면서 말이다.

그러나 '햇볕과 바람'과 '나그네', '당근과 채찍'과 '말'이 만들어내는 이야기를 잘 따져보자. '나그네'와 '말'은 상대방이 어떻게 하느냐에 따라 달라지는 수동적인 존재로 그려져 있지 않은가. 북한을 그런 수동적인 존재로 보는 것이 일방적인 시각이라는 것이다.

북한을 바라보는 우리의 그런 시각부터 교정해야 한다. 국제 관계에서 고립된 북한은 최근에도 '전 세계가 적'이라며 투쟁 의지를 곧추세웠다. '우리 식으로 산다!'거나 '고난을 이겨내자!'거나 하는 식의 생존 의지 역시 굳세다. 옳건 그르건 주체사상은 신앙처럼 그들의 삶에 깊이 뿌리를 내리고 있다.

전 세계가 자신들에 대해 어떤 평가를 하건, 북한은 그들만의 생존 방식을 확고하게 고수하고 있는 것이다. 자신들의 방식으로 살기 좋은 세상을 만들겠다는 꿈을 키우고 있는 것이다.

대한민국과의 관계에서도 북한은 우리와는 다른 관점을 갖고 있다. 그들은 자신들의 강한 군사력으로 한반도의 평화를 지켜 왔으니, 대한민국이 그에 대해 고마움을 알아야 한다는 주장까지 펼친다. 최근에 핵실험을 한 후에도, 자신들의 핵무기 덕에 한반도를 비롯한 동북아시아가 평화를 누릴 수 있게 되었다고 강변했다.

경제 성장을 이룬 대한민국의 지원을 그들은 불로소득이나 무상원조로 받아들이지 않는다. 한반도에서 그들이 군사력으로 기여한 것이 있으니, 그 기여 덕분에 대한민국이 경제 성장을 이룰 수 있었으니, 우리도 할 일을 하는 게 도리라는 식이다.

이런 태도를 갖고 있는 북한이 대한민국에서 벌어지고 있는 햇볕 정책 논쟁을 보면서 무슨 생각을 할까? 햇볕은 무슨 햇볕이냐며 핏대를 올리지 않을까?

떡 줄 사람 생각도 않는데 김칫국부터 마신다고 하지 않을까? 남의 제사상에 감 놓아라 대추 놓아라 한다고 하지 않을까? 혹은 어느 영화에 나오는 대사를 인용해 '대한민국, 너나 잘하세요.' 하지 않을까?

북한을 우리의 일방적인 의지대로 바꿀 수 있다고 생각하는 것은 커다란 착각일 수 있다. 따스한 햇볕이건 강한 바람이건, 당근이건 채찍이건 우리의 착각과 오만이 함부로 지어낸 이야기가 될 수 있다.

서로 사랑하는 한 쌍의 남녀도 상대방을 자기 뜻대로 변화시키는 것은 지난한 일이다. 불가능하다고 할 수도 있다. 하물며 다른 체제로 맞서 있는 남과 북의 관계에서야 어떻겠는가. 일방적인 시나리오를 지어내 놓고, 그것이 현실화되기를 기대하는 것은 나무에 올라 물고기를 구하는 꼴과 다를 게 없다.

요즘 UN의 결의를 바탕으로 국제 사회가 핵실험을 한 북한을 제재하고 나섰다. 그와 함께 북한을 압박하는 PSI(대량 살상 무기 확산 방지 구상)가 초미의 관심사로 등장했다. 그로 인해 전쟁 발발의 가능성까지 거론되니 우리로서는 위기의식을 가질 수밖에 없다.

이러한 냉엄하고도 위기가 팽배한 현실에서 우리는 어떻게 해야 할까? 먼저 북한이 어떤 존재인지 제대로 알지도 못하면서, 나그네의 옷을 벗길 수 있느니 없느니 하는 식의 섣부른 시나리오부터 거두어야 한다. 북한은 결코 대한민국의 시나리오대로 움직이는 배우가 아니다.

한반도의 운명이 걸린 작금의 현실에서 우리가 지켜야 할 첫째 원칙은 어떠한 상황이 전개되더라도 전쟁을 막아야 한다는 것이다. 우리의 가치 판단과 모든 선택은 그 원칙에 집중되어야 한다. 그 원칙을 무너뜨리는 부류는 그들이 누구건 한반도의 죄인으로 남을 것이다.

둘째 원칙은 한반도의 비핵화를 당면 목표로 삼아 끝내 그 목적지를 향해 가야 한다는 것이다. 북한은 어렵게 얻은 핵을 결코 쉽게 포기하지는 않을 것이다.

그러나 그것이 결코 불가능한 일은 아니다. 핵무기를 지렛대 삼아 북한이 얻고자 하는 것이 있으니, 협상의 여지가 있는 것이다. 비핵화 명분을 앞세워 전쟁이라는 수단을 쓰려는 세력만은 철저히 경계하면서, 뜻이 있으면 길이 있다는 말을 믿으며 우리 모두 지혜를 모으면 가능하지 않겠는가.

우리가 이 두 원칙만 확고하게 지킨다면, 북한의 핵실험으로 야기된 한반도의 위기를 극복할 수 있다. 억지 해피엔딩으로 끝나는 어설픈 시나리오를 쓰자는 것이 아니다.

상상하고 싶지도 않지만, 우리의 의지와 상관없이 불행한 사태가 벌어질 수도 있다. 그럼에도 그 두 원칙을 바탕으로 위기를 극복할 수 있다고 하는 것은 평화를 향한 희망을 버리지 말자는 뜻이다. 그 희망을 지켜내지 못한다면 남는 것은 절망이 아니겠는가.

다시 강조하니, 희망을 지켜내기 위해서는 우선 햇볕이니 바람이니, 당근이니 채찍이니 하며 북한을 두고 일방적인 시나리오를 쓰는 것을 당장 멈추어야 한다. 그런 식으로 접근한다면 우리는 현실을 냉철하게 보지 못한 채 가상의 세계에 빠져 허우적거릴 수밖에 없다.

북한의 핵실험으로 야기된 한반도의 위기는 우화가 주는 교훈으로 극복할 수 있을 정도로 만만하지 않다. 급변하는 현실은 우리의 생존 자체를 시험하고 있다.

그토록 절박한 상황이지만, 위기는 기회라는 말이 있다. 이제부터라도 진정한 평화를 이루어낼 수 있는 새로운 눈, 새로운 생각, 새로운 정책을 갖도록 노력해야 한다. 그것이 지금 이 땅에 살고 있는 우리에게 주어진 운명적인 과제이다.

대통령이 동네북이 된 까닭

요즘 세상을 보고 있노라면 노무현 대통령이 동네북 신세가 된 듯하다. 마음에 들건 들지 않건 나라를 대표하는 국가 원수인데, 여기서 툭 치고 저기서 눈 부라리고, 이 사람이 손가락질하고 저 사람이 험한 말을 해댄다.

보수를 자처하는 사람들은 대통령이 좌파라며 인상을 찌푸리고, 진보를 자처하는 사람들은 대통령이 신자유주의에 빠졌다고 고개를 젓는다.

그러한 현실에서 여당마저 묘해져, 최근에는 사립 학교법을 양보하라는 대통령의 협상 안을 아예 무시해 버렸다.

왜 이렇게 되었을까? 세계화의 바람이 거세게 부는 이 시대에, 공존이냐 공멸이냐 하는 선택의 기로에 서 있는 이 땅에서, 대통령이 동네북 신세가 되는 것은 이 나라 국민 어느 누구에게도 도움이 되지 않는다. 그런데 왜 이렇게 되었을까?

그 답을 찾자 하면 백가쟁명이 따로 없을 것이다. 그러나 그 어떤 견해라 해도, 대통령 자신이 자초한 면이 있음을 부인할 수 없을 것이다. 그 근거를 대는 일은 어렵지 않다. 사람들이 흔히 입에 담는 속담 하나가 있다.

두 마리 토끼를 잡으려다가 한 마리도 못 잡는다! 야당 의원이 대통령을 비판하기 위해 머리 써서 찾아 낸 말이 아니다. 대통령 스스로 '성장과 분배라는 두 마리 토끼를 잡을 수 있다!'고 선언한 바 있다. 그러한 포부가 무엇이 문제냐 하며 변호할 사람이 있을 것이다.

그 두 마리 토끼를 다 잡을 수 있다면 쌍수를 들고 환영할 일, 누가 공연히 트집을 잡겠는가? 그런데 문제는, 온갖 규제와 정책 실패로 인해 성장은 더디어지고 분배 구조는 더욱 악화되었다는 점이다. 규제에 발목이 잡힌 기업들은 자유를 달라고 호소하고, 양극화의 칼바람은 더욱 매섭게 불고 있는 게 현실 아닌가? 두 마리 토끼는 어디에 있나? 아니, 한 마리의 토끼라도 잡았는가?

성장의 깃발을 든 사람들과 분배에 목마른 사람들 모두 몹시 불만스러워한다. 성장을 기대한 이 사람도 불만이요 분배를 기대한 저 사람도 불만이니, 동네북 신세가 되는 것이 이상한 일도 아니다. 그럼에도 불구하고 대통령의 생각은 '두 마리의 토끼'의 틀에 갇혀 있는 듯 보인다.

노무현 대통령은 스스로를 가리켜 '좌파 신자유주의자'라고 했었다. 이게 말이 될까? 그렇다면 '우파 사회주의자'라는 말도 쓸 수 있을 터인데, 그 둘은 무슨 차이가 있을까? 아니, 도대체 무슨 뜻일까? 애매한 말의 뜻을 굳이 밝히려 애쓸 필요는 없다.

대통령의 의도는, 좌파와 신자유주의라는 두 마리 토끼를 잡겠다는 것 아니겠는가. 그러나 국민들은 대통령의 의도와는 달리 혼란에 빠지거나 불만을 터뜨릴 뿐이다. 앞서 언급했듯 좌파는 신자유주의자라고 비판하고, 신자유주의자들은 좌파라고 비판한다.

노사 문제를 봐도, 노동자들은 대통령이 신자유주의에 빠져 비정규직을 양산하는 등 노동자의 삶을 더욱 어렵게 만들었다고 비난한다. 반면에 기업인들은 분배 등 좌파의 논리를 내세우는 대통령 때문에 경쟁력을 키우기 힘들다고 목소리를 높인다. 한 마리의 토끼도 못 잡고 동네북 처지가 되는 것이다.

'두 마리의 토끼'를 잡겠다는 대통령의 생각은 중요한 정치적 선택을 할 때 잘 드러난다. 지난해에 노무현 대통령은 한나라당과의 대연정을 제안했다. 지역 갈등과 여야 갈등, 그 두 마리 토끼를 다 잡으면 이 나라 정치가 좀 더 성숙해지리라 믿었을 것이다.

그러나 그 제안은 그 어느 쪽으로부터도 환영을 받지 못했다. 한나라당이 대연정을 거부한 것은 물론이고, 여당 지지자들도 한나라당과의 대연정을 못마땅해 하며 대통령을 의심과 비난의 눈길로 쳐다봤다. 더러는 아예 등을 돌려 버렸다. 대통령이 동네북 신세가 된 것이다.

우리나라 외교의 중요한 축인 미국과의 관계는 또 어떻게 보는가? 노무현 대통령은 '미국에 할 말은 하겠다'며 국민에게 굳은 의지를 드러냈다. 그 말 속에는 그동안 우리나라가 할 말을 제대로 못했다는 뜻이 숨어 있다. 그러니까 '두 마리의 토끼'를 빗대어 말하면, 그동안 '할 말 못하는' 토끼를 쫓아왔을 뿐, '할 말 하는' 토끼를 제대로 고려하지 않았다는 뜻이 된다. 그렇지 않다면 굳이 그런 말을 할 필요가 없는 것이다.

그런 태도를 보이자 미국과의 우호 관계를 굳은 신념으로 갖고 있는 사람들이 대통령을 비판하기 시작했다. 한미 동맹의 손상을 불러와 안보를 불안하게 하고, 나라의 발전을 저해시킨다는 등의 비판이 쏟아졌다.

그런데 다른 한쪽에서는 이라크 파병, 평택 미군기지 이전 과정, 한미 FTA 추진 과정 등을 예로 들며 '미국에 할 말은 하겠다'는 대통령은 어디 갔느냐고, 미국과의 관계에서 지나치게 저자세가 아니냐고 비판의 날을 세운다.

그러니 대통령이야 억울하다고 여길지 모르나, 이쪽에서 또 저쪽에서 비난의 화살을 쏘아대니 영락없는 동네북이 되는 것이다. 노무현 대통령은 남은 임기 동안 '양극화 해소'와 '한미 FTA 체결', 그 두 가지를 이루는 데 온 힘을 쏟겠다는 의지를 밝힌 바 있다.

그 두 가지만 놓고 볼 때 가장 낙관적인 전망은, 피할 수 없는 개방화 시대에 한미 FTA를 통해 경제 성장을 이루고, 그 성장에 따라 일자리를 많이 창출하는 등의 효과로 양극화를 해소한다는 것이겠다.

그러나 그에 대해 비관적인 전망을 하는 목소리도 높다. 양극화 해소와 한미 FTA 체결은 한꺼번에 잡을 수 없는 '두 마리의 토끼'라는 주장이다. 즉, 성급한 한미 FTA 체결은 양극화를 해소하기는커녕 더욱 심화시킬 뿐이라는 것이다.

이 문제는 임기 후반에 주어진 마지막 시험대라 할 수 있는데, 과연 어떤 결과를 낳을까? 대통령이 또다시 동네북 신세가 될까? 그렇게 된다면 그건 대통령 개인의 불행에 머무는 문제가 아니다. 자칫 잘못하면 생존 경쟁이 치열한 세계 시장에서 우리나라가 낙오자가 될 수도 있는 것이다.

두 마리의 토끼를 잡겠다는 것이 헛된 희망이라면, 그것은 더 깊은 절망을 낳을 뿐이다. 한 마리의 토끼라도 제대로 잡자. 그래야 희망의 불씨를 지필 수 있지 않겠나.

얼치기들

어느 기자가 전화를 걸고는 대뜸 내게 물었다.

"거기에 가담한 것입니까?"

거기란, 이 나라의 민주화와 통일을 위해 애쓰다가 돌아가신 분들을 추모하는 모임을 가리킨다. 그 모임에 내 이름이 올라 있는 것을 보고 확인을 하는 것이었다.

확인한 그 기자가 또 물었다.

"거기에 간첩이 있는 것 아십니까?"

그 기자는 과거에 국가보안법 위반으로 복역을 하고 나온 사람이 그 모임에 참가하고 있다는 사실을 그런 말투로 알려주었다. 나는 좀 짜증이 나 이렇게 말했다.

"질문의 요지가 뭡니까? 과거에 간첩이었던 사람이 그 모임에 있건 없건 그게 나와 무슨 상관입니까? 그런 사람만 있는 게 아니에요. 뜻을 같이하는 각계각층의 여러 사람들이 모인 것이지. (……) 나는 국가보안법 폐지에 찬성하는 사람입니다. (……) 지금 나와 싸우자는 겁니까?"

자신이 마치 사상 검열관이라도 되는 것처럼 그 기자는 물었다. 아니, 묻는다기보다는 어설픈 자기 주장을 늘어놓은 셈이었다. 웃기는 일이었다.

자유의 힘을 진정으로 믿지도 못하면서, 자유의 가치를 제대로 알지도 못하면서, 자유를 두려워하기까지 하면서, 자유주의를 지켜야 한다고 목소리만 높이는 얼치기들이 있다.

정말 웃기는 일 아닌가. 웃길 때는 크게 한번 웃자. 웃길 때 웃는 것도 자유다.

바람난 영어 동네

영어가 공영어가 아님에도 영어에 이토록 집착하는 나라가 또 있을까? 부모의 등을 휘게 하는 사교육비, 그 절반가량이 영어 교육에 바쳐진다고 한다.

오죽하면 미국의 한 신문이 한국에서는 '영어 교육이 국가적 종교가 되었다'고 꼬집었겠는가. 국가적 종교라니? 그 어떤 종교도 그런 지위를 누리지 못하고 있는데, 감히 영어 교육이 그렇다고?

남의 나라에 대해 함부로 말하는 못된 버르장머리가 그런 몰상식한 표현을 낳게 했겠지만, 그렇다고 다른 나라 언론의 오만방자함만 탓할 것도 아닌 게 엄연한 현실이다.

영어를 배우기 위해 외국으로 가고, 영어 마을로 가고, 학원으로 가고, 학교에 가서 원어민 강사를 만나고, 학교에 가서 영어로 하는 강의를 듣고, 교재 시장에 가서 온갖 영어 교재를 사고, 영어를 가르쳐 준다는 방송 프로그램을 보고 또 듣고, 토플과 토익 등의 영어 평가 시험장으로 가서 실력을 확인하고 또 확인하고, 병원에 가서 혀를 늘이거나 줄이거나 하니, 영어에 미치지 않고서야 어떻게 이런 일들이 벌어지겠는가.

심지어는 국어 수업까지 영어로 하는 것이 어떻겠냐는 의견도 태연하게 나오고 있으니 짝사랑하는 영어와 바람이 나도 한창 바람이 난 것이다.

왜 이 지경이 되었을까?

영어에 사로잡혀 있는 사람들은 영어가 출세의 필수 조건이라고 굳게 믿고 있는 듯하다. 하기야 그런 믿음이 없다면 누가 그토록 집요하게 영어에 매달리겠는가.

그러나 과연 그럴까?

많은 전문가들은 고개를 젓는다. 세계화 시대에 영어의 중요성이 커지는 것은 사실이고, 직업에 따라서는 영어에 능통해야 할 필요성도 있지만, 정작 중요한 것은 따로 있다는 것이다.

현재와 미래를 이끌 사람들에게 필요한 것으로 전문가들이 첫손 꼽는 것은 창의력이다. 새로운 생각을 해내는 능력이 있어야 출세도할 수 있다는 것이다.

어떻게 하면 창의력을 키우는 데 우리의 뜨거운 교육열을 집중해서 쏟을 수 있을까? 영어에 대한 환상을 버리고 그 방법을 찾는 데우리의 지혜를 모아야 할 것이다.

두 종류의 지도자, 빌라도와 예수

예수와 살인자 바라바, 둘 가운데 한 사람은 사형에 처해지게 되어 있었다. 군중의 선택에 따라 삶과 죽음이 갈라지는 순간이 기다리고 있었던 것이다.

총독 빌라도는 예수를 고발했던 유대인 군중이 어떤 선택을 할 것인지 뻔히 알면서 왜 군중에게 선택권을 주었을까?

빌라도 스스로가 고백한 대로, 그는 예수 살해에 대한 책임에서 벗어나기를 바랐다. 어떻게 해서든 자신의 손에 피를 묻히고 싶지 않았던 것이다.

그런 바람이 있었다면, 어떻게 해서든 예수를 살리는 방법을 찾을 수는 없었을까? 빌라도는 예수를 죽이지도 살리지도 못하는 딜레마에 빠져 있었다.

빌라도는 예수를 죽일 수 없었다. 예수의 무죄를 믿었기에 자신의 의지로 죽일 수는 없었던 것이다.

빌라도는 예수를 살릴 수 없었다. 예수를 살리면 자신의 총독 지위는 물론 목숨까지 위태로워진다는 것을 알고 있었기에 살릴 수는 없었던 것이다.

이러지도 저러지도 못하는 딜레마에서 빠져나오는 길을 찾다가,

군중에게 선택권을 주는 지능적인 수법을 쓰게 된 것이다. 자신의 지위와 생명도 지키고, 예수 살해에 대한 책임은 군중에게 돌릴 수 있으니, 빌라도 자신에게는 더없이 좋은 묘책이었다.

예수도 그와 유사한 딜레마에 빠진 적이 있었다. 그 유명한 '간음한 여자 이야기' 이다.

군중이 간음한 여자를 예수 앞으로 끌고 왔다. 그러고는 그 죄인을 어떻게 해야 하겠냐며 시험하듯 물었다. 군중은 예수를 함정에 빠뜨리려는 속셈을 품고 있었다.

당시 율법에 따르면 간음한 여자에게는 돌로 쳐 죽이는 형벌이 가해졌다. 예수는 간음한 여자에게 그 형벌을 가해야 한다고 할 수도 없었고, 가하지 말아야 한다고 할 수도 없었다. 딜레마에 빠진 것이었다. 형벌을 가하지 말아야 한다고 하면, 군중은 율법을 어기는 것이라며 예수를 고발할 것이었다.

형벌을 가해야 한다고 하면, 그것은 예수가 누누이 강조한 '용서와 사랑' 을 스스로 어기는 것이 되니, 예수는 조롱거리가 될 것이었다.

이러지도 저러지도 못하는 딜레마에 빠진 예수는 한참을 생각한 끝에 '죄 없는 사람이 돌을 던져라' 하는 지혜를 찾아냈다.

'돌을 던져라' 했으니 율법을 어기는 것도 아니었고, '죄 없는 사람' 이 없음을 알았기에 '용서와 사랑' 이라는 자신의 신념도 지킬 수 있었으니, 군중이 더 이상 저항할 수 없는 묘책이었다.

딜레마에 빠져 있던 빌라도와 예수, 거기에서 빠져나오는 둘의 방법은 확연하게 달랐다.

빌라도는 기만책을 써서 군중에게 책임을 전가한 반면에, 예수는 지혜롭게 군중을 각성시켰다. 빌라도는 결국 예수를 죽게 한 반면에, 예수는 끝내 간음한 여자를 살렸다.

세상에는 이렇게 두 종류의 지도자가 있다. 어떤 지도자를 따라야 할까? 묻는 게 바보짓이다.

7장

자유이고 싶은 너와 나, 우리의 관계

아내의 소망

어느 지방 도시로 간 내 아내가, 잠시 짬이 나서 자판기 커피를 마시며 나지막이 이런 말을 했단다.

옆에서 들은 지인은 그 말이 시와 같았다며 내게 전해주었다.

먼 훗날
내 남편 죽으면
어디 가서
우두커니 앉아 있다가
나도 죽을래
나 같은 여자
지켜 줄 사람
내 남편밖에 없으니까

신혼 여행 가서, 한 사람은 빨리 걷고, 다른 한 사람은 천천히 걸어, 그 걸음걸이의 차이 때문에 싸움을 했던 우리 부부가, 20여 년의 세월을 함께 걸으며 여기까지 왔다.

참 험난한 길이었지만, 나 역시 아내가 함께 있어 살 수 있었다.

나 같은 남자

지켜 줄 사람

내 아내밖에 없으니까

어느 날, 아내가 이런 말을 했다. "나는 다이애나보다는 카멜라가 되고 싶어." 공주병에 걸려서 하는 이야기가 아니다. 아내는 다이애나에게 어떤 문제가 있었기에 왕자와 멀어졌는가를 생각해 보았단다. 또한 카멜라의 무엇이 왕자와 사랑을 나누게 했는지를 추측해 보았다고 한다.

아내는 늘 자기 자신을 찾으려고 노력해 왔다. 아내는 사람들 앞에서 이런 말을 하곤 한다.

"우리 부부는 이혼을 걸고 싸우며 살아요."

아내 스스로 자기 자신을 찾으려고 노력하듯이, 내게도 그런 노력을 하라고 끊임없이 요구했다. 그런 노력을 게을리 한다면 이혼도 불사하겠다는 단호한 태도였다. 그런 아내를 되돌아보며 나는 이렇게 말했다.

"그 두 여자에 대해 따져볼 것 없어. 당신은 다이애나와 카멜라의 장점을 합친 여자야."

속은 어떤지 모르지만, 아내는 그런 말을 들어도 별다른 반응을 내비치지 않았다. 그 얼굴에 감동의 빛이 조금이나마 엿보여야 하지 않았을까?

10 년쯤 후에 그런 말을 다시 하면, 아내의 얼굴은 어떻게 달라질까? 그 얼굴을 상상해 본다.

천상천하 유아독존

천상천하 유아독존(天上天下 唯我獨尊), 우주에서 자기보다 더 존귀한 것은 없다는 이 말은 참으로 솔직한 자기 고백이다.

그런데 이 말을 오해하는 사람들이 있다. '높다' 는 뜻의 존(尊)을 '있다' 는 뜻의 존(存)으로 잘못 이해하는 경우도 종종 볼 수 있다. 그렇게 오해하면, 이 우주에 오직 자신만이 있다는 뜻이 된다. 남은 안중에도 없다는 식의 오만 방자함을 풍긴다.

天上天下 唯我獨存! 그런 태도로 자기 생명의 가치는 내세우면서, 남 역시 생명을 갖고 있는 존재임을 인정하지 않는다. 바로 여기에서부터 사람과 사람 사이의 관계가 막히기 시작한다.

부처는 이 세상에 네 종류의 사람이 있다고 했다.

어느 날, 코끼리 조련사의 아들인 펫사가 부처를 찾아왔다. 설법을 듣고 감명을 받은 펫사가 부처에게 말했다.

"부처님께서는 알기 어려운 인간성의 덤불 속에서, 인간의 속임수와 악함 속에서, 인간의 이익과 불이익을 아셨으니 참으로 기이한 일이라 하겠습니다.

짐승의 성질은 알기 쉽습니다. 제가 코끼리를 조련장에서 성문까지 데리고 오는 동안에 그 비뚤어지고 구부러진 성질, 거짓되고 교활한 성질을 다 보게 됩니다. 그러나 저희가 부리는 머슴과 하인 등은 그 마음과 말과 행동이 모두 달라 참으로 알기 어렵습니다."

부처가 이렇게 말했다.

"그렇다. 짐승의 성질은 알기 쉬우나 인간의 성질은 덤불과 같아 알기가 쉽지 않다. 이 세상에는 다음과 같은 네 종류의 사람이 존재한다. 첫째 스스로 괴로워하는 사람, 둘째 남을 괴롭히는 사람, 셋째 자기와 남 양쪽을 모두 괴롭히는 사람, 넷째 자기와 남을 모두 괴롭히는 일 없이 이 세상에서 욕심을 버리고 편안함을 누리는 사람이다. 이 네 종류의 사람 가운데 어느 것이 너의 마음을 기쁘게 해주겠는가?"

펫사가 대답했다.

"첫째, 둘째, 셋째 사람은 모두 저의 마음을 기쁘게 해주지 못합니다. 나와 남을 모두 괴롭히지 않고 편안함을 누리는 사람이 저의 마음을 기쁘게 해줍니다."

펫사가 부처의 가르침을 받고 돌아가자, 부처는 제자들에게 이렇게 말했다.

"코끼리 조련사의 아들 펫사는 현명한 사람이다. 좀 더 머물러, 내가 이 네 종류의 사람에 대해 좀 더 상세히 말하는 것을 들었다면 더 큰 이익이 되었겠지만, 거기까지만 알아도 그는 큰 이익을 얻고 돌아간 셈이다.

스스로 괴로워하는 사람은 잘못된 가르침을 받아 자기 몸을 괴롭히며 식사를 끊고 누추한 옷을 입고 고행을 자청하는 사람이다. 남을 괴롭히는 사람은 사냥꾼이나 도둑처럼 잔혹한 일을 하는 사람을 가리킨다.

　자기와 남 양쪽을 모두 괴롭히는 사람은 임금의 자리에 있으면서 잘못된 가르침에 의해 출가자 흉내를 내면서, 몸에 사슴 가죽을 걸치고, 기름을 몸에 바르고, 사슴의 뿔로 몸을 긁고, 왕비나 신하들을 데리고 새로 지은 궁궐로 옮기고, 송아지가 먹을 젖을 빼앗아 마시고, 그 젖을 왕비와 신하들에게도 주고, 소와 양과 염소를 제물로 바치게 하고, 나무와 풀을 베라고 명하고, 머슴과 하인들이 모두 처벌이 두려워 일을 하게 하는 사람이다.

　자기와 남을 모두 괴롭히는 일이 없이 편안함을 누리는 사람은, 살생을 하지 않고, 자비심을 갖고, 도둑질을 하지 않고, 청정한 마음으로 거짓말을 하지 않고, 초목의 생명을 빼앗지 않고, 욕심이 적어도 만족함을 알고, 바른 계를 갖추어 스스로 죄 없음의 즐거움을 누리는 사람을 가리킨다.”

　　唯我獨尊 : 즉 자기가 얼마나 존귀한 존재인지를 모르는 사람은 스스로 괴로워하는 사람이다.
　　唯我獨存 : 즉 자기 이외의 남에게 생명이 있음을 알지 못하는 사람은 남을 괴롭히는 사람이다.
　　唯我獨尊은 제대로 알지 못하면서 唯我獨存에 빠져 있는 사람은 자기와 남 양쪽을 모두 괴롭히는 사람이다.
　　唯我獨尊을 알고 唯我獨存에 빠져 있지 않은 사람은 자기와 남을 모두 괴롭히는 일이 없이 편안함을 누리는 사람이다.
　　尊과 存의 차이! 그것으로 인해 이렇듯 세상살이의 방식이 확연히 달라진다.

술 예찬론자가 술을 끊은 이유

술을 끊은 지 넉 달이 되었다.

사실 나는 술 예찬론자였다.

술은 만병의 근원이라는 스트레스 해소에 뛰어난 약효를 보이는 명약이요, 지친 몸에 다시 힘이 불어넣어 주는 활력소요, 나와 타인의 관계를 부드럽고 끈끈하게 이어 주는 윤활유요, 이런저런 효과를 따질 것 없이 그저 마시는 것 자체가 즐거움이니, 이보다 더 좋은 음식이 어디 있겠나.

그렇게 생각하며 말술을 먹고 살아 온 인생인데, 어느 날 나는 거짓말처럼 술을 딱 끊었다. 이유가 있었다. 남들이 들으면 웃을지도 모르는 이유지만 나는 웃을 수 없었다.

어느 날 계룡산에서 20여 년 동안 수도한 한 법사가 내게 말하기를 '금년 말까지 술을 입에 대기만 해도 가족에게, 가까운 사람들에게 돌이킬 수 없는 큰 변고가 생긴다'는 것이었다.

그 법사의 말을 뒷받침할 만한 그 어떤 과학적인 근거는 없었다. 아니, 이런 경고에 과학적인 잣대를 들이대는 것이 무슨 소용이란 말인가. 더구나 가족에게, 가까운 사람들에게 큰 변고가 생긴다고 하지 않는가.

술 예찬론자는 그래서 냉정하게 절교하듯 술을 끊었다. 마시지 말라니 더 마시고 싶기도 하지만, 나와 가까운 사람들을 떠올리며 오늘도 유혹의 손길을 뿌리쳤다.

주고받는 생존법

우리는 주고받는 생존법에 서툴다. 준 만큼 받고, 받은 만큼 주면 되는데, 그게 생각만큼 그리 쉬운 일이 아니다. 준 것과 받은 것의 무게를 비교해 볼 신뢰받는 저울도 없다.

우리 모두 공존의 꿈을 꾸지 않는가. 그런데 그 길은 누군가의 일방적인 양보와 희생과 베풀기 같은 것에 기대기보다는, 서로 주고받는 생존법의 자연스런 조화를 이루어내야, 비로소 훤히 열릴 것이다. 그러나 자연스런 조화는 보기 힘들고, 인위적인 부조화 때문에 우리는 곤란한 입장에 빠지곤 한다.

노동자와 사용자의 갈등과 대립도 대개 그 서툰 생존법에서 비롯된다. 양측 모두를 봐서, 자신이 상대방에게 준 것은 적은데, 그 대가로 받은 것은 많다고 생각하는 경우를 찾아볼 수 있을까? 아마도 보기 힘들 것이다.

대부분은 그와는 정반대로, 자신이 상대방에게 준 것은 많은데, 그 대가로 받은 것은 적다고 여긴다. 그러니 상대방을 바라보는 눈길이 어찌 곱기만 하겠는가.

그 불만의 지점에 파업이니 직장폐쇄니 하는 대립의 씨앗이 뿌려진다. 갈등의 날이 선다. 어디 한번 본때를 보여 주겠다는 것이다.

자신의 힘을 내세우며 상대방에게 그 올바른 생존법을 똑똑히 가르쳐 주겠다는 태도이다.

노동자에게 파업은 유효한, 때로는 유일한 수단으로 받아들여지곤 한다. 그런데 나는 파업 없는 노동 운동을 앞서서 이끌었던 경험이 있다. 서울지하철공사 노조위원장으로 있을 때, 노사 공존의 새로운 틀을 만들어내고자 한 도전이요, 실험이었다.

그러나 그 새로운 선택은 대립주의에 젖어 있는 이들로부터 가해지는 온갖 비난과 오해를 감당해야 했다. 그들에 의해 나는 노사 협조주의자로 불리었다. 노사 협조? 비난하고자 하는 의도는 알겠는데, 협조가 과연 나쁜 일일까?

우리나라를 침략한 세력에 협조하는 것도 아니고, 공존의 파트너와 서로 협조해 공존의 길을 찾고자 하는 것이 왜 비난의 대상이 되어야 할까? 지금 되돌아봐도 참 알 수 없는 일이다.

일전에 방한한 네덜란드의 전 총리 빔콕을 만나 노사 문제를 중심으로 이런저런 이야기를 나눈 적이 있었다. 빔콕 전 총리는 네덜란드의 새로운 노사 관계를 이끈 폴더 모델을 만들어낸 주역이다.

히틀러의 침공을 받은 네덜란드에서 노동자들과 자본가들이 나치의 포승줄에 함께 잡혀갔다. 노동자였던 빔콕 역시 구금되었다. 잡혀간 그들은 깨달았다. 나라가 부강하지 않으면, 노동자와 자본가를 가릴 것 없이 모두가 망한다는 사실을 뼈저리게 느끼며, 노사 협력의 필요성에 동의했다.

또한 해수면보다 낮은 땅이 많아, 둑이 무너지면 어떤 위험한 상태가 초래되는 줄 잘 아는 네덜란드에서 공존하지 않으면 함께 죽는다는 의식도 그들의 머릿속에 깊이 박혀 있었다.

그러한 배경을 바탕으로 노동운동가 빔콕은, 우리나라의 경총회장쯤 되는 크리스 반빈과 협약을 맺었다. 그래서 나온 것이 노사의 자율성과 협력을 강조하는 폴더 모델이다. 정부는 노사의 자율성을 존중해 간섭하지 않고, 노사 합의에 따른다. 노사는 대립주의에서 벗어나 공존의 길을 찾는다.

그들의 성공적인 사례를 보고, 나는 서울 모델을 만들었다. 서울시 투자기관의 노동자와 사용자, 서울시, 그 3자가 공존의 길을 모색하는 합의 기구였다. 서울 모델은 파업을 피하면서 노사 모두 나름의 성과를 올리는 데 적잖은 기여를 했다.

그런데 국회의원이 되어 떠난 나의 전 직장, 서울지하철공사로부터 파업 소식이 들려왔다. 파업 없는 노동 운동의 도전과 실험은, 내가 떠난 것으로 막을 내린 것일까? 뜻을 함께 하던 동지들은 무엇을 하고 있을까?

어떻든, 그 파업 과정을 지켜보며 나는 주고받는 생존법, 그 공존의 길을 찾는 데 도움이 된다면, 파업을 두려워만 할 것이 아니라는 생각을 하게 되었다. 그래서 '한국 사회, 더 이상 파업을 두려워하지 말자'는 다음과 같은 입장 표명을 했다.

모두가 잘나서, 모두가 피해 본다

정부가 직권 중재 결정을 내리고, 그 이튿날 새벽에 서울지하철 노조가 파업을 시작했다. 정부는 결국 노사자율주의 원칙을 깨지 않았다는 명분을 쌓은 뒤 직권 중재라는 법을 내밀었다.

노조는 사측의 불성실한 교섭과 정부의 방관에 책임을 돌리고, 사측은 자신들이 해결할 수 있는 여지가 없으니 결국 정부가 사태 해결에 나서지 않겠냐는 식의 미온적인 태도로 일관했다. 그래도 노, 사, 정, 모두 자기 할 일은 다했다며 서로 상대방에게 책임을 떠넘기고 있을 뿐이다.

한편 한국 사회의 중심적 주제인 노동 문제에 대해 무관심으로 일관했던 언론은, 언제 그랬냐는 듯 '시민을 볼모로, 파업을 전가의 보도로 삼는' 노조가 집단 이기주의에 빠졌다며 도덕적인 일장 훈계를 늘어놓는다.

또한 시민들은 시민들대로 당장 자신이 겪어야 할 생활상의 불편만을 생각하며 분노하고 있다. 어디서도 문제의 근원에 대해 고뇌하는 모습을 볼 수 없다.

지금 상황대로 간다면 이번 파업이 '파국'으로 끝날지 어느 한편의 '승리'로 끝맺을지 알 수 없다. 아마도 결국에는 어정쩡한 '봉합'으로 막을 내리기 십상일 것이다. 물론 이로부터 어느 누군가는 눈앞의 작은 이익을 챙길지는 모른다. 하지만 이러한 결과는 사회적 신뢰의 바탕을 무너뜨리고, 이익을 둘러싼 분열과 대결 양상을 일상으로 여기는 사회 분위기를 형성시킴으로써, 앞으로 더 큰 갈등의 불씨를 키우고 말 것이다. 지금껏 그래 왔듯이 노, 사, 정과 국민 모두가 피해자로 남는다는 것이다. 왜 그러한가?

상대방을 굴복시키려는 습성

한국 사회는 압축적 근대화와 서구화 과정에서 개인과 집단이 자기 이익을 중심으로 급격하게 재편되었다. 그렇게 이해 관계를 중심으로 분화된 사회가 유지되려면 사회 세력간의 대타협이 필수적인 조건이 된다.

그럼에도 한국 사회는 전쟁과 분단이 남긴 이념적 도그마에서 벗어나지 못하고, 개인은 약육강식의 정글 법칙이라는 생존의 논리에 순응하고 있다. 이 사회가 자신의 생존을 위해서는 상대방을 꺾어야만 한다는 냉혹한 쟁투의 장으로 변모한 것이다.

이로부터 힘 대 힘이 적나라하게 맞부딪치는 물리적 대결주의가 횡행했다. 강한 힘을 보여 주지 않으면 얕보이고 짓밟히고 말 것이라는 피해 의식이 만연해 있다.

이 때문에 서로가 공멸할 것이라는 위기의 순간이 닥칠 때까지, 자신이 동원할 수 있는 물리력을 극대화하여 상대의 굴복을 얻는 것이 협상 전략으로 합리화된다.

국가 혹은 정부의 개입이 정당화된 것은 이러한 사회적 토양 때문이다. 노동의 요구를 불온시하고, 사회적 갈등은 물리적 폭력을 통해 배제하는 역할이 정당화되어 온 것이다.

시민 사회 집단 간의 자율적 합의 능력은 싹틀 수 없었다. 그 때문에 민주화에 이은 신자유주의의 확장으로 국가의 조정자 역할이 축소되는 오늘날에서는, 더욱 노골적인 이해 관계 투쟁이 전면화되고 있다. 그렇다면 이러한 악순환의 고리에서 벗어날 수는 없는가?

악순환의 고리에서 벗어나기

무엇보다 자기 책임의 원칙부터 분명히 세워야 한다. 정부의 개입과 간섭은 또 다른 분쟁을 불러일으키고, 시민 사회의 자율성을 해치기 때문에 장기적으로 비생산적인 소모일 뿐이다.

노조는 합법적인 파업 수단을 활용해 자신의 이해를 추구한 만큼 '무노동 무임금' 의 원칙을 받아들이고, 불법 행위가 있을 때는 이에 따른 책임을 져야 한다.

사측은 경영에 대해 무한의 책임을 가지는 존재이기에 파업에 따른 손실과 파산에 대해 스스로 감당해야 할 것이다.

정부는 불법 사태가 벌어지지 않는 한, 노사 자율의 원칙을 철저히 지켜야 한다. 이런 의미에서 직권 중재 권한은 헌법이 보장하는 보편적인 권리를 침해하는 악법으로, 구속과 투쟁의 악순환을 낳을 뿐이다. 따라서 이를 폐지하도록 해야 할 것이다. 정부는 다만 법을 엄격하게 집행하는 행위로써 충분하다.

시민은 타인의 권리 행사가 자신에게 미치는 불편에 대해 관용할 줄 아는 성숙한 자세를 보여야 할 때이다. 타인에 대한 관용을 흔쾌히 베푸는 자만이 자기 권리의 보장을 주장할 수 있는 정당성을 갖기 때문이다. 또한 지하철이 시민의 공기이며 시민적 권리를 주장할 수 있는 것이라고 믿는다면, 지하철에 대한 지배 구조를 혁파하는 주체로 나서야 할 것이다. 사실 노조와 서울시가 갖는 권한은 시민으로부터 위임받은 것이기도 하다.

따라서 그들의 권력이 지나치게 남용되거나 부당하게 행사된다면 시민에게 되돌려 줄 것을 요구할 수 있다. '지하철 시민운영위원회'를 구성하여 민주적이고 공익에 충실한 조직을 만들고, 책임질 수 있는 성숙한 역량을 발휘하면 될 것이다.

파업은 공존을 위한 학습 경험

파업은 계속되어야 한다. 3자의 중재나 강제적인 조정 같은 개입은 사회 전체의 학습 경험을 지연시킬 뿐이다. 파국은 파국대로 의미가 있다. 진정 우리 사회가 파국을 통해 무엇이 부족했는가를 깨

닿는 계기가 된다면 도약의 지렛대가 될 수도 있다는 것이다.

이는 무책임하고 방관자적인 태도로 말하는 것이 아니다. 지금까지 한국 사회를 지배해 온 패러다임, 투쟁을 통한 자기 이익의 추구가 민주 사회의 기본 원리이자 권리라는 낡은 인식의 틀을 깨기 위해서는 불가피하게 거쳐야 하는 과정으로 받아들이자는 뜻이다.

정치의 논리, 경제의 논리에 밀려 쉽게 얻어진 합의는 쉽게 무너지게 마련이다. 어설픈 개입주의나 시장만능주의가 통용된다는 것은 그만큼 우리 사회의 역량이 허약함을 반증한다. 이런 파업을 공존을 위한 사회적 시스템을 마련하는 전기로 만드는 것이 중요하다.

이것은 미증유의 실험이자, 역사의 시험이다. 역사적으로 한 사회의 도약은 위기에 대한 정면 대응을 통해서 이루어짐을 잘 알고 있다. 실험을 두려워해서는 더 이상 대안의 길을 찾을 수 없다.

우리는 진화할 것인가

이를 위해 노, 사, 정, 각 주체, 시민사회단체, 정치권이 함께 '사회적 공존을 위한 국민 대토론회'를 열 것을 제안한다.

이 자리는 과연 사회적 공존이 물질적 분배를 통해 가능하겠느냐는 문제 의식에서 출발한다. 물질적 재분배의 논리는 사회 세력 간 힘의 대립 관계를 전제하는 것이다. 그렇기 때문에 강자의 논리, 또는 시혜적 온정적 논리, 나아가서 포퓰리즘적 논리의 한계에서 벗어날 수 없다.

물론 힘의 논리가 민주주의를 일정 단계까지 끌어올리는 드라마틱한 동력이었음을 부정하자는 것은 아니다. 그러나 이제 그 논리는 공동체 전체의 과비용과 정체와 퇴행을 수반한다.

정보화 사회는 새로운 민주주의를 필요로 한다. 일극 중심에서 다극 중심으로, 폐쇄적인 시공간적 제한에서 다차원적 동시 접속 사회로 이동했기 때문이다.

이러한 네트워크 민주주의로 진화하기 위해서는 공존의 논리가 필요 불가결한 전제이다. 한국 사회는 지금 이 진화의 문턱에 걸려 비틀대고 있다. 백척간두의 위기로 볼 수 있다. 그만큼 첨예한 문제의식이 요구된다.

우리는 나눔이 타협이나 계약에 의해 강제되거나 인위적으로 조정되는 시스템이 아니라, 물 흐르듯이 자연스럽게 소통되는 시스템을 상상할 수 있을 것이다.

이 시스템의 전제도 신뢰이며, 얻고자 하는 결과도 신뢰이다. 본질은 휴먼 네트워크라 할 것이다. 이 신뢰야말로 사회의 모든 역량을 비약시킬 수 있는 핵심 개념이다.

하루가 다르게 변하는 세상에서 지금 우리 국민들은 불안과 혼란에 빠져 있다. 이러한 현실에서 어떻게 희망을 말할 수 있을까? 그 무엇보다도 먼저 공존할 수 있는 생존법을 찾아야 하지 않을까?

우리의 인간성 내부에는 죽음과 파괴의 길을 재촉하는 힘이 있다. 또한 생명과 창조의 길을 찾는 힘이 있다. 그 두 힘이 뒤섞인 채 인류의 오랜 역사를 만들어 왔다.

그 두 힘 가운데 어느 것에 의지해 살 것인가는 우리의 선택에 달린 것일까? 아니면 우리의 선택을 비웃는 또 다른 변수가 도사리고 있는 것일까?

나는 선택을 믿는다. 또한 생명과 창조의 힘을 믿는다. 이를 믿지 못하면, 우리는 죽음과 파괴의 힘에 짓눌려 망할 수도 있다. 진화하기는커녕 퇴화하고, 더 나아가 멸종할 수도 있다. 아무도 바라지 않는 일이 눈앞에서 벌어질 수도 있는 것이다.

비록 잘 보이지 않는다 해도 우리가 끝내 생명과 창조의 길을 찾아야 하는 이유가 거기에 있다.

변하고 또 변하는 우리

만고불변의 진리가 하나 있다면, 세상은 늘 변하고 또 변한다는 것이다.

변하지 않는 것은 이 세상에 아무것도 없다. 그런 탓인지 '변하지 않은 것' 을 보면 무척이나 반갑다. 아니, 정확히 표현하면 '변하지 않은 것' 이 아니라, 실제는 변했지만 '변하지 않은 듯 보이는 것' 이 반가운 것이다.

고향, 가족, 옛 친구를 보면 '변하지 않은 듯 보이는 것' 을 확인하며 가슴이 뭉클해지곤 한다.

일전에 아내와 함께 고향에 갔었다. 행사가 있어 여러 지역을 다니던 중에 잠시 들른 길이었다.

우리는 먼저 아버지와 어머니가 함께 묻히신 공동 묘지로 갔다. 고향이 쓸쓸하게 느껴지는 것은, 함께 살던 가족이 거기에 다 없기 때문이다. 누구는 이승을 떠나고, 누구는 낯선 곳으로 가 사니, 세월의 변화를 그 빈자리로 절감한다.

고향에는 방앗간을 하는 누이동생이 하나 남아 있다. 우리는 공동 묘지에서 곧바로 그 방앗간으로 갔다. 고향에 남아 있는 가족, 변하지 않은 듯 보이니, 빈 가슴이 좀 채워지는 듯했다.

누이동생은 아내에게 쑥떡 한 상자를 내밀었다. 살아생전에 어머니는 고향을 떠나 사는 우리에게 쑥떡을 보내주시곤 했었다. 그 쑥떡을 통해 가족과 고향의 따뜻한 기운이, 변하지 않은 듯 보이는 것이 전해졌었다.

다른 떡은 거의 먹지 않고 쑥떡만 먹는 아내는, 시누이가 주는 쑥떡을 먹으며 시어머니를 떠올렸다. 우여곡절이 많았던 고부 관계가 그 쑥떡 속에 배어 있었을 것이다.

그렇게 쑥떡으로 떠올리는 식의 추억은 옛 친구들과의 만남으로 이어졌다.

"친구가 이렇게 금의환향한 것이 기뻐."

한 친구가 국회의원으로 변한 나를 그렇게 반겨주었다. 금의환향? 봉건시대의 느낌이 풍겨지는 그 말이 왠지 세월의 변화를 더욱 실감케 했다.

물론 변한 것은 나만이 아니었다. 우리는 술을 마시며 밤이 깊어지도록 많은 이야기를 나누었는데, 우리가 얼마나 변했는지를 느낄 수 있었다. 그와 동시에 나는 '변하지 않은 듯 보이는 것'을 확인하며 과거로의 여행을 떠났다.

한 친구는 몹시 취했는데, 눈을 떴다 감았다 하며 술상 앞에 앉은 채로 끝까지 버텼고, 또 다른 친구는 스스로 자신의 상태를 알고 누웠다. 누웠던 그 친구는 얼마 후 정신을 차리고 나서, 버티고 앉아 있는 친구를 편히 눕히려 했다. 그러나 몇 번이나 눕히려 해도 그 친구는 눕지 않았다. 그 광경을 바라보며 내가 말했다.

"학교 다닐 때와 똑같아. 본질적으로 변한 게 없어. 저 친구는 저렇게 끝까지 버티며 누가 뭐라 해도 자기 길을 갔고, 또 너는 자신을 챙기며 유별나게 남도 챙겨 주려고 했지. 이 친구야, 앉아 있겠다고 하는데 그렇게 눕히려고 애쓰지 마. 자고 싶으면 자고, 앉아 있고 싶으면 앉아 있고, 눕고 싶으면 눕고, 더 마시고 싶으면 마시고, 집으로 가고 싶으면 가면 되는 것이야."

그밖에도 나는 말투나 생각하는 방식 같은 것을 예로 들며 "본질적으로 변한 게 없어" 하고 말했다. 그러자 친구들도 내게서 변하지 않은 듯 보이는 것들에 대해 이것저것 말했다. 과연 내가 그랬나? 지금도 그런가?

'변하지 않은 듯 보이는 것'을 서로 확인해 보면서, 현재와 과거를 오가다가, 결국 우리는 변한 것을 알고 헤어졌다. 세상은 늘 변하고 또 변한다는 것을 고향에 가서도 새삼 느낄 수 있었다.

사람에게 인정받고 싶은 사람

누가 내게 '왜 사느냐?' 고 물으면, 나는 '인정받고 싶어 산다' 고 대답한다.

또 누가 내게 '언제 행복을 느끼느냐?' 고 물으면, 나는 '인정받을 때 행복을 느낀다' 고 대답한다.

나는 나의 존재 가치를 인정받고 싶어 산다.

나는 남편으로서 아내에게 인정받고 싶어 산다.

나는 아버지로서 자식에게 인정받고 싶어 산다.

나는 자식으로서 부모에게 인정받고 싶어 산다.

나는 형으로서 동생에게 인정받고 싶어 산다.

나는 동생으로서 형에게 인정받고 싶어 산다.

나는 친구로서 친구에게 인정받고 싶어 산다.

나는 동지로서 동지에게 인정받고 싶어 산다.

나는 동료로서 동료에게 인정받고 싶어 산다.

나는 선배로서 후배에게 인정받고 싶어 산다.

나는 후배로서 선배에게 인정받고 싶어 산다.

나는 친지로서 친지에게 인정받고 싶어 산다.

나는 국민을 대표하는 국회의원으로서 국민에게 인정받고 싶어 산다.

나는 그렇게 나와 관계를 맺고 있는 사람들에게 인정받고 싶어 산다. 그리고 인정받을 때 행복을 느낀다. 또한 나는 나와 관계를 맺고 있는 사람들을 인정하고 싶다. 인정받을 때 그들 역시 행복을 느낄 것이다.

누구나 그러하듯 나는 사람에게 인정받고 싶은 사람이다. 사람에게 인정받을 때 행복을 느끼는 사람이다.

8장

우리의 관계가 승패를 가른다

행복으로 가는 길

왜 사는가?

바람이 부는 도시에서 참으로 맑은 하늘을 바라보며, 오늘 나는
그 답 하나를 생각한다.

사람은 관계 속에서 살고 있다. 나와 타인의 관계, 나와 사물의 관
계, 나와 세상의 관계, 나와 자연의 관계, 그 모든 관계 속에서 살고
있는 것이다. 누군가와 관계를 맺고, 그 맺은 관계를 발전시켜, 좋은
관계가 주는 행복을 맛보려고 사는 것이 아닐까?

존재는 곧 관계를 의미한다. 관계를 맺지 않고 저 홀로 존재하는
것은 없다. 그런 존재는 완성을 꿈꾼다. 사랑을 말하면 사랑의 완성
을 꿈꾸는 것이다. 그러니 관계의 완성, 그것이 왜 사는가에 대한 답
이 될 수 있을 것이다.

나와 너의 관계를 완성시키기 위해 나는 산다. 나와 너의 관계가
소멸된다면 우리의 의미는 사라진다. 우리가 함께 사는 의미가 사라
지는 것이다.

사람의 희로애락은 관계가 만들어내는 감정들이다. 누군가와의
관계에 막힘이 있으면 심란해지고, 그 관계가 파괴되어 고립되면 불
행에 휩싸이게 된다.

관계는 어떻게 맺어야 할까? 그 첫걸음은 상대방을 인정하는 것에서 시작된다. 내가 존재하듯 상대방도 존재한다. 나에게 귀중한 생명이 있듯 상대방에게도 귀중한 생명이 있다. 내가 자기 이익을 구하듯 상대방도 자기 이익을 구한다. 그렇게 상대방을 인정하지 않으면, 관계는 멀어지고 불행의 그림자가 가까이 다가온다. 행복을 찾는 인생의 법정에서 상대방을 인정하지 않는 태도는 유죄이다.

자기 중심의 시선에 사로잡혀 있으면, 상대방을 인정하지 않는 죄를 저지르기 쉽다. 사랑도 그런 시선에서 벗어나 있지 못하면, 이기성과 자기 욕망의 충족으로 변질되어 버린다.

영국 시인 T. S. 엘리어트는 현대인의 정신적인 황폐함을 보며 이렇게 말했다.

'사람 사이의 관계란 사랑할 수 없는 존재와 사랑 받을 수 없는 존재와의 관계이다.'

날카로운 지적이기는 하지만, 참으로 우울하고 비관적인 견해가 아닌가. 사랑함에 있어, 상대방을 인정하지 않는 죄를 짓는다면 그는 사랑할 수 없고, 사랑 받을 수 없는 존재가 될 것이다. 인정하지 않는 것은 단순한 무시 차원에 머물러 있지 않고, 상대방에 대한 침해로 이어질 수 있다.

그 극단적인 예를 소설 〈죄와 벌〉에서 볼 수 있다. 주인공인 청년 라스콜리니코프는 나폴레옹의 행위를 정당화한다. 보통 사람이 아니라 나폴레옹 같은 특별한 인물은 자신이 목적한 바를 이루기 위해, 전쟁을 일으켜 수많은 사람들을 죽일 권리를 갖는다고 믿는다.

라스콜리니코프는 자신도 그런 특별한 인물의 권리를 갖고 있다고 생각한다. 그런 생각이 바탕이 되어, 사회적으로 무가치한 인물의 돈을 빼앗아 사회에 유익하게 쓰는 것이 옳다는 판단을 한다.

그래서 무가치해 보이는 전당포 노파를 살해하고 그녀의 돈을 빼앗는다. 그러나 살인을 저지른 후에 그는 죄의식과 불안에 시달린다. 자신이 특별한 인물이 아니고, 또 특별한 인물이라 해도 그런 권리를 갖는 것은 아니라는 것을 스스로 드러내는 것이다.

라스콜리니코프에게는 전당포 노파를 무가치한 인물이라고 단정할 권리가 없다. 그 노파를 죽일 권리는 더더욱 없는 것이다. 나폴레옹에게도 전쟁을 일으켜 사람들을 죽일 권리는 없다.

그 모든 일이, 자기 중심의 시선으로 보고 상대방을 인정하지 않는 것에서 출발한다. 매춘부인 소냐와의 관계에서 라스콜리니코프는 상대방을 인정하는 태도를 갖게 되고, 비로소 자신의 죄를 참회한다.

주인이 노예를 함부로 다루는 것은, 노예가 자신과 같은 사람임을 인정하지 않기 때문이다. 개처럼 다루는 것은 개로 인정하는 것이고, 돼지처럼 취급하는 것은 돼지로 보는 탓이다.

세상을 보는 눈이 다르다고 대립각을 팽팽하게 세운 채, 서로 멱살을 잡고, 주먹다짐을 하고, 흉기를 휘두르고, 그래서 멍이 들고, 피를 흘리고, 상처를 내고, 죽고 죽이는 일이 끊이질 않는 것도 보는 눈이 다를 수 있음을 서로 인정하지 않기 때문이다.

이렇듯 사람의 개인적인 불행이나 인류 일반의 불행이나 그 바탕에는, 상대방을 인정하지 않으면서, 침해하면서 생기는 관계의 파괴가 깔려 있다.

행복한 사람은 자신과 상대방 사이의 관계를 완성시키려고 정성을 다한다.

창과 방패

봄날에, 좀 엉뚱한 생각을 해본다. 우리나라 헌법 제 1조 '대한
민국은 민주 공화국이다'에서 '민주'를 '협상'으로 바꾸면 어떨까?
대한민국은 협상 공화국?

존엄한 헌법과 민주주의의 가치를 가벼이 여기며 하는 객소리는
아니다. 다만 협상 공화국, 협상할 줄 아는 사람들이 서로 어울려 사
는 나라가 되기를 바라는 소망을 품어 보는 것이다. 노동 운동가로,
이어서 정치가로 일생을 협상의 현장에서 살아 온 사람의 눈으로 보
면, 우리나라 사람들은 협상에 참으로 서툴다.

중국 전국 시대의 책 〈한비자〉에 나오는 창과 방패 이야기가 떠오
른다. 거리에서 한 상인이 창과 방패를 파는데, 그 꼴이 가관이다.

창을 든 상인은 이렇게 구경꾼들을 유혹한다. "잘 보시오. 이 창은
백 번 천 번 두들겨 만든 보물로, 이 세상 어느 방패라도 이 창을 막
아 내지는 못합니다."

잠시 후, 이번엔 방패를 든 그 상인이 또 목소리를 높인다. "잘 보
시오. 이 방패는 유명한 대장장이가 만든 보물로, 이 세상 어느 창도
이 방패를 뚫지는 못합니다."

이를 유심히 지켜보던 한 구경꾼이 상인에게 물었다. "창도 방패

도 대단한 물건인가 보군요. 그런데 그 창으로 그 방패를 찌르면 어떻게 되는 거요?"

얼굴이 붉어진 상인은 더 이상 입을 놀릴 수 없었다. 모든 방패를 다 뚫는 창과 모든 창을 다 막아 내는 방패가 겨룬다? 그것은 앞뒤가 맞지 않는 말로, '모순'의 어원이 이 이야기에서 나왔음을 우리는 익히 알고 있다.

그런데 우리 사회에는 그 상인의 세 치 혀에 속아서 각각 창과 방패를 산 듯한 사람들이 너무도 많다. 자기 창으로 모든 방패를 뚫을 수 있다고 믿고, 자기 방패로 모든 창을 막아 낼 수 있다고 믿는 이들이다.

그들은 자기의 창 혹은 방패만을 믿으며 오만과 독선과 기만과 위선의 늪에서 좀처럼 빠져 나오지 않는다. 물론 그들은 협상에도 별 관심을 두지 않는다.

먼저 이 정부의 정책을 보자. 부동산 가격을 안정시키겠다며 숱한 정책을 쏟아냈다. 그러나 강남 지역은 물론 전국의 땅값과 집값이 엄청나게 치솟는 결과만을 초래했다. 그런데도 이 정부는 정책이라는 창을 시장이라는 방패를 향해 함부로 찔러대고 있다.

시장 원리를 지키려는 방패를 어설픈 인위적인 정책으로 뚫을 수 있다고 믿는 것은 자기가 갖고 있는 창에 대한 믿음 때문인가? 그런 믿음을 갖는 것이야 자유라 해도, 그것 때문에 왜 국민이 괴로워해야 하는가?

어디 부동산 정책뿐인가. 양극화 해소라는 과제를 안고 있는 이 시대에 이 정부는 수많은 규제를 통해 경제의 저성장을 초래했고, 그 결과 양극화는 더욱 심화되었다. 규제라는 창은, 양극화를 해소하기는커녕 성장의 나무에 상처를 냈을 뿐이다.

시장 원리를 파괴하려는 창은 성공할 수 없다. 그렇다고 방패를 바라보며 창이 무기력하게 서 있어야 한다는 뜻은 결코 아니다. 정부가 하지 말아야 할 일이 있듯이, 정부가 꼭 해야 할 일이 있다.

양극화 문제를 놓고 본다면, 먼저 사회 안전망을 구축하는 일을 꼽을 수 있다. 시장에서는 경쟁이 있게 마련이고, 그 경쟁에서 탈락한 사람들은 최소한의 인간적인 삶도 이어가지 못하는 경우가 있다. 이럴 경우 그들을 버려둔다면 우리는 지속 가능한 성장을 하기 힘들게 된다.

일부의 극단적인 시장주의자들은 사회 안전망을 구축하는 일조차 찬성하지 않는다. 시장에 맡겨 두면 양극화 문제도 다 해결된다는 식이다. 시장에 대한 그들의 지나친 낙관주의는 경계해야 한다.

시장 원리를 지키겠다는 방패로 모든 창을 막아 낼 수는 없는 것이다. 양극화는 우리나라만의 문제가 아니라 전 세계가 고민하고 있고, 또 그 심각성은 점점 커지고 있다. 부자 나라와 가난한 나라 사이의 양극화를 우려하는 목소리도 점점 높아지고 있다.

따라서 무슨 일이 일어날지 아무도 예측하지 못한다. 양극화의 문제가 깊어져 가령 전쟁이 일어난다고 하자. 공상이 아니라 충분히 가정할 수 있는 일이다. 이미 두 차례 겪은 세계 대전이 일어나기 전의 상황과 비교하면서 3차 세계 대전의 발발 가능성을 말하는 이들도 있다.

시장은 자기 원리만 내세우는 방패로 전쟁이라는 그 창을 막아 낼 수 있다고 믿는가? 그 창은 전쟁의 형태로만 나타나는 것도 아니다. 어디에서 어떤 형태로 나타날지 예상하기 힘들다. 그렇기에 사회 안

전망 구축까지 꺼려하며 시장주의만 내세우는 것 역시 오만이요, 독선이요, 기만이요, 위선이다.

모든 방패를 뚫는 창도 없고, 모든 창을 막아 내는 방패도 없다. 그렇다면 창과 방패는 어떻게 해야 하나? 먼저 서로 맞선다는 대립 구도를 버려야 한다. 왜 창과 방패는 맞서야만 하는가?

협상을 통해 창과 방패가 하나가 되면, 그 힘이 더욱 강해진다는 것은 삼척동자도 알 일이다. 협상을 하려면 창을 든 사람은 방패를 든 사람의 입장에서, 방패를 든 사람은 창을 든 사람의 입장에서 자기 이익을 찾아야 한다. 그것이 협상의 기본이다. 물론 정부와 시장의 관계에서만 그런 것은 아니다.

그런데 우리 사회에는 협상보다는 대립 구도가 더욱 위세를 떨치고 있다. 사람들이 흔히 말하는 보수와 진보의 대립을 생각해 보자. 보수를 자처하는 사람들은 자기들의 방패로 진보의 모든 창을 막을 수 있다고 믿는 것일까? 진보를 자처하는 사람들은 자기들의 창으로 보수의 모든 방패를 뚫을 수 있다고 믿는 것일까? 그런 일은 일어난 적도 없고, 일어나지도 않고 있고, 결코 일어나지도 않을 것이다. 그렇다면 어떻게 해야 하나?

끝까지 자기 창의 날카로움을 믿고, 자기 방패의 견고함을 믿고 싸워야 하나? 그것은 어느 한 쪽의 죽음만을 가져오는 것이 아니라 함께 패배하는 길을, 공멸을 불러올 뿐이다.

협상을 통해 이 자연 속에서 공존하는 길을 찾는 길 말고 달리 무슨 방도가 있을까? 아무리 생각해 봐도 다른 대안이 떠오르지 않는다. 그런데 우리는 왜 그리도 협상에 서툴까? 혹시 지금도 〈한비자〉에 나오는 그 상인의 허풍에 속고 있는 것은 아닐까? 그래서 자기의 창 혹은 방패를 과신하는 것은 아닐까?

창과 방패가 빚어내는 모순, 이를 두고 러시아의 문호 톨스토이는 〈인생론〉에서 이렇게 말한다.

> "우리 삶에는 수많은 모순들이 있는데, 그것을 해결하는 길은 오직
> 사랑뿐이다."

사랑? 수많은 사람들이 사랑이라는 주제에 매달리는 이유 가운데 하나가 거기에 있을 것이다. 그렇다 해도 '사랑'보다는 '협상'이 더 신뢰할 만한 길이라고 믿는 사람도 있다.

나는 사람이 이러한 문제를 해결하는 길이 '사랑'이라는 점을 부정하지 않는다. 그러나 사랑은 너무도 막연할 수가 있기에, 서로 도와서 함께 산다는 뜻의 '공존'을 그 대안으로 제기해 본다.

공존이 되려면 우선 상대를 인정해야 한다. 서로가 서로의 존재를 인정할 필요가 없다면 각자 자신의 방식대로 상대를 대할 것이기 때문이다. 문제는 그 필요성에 대하여 합의점을 찾을 수 있어야 한다.

서로의 역할이 필요하고 소위 시너지 효과를 기대할 수 있는 점을 인정한다면, 즉 공존을 인정한다면 '빼기(−)'와 '나누기(÷)'가 아니라 '더하기(+)'와 '곱하기(×)'를 생각한다면 새로운 희망을 만들 수 있지 않을까?

말과 당나귀

이스라엘이 레바논을 침공해 어린아이를 포함한 수많은 민간인을 무자비하게 학살한 뉴스를 접하며, 시위 현장에서 쓰러진 포항건설 노조원 하중근 씨의 사망 소식을 참담한 심정으로 들으며 생각해 본다. 이러한 비극을 끝장내고 살 수는 없을까? 비극에는 이유가 있다.

사람에게는 이기적인 유전자가 뼛속 깊숙이 박혀 있다. 가장 소중한 것은 나, 내 가족, 내 조직, 내 나라, 내 민족, 내 종교, 내 신념이다. 아무리 생각해 봐도 앞세울 것은 '너'가 아니라 '나'이다. 이를 부인하는 사람은 거짓말쟁이이거나 위선자일 것이다.

사람의 본성이 그러니 눈을 감아도 피할 수 없는 문제가 하나 있다. 이익을 앞에 두고 나의 이기적인 유전자와 너의 이기적인 유전자가 칼날처럼 맞설 때 어떻게 해야 하나? 사람이 태어나는 그 순간부터 마지막 숨을 쉴 때까지 결코 떨쳐 버릴 수 없는 의문이다.

사람은 부모로부터 물려받은 유전자에 따라 살게 마련이니, 이기적인 유전자가 시키는 대로만 하면 될까? 〈이솝 우화〉에 나오는 '말과 당나귀' 이야기가 떠오른다.

말과 당나귀가 한 주인 아래 있었다. 어느 날 주인은 말과 당나귀에 짐을 잔뜩 싣고 먼 길을 떠났다. 며칠이 지나자 기진맥진해진 당나귀는 걸음을 떼는 것조차 힘들게 되었다.

가쁜 숨을 내쉬며 당나귀가 말에게 말했다.

"말아, 이대로 가다가는 나는 곧 죽고 말거야. 네가 내 짐을 조금만 덜어 줄 수 없겠니?"

이에 말은 버럭 화를 내며 목소리를 높였다.

"이 염치없는 당나귀야, 나도 힘들어 죽겠는데 네 짐까지 짊어지라고?"

"조금만."

"싫어!"

말은 냉정했다. 어쩔 수 없이 당나귀는 사력을 다해 걷기 시작했다. 그리고 얼마 가지 못해 쓰러졌고, 결국 죽고 말았다. 그러자 주인은 당나귀가 짊어졌던 짐 전부를 말에 실었다.

네 다리가 모두 후들거릴 정도로 많은 짐을 짊어진 말은 그제야 후회했다.

"당나귀 부탁대로 짐을 조금만 덜어 주었더라면 내가 이렇게 힘들진 않았을 텐데, 이게 무슨 꼴이람."

이 우화를 통해 이솝이 전하고자 하는 교훈은 유치원생이라도 알만큼 뻔하다. 서로 도와 함께 사는 공존의 지혜를 갖자는 것이다.

그러나 문제는 그리 간단치 않다. 당나귀의 이기적인 유전자는 자신의 힘겨움을 덜고자 한다. 그에 대해 누가 감히 나무랄 수 있겠는가. 말의 이기적인 유전자 역시 자신의 힘겨움을 덜고자 한다. 그에 대해 또 누가 오만하게 나무랄 수 있겠는가.

물론 지나치게 말의 입장만 내세워서 혹은 당나귀의 입장만 앞세워서 자기의 이익만을 목소리 높여 외치는 이들도 있다.

말의 입장만 내세우는 이들은 말할 것이다. 당나귀는 힘이 약해 죽은 것이다! 강한 자가 살아남고 약한 자가 죽는 것은 당연하다! 그 약한 자 때문에 내가 더 힘들어진 것이 불만일 뿐이다!

아마도 이런 부류의 대표로는 나치의 우두머리 히틀러가 손꼽힐 것이다. 그는 자신의 저서 〈나의 투쟁〉에서 "약자를 누른 강자가 세계를 다스린다."고 주장한다. 그러고는 제멋대로 게르만 민족이 강자라고 하면서, 약자라고 제멋대로 단정한 유태인 학살에 나섰다. 그런데 히틀러에게 그토록 혹독하게 당했던 이스라엘이 지금은 레바논에서 잔혹한 학살을 저지르니 이 무슨 조화란 말인가.

당나귀의 입장만 앞세우는 이들은 말할 것이다. 말이 조금만 도와주었다면 죽지 않았을 것이다! 강한 자는 매정하다! 그 강한 자 때문에 죽게 된 것이 원통할 뿐이다!

이런 부류의 사람들 가운데는 사회 안전망을 갖추고 우리 사회가 꼭 보호해야 할 이들이 있다. 20퍼센트쯤 되는 살기 어려운 계층이 그 대상이 될 것이다. 그런데 이런 부류 가운데는 더러 손가락질을 받는 이들도 있다. 스스로 별 노력도 하지 않으면서 세상 탓, 남 탓을 하거나 거지 근성, 노예근성을 드러내는 이들이다.

어떻든, 〈이솝 우화〉 속의 말과 당나귀가 지닌 이기적인 유전자를 비난할 자격은 그 누구에게도 없다. 그런데 문제는 비난의 대상이 되느냐 아니냐에 있지 않다.

우리의 신경을 자극하는 것은, 그 둘의 이기적인 유전자가 날카롭게 대립함으로 인해 당나귀는 죽고, 홀로 남은 말은 더욱 고통스러워진 비극이 생겼다는 점이다.

어떻게 그런 비극을 막을 수 있을까? 나는 협상이 최선의 방법이라고 굳게 믿고 있다. 누군가의 일방적인 시혜나 폭력적인 방법 따위는 결코 그 답이 되지 못한다.

말에게 일방적인 시혜를 요구할 수 있을까? 그럴 수 없다. 설사 말이 은혜를 베풀어 당나귀의 짐을 덜어 주었다고 하자. 얼마 가지 않아 말도 곧 지칠 것이다. 그러면 속으로 쌓이고 쌓인 불만이 폭발할 것이다. 시혜를 받은 당나귀 역시 안절부절못할 것이다. 그러면 그 결과는 어떨까? 그 둘 모두에게 불행을 안겨 줄 뿐이다.

폭력적인 방법도 절망적인 결과만 낳을 뿐이다. 그럴 힘도 없겠지만, 당나귀가 폭력을 동원해 자기 짐을 말에게 짊어지게 했다고 하자. 힘들어진 말은 가만히 있겠는가? 말도 곧 폭력을 사용할 생각을 할 것이다. 폭력은 폭력을 부르는 신호등이다.

말과 당나귀에게 남은 선택은 협상뿐이다. 다른 그 무엇이 있겠는가? 협상의 사전적 의미는 '협의에 의하여 어떤 목적에 부합된 결정을 하는 일'이다. 말과 당나귀의 목적은 그 누가 죽지도 않고, 그 누가 둘의 짐을 홀로 다 감당하지도 않고 무사히 목적지까지 가는 것이다.

그 목적을 이루기 위해서 말과 당나귀는 먼저 위기의식을 느껴야 한다. 서로 돕지 않으면 비극이 온다는 자각 말이다. 그런 후에 협상을 통해 둘 모두에게 이익이 되는 구체적인 방법을 찾는다. 당나귀가 힘들 때는 말이 짐을 덜어 주고, 가벼운 짐으로 원기를 회복한 당나귀는 다시 지친 말의 짐을 덜어 주고 하는 것도 하나의 방법이다. 그런 방법을 찾지 못하면 결과는 우화처럼 비극으로 끝나기 십상이다.

대립하는 여러 주체들이 비교적 성공적으로 사회적인 대타협을 이룬 네덜란드의 예는 시사하는 바가 크다. 네덜란드의 국토는 바다보다 낮다. 그래서 제방을 쌓아 바닷물을 막고 나라를 건설했다. 만약 제방이 무너지기라도 한다면 국민 모두가 삶의 터전을 잃게 된다는 위기의식이 있었다.

부유한 사람과 가난한 사람, 노동자와 사용자, 권력자와 서민, 남자와 여자 등을 가릴 것 없이 제방 앞에서 국민 모두가 공동 운명체가 되었다. 서로 협력하지 않으면 공멸한다는 의식이 그들의 협상을 성공적으로 이끌었다. 그 결과로 노사 관계만 보더라도 공존의 모델로 전 세계의 본보기가 되고 있다.

그런데 우리에게는 공존하지 않으면 공멸한다는 그러한 위기의식이 없는 것일까? 그래서 대립하는 여러 주체들이 서로 협상할 의지가 없는 것일까? 그래서 나의 이기적인 유전자와 너의 이기적인 유전자가, 폭력과 폭력이 맞붙어, 시위에 나선 노동자의 죽음 같은 불행한 일들이 끊임없이 벌어지는 것일까?

그렇다면 우리에게 희망은 너무도 멀다. 오해하지 마시라. 공연히 우리에게 있지도 않은 제방을 내세우며 위기의식을 조장할 생각은 추호도 없다. 그러나 눈을 뜨고 우리 주위를 보자. 날선 대립들이 섬뜩할 정도가 아닌가? 공존을 가로막는 장애물이, 공멸을 불러올 수도 있는 지뢰밭이 우리 사회 곳곳에, 너무도 많이 깔려 있다.

그렇지 않은가? 대한민국은 위기에 빠져 있지 않은가? 위기의 현실을 똑바로 본다면, 제로섬으로 머릿속이 채워진 전사들은 목소리를 낮추어라. 지금은 공존을 위해 협상을 할 때이다.

'내 탓' 없으면 '희망' 없다

굳이 정치적 성향을 따져 보수니 중도니 진보니 가를 것 없이 대한민국 정치가들의 머릿속에 공통으로 있는 것은 '네 탓'이요, 없는 것은 '내 탓'인 듯싶다.

또한 있는 것은 '내 공'이요, 없는 것은 '네 공'이 아닌가 한다. 사실 정치가를 바라보는 국민의 냉엄한 눈빛에는 이보다 더 독한 비난과 추궁도 어려 있으니, 위와 같은 표현을 두고 어찌 편협한 독설이라고만 할 수 있겠나.

이를 악문 '네 탓' 공방으로 전장 같아진 요즘 정가, 거기에서 '내 탓'을 말하는 〈맹자〉의 다음과 같은 구절은 책상물림의 물색없는 독백쯤으로 여겨지기 십상이다.

"사람을 사랑하되 그 상대가 나를 사랑하지 않는다면, 나의 사랑에 부족함이 없는지를 되돌아보라. 사람을 다스리되 그 상대가 다스림을 받지 않는다면, 나의 다스림에 잘못이 없는지를 되돌아보라. 사람을 존경하는데 보답이 없다면, 나의 존경에 모자람이 없는지를 되돌아보라. 행하여 얻음이 없으면, 모든 것에 대한 나 자신을 반성하라. 내가 올바르다면 천하는 모두 나에게 돌아온다."

웬 공맹 타령이냐며 당장 이런 항변이 나올 수 있겠다. 상대방을 사랑하고자 하는 마음을 잃지 않았다면, 그런 관계 속에서야 '내 탓'을 하며 노력할 수도 있겠다.

그러나 사랑하고자 했던 상대방에게서 배신감을 느끼고, 더 나아가 적의까지 느끼게 될 때 어찌 '내 탓'만 하고 있겠냐고 말이다. 정치가에게 선거에서의 승리는 포기할 수 없는 이익인데, 그것을 두고 그 상대방과 겨루게 되고 갈등할 때 어찌 그럴 수 있겠냐고 말이다.

그런 항변이 맹자의 한 말씀보다 더 솔직한, 인간의 본성에 충실한 자기 고백일까? 선거를 앞두고 서로 '네 탓'을 앞세우며 벌이는 갈등과 대립은 점입가경으로 이 나라의 정치 문화가 어떠한지를 극명하게 드러내 준다.

다른 당 이야기를 먼저 꺼내는 게 그리 썩 내키는 일은 아니지만, 열린우리당에서 대통합 민주신당으로 문패를 바꾸는 그 희한한 과정을 보자.

지도부에 있으면서 당을 이끌었던 중진들에서부터 기회 있을 때마다 개혁을 입에 담던 신진들에 이르기까지 경쟁이라도 하듯 차례차례 당을 떠났다. 식구가 모두 집이 싫다고 가출을 하면서 '형님 먼저 아우 먼저' 하는 꼴과 다름이 없었다.

떠나면서 그들은 한때 당 대표를 했건 장관을 했건 '내 탓'은 끝내 하지 않고, 당의 실패를 '네 탓'으로 돌리기에 바빴다. 그러면 자신들이 면죄부라도 받으리라, 당의 허물에서 자유롭게 되리라 기대했는지 모르지만 국민은 그렇게 어리석지 않다.

어떤 이는 '민심을 잃은 대통령 때문에 당이 망했다'고 하고, 어떤 이는 '싸가지 없는 386 때문에 당이 망했다'고 하는 등 '네 탓'도 가지각색이었다.

그 어느 누구도 '내 탓' 을 하지 않는 그 천박하고 황당한 광경을 바라보며 국민은 냉소를 지을 뿐이었다. 그런데 더욱 기이한 것은 사분오열되어 서로 '네 탓' 을 하던 그들이 거의 대부분 다시 한 지붕 아래 모였다는 사실이다. '반한나라당 세력의 단결' 이라는 요상한 깃발을 치켜들고 말이다.

대통령이 되고 싶다는 어떤 이는, 물론 그도 당을 떠나면서 '네 탓' 을 앞세웠는데, 장관 시절 관여한 개성 공단 사업을 '내 공' 이라 자랑하며 지지를 호소했다. 잘 되면 내 공이고 못 되면 조상 탓이라는 속담에 딱 어울리는 사례가 아닌가.

또한 한나라당에서 대통합 민주신당으로 간 어떤 이는, 한나라당 소속의 도지사로 이룬 성과를 '내 공' 으로 뽐내며, 한나라당을 향해 이 나라가 안고 있는 많은 문제가 '네 탓' 이라고 부끄러움도 없이 당당하게 말한다. 그러면서 대통령을 하겠다고 하니 앞의 사례와 꼭 닮았다.

물론 이런 일들이 대통합 민주신당 내부에서만 일어난 것은 아니다. 참여정부 자체가 국민의 참여를 이끌어내지 못한 채 '내 탓' 보다는 '네 탓' 을 내세우며 독선과 오만의 함정에 빠져 국민을 우울하게 했다.

여전히 개선의 기미가 보이지 않는 양극화의 심화, 비정규직의 양산, 사교육의 병적 팽창, 부동산 가격 폭등 등 국민에게서 희망을 앗아가는 일들이 쌓이고 쌓임에도 이 정부는 보수 세력의 저항, 언론의 왜곡, 노사의 갈등, 신자유주의의 득세 등을 이유로 들며 '내 탓' 아닌 '네 탓' 을 하기에 바빴다.

권력을 쥐고 나라를 이끄는 이들이 그러니 국민이 어찌 희망을 품을 수 있겠는가. 그런데도 이 정부에 참여했던 이들과 지지자들이 모여 '참여정부 평가포럼'이란 조직을 만들고 '내 탓'보다는 '내 공'을 알리겠다고 목소리를 높이니 참으로 딱한 노릇이다.

이 정부와 다른 당의 과오만 늘어놓는다면 이 역시 '내 탓'은 없고 '네 탓'만 있는 꼴이 될 것이다.

치열한 경선을 통해 우리 한나라당의 대선 후보가 정해졌다. 경선이 뜨거웠던 만큼 승자와 패자 사이에 패인 골도 깊어졌다. 같은 당의 동지로서 모두가 화합을 말하지만, 그게 쉬운 일만은 아닌 게 현실이다.

왜 그럴까? 화합을 위해서라며 승자가 패자에게 '네 탓'을 하라 하고, 패자가 승자에게 '네 탓'을 하라 하기 때문이 아닐까? 화합을 위해 승자는 승자로서 '내 탓'을 하고, 패자는 패자로서 '내 탓'을 한다면 칼로 물 베기를 한 것처럼 다시 동지애를 갖게 되지 않겠나.

경선 후유증만이 문제가 아니다. 정치를 하며 한나라당 역시 '내 탓'보다는 '네 탓'에 익숙해 있는 것은 아닌가. 비록 중앙 정부를 주도하는 정권을 잡지는 못한 채이지만, 수도 서울과 경기도를 비롯한 상당수의 지방 정부 단체장이 한나라당 소속이다. 국회에서도 한나라당의 책임은 막중하다.

그런 실정에서 분명 우리에게도 국민의 복리 증진을 위해 최선을 다하지 못한 '내 탓'이 있는 것이다. 하나에서 열까지 이 정권을 바라보며 '네 탓'만 할 수 있을까?

공약도 그렇다. 설득력이 약한 것에 대해서는 먼저 '내 탓'을 해야 할 것이다. 대선 후보가 국민에게 일방적으로 제시하는 공약도 의미가 있겠으나, 더욱 중요한 것은 국민 속으로 들어가 국민이 진정으로 원하는 것이 무엇인지 알고, 그것을 정책과 공약으로 삼는 것이 아닐까. 그런 반성을 바탕으로 미래의 희망을 제시할 때 비로소 국민은 정권 교체를 선택할 것이다.

경쟁 세력의 실패에 기대어, '네 탓'을 하며 올린 지지율은 일순간 사라지는 거품이 될 수 있다. 국민은 거품을 보며 잠시 현혹될지는 몰라도 참다운 희망을 품지는 않는다.

한나라당에 가해지는 칼날 같은 비판도 겸허하게 받아들여야 한다. '부자를 위한 정당'이니 '수구 꼴통 정당'이니 '웰빙 정당'이니 하는 비판에는 아무런 이유가 없을까? 억울한 누명이기만 한 것일까?

아니다. 진보에도 엉터리 진보가 있듯, 보수에도 가치 없는 보수가 있는 것이다. 보수를 향해 '네 탓'을 한다고 진보가 의미를 갖는 게 아니듯, 진보를 가리키며 '네 탓'을 한다고 보수가 사는 게 아니다. 보수는 보수대로 또 진보는 진보대로 '내 탓'을 하며 서로 어울릴 때 그 사회가 건강하게 발전할 수 있다.

우리는 경험으로 알게 되었다. 정치가의 습관적인 '네 탓'은 갈등과 대립을 불러오는 독초요, 몸에 익은 '내 탓'은 공존과 희망을 가져오는 약초이다.

이번 선거를 통해 정치가도, 국민도 독초와 약초를 구분해 먹는 법은 배우고 익혀야 하지 않겠나. 그것만으로도 우리는 희망을 노래할 수 있게 될 것이다. 지금 이 순간 나 자신도 정치가로서 '내 탓'을 하고 있다. '내 탓' 없으면 '희망' 없다.

웃는 연하장

"새해에는 행복하게 사신다죠."

모든 이들에게 전하고 싶은 덕담이다. 이렇게 저렇게 인연을 맺은 얼굴들이 하나하나 떠오른다. 머릿속으로 그 지인들에게 건넬 이런 저런 덕담들을 생각해 본다.

돈을 많이 벌고 싶은 이들에게는 "올해에는 부자가 되신다죠."라 하고, 몸과 마음이 아픈 이들에게는 "올해에는 건강하게 사신다죠." 라 하고, 대선 후보들에게는 "올해에는 대통령이 되신다죠."라 한다.

새해를 맞아 나누는 우리의 전통적인 덕담의 표현 방식은 이렇듯 과학적인 판단을 넘어선다. 현실을 냉철하게 본다면 "행복하게 사시 길 바랍니다." 혹은 "행복하게 사시리라 믿습니다." 정도가 어울리는 말이 될 것이다. 그런데 바라는 바가 마치 꼭 그대로 이루어지기라도 할 것처럼 단정적으로 "행복하게 사신다죠."라고 인사를 건넨다.

왜 그럴까? 상대방의 소원이 꼭 이루어지기를 바라는 따뜻한 마음 을 담은 표현이 아닐까? 행복은 꿈꾸는 자의 것이니, 아무리 힘겨운 일이 닥쳐온다 해도 꿈을 버리지 말라는 격려가 아닐까? 아마도 그 럴 것이다.

그런데 요즘 그런 전통적인 표현 방식으로 인사를 주고받는 것이,

마음으로부터 그런 덕담을 나누는 것이 좀 어색한 세상이 되었다. 그 이유가 단순히 표현 방식이, 언어 습관이 달라진 탓일까? (달라진 언어 습관을 내세우며 이렇게 따질 사람도 있기는 할 것이다. 한 사람이 대선 후보 A와 B와 C를 각각 만나 "올해에는 대통령이 되신다죠."라고 덕담을 건네는 것을 보고, 도대체 누가 대통령이 된다는 말이냐, 도대체 누가 대통령이 되기를 바란다는 말이냐, 후보 모두에게 동지로 보이고 싶은 것이냐, 하고 말이다.)

달라진 언어 습관 탓에 그런 오해의 소지가 없지는 않지만, 전통적인 덕담이 낯설게 보이는 것은 보다 본질적인 문제가 아닐까 한다. 새해를 맞아 집배원들의 짐을 더욱 무겁게 하는 연하장을 보자. 거기에는 온갖 축복과 기원의 말들이 넘치지만, 그래서 연하장 그 자체는 기쁨으로 마음껏 웃고 있지만, 정작 그것을 주고받는 사람들은 그리 썩 유쾌하게 웃지 못한다.

요즘 사람들 거개가 그렇지 않은가.

프랑스의 르네상스 작가 라블레의 표현대로 "사람은 생각하는 동물로서, 동물 가운데 웃음을 아는 것은 사람밖에 없다."고 하지 않는가. 그럼에도 거짓으로 짓는 웃음이 아닌, 맑은 물이 솟는 샘 같은 웃음이 메말라진 것은 도대체 무슨 까닭일까? 연하장은 왜 저 혼자 웃고, 그 주인인 사람들은 왜 기꺼이 웃지 못할까?

우리 국민이, 이 나라가 희망을 잃고 있기 때문이 아닐까? 이리 봐도 어둡고, 저리 봐도 어두운데 그 절망 속에서 어찌 맑은 샘 같은 웃음을 지을 수 있겠는가. 어찌 "올해에는 행복하게 사신다죠." 하는 덕담을 진심으로 나눌 수 있겠는가.

최근에 본 신문 기사 하나가 떠오른다. "그해에 대중이 책을 찾는 이유 가운데 가장 중요한 항목"을 선정 기준으로 삼은 출판 10대 뉴스라는 기사는 아래와 같다. 책을 선택하는 대중의 기호는 여론의 바탕을 보는 중요한 기준이 될 것이다.

2006 출판 10대뉴스

1위 - 나만의 행복추구

2위 - 성공우화

3위 - 경제학 열풍

4위 - 20대 여성 자기계발서

5위 - 소설과 영상 이미지 결합 심화

6위 - 자녀교육서, 논술서, 청소년 도서의 폭발

7위 - 글쓰기와 말의 중요성 부각

8위 - 출판사들의 재편 움직임 가속화

9위 - 인터넷 서점의 매출 점유율 증가

10위 - 출판의 도덕성 논란

'1위 '나만의 행복 추구'.

올해의 특징은 "차라리 치열한 경쟁을 통해 얻는 성공을 포기하고 부족하더라도 자기만족을 위해 살기로 결심"하는 개인이 많아졌다는 것이다.

2위는 '성공 우화'. 남을 위한 배려와 나눔도 결국 개인의 성공, 나만의 길을 찾기 위한 것. 3위 '경제학 열풍'.

4위 '20대 여성 자기 계발서'. (……)'

'나만의 행복 추구', '나만의 길을 찾기'가 중요 화두가 되어 버렸다. 적어도 2006년은 그랬다. 그러니 어떻게 타인에게 "올해에는 행복하게 사신다죠." 하는 덕담을 건넬 것이며, 설사 그런 덕담을 한다 해도 그것이 진심에서 우러난 것이라 하겠는가.

우리 사회가 어쩌다 이런 덕담조차 진실로 나누지 못하는 지경에까지 이르게 되었을까? 이 물음표가 끝나기가 무섭게 쌍심지를 켜고 삿대질을 하는 사람이 많을 것이다. 바로 당신들(정치가) 때문이라고! (최근에 한국개발연구원에서 행한 국민 신뢰도 조사에서 부끄럽게도 국회가 가장 믿을 수 없는 집단으로 꼽혔다.)

정치가의 한 사람으로서 그러한 삿대질을 달게 받겠다. 모든 잘못을 정신 못 차리는 현 정권 탓으로만 돌리지도 않겠다. (심판은 국민의 몫이다.) 절망하는 사회를 앞에 두고 '내 탓' 은 없고 '네 탓' 만 넘치는 세상은 참으로 꼴불견이다.

그런데 우리 사회를 보면, 꼴불견의 장면이 너무도 많아 우리의 눈을 피로하게 한다. 요즘 대한민국에서 '네 탓' 은 생활화되었다고 해도 과장이 아니다. 이러하니 이 나라가 절망을 딛고 일어서서 희망을 찾는 게 그리도 힘겨운 게 아닐까? 어떻든 '네 탓' 을 하며 '나만의 세상' 에 빠지는 탓에 "올해에는 행복하게 사신다죠." 하는 덕담이 어색하고 공허하게 느껴지는 것 아니겠는가.

치열해지는 경쟁 사회에서 '나' 가 살아남으려는 것은 인간의 본성이다. 공연히 온정주의 따위를 내세워 그러한 본성을 감추려 하는 것은 현실을 왜곡시키는 기만으로, 거기에서 참된 희망을 찾을 수는 없다. 그렇다 해도 새해를 맞아, 타인이 잘 되기를 진심으로 바라는 덕담을 서로 나눌 수는 없을까? 연하장만 저 혼자 웃을 것이 아니라, 그것을 주고받는 우리 사람들이 웃어야 하지 않을까?

"새해에는 행복하게 사신다죠."

생각 바꿔야 '저출산 고령화' 문제 푼다

요즘 나라의 앞날을 생각한다는 사람들이 자주 입에 올리는 문제 가운데 하나가 '저출산 고령화'이다. 그러니 나라를 이끌고 있다고 스스로 믿고 있는 이 정부가 입 다물고 있겠는가?

대책이라는 것을 내놓았다. '제1차 저출산 고령 사회 기본 계획 시안'이 그것이다. 그 내용의 뼈대는 2010년까지 32조 원의 돈을 들여 출산율을 높이고, 정년 연장을 이루어내겠다는 것이다. 그러자 각계각층에서 냉소적인 반응을 보였다.

'저출산 고령화 문제의 근본 원인인 성차별 해소를 위한 구체적인 정책이 못 된다! 근본 원인인 청년 실업과 고용 안정을 위한 정책이 없다! 근본 원인인 사교육비를 줄이는 정책이 못 된다! 기업에 부담을 주면 출산 계층과 고령자 고용이 더 어렵게 된다! 32조 원의 돈을 어떻게 마련할 것이냐? (……)'

비판하는 말이 차고 넘친다. 나름대로는 근거가 없지 않은 주장들이다. 정부 정책의 어처구니없음은 새삼 말할 것도 없다. 그렇지만 날을 세운 비판들 역시 정부 정책과 같은 선상에 있는 것으로, 올바른 방향을 가리키고 있다고 볼 수 없다.

성차별 해소, 고용 안정, 사교육비 경감 등은 모두 우리가 풀어야 할 중요한 문제임에는 틀림없다. 그러나 그런 것들이 '저출산 고령화' 문제의 해법이 될까? 지극히 의심스럽다.

많은 사람들이 주장하는 '성차별 해소'를 예로 들어보자. 비교적 성차별이 적어 양성 평등에 가까이 다가간 선진국은 출산율이 높은가? 결코 아니다. 오히려 성차별이 심하고, 고용 안정은커녕 하루 먹고살기도 힘든 나라의 출산율이 하늘 높은 줄 모르고 치솟아 있는게 엄연한 현실이다.

오만한 태도로 굳이 다른 가난한 나라들을 들먹일 것도 없다. 우리나라도 불과 수십 년 전까지만 해도, 유교 지배 이데올로기가 만든 남성 중심 사회에서 남존여비 운운하며 성차별이 만연했는데, 출산율은 지금과 비교할 수 없을 만큼 높았다.

현대 여성들은 노동 시장으로 많이 진출해 있다? 그런데 성차별 때문에 직장에서도 가정에서도 시달린다? 그래서 아이를 낳지 않는다? 이런 주장들이 그럴 듯해 보이지만, 엄밀히 보면 사실이 아니다.

그것이 사실임을 입증하려는 사람들에게 우선적으로 필요한 통계가 있다. 직장 여성은 출산율이 상당히 낮고, 전업 주부는 출산율이 상당히 높다는 통계이다. 과연 전업 주부의 출산율은 상당히 높은가? 전 세계의 현실을 보나, 우리나라의 실상을 보나 성차별이 저출산을 불러왔다는 주장은 근거가 없다.

이쯤 되면 물을 것이다. 정부의 정책도 문제이고, 그것을 비판하는 관점도 문제라면 어떻게 하자는 것이냐? 양비론의 소파에 편안히 앉아 잘난 척이나 하겠다는 것이냐?

아니다. 우선 저출산의 원인을 보자. 분명한 한 가지가 있다. 사람은 누구나 행복을 찾으며 산다. 출산율이 높은 것은 아이를 낳아 키우는 데서 행복을 찾는 사람들이 많다는 뜻이다. 반면에 출산율이 낮은 것은 아이를 낳아 키우는 것 말고 다른 것에서 행복을 찾는 사람들이 많다는 뜻이다. 요즘은 후자의 사람들이 많아 저출산이 사회의 화두가 된 것이다.

이러한 선택은 개인의 자유에 속한다. 인위적으로 그 자유를 억압할 수 없다. 자기가 행복하니 아이를 낳지, 누가 국가주의에 빠져 애국하는 심정으로 아이를 낳겠는가? 소가 웃을 일이다.

저출산 고령화? 이 문제를 바라보는 시각이 변해야 한다. 생각을 바꾸어야 한다.

저출산 고령화? 이 문제를 사람들은 대개 이렇게 보고 있다. 저출산으로 노동 인구는 줄고 있는데, 노동하는 젊은이들이 먹여 살려야 할 노인들은 늘고 있으니, 그 사회가 제대로 유지되고 발전할 수 있겠냐는 것이다. 어떤 이들은 작금의 우리나라 출산율이 1.08인 것을 두고 '재앙'이라고까지 표현한다. 언뜻 보면 그럴 듯해 보이는 주장이다. 그러나 생각을 바꾸면 '재앙'이 아니라 새로운 세상을 여는 기회가 될 수 있다.

노동력의 부족? 굳이 조선족이나 고려인 등 우리 민족만 한정할 것도 없다. 아시와 아프리카 등 전 세계에는 일을 하고 싶어도 일자리가 없는 사람들이 너무도 많다. 그들을 우리나라의 노동 시장으로 유입할 수 있다.

그렇게 함으로써 전 세계인과 공존하는 새로운 세상을 만들 수 있다. 국가주의나 민족주의에 빠져 있는 사람들이 어떤 반응을 보일지 뻔하다. 그러나 그런 구시대적 이데올로기로 미래 세계를 펼쳐 갈 수 없다.

이미 세계화의 물결은 전 지구로 퍼져 나가고 있다. 우리가 세계인과 공존하는 새로운 세상을 열면 세계화를 앞장서서 이끌 수 있다. 이런 것을 두고 실현할 수 없는 꿈이라며 움츠리고만 있다면, 우리는 세계화의 희생양이 될 수도 있다.

고령화? 본래의 뜻이야 어떻건, 요즘 '고령화'라는 이 말은 아주 불순하게 사용되고 있다. 노인을 바라보는 시각이 삐딱하다. 존경의 대상이기는커녕 젊은이들이 먹여 살려야 할 귀찮은 존재로 보는 것이다. 사회의 부담으로 보는 것이다. 참으로 딱한 노릇이다.

현행 법률상 고령자는 대통령령이 정한 55세 이상을 말한다. 평균수명이 80세 이상으로 증가하였는데도 평균수명이 58세 때의 개념으로 노인이라고 한다.

수명이 늘어난 것은 축복이다. 그런데 왜 그러한 축복이 사회의 부담으로 비춰져야 하는가? 그런 시각 때문에 젊은이와 노인 사이의 갈등이 빚어진다. 축복이기는커녕 견딜 수 없는 수모라며 자살하는 노인들이 늘고 있다. 기가 막힐 노릇이다.

'고령화' 즉 수명 연장의 문제를 두고 국가가 꼭 해야 할 일이 있다. 노인들에게 돈을 얼마나 지원하느냐 하는 것이 결코 아니다. 나이가 들어도 당당한 사회인으로 살 수 있는 토대를 만드는 일이다. 그러기 위해서는 우선 나이 든 분들에게 일자리가 있어야 한다.

일자리 창출을 위해 정부는 능력도 권한도 없으면서 공연히 정년 연장 운운할 것이 아니라, 규제를 풀고 기업이 자유롭게 경제 활동을 할 수 있도록 해야 한다. 그래야 성장이 있고, 일자리가 생긴다.

'저출산 고령화'는 '재앙'이 아니라 우리가 세계인과 공존하는 새로운 세상을 열고, 또 세대 간의 갈등을 해소하면서 좀 더 행복한 삶을 개척할 수 있는 기회로 삼을 수 있다. 생각을 바꾸고 노력한다면, 그러한 꿈은 현실이 될 수 있다. 어떤 선택을 할 것인가? 희망이 있는 길로 가야 하지 않겠는가.

나는 '선' 이고 너는 '악' 인 이유

사람은 어느 한 지점에 붙박이장처럼 고정되어 있지 않고 늘 변하고 또 변한다. 그런데 내가 변하는 것은 희망을 찾기 위한 '변화'요, 남이 변하는 것은 이기심에 눈먼 '변절' 이 되곤 하는 게 인간 세상의 풍경이다.

그렇게 나와 남을 보는 눈이 다른 것은, 나는 '선' 이고 너는 '악' 이라는 의식이 인간의 내면에 깊이 뿌리를 내리고 있기 때문이 아닐까 한다.

왜 그런 의식이 생겨났을까? 타고난 본성을 어떻게 보느냐에 따라 사람을 보는 두 갈래의 시선이 있다. 본성을 이기적 욕망으로 보는 '성악설' 과 본성은 선천적으로 착한 것으로 보는 '성선설' 이 그것이다.

그런데 사람은 자신을 볼 때는 성선설의 입장에 서고, 남을 볼 때는 성악설의 입장에 서는 경향을 보이곤 한다. 그래서 나는 '선' 이고 너는 '악' 이 될 때가 많다. 이처럼 선과 악을 이분법적으로 나누어 보는 것은 동양 사상의 핵심과 거리가 먼 것으로, 진실의 알맹이를 가리는 허위의 껍데기가 될 수 있다.

서양인들은 이러한 문제를 어떻게 바라볼까? 미국의 저명한 물리학자인 카푸라 박사는 자신의 저서 〈현대 물리학과 동양 사상〉에서 하나의 시각을 명쾌하고 보여 준다. '대립의 세계를 넘어서' 라는 소제목을 달고 있는 글의 일부를 보자.

"대립하는 모든 것은 양극으로 갈라져 있다는 개념, 즉 밝음과 어둠, 이익과 손해, 선과 악 등이 사실은 동일한 현상의 다른 면에 불과하다는 생각은 동양인의 생활 방식에 있어서 기본적인 원리 중의 하나이다.

따라서 대립하는 모든 것이 서로 의존하는 것이라 보기 때문에, 그것들의 투쟁은 어느 한쪽의 완전한 승리로 끝날 수 없고, 항상 둘 사이의 상호 작용을 드러내는 것이다.

그러므로 동양에서 덕이 있는 사람이란 '선' 을 위해 있는 힘껏 싸우고 '악' 을 사라지게 하는 불가능한 과업을 떠맡는 사람이 아니라, '선' 과 '악' 사이의 역동적인 균형을 유지할 수 있는 사람이다."

'선' 과 '악' 사이의 역동적인 균형을 유지한다? 위선적으로 '선' 을 말하고, 위악적으로 '악' 을 말하는 양극단의 거짓 덩어리를 단박에 깨뜨리는 시각이다.

그렇다. 나는 선도 아니고 악도 아니다. 너 역시 선도 아니고 악도 아니다. 우리는 선과 악의 양면을 동시에 지닌 존재일 뿐이다. 그런 성격을 서로 인정할 때 우리의 관계는 보다 희망적으로 진전될 수 있을 것이다.

사람이 꽃보다 아름답다?

어느 날 '사람이 꽃보다 아름다워' 라는 가사를 반복하며 강조하는 노래를 들은 적이 있다. 꽃의 감정은 어떨지 몰라도 듣는 사람 기분이야 좋겠다.

연애 편지에서 '당신은 밤하늘의 별보다 빛나는 존재' 운운하는 구절을 보고 날아갈 듯한 기분이 되는 것이야 누가 말리겠나.

누구 기분이 좋거나 나쁘거나, 그 노래를 들으며 의문 부호가 떠올랐다. 사람이 꽃보다 아름답다? 정확히 기억은 못하지만 그 노랫말 속에 왜 사람이 꽃보다 아름답게 보이는지 그 이유가 시적인 표현으로 담겨 있었다.

그런데 아름다우면 아름답지 왜 꽃보다 아름다워야 하고, 빛나면 빛나지 왜 밤하늘의 별보다 빛나야 할까? 밤하늘의 별이 따질 형편이 아니라 하여 그리 함부로 비교해도 되나?

수사법? 그런 문학적인 표현의 관점에서 따져보자는 것이 아니다. 그러니까 그 노랫말에 대해, 연애 편지의 표현에 대해 말하려는 것이 아니다. 다만 사람이 자연 '보다' 혹은 자연의 그 무엇 '보다' 어떻다는 것에 대해 생각해 보자는 것이다.

오랜 세월 속에서 굳어진, 이 대자연에서 가장 중요한 존재는 인간이라는 '인간 중심 사고'는 지독히도 굳셌다. 그에 따라 인간은 자연과 차별화된 특별한 존재가 되었고, 그런 존재로서 자연을 함부로 대하는 데 거침이 없었다. 자연을 정복하니 어쩌니 하는 말도 거리낌 없이 해댔다.

자연은 인간의 욕망을 채워 주는 존재로 취급되었다. 자연 속의 그 어떤 생물이나 무생물이나 욕심에 가득 찬 인간의 손길이 닿으면 상처를 입어야 했다.

한때 인간은 자연의 승자, 더 나아가 자연을 이긴 승자처럼 보였다. 그러나 그것이 오만한 착각이었음이 드러나기 시작했다. 환경 재앙이 몰려올 것이라는 신호는 곳곳에서 감지되고 있다.

톰 하트만의 저서 〈우리 문명의 마지막 시간들〉에는 이 지구에서 하루에 벌어지는 일이 이렇게 기록되어 있다.

> "어제 이 시간 이후 24시간 사이에 우리 세상에서는 20만 에이커가 넘는 열대우림이 파괴되었고, 1천3백만 톤의 유독성 화학물질이 우리 환경 속에 방출되었으며, 4만5천 명 이상이 굶어죽었다. 그 가운데 3만8천 명이 어린이다. 그리고 인간이 환경에 가한 영향 때문에 130여 종 이상의 동식물이 사라졌다. (동식물종이 이처럼 급속하게 사라지는 건 공룡이 멸망하던 시기 이후로 처음이다.) 이게 단 하루만에 일어난 일들이다."

하루에 일어난 일의 일부만 나열한 것임에도 인간이 자연에 어떤 악영향을 끼치고 있는지, 또 그것으로 인간 자신이 얼마나 살기 어렵게 되었는지를 여실히 보여 준다.

삶의 터전이 파괴되는 줄도 모르고 기고만장한 승자로 살았던 인간은 이제 그 대가로 자연의 우울한 패자가 되어 몰락의 길을 걸어야 하는가?

아직은 그렇게 비관할 때가 아니라 믿고 싶다. 그러나 반성하고 잘못을 고치는 데에도 때가 있다. 그 때마저 놓친다면 인간은 무엇을 근거를 희망을 품을 수 있겠나.

사람이 꽃보다 아름답다? 우리말에는 '꽃답다' 는 아름다운 형용사가 있다. 꽃과 같이 아름답다는 뜻이다. '사람이 꽃보다 아름다워' 와 '사람이 꽃다워' 는 느낌이 좀 다르긴 다르다.

싸우지 않고 이길 수 없나

진리라도 발견한 것처럼 '이것이다!' 하며 느낌표를 찍을 때 나는 만족감을 느낀다. 아마 누구라도 그럴 것이다.

그러나 그 느낌표는 '과연 그럴까?' 하는 물음표로 이어지곤 하는데, 그 때 나는 스스로가 불만스러워 로댕의 조각품 '생각하는 사람'과 같은 모양이 된다. 아마 누구라도 그럴 것이다.

생존 경쟁, 그것을 문제로 삼을 때, 나는 그런 물음표의 늪에 빠지곤 한다. 최근에 나는 책 한 권을 읽고 '생존 경쟁의 신화는 피바다에 잠기고, 싸우지 않고 이기는 고수가 푸른 바다 위에 떠 있다'고 짧게 감상문을 쓴 적이 있다.

경쟁을 하고, 그 경쟁에서 싸워 이겨야 살아남는다는 생존 방식이 세상을 피바다로 만들었다는 것이다. 따라서 세상을 본래의 모습인 푸른 바다로 만들기 위해서는, 싸우지 않고 이기는 생존 방식을 가져야 한다는 주장이다.

싸우지 않고 이기려면, 기존의 것과 경쟁하지 않아도 되는 새로운 것을 창출해 시장에 내놓아야 한다는 것이다. 그러한 새로운 생존 방식을 갖지 못하고, 사람들이 피바다에 빠져 허우적거리면 인류의 미래는 없다는 말이다.

사실 이러한 관점이 꼭 새로운 것만도 아니다. 중국의 춘추 시대에 살았던 손자는 〈손자병법〉에서 다음과 같이 주장했다.

"백 번 싸워 백 번 이기는 것이 좋은 게 아니다. 싸우지 않고 적을 굴복시키는 것이 가장 좋다."

경쟁하지 않아도 되는 새로운 것을 창출한다!

싸우지 않고 적을 굴복시킨다!

확실히 물음표보다는 느낌표가 앞서게 되는 주장들이다. 발상의 대전환이라 할 정도로 신선한 관점이다. 그런 새로운 접근으로 시장에서 성공한 사례들이 많다고 한다.

그런데 나는 느낌표에 만족하지 못하고 '과연 그럴까?' 하는 물음표를 던질 수밖에 없다. 한 쪽에서 새로운 것을 창출했다면, 그래서 시장에서 성공했다면, 나머지 쪽에서는 어떻게 대응할까?

그들 역시 푸른 바다를 만들기 위해 새로운 것을 창출하는 방식으로 성공을 바랄까? 아니면 성공한 쪽의 제품을 분석해 그와 경쟁할 수 있는 제품을 만드는 방식으로 성공을 바랄까?

둘 가운데 어느 것을 선택하건, 결국 시장은 경쟁의 마당이 되는 것이 아닐까?

그렇다면 경쟁하지 않아도 되는 새로운 것을 창출한다는 것은, 경쟁에서 이기기 위한 고도의 전략일 뿐이지 않을까? 그것이 피바다를 푸른 바다로 만드는 근본적인 해결책이 될 수 있을까?

물음표는 계속 이어진다.

싸움도 제대로 해보지 못하고 굴복한 쪽에서는 깨끗하게 패배를 인정하고 순응할까? 패배의 원인을 분석한 후, 다음에는 어떻게 해서든 이겨 보려고 하지 않을까?

싸우지 않고 적을 굴복시키는 전략을 택하건, 그 어떤 새로운 전략을 세우건 이기고자 하지 않을까?

불교 경전인 〈법구경〉에는 이런 말이 나온다.

"승리는 원망을 낳고, 패배한 사람은 괴로워하며 엎드린다. 승리를 떠난 사람은 즐거워하며 눕는다."

승리와 패배, 그 두 가지가 전제되어 있는 것이라면 생존 경쟁은 멈추지 않을 것이다.

그렇다면 사람은 생존 경쟁의 피바다에서 빠져 나올 수 없다는 말인가? 아니다. 그런 비관적인 전망을 할 필요도 까닭도 없다. 승리와 패배를 공존의 틀 안에 두면 피바다에서 빠져 나와 푸른 바다에서 살 수 있을 것이다.

스포츠를 예로 들어보자. 승패를 가르는 경기에는 승자와 패자가 있게 마련이다. 그러나 경기 후에 승자는 살아남고, 패자는 죽는 것이 아니다.

그 후로도 경기는 계속 이어진다. 승자는 승리를 지키기 위해 노력할 것이고, 패자는 승리를 얻기 위해 노력할 것이다. 그 결과 언제든 승자와 패자가 바뀔 수 있다. 승패가 뒤바뀌는 것을 보는 것이 스포츠의 묘미이기도 하다. 이런 점이 승자와 패자를 함께 살게 하는 공존의 틀이다.

이와 마찬가지로 사람의 생존 방식을 공존의 틀 안에 두게 하면 되지 않겠나. 생존 경쟁에서 한 번의 승리를 영원히 살아남게 하는 승리로 두지 않고, 한 번의 패배를 죽어 사라지게 하는 패배로 두지 않게 만들 수 있다.

공존의 틀을 바로 세우면, 경쟁에서 패배한 사람에게도 기회의 문을 활짝 열어 놓는 사회, 승리를 위해 노력하겠다는 의욕을 불어넣는 사회, 승리와 패배가 고착화되지 않고 각자의 노력에 따라 역동적으로 바뀔 수 있는 사회를 만들 수 있다.

승리와 패배를 전제하지 않는 사회, 모두가 승리하는 사회를 꿈꿀 수도 있지만, 그런 사회가 실현 가능한 것인지에 대해서는 또 물음표를 던질 수밖에 없다.

9장

승자와 패자의 공존이 이 시대의 희망이다

승자가 독식하는 세상 바꿔야
누가 시장에서 웃는가
우리 아빠는 비정규직이래요
일하며, 싸우며, 사랑하며
죽은 교육 살려야 세상 살맛나
칭기즈칸의 나라에 심은 나무 한 그루
도전받는 대한민국, 어떻게 살 것인가
미완성 참회록 '색즉시공 공즉시색'

승자가 독식하는 세상 바꿔야

요즘 정치권 안팎을 뜨겁게 달구는 '줄 서기(줄 세우기)'와 국민의 가슴을 차갑게 얼리는 '양극화', 언뜻 보면 별 상관없는 것 같은 이 두 현상에는 공통점이 하나 있다.

그 공통점은 단도직입적으로 말하자면 이런 생각을 바탕에 깔고 있다.

"승자가 되어야 산다! 패자가 되면 죽는다!"

인간 사회에서 경쟁은 피할 수 없는 것이지만, 경쟁에서 이긴 승자가 단맛을 독식하고, 패자는 쓴맛만 봐야 한다면 과연 그런 사회에 참다운 희망이 있을까? 오로지 선택받은 승자가 되기 위한 투쟁을 하며 인간의 역사를 핏빛으로 쓰는 것은 아닐까?

그러한 핏빛 역사에서 빼놓을 수 없는 칭기즈칸과 히틀러, 그 두 사람의 차이를 묻는 것은 우문이 될 수도 있을 것이다. 그럼에도 분명하게 짚을 필요가 있는 문제가 하나 있다. 그 두 사람 모두 평화주의자와는 거리가 먼 침략자였지만, 그 태도는 확연히 달랐다.

히틀러는 장황하게 설명할 것도 없이 희대의 학살자로 패자에게 잔혹한 죽음과 끔찍한 비극을 안겼을 뿐이다. 그 대가로 그 역시 비참한 최후를 맞았다.

반면에 칭기즈칸은 정복한 땅의 사람들, 패배를 인정한 그들에게
삶의 길을 열어 주었다. 오만한 정복자로 억압하기보다는 패자들이
최대한 자율적으로 살 수 있도록 정책을 폈다. 그 결과 칭기즈칸은
정복당한 이들의 협력을 받으며 대제국을 건설할 수 있었다. 승자와
패자가 함께 사는 세상을 만든 것이다.

혼히들 인간의 경쟁 사회를 두고 '적자생존'이니 '정글의 법칙'
이니 하는 말들을 자주 입에 올리는데, 칭기즈칸과 히틀러의 차이만
봐도 그런 말들을 야만적으로 이해해서는 안 된다는 것을 알 수 있
을 것이다. 승자가 되면 살고, 패자가 되면 죽는다?

앞서 언급한 정치권의 '줄 서기' 혹은 '줄 세우기'를 보자. 국민에
게 보이기 부끄러워 우리의 정치 현실을 감출 것은 없다. 감춘다고
감출 수 있는 것도 아니고, 감춘다고 부끄러움이 사라지는 것도 아
니지 않는가.

여와 야를 가릴 것 없이 '줄 서기'는 노골적으로 이루어지고 있
다. 혼란에 빠져 있는 다른 당들보다 현재 대선 예비 후보들이 확실
하게 등장한 한나라당이 좀 더 뜨거워 보일지 모르지만, 그것은 시
간의 문제일 뿐 우리 정치권 전체의 문제이다.

대선 예비 후보가 있으면, 그를 중심으로 '캠프'라는 것이 차려진
다. 그 캠프로 국회의원, 도의원, 시의원, 구의원, 자치단체장 등 정
치권 인사들이 찾아온다. 이른바 '줄 서기'를 하는 것이다. 캠프의
'줄 세우기'에 이끌려온 이들도 있다.

이런 현상 자체를 이상하다고 할 수만은 없을 것이다. 아니, 정책
이나 정치적 목적의 관점에서 어느 예비 후보를 지지하고 함께 움직
이는 것은 지극히 정상적인 정치 행위라 할 수 있다.

그러나 우리의 정치 현실은 그런 것만이 아니다. 특히 국회의원들이나 당직자들이 직분을 버리고 특정 캠프의 핵심 멤버로 줄줄이 참여하는 것은 어딘지 바람직스럽지 않게 보인다.

국민에게 희망을 줄 정책 제시 등은 당을 중심으로 해야 한다. 그런데 당이 분열된 것 같은 모습까지 연출하며(실제로 분열된 당도 있다.) 예비 후보 중심, 인물 중심으로 사분오열된다면 당의 정체성을 어떻게 바로 세울 것이며, 온갖 문제들을 끌어안은 채 고통 받고 있는 국민들을 어떻게 설득시킬 수 있겠는가.

그럼에도 왜 이런 식으로 '줄 서기와 줄 세우기'가 이루어지는 것일까? 예비 후보의 정책을 지지하기 때문에? 예비 후보와 정치적 목적이 같기 때문에? 원론적으로만 보면 틀린 말이 아니다. '줄 서기와 줄 세우기'에 나선 많은 정치가들이 그런 뜻을 갖고 있으리라 믿고 싶다.

그러나 빠뜨려서는 안 되는 이유가, 솔직한 국회의원들이 고백하는 이유가 또 하나 있다. 바로 '공천권과 자리'의 문제이다. 자신이 지지하는 예비 후보가 승리해서 권력을 잡게 되면 다음 선거에서 공천과 자리를 받기 쉽게 되고, 그 반대의 경우는 어렵게 되는 것이 지금껏 보아 온 한국 정치의 현실이다.

이러한 현실의 벽을 넘지 못한다면, 그래서 승자가 되면 살고 패자가 되면 죽는다는 생각을 떨치지 못한다면 우리 정치는 국민에게 희망을 주기 어려울 것이다. 자기 살기에 바쁜 정치가가 누구에게 무슨 희망을 줄 수 있겠는가.

예비 후보들 가운데 누가 승자가 될지는 공정한 경선 방법에 따라 당원과 국민이 선택하면 된다. 또한 선택이 끝난 후에는 당을 중심으로 승자와 패자가 함께 사는 길을 찾으면 된다. 그래야 당도 희망을 키울 수 있고, 국민에게도 희망을 줄 수 있다.

우리 시대 최대의 화두가 될 수밖에 없는 '양극화'의 문제도 같은 방법으로 풀 수밖에 없을 것이다. 즉, 승자와 패자가 함께 살 수 있는 길을 우리 사회가 찾아야 한다.

정보화, 세계화로 특징지어지는 요즘 사회에서 정보와 자본을 쥐고 있는 소수의 사람들이 엄청난 부를 창출하고, 승자가 되어 그 단맛을 독식하고 있는 것이 작금의 현실이다. 부를 창출할 정보도, 자본도 없는 다수의 사람들은 빈곤의 늪에서 빠져나오기가 점점 어렵게 된다. '양극화'가 심해지는 이유가 거기에 있다.

그렇다고 도도하게 흐르는 정보화와 세계화의 물결을 거스를 수도 없고, 거스른다고 생존을 위한 그 어떤 뾰족한 대안이 있는 것도 아니다. 중요한 것은 이러한 현대 문명을 어떻게 개척해 나가면서 새로운 희망의 문법을 찾느냐 하는 점이다.

'양극화'를 놓고 말하면 결론적으로 국가가 나서서 새로운 문명의 특징과 문제점을 직시하고 문제를 풀어야 한다. 승자와 패자가 더불어 살 수 있는 '국가보장제도'를 새롭게 세우는 길이 최선의 방법이 아닐까 한다.

과거에는 약자를 보호하기 위한 제도라 하였지만, 이제는 강자를 위해서도 '국가보장제도'는 필요하다. 다수의 약자를 보호하지 않으면 소수의 강자도 '양극화'로 인한 문제점에서 자유로울 수 없다. 갈등과 대립으로 인한 피해를 입을 수밖에 없는 것이다.

이번 대통령 선거에 나서는 후보가 훌륭한 '국가보장제도'를 공약으로 내걸고, 당선된 후 그 제도를 정착시킨다면 어려움에 처해 있는 이 나라에 희망을 준 대통령으로 역사에 기록될 것이다.

　대통령 후보 경선 과정에서부터, 공약을 만들고, 실제 대통령 선거에 이르기까지 '승자가 독식하는 세상을 바꿔야 희망 있다.' 는 화두를 품고 실천한다면 그런 역사적인 대통령이 될 수 있을 것이다.

　승자와 패자가 더불어 살기를 바라는 한 국회의원의 이런 바람은 이루어질까?

누가 시장에서 웃는가

　누가 시장에서 웃는가? 물음표를 단 이 한 문장은 오랜 세월을 나와 함께 살았다. 내 머릿속의 한 부분을 차지하고 있으면서 수시로 나를 깨웠다. 나의 오랜 숙제이다.

　'시장'은 사람의 본성이 드러나고, 생존 경쟁이 벌어지고, 자유 의지가 펼쳐지는 공간이다.

　'웃음'은 사람이면 누구나 바라는 행복, 누구나 소망하는 평화를 느낄 때 주어지는 선물이다.

　'누가' 그런 공간에서 그런 선물을 받을 수 있을까? 나는 지금도 여전히 그 답을 찾고 있다.

　시장에서 벌어진 경쟁에서 이긴 승자는 웃고, 패자는 운다! 제법 간명한 답처럼 보이지만 그리 만족스럽지는 않다.

　삶은 경쟁의 연속이라 할 수 있다. 한 번의 경쟁에서 이긴 승자가 영원한 승자가 되는 것은 아니고, 패자 역시 영원한 패자로 남는 것이 아니다.

　어제 크게 웃던 승자가 오늘은 패자가 되어 울기도 하고, 오늘 크게 울던 패자가 내일은 승자가 되어 웃기도 하는 것이 우리네 삶이요, 삶의 이면이다.

경쟁에서 이겨서 맛보는 짧은 순간의 행복, 져서 맛보는 짧은 순간의 불행, 그것만으로는 삶을 이야기할 수 없다. 주식 투자를 하는 사람들은 잘 알 듯싶다. 오늘 주가가 올라 짧은 행복을 맛볼 수 있다. 역으로 주가가 내려 불행을 맛볼 수 있다. 그러나 그것은 순간이다.

행복과 불행이 쉼 없이 시소를 타며 오르내리니, 내일은 어떻게 될지 알 수 없고, 따라서 자신이 성공하는 인생을 사는지 실패하는 인생을 사는지 스스로도 분간할 수 없다.

내일? 그것이 문제라면 꿈과 희망을 기준으로 우리네 삶을 보면 어떨까?

시장에서 치열한 생존 경쟁을 벌이다 보면 승자가 되기도 하고 패자가 되기도 하는데, 그런 승패에 일희일비하지 않고 꿈과 희망을 품고 산다면 그는 웃지 않을까?

그와 달리 승자건 패자건 꿈과 희망을 잃고 산다면 그가 과연 행복과 평화의 선물인 웃음을 보일 수 있을까?

문제가 되는 것은 꿈과 희망이다! 그렇다면 누가 어떻게 꿈과 희망을 품고 살 수 있을까? 우선 미래를 어떻게 바라보느냐를 따져봐야 하지 않겠나. 낙관적인 눈으로? 비관적인 눈으로?

미래학자 앨빈 토플러는 최근작 〈부의 미래〉에서 그에 관련하여 다음과 같이 기술한다.

"논리를 피력함에 있어서 비관적인 관점을 유지하는 것은 현명한 척하는 가장 손쉬운 방법이다. 물론 비관적인 관점을 가질 만한 이유가 세상에 널려 있기는 하지만 지속적인 비관주의는 그리 권장하고 싶지 않은 사고방식이다.

시각 및 청각장애인이었던 헬렌 켈러는 "비관론자가 천체의 비밀이나 해도에 없는 지역을 항해하거나 인간 정신세계에 새로운 지평을 연 사례는 단 한 번도 없다"라고 말했다. 그녀는 39개국을 여행했고, 11권의 책을 저술했으며, 오스카상을 수상한 2편의 영화에 영감을 제공했으며, 시각장애인의 권리를 위해 싸우다가 89세로 세상을 떠났다.

제2차 세계대전에서 동맹국의 노르망디 상륙작전을 지휘했고, 성공가도를 달려 미국의 34대 대통령이 된 드와이트 아이젠하워 역시 "비관론자는 어떤 전투에서도 승리하지 못했다"라고 말했다."

비관의 눈으로 세상을 바라보면서 꿈과 희망을 갖기는 어려울 것이다. 패배주의에 빠져 '지는 습관'이 든 사람이 경쟁에서 이기기는 쉽지 않을 것이다.

그러니 낙관의 눈을 가져라? '이기는 습관'(어느 책 제목)을 들여라? 주어진 현실이 그런 눈과 습관을 갖기 어렵게 하는데, 의식적인 강요만으로 가능한 일일까?

극히 드문 성공적인 사례를 일반화시켜서 말한다고 꿈과 희망을 품게 할 수 있을까?

비관론자에 대해 언급한 헬렌 켈러 자신이 좋은 본보기가 된다. 그녀의 이야기는 많은 이들에게 감동을 준다. 그렇지만 그녀의 승리는 극히 특별한 것이었다.

그녀의 특별한 승리 이야기를 처음 듣고 꿈과 희망을 품었을 시각장애인들 가운데는 현실의 벽 앞에서 꿈과 희망을 잃어버렸을 수도 있다. 그리고 그 잃어버린 것들을 되찾겠다는 의지조차 메말라 버렸을 수도 있는 것이다.

그런 딱한 처지의 사람들이 낙관의 눈이나 '이기는 습관'을 머릿속에 떠올린다 해서 꿈과 희망을 품을 수 있을까?

꿈과 희망의 중요성은 아무리 강조해도 지나치지 않지만, 문제의 핵심은 역시 현실에 있다.

현실에서의 승자와 패자, 시소 타는 행복과 불행을 번갈아 맛보는 양자가 꿈과 희망을 나누며 살 수 있다면, 거기에서 참다운 행복과 평화를 느낄 수 있지 않을까? 그래서 웃음이라는 선물을 받을 수 있지 않을까?

그럴 것이다! 그렇다면 어떻게 승자와 패자가 꿈과 희망을 나누며 살 수 있을까?

우선 습관부터 바꿔야 할 것이다. 경쟁을 하되, 그래서 때로는 승자가 되고 때로는 패자가 되되, '이기는 습관'이나 '지는 습관'에 지나치게 빠지지 말고 '더불어 사는 습관'을 들이는 것이 좋은 방법이 될 듯싶다.

얼마 전 나는 지인과 함께 '사다리와 희망'에 대해 의견을 주고받은 일이 있다.

무슨 토론회 주제라도 되는 양 '사다리와 희망'이라 하는 것은, 제프리 삭스의 저서 〈빈곤의 종말〉에 나오는 '사다리 놓아주기'와 장하준 교수의 저서 〈사다리 걷어차기〉, 그리고 무담보소액대출로 가난한 이들에게 희망을 준 공로로 2006년 노벨 평화상을 수상한 무하마드 유누스 그라민은행 총재가 대화의 대상에 올랐고, '사다리와 희망'을 공통점으로 삼을 만했기 때문이다.

'사다리 놓아주기'는 가난한 나라에 대한 세계의 원조를, '사다리 걷어차기'는 후진국과 개도국의 성장을 가로막으며 신자유주의를 앞세워 제 배를 불리기에 바쁜 선진국의 기만적인 행태를 뜻한다. 무담보소액대출 역시 '희망의 사다리'로 표현할 수 있겠다.

이 모두가 '더불어 사는 습관'과 맥을 같이하고 있는 것이다. 이 것이 우리가 나아갈 길을 가리키는 나침반이 되지 않을까?

누가 시장에서 웃는가? 이 무한 경쟁 시대에 승자와 패자가 꿈과 희망을 나누며 살 수 있다면, 양자 모두가 웃을 수 있을 것이다. 그렇게 믿고 싶다.

우리 아빠는 비정규직이래요

'**우리 아빠는** 비정규직이래요. 그래서 월급도 정규직 아저씨보다 적고, 보너스도 받지 못한대요. 아빠는 얼마나 억울할까요. 그래서 가끔 술을 드시다가 울기도 하세요. 그런데 회사에서 언제 쫓겨날지도 모른다니, 정말 아빠가 너무 불쌍해요. 나는 너무 화가 나요. 나는 커서 절대 비정규직이 되지 않을래요. 그래도 아빠는 우리 집 기둥이에요. 아빠 파이팅!'

상상으로 비정규직 노동자의 아들이 되어 보았다. 현실의 세계로 돌아와 보니 메모지에 이런 글이 남았다. 현실에서는 이보다 더 아프고 슬픈 사연들이 많다.

비정규직 문제는 우리 사회가 풀어야 할 가장 중요한 문제 가운데 하나다. 비정규직 관련 입법에 참여하면서 많은 진통을 겪었다. 그 결과로 나온 법은 또 논란거리가 되어 세상을 시끄럽게 하고 있다. 이를 바라보는 심정이 착잡하다. 도대체 누구를 위한 비정규직 보호법일까? 나는 묻고 또 묻는다.

"사는 게 전쟁이야."

고단한 삶을 사는 사람들이 한숨을 섞어 흔히 하는 말이다. 왜 사는 게 죽고 죽이는 전쟁에 비유될까? 인류의 투쟁의 역사를 들먹이며 장광설을 늘어놓지는 말자. 분명한 이유가 하나 있다. 사람의 사고가 삶을, 세상을 그렇게 바라보기 때문이다.

전쟁 게임을 즐기는 아이들이 말한다.

"좋은 편(우리 편)이야? 나쁜 편(상대 편)이야?"

그렇게 이분법에 의한 대립 구조를 만들어 놓고 죽고 죽이는 끔찍한 게임을 즐긴다. 그러한 사고는 어른이 되어서도 크게 달라지지 않는다.

'양극화'라는 화두를 품고 있는 이 시대에, 그런 이분법의 낡은 사고를 내세우며 목소리를 높이는 이들이 있다.

"노동자 편이야? 자본가 편이야?"

요즘 뜨거운 논란이 일고 있는 비정규직 보호법을 두고도 그들은 그 편가르기 수준의 사고에서 한 걸음도 더 나아가지 못한다.

이번에 국회 환경 노동 위원회를 통과한 비정규직 보호법의 핵심은 정규직과 비정규직 노동자 사이의 심각한 차별을 해소해 나가자는 데 있다.

지금까지는 그 어떤 피눈물 나는 차별이 있어도 당사자는 자신의 처지를 한탄만 할 수밖에 없었다. 차별을 금지하는 법이 없었기 때문이다.

이 비정규직 보호법은 임금 등에서 정규직과 비정규직의 불합리한 차별을 금지하고, 노동자가 차별을 당해 문제를 제기했을 경우 경영자가 차별이 없었음을 증명하지 못하면 처벌을 받게 되어 있다. 비정규직 노동자를 보호하기 위한 최소한의 법으로, 경영자의 입증 책임을 두어 법의 실효성을 강화시켰다.

그런데 이 법을 두고 일부 노동계(전체 노동자를 대표하지도 않고, 비정규직 노동자들을 대표하지도 않는)에서 목소리를 높인다.

"총파업으로 비정규직 악법을 저지하자!"

그러자 일부 경영계에서도 목소리를 높인다.

"기업에 큰 부담을 주는 비정규직 보호법을 지지하지 않는다!"

일부 노동계에서는 자본가 편을 든 법이라며 돌을 던지고, 일부 경영계에서는 노동자 편을 든 법이라며 돌을 던지는 것이다.

이쯤 되자 한 텔레비전 토론에서 사회자가 묻는다.

"노동계도 반대하고 경영계도 반대하는 이런 법이 왜 만들어져야 합니까?"

그 사회자만의 의문은 아닐 것이다. 그 의문은 다음과 같은 의문으로 이어진다.

"도대체 누구를 위한 비정규직 보호법인가?"

이 의문에 대해 "바보 같은 질문이군. 비정규직 보호법이 비정규직 노동자를 위한 법이지 누구를 위한 법이야?" 하는 사람이 있을 것이다. 물론 틀린 말은 아니다. 그러나 문제는 그리 간단하지 않다.

그 문제를 풀려면 우선 일부 노동계와 경영계에서 온갖 악담을 퍼부으며 이 법에 돌을 던지는 이유부터 따져 봐야 한다.

일부 노동계에서 돌을 던지는 이유가 있다. 그들은 "비정규직 없는 세상에서 살자!" 하는 목표를 내세운다. 임금 차별도 받지 않고, 고용 불안도 느끼지 않고 살 수 있는 아름다운 세상! 그런 세상을 만들기 위해 싸우자!

일부 경영계에서 돌을 던지는 이유도 있다. 그들은 "경쟁력을 키워 이윤을 극대화하자!" 하는 목표를 갖고 있다. 경쟁력을 위해서 노동자의 채용과 해고를 자유롭게 할 수 있는 세상! 그런 세상을 만들기 위해 싸우자!

많은 비정규직 노동자들이 아픔을 겪고 있는 현실에서, 비정규직 없는 세상을 만드는 희망을 두고 과욕이라고만 할 수 없다. 또한 기업이 경쟁력이 없으면 살아남을 수 없는 현실에서, 노동 시장의 유연성을 바라는 희망을 두고 역시 과욕이라고만 할 수 없다.

그러면 어떻게 해야 하는가?

노동자가 노동자의 희망만을 말하며 깃발을 들고, 자본가가 자본가의 희망만을 말하며 깃발을 들며 서로 맞서면, 그러한 대립 구조 속에서는 그 어느 쪽의 희망도 살릴 수 없다.

혹자들은 투쟁의 역사가 진보의 역사라며 대립을 부추긴다. 또 전문가를 자처하는 사람들이 노동자를 부추기고 자본가를 부추기며 싸움을 충동질한다. 그런 일을 자기 밥벌이로 삼으며 거드름피우는 부류들이 차고 넘친다. 그들은 대부분 사기꾼이다.

세계는 급변하고 있다. 사랑에 국경이 없는 것과 마찬가지로 자본에도 국경이 없다는 말들을 한다. 결코 과장이 아니다. 세계화와 정보화라는 특성을 갖는 새로운 문명은 이미 우리 삶 속에 깊이 뿌리를 내리고 있다. 이 새로운 문명에 적응하지 못하면 우리는 세계의 미아가 될 수 있다.

그러면 어떻게 해야 하는가? 노동자와 자본가가 서로 맞서는 대립 구조에서 벗어나, 서로 도와서 함께 사는 공존의 틀을 만들어야 한다.

"말이 좋아 공존이지, 상대가 저렇게 나오는데 어떻게 공존한다는 거야?"

그렇게 말하는 사람들은 공존을 위해 먼저 자기 자신에게 질문을 해야 한다. 비정규직 노동자의 문제만 봐도 그렇다.

경영자들은 대기업 노동 조합 탓을 하기 전에 먼저 자기 자신에게 물어 보라. 말로는 시장 원리를 내세우면서도 노동 조합 눈치를 슬금슬금 살피며 적당히 타협하고, 그 대신 비정규직 노동자들과 하도급 업체 노동자들을 희생양으로 삼지는 않았는가?

대기업의 정규직 노동자들은 자본가 탓을 하기 전에 먼저 자기 자신에게 물어 보라. 비정규직 노동자들과 중소 기업 노동자들의 희생이 있기에 내가 이만한 혜택을 누리는 것은 아닌가? 그들을 위해 내가 양보하고 배려할 것은 없는가?

비정규직 노동자와 영세 기업 노동자 역시 자본가와 대기업 정규직 노동자들을 탓하기 전에 먼저 자기 자신에게 물어 보라. 나는 아무런 문제가 없는데 억울하게 차별을 받고 있는 것인가? 제대로 대우를 받기 위해 내가 할 수 있는 일은 무엇인가?

공존을 하기 위해서는 상대 탓을 하기 전에 먼저 자기 자신에게 이런 질문을 던지고, 자신이 할 일을 찾아야 한다. 그런 다음에 상대에게 요구해야 서로 도우며 사는 길이 열린다.

이번의 비정규직 보호법도 그러한 공존의 틀을 염두에 두고 만들어졌다. 비정규직의 차별 해소와 노동 시장의 유연성, 어느 하나도 가벼이 볼 수 없는 그 두 가지가 대립하지 않고 어울릴 수 있도록 하려는 의지가 담겨 있다.

물론 이 법이 최선의 법은 아니다. 그러나 공존의 길로 달려야 하는 말을 타기 위한 하나의 노둣돌은 될 수 있을 것이다.

이 법이 고통받는 노동자들에게 큰 희망을 주지 못했다면 정치가로서 송구스러운 일이다. 그러면서도 현실을 솔직하게 말하지 않을 수 없다. 국회의원들이 법을 몇 개 만들어 노동 시장을 좌지우지할 수는 없고, 그것이 결코 바람직한 일도 아니다.

사회주의가 실패한 가장 핵심적인 이유가, 권력이 시장을 쥐락펴락한 것에 있다. 지금 당장 어려움이 있다 해도 그러한 실패를 되풀이할 수는 없지 않는가.

이제 "누구를 위한 비정규직 보호법인가?"에 답하자.

물론 비정규직 노동자를 위한 법이다. 그런데 그 앞에 전제되는 것이 있다. '우리의 공존을 위하고'가 그것이다. 서로 맞서 싸우기는 쉽지만 공존의 길을 찾기는 어렵다. 그래도 우리는 어려운 길을 가야 한다. 왜냐하면 거기에 희망이 있기 때문이다.

다시 보는 메모지에 적힌 글 '우리 아빠는 비정규직이래요. 그래서…'가 홀로 안타까워한다.

일하며, 싸우며, 사랑하며

우리는 일하며, 싸우며, 사랑하며 산다. 노동운동가 출신 국회의원으로서 나는 어떻게 살고 있나? 어떤 일을 하며, 어떤 싸움을 하며, 어떤 사랑을 하며 살고 있나?

스스로에게 다시 묻는다. 일을 제대로 했는가? 싸움을 제대로 했는가? 사랑을 제대로 했는가?

묻고 또 묻다가 홈페이지에 올린 노동 문제 관련 글 두 개를 클릭해 본다. 두 글 모두 2007년 새해를 맞고 쓴 것이다. 1년이 지난 후에 보니 새삼스럽다. 지난 한 해의 삶에 대한 이런저런 생각들이 그 문장들 사이로 불쑥불쑥 파고든다.

1. 노사 협상의 노둣돌 놓아야

작금의 현실을 보노라면, 새해가 왔음에도 새해 같지 않고 마음이 무겁디 무겁다. 이 어찌 나만의 심사이기만 하겠는가. 이 겨울이 지나고 봄이 와도 봄 같지 않으려나?

신년 달력이 걸리기가 무섭게 온 나라가 용광로처럼 들끓고 있다. 개헌을 둘러싼 갑론을박, 대선에 촉각을 곤두세우며 요동치는 정치권, 한미 FTA를 두고 벌이는 전쟁 아닌 전쟁, 거대한 자동차 회사에서 벌어지는 첨예한 노사 대립…….

혹자는 말한다. 연초부터 국민들을 흥분시키는 이러한 모든 갈등과 대립이 대한민국의 희망을 위한 넘치는 에너지의 발산이라고 말이다. 꿈보다 해몽이라지만, 과연 그럴까? 그렇다면 오죽이나 좋겠는가.

그러나 행복을 꿈꾸는 이 땅의 사람들은 지금 애타게 희망을 찾으려 하지만, 그래서 이를 악물고 앞으로 또 앞으로 나아가려 하지만, 절망의 그림자를 좀체 떨쳐 버리지 못하고 있다. (물론 자신은 행복하다고, 희망을 찾았노라고 노래하는 이들도 있기는 하겠지만 말이다. 참으로 그런 이들의 얼굴을 보고 싶다.)

희망의 발목을 잡는 절망, 그 뿌리는 무엇일까? 사람이 각양각색이니 뭐라 한마디로 말할 수는 없겠으나, 대부분의 사람들에게 해당되는 공통분모는 하나 있다.

떳떳하게 자기 일을 하고, 그것을 바탕으로 행복을 가꾸어 가는 생활, 그것이 누구나 바라는 삶일 터인데, 그것이 뒤틀리고 깨지고 어긋날 때 절망의 한숨이 절로 나오게 마련이다.

우리가 행복을 말할 때 '떳떳한 자기 일'은 빼놓을 수 없는 조건이다. 그런데 대한민국의 노동 현실, 노사 관계를 보면 이 땅의 사람들이 왜 그리도 희망에 목말라 있는지 그 일면을 엿볼 수 있다.

'떳떳한 자기 일'을 갖고 살기 어려운 것은 일자리의 부족이나 치열한 경쟁 사회에서 살아남는 능력 부족 등의 이유가 있겠으나, 우리의 노동 현실과 노사 관계가 갈등과 대립의 늪에 빠져 허우적거리는 것에서도 그 뚜렷한 원인을 찾을 수 있다. (우리의 노동 현실과 노사 관계에서 갈등하고 대립하는 주체들을 보자.)

노동자와 사용자
노동자와 정부
사용자와 정부
취업자와 실업자
정규직과 비정규직
장애인과 비장애인
한국인과 외국인
남자와 여자
청년과 중장년
원청과 하청
블루칼라와 화이트칼라

각 주체들은 자기 이익을 찾게 마련이다. 그렇기에 끊임없이 갈등하고 대립할 수밖에 없는 것일까? 그것이 어쩔 수 없는 인간의 조건일까?

아니다! 결코 어쩔 수 없는 조건은 아니다. 인간에게는 우선적으로 자기 이익을 찾는 본성과 함께 상대와의 협상을 통해 자기 이익을 찾는 지혜도 있다. 공동체의 현실과 조건을 무시한 채 자기 이익만 고집한다고 자기 이익을 얻을 수 있는 것이 아니지 않는가.

해고를 화두로 삼아 '노동자와 사용자', '취업자와 실업자'의 관계를 한번 보자. (노동 시장의 유연성을 말할 때 해고가 어느 정도 자유롭게 이루어질 수 있느냐가 중요한 기준이 된다.)

만약 노동자가 해고는 무조건 '악'이라 규정한다면, 그래서 노동자가 똘똘 뭉쳐 강한 노조를 만들고 사용자가 감히 해고를 하지 못하게 한다면 어떤 일이 벌어질까? 흔히들 말하는 노동자의 세상이 올까?

'노동자와 사용자'의 관계에서 노동자가 승리한 것일까? (대립적 시각으로 노사 관계를 보는 이들은 승리와 패배라는 말을 즐겨 쓰니, 여기서 승리라는 표현을 쓰는 것이다.)

아마도 사용자는 비싼 대가를 지불해야 하는 해고는 조금이나마 줄일지 모르겠다. 그러나 그와 함께 새로운 고용은 꺼릴 것이다. 경영상 어려움이 있어도 해고를 하기가 그리도 어려운데, 설사 새로운 노동력이 필요하다 해도 그 어느 사용자가 선뜻 새로운 고용을 하려 하겠는가. 이러면 실업률은 높아질 것이고 '취업자와 실업자'의 갈등 또한 깊어질 것이다.

그와는 달리 노동 시장의 유연성이 있다면, 그래서 사용자가 경영상 필요할 때 해고를 비교적 자유롭게 할 수 있다면 어떨까? 사용자가 아무런 이유도 없이 해고의 칼을 멋대로 휘두를까?

아니다. 사용자는 노동자가 필요해서 고용하는 것이다. 해고의 칼을 멋대로 휘두를 이유가 없는 것이다. 또한 경영상 필요할 때 새로운 고용에도 적극적으로 나설 것이다. 노동 시장이 유연하니 새로운 고용을 두려워할 이유 또한 없는 것이다.

노동 시장의 유연성을 말하면, 과거 의식에 사로잡혀 있는 사람들은 사용자만을 위한 유연성이라고, 일방적으로 노동자의 희생을 강요하는 유연성이라고, 고용 불안을 가져올 뿐인 유연성이라고 목소리를 높일 것이다. 그러나 앞에서 짧게 언급한 대로, 크게 보면 사용자뿐 아니라 노동자에게도 이익이 된다.

각 주체들이 함께 사는 공존의 틀이 될 수 있는 것이다. 물론 그 틀은 일방적으로 만들어지는 것은 아니다. 노동자와 사용자가 협상을 통해 만들었을 때 그 틀은 참다운 공존의 문을 열 수 있다.

그 문을 열지 못하고, 열려고 노력도 하지 않으며 공연히 새로운 일자리 창출 운운해 봐야 공염불이 되기 십상이다. (고용 없는 성장 시대에는 더욱 그렇다.)

노동자와 사용자가 협상을 통해 이룰 수 있는 것은 노동 시장의 유연성을 통한 상호 이익만이 아니다. 행복의 조건인 '떳떳한 자기 일'을 갖는 데 필요한 많은 문제들을 풀 수 있다.

최근에 울산의 한 대기업에서 일하는 사내 하청 노동자들, 노동부와 경찰까지 불법으로 파견되었다고 인정한 그 노동자들의 고발 사건이 있었다. 그런데 검찰은 정규직 노동자들과 함께 일하는 그 노동자들은 불법 파견된 것이 아니라 하도급 관계로 맺어진 것이라며 사측을 기소하지 않았다.

국회에서 비정규직 보호법이라며 통과된 파견법이 결과적으로 무용지물이나 다름없게 된 것이다. '노동자와 사용자', '노동자와 정부'가 갈등하고 대립할 때는 법도 그런 꼴이 되기 십상이다.

노동자가 '자본 검찰'이라며 욕해 봐야 무슨 소용인가. 이윤 창출이 목적인 사용자가 정규직보다는 비정규직 채용이 이익이라고 판단할 때는 꼭 그렇게 한다. 그런 검찰과 사용자를 도덕적인 잣대로 재단해 봐야 그 또한 무슨 소용이란 말인가. 검찰은 검찰대로, 사용자는 사용자대로 자기 논리를 내세울 뿐이다.

정규직 채용을 법으로 강제할 수 없고, 만약 폭력적으로 강제한다면 사용자는 다른 길을 찾는다. 해외로의 공장 이전이 그 대표적인 사례가 되겠다. 그것이 자본의 속성이다.

이러한 냉엄한 현실에서 갈등과 대립은 '노동자와 사용자' 모두에게 불이익을 가져다 줄 뿐이다. 힘을 모아도 어찌될지 모르는 판에 서로 으르렁거리면서 어떻게 치열한 경쟁 사회에서 살아남을 수 있겠나. 역시 둘 사이의 협상을 통해 상호 이익을 주는 길을 찾을 수밖에 없다. 그것 말고 달리 무슨 길이 있는가?

행복의 조건인 '떳떳한 자기 일', 대통령을 비롯한 정치가들은 국민들이 그것을 갖도록 정책을 펴는 것이 첫째 임무가 아닐까?

최근에 깃발을 올린 당 노동위원회는 말할 것도 없고, 한나라당 전체가 해야 할 최우선 과제가 바로 그것이 아니겠는가.

우리가 지나치게 한쪽 이념이나 이익 집단에 치우치지 말고, 노사가 생산적이고 건실한 협상을 하도록 노둣돌을 놓아야 하는 이유는, 그것이 국민에게 행복을 주는 길이기 때문이다. 국민에게 참다운 희망을 주지 못하면 한나라당에도 희망은 없다.

2. 누가 1500만 노동자에게 희망을 줄까

앞으로 1년 후, 우리 국민은 다음과 같은 '약속의 말'을 할 사람을 선택하게 된다.

'나는 헌법을 준수하고 국가를 보위하며 조국의 평화적 통일과 국민의 자유와 복리의 증진 및 민족문화의 창달에 노력하여 대통령으로서의 직책을 성실히 수행할 것을 국민 앞에 엄숙히 선서합니다.'

어느 초인이 있어 이런 일을 다 너끈히 감당할까마는, 어떻든 이 한 문장 안에 대통령으로서 해야 할 일의 전부가 들어 있다 해도 과언이 아니다. 주어진 임무는 그렇듯 뚜렷하다.

다만 문제는, 겉으로 아무리 배우 뺨치는 표정을 지으며 굳은 맹세를 한다 해도 그 사람이 과연 자신의 임무를 수행할 의지와 능력이 어느 정도 있느냐 하는 점이다.

"나요! 나를 보시오! 내가 바로 그 모든 일을 훌륭히 해낼 수 있소! 나의 의지와 능력은 그 누구보다 앞서 있단 말이오!"

강도의 차이는 있겠으나, 이른바 대선주자로 불리는 이들은 모두 그렇게 주장할 것이다. 지극히 당연한 일이다. 자신이 경쟁자에 뒤진다고 세상에 공표하면서 선거에 뛰어들 위인이 어디 있겠나. (만약 있다면 그 사람에게는 다른 노림수가 감추어져 있을 것이다.)

저마다 목소리 높여 "나요!" 하니, 선택받고자 하는 그들의 경쟁은 치열할 수밖에 없다. 선택하는 사람들을 설득시키기 위한 온갖 '약속의 말'은 장밋빛 미래를 그리며 희망을 광고한다. (정치 광고 전문가들과 선거 전략가들은 그들을 위해 머리를 짜낸다.)

그러나 지난날을 돌아보면 금석같이 보였던 그 '약속의 말'들은 배신의 칼로 변해 국민에게 상처와 절망을 주기 일쑤였다. (배신한 권력자들을 일일이 다 열거할 것도 없다. 노무현 정권을 보라. 국민에게 상처와 절망을 주고 또 주다가 스스로 자중지란에 빠져 있지 않은가.)

만약 1년 후의 선택이 또다시 그러한 상처와 절망을 불러오는 결과를 낳게 된다면, 세계화의 흐름 속에 급변하는 이 지구에서 대한민국은 낙오자의 운명을 짊어지게 될 것이다. 그로 인한 고통은 고스란히 국민의 몫이 된다.

이제 우리는 희망을 찾아 다시 일어서야 한다. 그러기 위해서는 먼저 선택받으려는 대선주자들은 '약속의 말'을 제대로 해야 하고, 선택하는 사람들은 참된 희망을 줄 사람을 제대로 뽑아야 한다. 지극히 상식적인 이런 말이 현실에서 실현되기는 왜 그리도 어렵다는 말인가. 오죽하면 정치권을 가리켜 상식이 통하지 않는 데라는 조롱이 퍼부어지겠는가.

제대로 약속하고 제대로 뽑는다? 선서에 나와 있는 대통령이 할 일로 돌아가 보자. 그 문장 가운데 일반 국민들은 아마도 '국민의 자유와 복리(행복과 이익)의 증진'에 가장 관심이 높을 것이다. (북한 주민들이 대부분 '국가 보위' 혹은 '조국 통일'을 앞세우는 것과 비교해 보면 체제의 차이를 확연히 느낄 수 있다.)

국민의 자유와 행복과 이익, 대선주자들의 약속은 이에 충실해야 한다. 그래야 국민들에게 참된 희망을 줄 수 있고, 지지를 받을 수 있다. 그렇다면 어떻게 국민의 자유와 행복과 이익을 증진시킬 것인가?

세상을 보는 관점에 따라 다양한 답이 나올 수 있겠는데, 나는 이 땅의 1500만 노동자에게 희망을 주는 것이 그 목표를 이루기 위한 핵심적인 정책임을 강조하고 싶다.(다행스럽게도 최근 한나라당은 노동위원회를 당 상설 위원회로 출범시켰다. 노동자에게, 서민에게 좀 더 가까이 다가가고자 하는 당의 의지가 맺은 결실이다.)

1500만 노동자가 희망을 갖는다는 것은 우선 노동자 자신은 물론이고 끈끈한 연을 맺고 있는 그 가족까지 희망을 갖는다는 것을 뜻한다. 국민의 대부분이 이에 속한다. 민주주의의 장점 가운데 포기할 수 없는 마지막 하나를 꼽으라면 바로 다수 국민의 뜻을 따른다는 것이 아니겠는가.

이렇게 말하면 색안경을 낀 일부의 사람들이 항변할지 모르겠다. 노동자의 천국을 만들어 노동자가 아닌 사람들을 억압하겠다는 것인가? 아직도 편협한 이념 투쟁의 늪에 빠져 있다면 이런 항변을 할 수도 있을 것이다. 매사를 갈등과 대립의 관점에서 바라보는 탓이다.

그러나 그게 아니다. 노동자가 희망을 갖는다는 것이 무슨 뜻이겠는가. 바로 그들을 고용한 사용자가 희망을 갖는다는 말도 된다. 절망하는 사용자에게 고용되어 있는 노동자가 희망을 가질 수 없듯이, 절망하는 노동자를 고용하고 있는 사용자 역시 희망을 가질 수 없다. (갈등과 대립의 관점으로 바라보던 시절에는 자본가는 노동자를 착취하고, 노동자는 못된 자본가를 타도해야 자기 계급의 이익을 확보할 수 있다는 믿음이 널리 퍼져 있었다. 아직도 그러한 믿음이 곳곳에 남아 있는 것이 엄연한 현실이지만, 우리는 그러한 관점에서 희망을 찾을 수 없음을 지난 세월을 통해 학습했다.)

노동자가 희망을 갖는다는 것은 또한 자영업자를 비롯한 사회 각계각층이 희망을 갖는다는 뜻이 된다. 노동자가 절망에 빠져 있는데 장사가 잘 될 리 있겠는가.

희망을 잃은 노동자와 그 가족을 소비자로 두고 있으면서, 악덕 사채업자나 도박업자와 같은 부류들을 빼놓고 도대체 어느 계층의 누가 덕을 보겠는가. 덕을 보기는커녕 찡그린 노동자를 보며 함께 얼굴을 찡그릴 수밖에 없지 않겠나.

노동자와 그 가족과 더 나아가 사회 각계각층은 그렇게 서로 얽혀 있다. 더불어 살기를 거부하는 사람들은(실제로 그게 가능한지 모르지만 자유주의 사회에서 그들의 태도도 존중받아 마땅하다.) 예외가 되겠지만, 그 누구도 그러한 관계를 부정할 수 없을 것이다. 자유, 행복, 이익은 결코 어느 한 계층의 전유물이 될 수 없다.

또한 노동자의 희망 혹은 절망은 복지 문제, 교육 문제 등 국가적 과제와도 밀접하게 관련되어 있다.

복지라 하면 사람들은 흔히 시혜 차원의 복지를 떠올린다. 즉, 국가가 세금을 거두어 어려운 처지에 놓여 있는 사람들에게 나누어 주는 것을 먼저 생각한다는 말이다.

그러나 그런 차원의 복지는 참된 희망을 줄 수 없다. 세금을 많이 내는 사람 가운데 더러는 자부심을 가질 수 있겠다. 그러나 시혜를 받는 쪽은 사람으로서의 자존심을 잃고 결국은 불행을 느끼게 된다.

그들에게는 일이, 스스로 벌어서 스스로 산다는 자부심이 필요하다. 그래야 절망의 늪에서 빠져나와 희망을 품을 수 있다. (물론 일을 하기 힘든 조건을 지니고, 생존 자체가 힘든 사람들에게는 시혜 차원의 복지가 필요하다.)

교육 문제도 노동자의 처지와 뚜렷한 함수 관계를 갖는다. 노동자가 그 어떤 직종을 갖고 있건, 당당하게 일하고 떳떳하게 먹고산다면, 그래서 희망을 품은 삶을 누린다면, 오늘날 대한민국에서 미친 듯이 부는 교육 열풍은 웃음거리가 될 것이다.

그러나 지금 대한민국의 교육은 위기에 처해 있다. 공교육을 붕괴시키는 사교육 광풍, 유행병처럼 번지는 조기 유학 바람, 전쟁에 비유되곤 하는 대학 입시 경쟁, 이 모든 기괴한 현상들이 왜 나타나겠는가. 대학을 나와야, 일류 대학을 나와야 이 사회에서 희망을 갖고 살 수 있다고 믿기 때문이 아니겠는가.

이런 현상은 경쟁 사회에서 자연스레 나타나는 것이라기엔 지나치게 병적이다. 평범한 노동자가 희망을 갖고 살기 어려운 사회라는 것을 반증하는 것이기도 하다.

희망을 갖기 어려우니 노동자는 등이 휘고 숨이 턱턱 막혀도, 어쩔 수 없이 엄청난 사교육비를 부담하며 자기 자녀를 사교육 현장 속으로 가게 하는 것이다. 자녀만은 희망을 갖고 살기를 바라면서 말이다. 자식 사랑이라 하기엔 너무도 딱한 현실이 아닌가.

이렇듯 노동자가 희망을 갖고 살 수 있게 하는 정책은 노동 문제만을 염두에 두는 것이 아니다. 국민의 자유와 행복과 이익을 증진시키기 위한 핵심적인 주제가 되는 것이다.

그렇다면 어떠한 노동 정책이 노동자에게 희망을 줄 수 있을까? 어떠한 노동 정책이 국민에게 자유와 행복과 이익을 더해 줄 수 있을까? 어떠한 노동 정책이 기업과 노동자 모두에게 최대한의 자유를 줄 수 있을까? 어떠한 노동 정책이 일자리 창출에 기여할 수 있을까? 어떠한 노동 정책이 갈등과 대립을 넘어 공존하는 사회를 만들 수 있을까? 어떠한 노동 정책이 지속 가능한 발전을 이루어낼 수 있을까? 어떠한 노동 정책이?

선택받으려는 대선주자들은 선택하는 사람들에게 이러한 물음들에 설득력 있는 답을 해야 할 것이다. 제대로 된 '약속의 말' 이 필요한 것이다. 과연 누가 1500만 노동자에게 희망을 줄까?

두 글에서 말한 '노사 협상의 노둣돌을 놓는 일' 과 '1500만 노동자에게 희망을 주는 일', 그것을 위해 지난 1년 동안 나는 제대로 일하고, 제대로 싸우고, 제대로 사랑했던가? 아쉽고 부끄럽고 안타깝다. 그래도 희망은 있다고 믿고 있다.

죽은 교육 살려야 세상 살맛나

"국·공립학교는 무상 교육으로 배움의 터전 다지고
사립학교는 자율성 갖고 경쟁력 키워야 희망 있어"

지금 이 나라에서 살맛난다고 웃는 이들이 얼마나 될까마는, 교육 문제를 끌어안고 있는 이들(대부분의 국민)을 볼라치면 안쓰럽고 화 나고 안타깝기 그지없다.

꿈과 희망을 한껏 키워야 할 시기에 입시와 출세 관문을 향해 일 렬종대로 달려가다가 지쳐 버리는, 그래도 그 대열에서 벗어날 수 없는 고단한 학생들이 먼저 눈에 아른거린다.

또한 허리띠 졸라매고 자녀 공부 뒷바라지에 허덕이는 부모들, 사 람 되라고 가르치기보다는 점수 벌레를 키우는 게 아닌가 하며 자괴 감에 빠지곤 하는 교육자들, 학벌을 신주 모시듯 내세우는 사회에서 갈등하며 여전히 교육 문제에 사로잡혀 있는 사회인들, 이 모든 이 들이 지금 이 나라의 자화상이다. 이 모습이 잘나 보이는가?

뒤틀어진 이러한 교육 현실에서 미친 듯 날뛰는 것이 사교육 열풍 이요, 해외 조기 유학 바람이요, 곳곳에서 벌어지는 기러기 가족의 비극이요, 자녀 교육을 앞세우는 이민 행렬이요, 영어 마을이니 뭐니

하며 휩쓸고 있는 맹목적인 외국어 학습 유행이요, 학교 교사를 낯 부끄럽게 하는 교육 방송국 강사들의 맹활약이요, 각종 교육 장사꾼 들의 사업 번창이다.

이쯤 되니 〈논어〉 원문의 첫 문장 (자왈子曰 학이시습지學而時習之 불역열호不亦說乎 — 공자가 말하길 '배우고 제때에 그것을 익히는 것이 또 한 기쁘지 아니한가.')이 왠지 객쩍게 들리는 것도 이상하다고만 할 수 는 없는 노릇이다.

그런데 요즘 정치권과 교육 당국은 3不 정책(고교 등급제, 기여 입학 제, 대입 본고사 등 3가지 불가)을 기필코 지켜야 하느니 반드시 허물어 야 하느니 하며 논쟁하고, 사립학교법의 개방 이사 선출 방식을 두 고 갈등하며 세월을 보내고 있다. 허송세월이라 하면 지나치게 냉소 적인 표현일까?

물론 그런 문제들 하나하나가 중요하지 않은 것은 아니다. 본고사 만 하나 놓고 봐도, 만약 본고사가 부활한다면 입시에 온통 정신이 팔려 있는 대한민국 교육 현장은 감당하기 만만찮은 변화의 소용돌 이에 휩싸일 것이 불을 보듯 뻔하다. 본고사가 부활한다고? 흥분하 는 사람들의 모습을 충분히 상상할 수 있지 않은가.

그러나 이 시점에서 우리는 교육 문제를 보다 근본적으로 바라봐 야 한다. 과연 3不 정책을 지키는 것이 혹은 허무는 것이 이 나라의 미래가 걸린 이 중차대한 교육 문제를 푸는 열쇠가 될까? 사립학교 의 개방 이사를 어떻게 뽑느냐 하는 규정이 이 답답한 교육 현실을 뚫고 나갈 수 있는 돌파구가 될까?

격화소양(隔靴搔癢 — 신을 신은 채 가려운 발바닥을 긁는다.)이란 말 이 있다. 신을 벗고 가려운 곳을 긁어야 시원할 터인데, 신 바닥을 긁

어 봐야 성이 찰 리가 없다. 3不이니 개방 이사니 하며 벌이는 갈등
이 그런 꼴과 다를 게 없는 듯싶다.

교육 문제의 핵심은, 어떻게 하면 교육의 질과 경쟁력을 높일 것
인가 하는 과제와 어떻게 하면 교육비를 생산적으로 쓸 것인가 하는
과제, 그 두 가지로 모아질 수 있을 것이다. (교육의 평준화와 같은 것
을 핵심인 양 전면에 내세우는 사람들이 있는데, 그런 것은 경쟁을 피할 수
없는 현실과도 맞지 않는 선동적인 구호일 뿐만 아니라 자기 이익을 찾는 인
간 본성을 감추는 기만일 수 있다. 진정 그렇지 않은가?)

먼저 교육비 문제를 보자. 현재 학생과 그 부모들이 공교육에 직
접 지불하는 돈이 14조 원(1년 단위), 세금으로 내는 교육비 31조 원,
사교육에 지불하는 돈이 20조 원(30조 원이라 추정되기도 함)이다. 유
학이나 교육과 관련한 기타 비용까지 더해지면 그 천문학적인 액수
는 더욱 늘어난다.

실정이 이러하니 학기 초에 대학에서는 등록금 인상을 두고 연례
행사처럼 갈등이 표출하고, 감당하기 버거운 사교육비까지 마련하
느라 부모들은 돈벌이에 삶을 저당 잡힌다.

더러는 자녀 사교육비 때문에 사회적으로 손가락질 받는 일도 서
슴지 않고 한다. 그런 뉴스를 접할 때마다 웃어야 할지 울어야 할지
참으로 난감하다.

그럼에도 교육의 질과 경쟁력은 세계에 내세우기에 볼품이 없다.
대학에 들어가기 전까지의 기초 교육은 그런대로 상위권을 유지하
지만, 정작 입시 경쟁의 종착지인 대학은 하위권에서 기고 있는 형
국이다. (일차적으로는 입만 열면 자율적인 신입생 선발권을 목소리 높여
주장하면서, 정작 뽑아 놓은 학생들을 제대로 가르치지 못하는 대학의 책임

이지만, 교육 현실을 냉철히 보면 대학의 교수와 행정가들에게 모든 책임을 돌릴 수도 없다.)

도대체 왜 이런 일이 벌어지는 것일까? 학생은 공부를 하느라 고달프고, 학부모는 자녀 교육비 마련하느라 허덕이고 하는데, 교육의 질과 경쟁력은 형편없으니 참으로 기이하고 답답한 노릇이 아닌가. 도대체 왜?

그 답은 우선적으로 그릇된 국가 정책에서 찾을 수 있겠다. 강조하고 또 강조하지만, 국가는 해야 할 일과 하지 말아야 할 일이 있다. 그런데 해야 할 일은 하지 않고, 하지 말아야 할 일은 할 때 그러한 기이하고 답답한 일이 벌어지는 것이다.

무상 교육의 문제를 보자. 일전에 교육 관련 대정부 질문을 한 적이 있다. 그때 교육 부총리는 무상 교육은 생각해 본 적이 없다는 투의 답변을 너무도 태연하게 했다.

덴마크 등 몇몇 선진국에서 훌륭하게 이루어지고 있는 무상 교육에 대해 깊이 연구해 보지 않는 것은 교육 행정가로서 일종의 직무 유기라 해도 과언이 아닐 것이다. 엄청난 교육비 때문에 고민하는 이 땅의 부모들을 생각하면 더욱 그렇다.

국가가 할 일은 그런 것이다. 물론 무작정 무상 교육을 하자는 것이 아니다. 국민의 각종 교육비 부담, 세금 부담 등을 고려하고 그 돈을 생산적으로 쓸 수 있게 하는 방법을 연구하고, 그런 바탕 위에서 그것이 실현 가능한지, 교육의 질과 경쟁력을 키우는 데 도움이 되는지 등을 충분히 검토하고 국민의 동의를 구하는 것이 전제가 되어야 한다.

이런저런 조건과 현실을 고려해 볼 때 국·공립학교에서의 무상 교육은 가능할 것으로 보인다. (막연한 기대는 아니지만, 각 분야 전문가들의 보다 과학적인 분석과 판단이 필요함은 인정한다.)

경제와 세금의 관점에서 한번 보자. 무상 교육이 이루어진다면 어떤 변화가 올까? 먼저 노동자들은 임금 인상에 그리도 목말라하지 않을 것이다. 생활비의 상당 부분을 차지하는 교육비 때문에 노동자들은 임금 인상을 생존 차원에서 요구하는 것이다.

자녀 교육비 부담 등에서 벗어나고도 과도한 임금 인상을 요구하리라 예단하는 것은 이 땅의 건실한 노동자들을 과소평가하는 것이다.

임금이 적정선에서 이루어진다면 기업은 생산성을 높일 수 있고, 그 바탕 위에서 성장 동력을 마련할 수 있을 것이다. 기업의 성장은 세금의 증대로 이어지고, 그것으로 무상 교육의 질을 높이는 교육비의 확충 또한 가능할 것이다. 이른바 선순환의 구조가 되는 것이다.

또한 무상 교육에 대한 국가의 적극적인 지원은 비정상적으로 비대해진 사교육의 살을 빼는 데도 기여할 것이다. 이 또한 사교육비 부담을 덜 수 있어 선순환의 구조를 강화하는 데 큰 도움이 될 것이다.

국·공립학교의 무상 교육과 맞물려서 생각해야 할 것이 사립학교의 위상이다. 사립학교 교육의 질과 경쟁력을 키우기 위해서는 두 가지가 전제되어야 한다.

달리 말하면 사립학교의 자율성(교육의 질과 경쟁력을 키우는 필수 조건)을 확보하기 위해서는 두 가지가 전제되어야 한다는 것이다.

하나는 정부의 지원금이 중단되어야 한다는 것이다. 그 지원금은 국·공립학교의 무상 교육 질을 높이는 데 쓰여야 한다. (정부 규제의 빌미를 제공하는 지원금에 기대지 않으면 유지될 수 없는 사립학교는 망해도 무방하다. 설사 망한다 해도 국가나 능력 있는 다른 교육 사업자가 되살릴 수 있으니 교육의 연속성은 유지될 수 있다.)

또 하나는, 이것이 정말 중요한데, 국가는 사립학교에 대한 지나친 규제와 간섭을 거두어야 한다. 학생 선발 방식, 교육비 책정(사립학교는 무상 교육의 대상이 아니다.) 등 학교 운영과 교육 방식에 대한 사립학교의 자율성을 최대한 존중해야 한다는 것이다. 국가가 하지 말아야 할 일을 하지 말라는 것이다.

사립학교가 어떤 학생을 어떤 방식으로 선발하건, 교육비를 얼마나 받건, 어떻게 가르치건 국가가 관여할 일이 아니다. 선택은 사립학교에 있고, 또한 학생과 학부모들에게 있다. 과연 교육의 질과 경쟁력이 낮은 학교를 선택할 학생과 학부모가 있을까?

무상 교육으로 배움의 터전을 다지는 국·공립학교, 자율성을 갖고 경쟁력을 키우는 사립학교, 이 두 갈래의 교육 체제가 자리를 잡고 선의의 경쟁을 한다면 갈 곳 몰라 허둥대는 대한민국의 교육 현장에 한 줄기 빛이 되지 않을까?

칭기즈칸의 나라에 심은 나무 한 그루

칭기즈칸이 제국을 세운 지 올해로 800주년이 되었음을 기뻐하는 몽골, 나는 지난 여름에 그 나라에서 기뻐할 수 없는 놈 하나를 만났다. 나를 비롯해 그 누구에게도 직접 해코지를 하지는 않았지만, 어떻든 반갑지 않은 놈이었다.

그 이름은 삭사울, 난생처음 보는 이놈은 과연 정체가 뭘까? 이 지구의 환경 재앙을 알리는 예언자일까? 자연 파괴를 저지른 사람에게 경고장을 전하는 전령사일까? 몽골 관리의 소개로 이놈을 보는 순간, 이방인에게도 불현듯 위기감이 스쳤다.

"이 삭사울은 사막에서만 삽니다. 고비 사막에서 볼 수 있습니다. 활엽수인데 잎이 뾰족뾰족한 것이 꼭 침엽수 같지요. 이 삭사울이 나타난 것은 이곳이 사막이 되어 가고 있다는 뚜렷한 증거입니다. 10여 년 전부터 농사도 못 짓는 모래밭이 되었습니다."

몽골의 수도 울란바타르에서 버스로 2시간가량 가다 보면 나타나는 황량한 평야, 멀척 엘스 지역을 두고 하는 말이었다. 그 몽골 관리는 이 지역이 사막화가 시작되는 곳이라고 했다.

말 그대로 죽음의 땅으로 변해 가고 있다는 것이었다. 과연 그런 듯했다. 나무는커녕 생명이 질기디질긴 잡초조차 버티기 힘겨워 보였다. 발걸음을 무겁게 하는 모래밭이 끝없이 펼쳐져 있었다. 바람이 조금이라도 불면 누런 모래가 날리기 시작했다. 봄만 되면 동북아시아를 휩쓸고 다니는 위험한 불청객, 바로 황사였다!

"사막화가 시작된 이런 곳에 나무를 그저 심기만 해서는 아무런 소용이 없습니다. 사막의 나무, 삭사울 같은 것이 아니면 모두 곧 죽어 버립니다. 여기서 자랄 수 있는 나무의 품종과 나무 심는 방법 등을 연구하고, 심은 후에도 꾸준히 관리를 해주어야 합니다."

그럴 것이다. 한번 파괴된 자연을 사람이 어찌 쉽게 되살릴 수 있겠는가. 이 사막화의 시발지에서 버스를 타고 조금 더 가니, 사막화가 좀 더 진행된 투브아이막 룽 솜 지역이 나타났다. 아무도 반기지 않건만, 이곳에서도 삭사울은 넓은 모래 평야에서 드문드문 모습을 드러냈다.

삭사울만이 아니었다. 10여 년 전에는 볼 수 없었던 나무들, 그래서 현지 주민들에게도 낯선 이상한 나무들이 군데군데 뿌리를 내려, 죽어 가는 땅의 황량함을 더했다.

그 지역의 책임자는 사막화가 그들에게 얼마나 절박한 문제인지를 솔직히 고백했다.

"주민들 상당수가 가축을 기르며 생계를 유지하는데, 가축이 먹을 수 있는 풀이 자라지 않고 있습니다."

어쩌다 이렇게 안타까운 지경에까지 이르렀을까? 공연히 자연을 탓하거나 원망할 것이 아니었다. 사막화와 황사, 이 재앙은 사람이 스스로 자초한 것이었다.

유난히 길고 추운 몽골의 겨울을 견디기 위해 땔감이 필요했을 것이다. 그런데 마구잡이로 나무를 베어 땔감으로 썼을 뿐, 나무를 심지는 않았다. 그래서 산은 벌거숭이가 되었고, 벌판은 허전해졌다.

또한 방목하는 수많은 가축들을 먹이겠다는 욕심을 앞세워 자연을 수탈했다. 풀이 다시 자랄 여지조차 남기지 않았다. 몽골 전체를 삼킬 기세의 대형 산불도 수차례 났다. 무분별한 개발도 국토 곳곳에 상처를 냈다. 땅이 더 이상 견딜 수 없게 된 것이었다.

이러한 몽골을 보고 있자니, 일전에 방문했던 북한의 현실이 문득 떠올랐다. 북한 주민들 역시 땔감으로 쓰기 위해 나무를 마구 베어, 수많은 민둥산을 만들어 내고야 말았다. 그 탓에 이번 여름의 수해도 더욱 심각해졌다고 한다.

몽골과 중국에서 빠르게 진행되고 있는 사막화, 그것이 북한으로까지 번지지는 않을까? 한반도에서도 삭사울을 보게 되는 날이 올까? 생뚱맞은 기우이기를 바랄 뿐이다.

절망의 상상력을 불러일으키는 삭사울을 뒤로 하고, 한ㆍ몽 평화협력네트워크로 모인 우리 일행은 바가노르구로 이동했다. 바가노르구는 울란바타르 시내에서 버스를 타고 동쪽으로 2시간가량 가면 나오는데, 노천 탄광으로 유명하다.

물론 우리가 탄광을 보자고 그곳에 간 것은 아니었다. 바가노르구에는 우리 일행인 NGO 시민정보미디어센터에서 지난해에 심은 1만 그루의 포플러가 자라고 있었다. 포플러는 성장 속도가 빨라, 사막화와 황사라는 시급한 문제를 해결하기에는 안성맞춤인 수종이다.

사회주의 체제에서 시장경제 체제로 전환하는 과정에서 몽골은 심각한 경제난을 겪게 되었다. 지금도 여전히 그 어려움에서 벗어나 있지 못하다. 1인당 GNP가 5백 달러를 넘지 못한다.

그런 탓에 몽골이 사막화와 황사 문제를 스스로 해결하기에는 역

부족이다. 따라서 국제적인 연대가 절실히 필요한데, 현재 한국과 일본의 NGO들이 활발히 활동하고 있고, 올해를 '사막화 방지의 해'로 정한 UN도 깊은 관심을 보이고 있다.

1만 그루의 포플러, 아직 숲이라 부를 만큼 자라지는 않았지만 우리는 그곳을 '한·몽 평화의 숲'이라 부른다. 그런데 놀랍게도 바가노르구의 구청장과 주민들의 노력으로 그 포플러들이 거의 100퍼센트 살아 있었다. 구청장은 우리 일행에게 진심 어린 감사의 말을 했다.

"여러분이 심은 포플러는 우리의 생각을 바꾸었습니다. 나무를 심어야 잘살 수 있다는 생각을 갖게 되었습니다. 새로운 희망을 갖게 된 것입니다. 모두 여러분 덕분입니다. 몽골이 초록빛의 나라가 되도록 노력하겠습니다. 많은 도움에 깊이 감사드립니다."

나는 삭사울을 볼 때와는 달리 가슴에서 희망이 샘솟음을 느끼며 답사를 할 수 있었다.

"지난해에 심은 포플러를 잘 길러 주셔서 감사합니다. 어려움은 나누면 반이 되고, 즐거움은 나누면 배가 된다고 합니다. 한국과 몽골이 그런 관계가 되는 출발점으로 나무 심기의 의미를 삼을 수 있겠습니다. 나무 한 그루에 희망과 용기를 담을 수 있을 것입니다."

우리 일행과 걸 스카우트 어린이들도 포함된 바가노르구 주민들이 하나로 어울려 평화의 숲에 포플러를 심었다. 포플러가 주는 희망에 도취된 것일까? 두 나라 사람 수십 명이 모였을 뿐인데, 마치 지구를 살리기 위해 전 세계인이 다 모인 듯 흐뭇했다.

내년에도 바가노르구에 1만 그루의 나무를 더 심도록 우리가 적극 지원하겠다는 협약도 맺었다. 또한 몽골의 자연환경부 장관과 만나, 몽골이 야심차게 계획하고 있는 그린벨트 지역에 2만 그루의 나무를 심겠다는 협약서에 서명했다.

우리의 약속이 10만 그루로, 100만 그루로 점차 무성해진다면 우리의 미래도 그만큼 밝아질 것이다. 사막화와 황사를 막으려는 이러한 일은 동아시아의 당면 과제이자, 지구촌 공동의 사업이다. 관련된 국가들이 서로 협력하지 않으면 결코 성공할 수 없다.

우리가 사막화와 황사 방지를 위해 '한국인 1인 1나무 심기 운동'을 펼치려 하는 이유도 거기에 있다. 우리가 인류 공존의 길을 외면하면, 그래서 핵전쟁만큼이나 참혹할 것이라는 환경 재앙이 몰려오면, 그 피해는 바로 우리가 감당해야 한다.

삭사울과 포플러, 과연 어느 것을 선택할 것인가?

아니, 이것이 선택의 문제인가? 삭사울이 자라는 사막에서 살고 싶은 사람이 있을까? 남은 문제는 선택이 아니라 행동이다. 인류의 일원으로 지구촌의 공존을 위해 희망과 용기를 갖고 당당하게 나서자. 우리를 위하여 평화의 숲을 가꾸자! 이것은 심심풀이 구호가 아니라 생존법이다.

도전받는 대한민국, 어떻게 살 것인가

대다수 국민이 '어떻게 살 것인가?' 하며 저마다의 사연으로 홍역을 치르고 있는 대한민국에 약이 될지 독이 될지 모르는 처방전 하나가 온 나라를 들썩이게 한다.

바로 올해에 타결된 한미 FTA(자유무역협정)가 그 주역인데, 그 기세가 10년 전에 겪었던 IMF 충격에 못지 않다. 아니, 어떤 이들은 그 영향력이 10배는 더 클 것이라고 단언한다.

다른 것이 아니라 오직 '먹고사는 문제'라고 주장하며 노 대통령이 주도한 이 협정의 협상 타결 소식이 전해지자, 한쪽에서는 대한민국의 미래를 밝힐 명약 처방(먹고산다!)이라며 쌍수를 들고 환영하는 반면에, 다른 한쪽에서는 양극화를 더욱 심화시킬 뿐만 아니라 나라의 주권까지 훼손시키는 등 온갖 부작용을 불러오는 독약 처방(먹고살기 힘들다!)이라며 반대의 깃발을 높이 치켜든다.

이 협정이 어느 부류, 어느 부문에는 이익이 되고 어느 부류, 어느 부문에는 손해가 된다는 식으로 본격적으로 따지기 시작하면 보수와 진보의 갈등, 계급 갈등, 노사 갈등, 도시와 농어촌의 갈등, 대기업과 중소기업의 갈등, 지역 갈등 등 온갖 갈등과 대립은 더욱 날카롭게 날을 세우지 않겠나. (과연 모두에게 이익이 된다는 주장이나 선전이 통할까?)

이 협상으로 인해 정치권도 이미 갈등과 혼란의 소용돌이에 빠져 있다. 어떤 이들은 한미 FTA 문제를 기준으로 헤쳐모여 해서 정계 개편을 해야 한다는 주장까지 한다.

선거를 앞두고 저마다 지지자를 모으는 깃발을 세우고, 저마다 정책과 이념을 내세우고, 저마다 당선을 꿈꾸고, 저마다 정치공학적인 계산을 하고 하면서 여러 분파로 분열되어 있는 정치권에 한미 FTA의 등장은 혼란에 혼란을 더한 꼴이 되고 있다.

그렇다면 이 FTA는 갈등과 대립과 혼란만 부추기는 괴물일까? 아니면 일시적인 갈등과 대립과 혼란을 극복하면 희망의 세계를 활짝 열게 해주는 선물일까?

한미 FTA는 세계화와 정보화의 얼굴을 하고 있는 21세기 대한민국에 내밀어진 도전장이다. '나를 괴물로 보느냐, 선물로 보느냐?' 하며 응전을 기다리는 것이다. 그런데 정부는 미국뿐 아니라 중국, 인도, 일본, 유럽 연합, 멕시코, 캐나다, 아세안 등과도 자유무역협정을 추진하겠다고 한다. 도전은 계속되는 것이다.

FTA의 도전! 이에 어떻게 응전할 것인가? 대한민국은 어떻게 살 것인가? 세계화와 정보화의 흐름 속에서, 날로 치열해지는 지구촌의 경쟁 속에서 어떻게 죽지 않고 살 것인가? 우리에게 지금 필요한 것은 이 질문이고, 이 질문에 답하는 것이다.

영국의 역사가 아놀드 토인비는 그의 명저 〈역사의 연구〉에서 인류의 문명을 '도전과 응전'의 법칙으로 설명한다. 역설적이게도 자연이나 외부의 도전을 받지 않은 문명은 망해서 역사 속으로 사라지는 반면에, 끊임없이 도전을 받은 문명은 그 어려움을 극복하며 역사 속에서 꽃을 피운다는 것이다.

그러니 FTA의 도전을 우리는 현재 찬성하는 쪽에 서 있건, 그 반대쪽에 서 있건 밝은 미래를 여는 기회로 삼을 수 있지 않겠나. 그렇게 긍정적인 결과를 얻으려면 어떻게 응전해야 할까?

먼저 섣부른 손익계산서를 앞세워 손해와 이익에 지나치게 집착하는 차원을 넘어서서, 이 협정의 의미를 근본적으로 바라봐야 할 것이다. (손익을 따지지 말자는 뜻은 결코 아니다. 정확한 근거를 바탕으로 따질 것은 철저히 따져야 한다.)

노 대통령은 '농산물도 상품' 이라는 발언을 했는데(이 발언은 그와 집권 내내 대립해 왔던 일부 언론의 보기 드문 극찬을 받았다.) 그 말이 경쟁력이 떨어지는 농업을 포기한다는 뜻으로 비춰져 가뜩이나 불안해하는 농민들의 분노를 샀다.

진정 농업을 포기하겠다는 것인가? 그 대가로 공산품 얼마 더 팔아 식량을 수입해 오면 그만이라는 것인가? 어느 나라건 제 땅에서 나는 농산물로 기본적인 먹을거리를 삼는 것은 단순한 경제의 이해득실과 견줄 수 없는 삶의 바탕이 아닐까.

스위스 등 선진국 가운데 어느 나라가 자기네 농업을 포기하고 다른 분야에서 이득을 취하겠다고 나서는가? 일본이 미국과의 FTA를 주저하는 이유 가운데 하나가 바로 자국 농업을 보호하겠다는 의지 때문이라는 것은 널리 알려진 사실이다. (물론 일본 자민당의 주요 지지 기반이 농촌에 있다는 정치적 계산도 깔려 있기는 하지만 말이다.)

농업만의 문제가 아니다. 섣부른 손익 계산서로 일희일비할 것이 아니라 근본적으로 접근해야 한다는 것은, 우리는 우리나라의 미래를 어떻게 그리고 있는지, 이 협정이 그 미래에 어떤 영향을 끼칠 것인지, 이 협정이 다른 나라들에게는 어떤 영향을 끼칠 것인지, 지구촌에 사는 인류 전체에는 어떤 영향을 끼칠 것인지 하는 문제들을 숙고해야 한다는 뜻이다. 그것이 자국의 이익을 찾으면서도 공존해야 하는 지구촌 인류의 일원으로 의무를 다하는 것이다.

또한 그런 문제들을 숙고한 후 이 협정이 우리의 미래를 여는 데 도움이 된다고 결론을 내리면, 그 후에는 우리가 이 협정을 성공적으로 실현시키기 위해 언제부터, 어떻게, 무엇을 준비해야 하는지를 깊이 있게 살피고, 그에 따라 실천해야 한다.

대한민국은 어떻게 살 것인가? 지도자들은 그에 대한 희망적인 비전을 보여 주어야 한다. 대한민국과 지구촌 공동체를 위하여 우리에게 기회가 주어진 것이다. 이런 기회는 자주 오지 않는다. 그러니 어찌 우리의 열정과 지혜를 함부로 낭비할 수 있겠나.

미완성 참회록 '색즉시공 공즉시색'

색즉시공 공즉시색(色卽是空 空卽是色), 반야심경에 나오는 이 말은 나를 사로잡는다.

파도와 물은 서로 분리될 수 없다.
현상(色)인 '파도' 와
본질(空)인 '물' 은
서로 분리될 수 없다.

파도가 무엇인지 알고, 물이 무엇인지 알기만 하면 어린아이도 파도와 물은 서로 분리될 수 없는 것임을 알 것이다. 그러나 나는 때때로 파도와 물은 서로 분리될 수 없는 것임을 모른 채 말하고 행동한 적이 있음을 부끄럽게 고백한다.

내가 탄 배는 너무 작았고, 바다의 파도는 너무 강했던 탓일까? 그래서 온 신경이 파도에만 모아졌던 탓일까? 그래서 물이 거기 있어도 그것이 물인 줄 몰랐을까? 그게 아니면 이랬을까?

내가 탄 배는 너무 컸고, 바다의 파도는 너무 약했던 탓일까? 그래서 온 신경이 물에만 모아졌던 탓일까? 그래서 파도가 거기 있어도 그것이 파도인 줄 몰랐을까?

욕망이 빚어내는 현상들에 빠져들어, 삶의 본질을 보지 못한 채 말하고 행동한 일들을 되돌아보면 참으로 부끄럽다. 부끄럽다고 고백하는 나 자신이 또한 부끄럽다.

무욕? 그 경지에 이르면 부끄러움을 느끼지 않고 살 수 있을까? 그러나 나는 무욕을 내세우는 기만적인 사람은 봤어도, 무욕의 경지에 오른 사람을 본 적은 없다.

나 역시 부끄러움을 느낄 때, 빗나간 욕망 탓을 하며 머릿속으로 무욕의 경지를 생각해 본 바는 있어도, 진실로 그렇게 살고자 한 적은 없다.

앞으로도 그럴 것이다.

생명은, 자기 이익을 구하는 본성을 갖는 생명은 욕망으로 스스로를 지키고 키운다. 때때로 부끄러움을 느끼며, 무욕의 경지를 머릿속에 그리며 생명은 그렇게 산다.

오늘, 새로운 문명의 도래를 보면서도, 새로운 생존법을 찾으면서도, 그 오묘한 말, '색즉시공 공즉시색'이 나를 사로잡는 이유가 거기에 있다.

생명이 마지막 작별 인사를 하는 순간에, 그 때가 되어서야 비로소 아무런 부끄러움도 없이 크게 한 번 웃을 수 있을까? 기대해 볼 만한 일이다.

배일도의 희망노트

승자와 패자

1판 1쇄 발행 2007년 12월 10일
     2쇄 발행 2008년 1월 2일

지은이 배일도

펴낸이 이웅녕
펴낸곳 리드리드출판(주)
출판등록 1978년 5월 15일(제13-19호)

주소 서울 마포구 도화동 544 고려빌딩 209호
홈페이지 www.readlead.kr
이메일 we@readlead.kr
전화 (02)719-1424
팩시밀리 (02)719-1404

값 14,000원

ISBN 978-89-7277-245-3 03810